Yvan Strelzyk

Le Château d'Ödrek

Roman-feuilleton

traduit de l'eklendais

Eklendys

Editions de l'Astronome

illustration de couverture :
#179812546 - Burg Eltz, Germany © Tobias - Adobe Stock

www.editions-astronome.com

www.eklendys.com

du même auteur,
paru, à paraître ou en préparation aux Éditions de l'Astronome :

Cycle *EKLENDYS*

Le Livre d'Amertume
Saga de Relvinn
Une Vie d'Homme
Markas
Nouvelles Eklendaises
Le Château d'Ödrek
La Symphonie Perdue de Sibelius
Le Roman de Miskol
Mémoires du Comte V***

NOTE

La Malédiction du Château d'Ödrek, le plus populaire des "romans gothiques" eklendais, est l'œuvre principale de Melvik Tamaszö, écrivain et journaliste né en 1851 à Dälmö, bourgade célèbre aujourd'hui encore pour les ruines sinistres de son château médiéval. L'histoire a été publiée pour la première fois sous forme de feuilleton entre 1884 et 1887. Une publication en deux temps ; d'abord de novembre 1884 à février 1885, dans la revue hebdomadaire *Les Pages littéraires borghavanoises*, cofondée par l'auteur et son ami le romancier Josef Landen en 1883, puis d'avril à octobre 1887 dans *La Gazette des Arts*.

Cette interruption, survenue entre les publications des chapitres XVI et XVII, trouve son origine dans la fameuse Conjuration des Douze, vague d'attentats anarchistes au cours de laquelle l'auteur fut jeté en prison. À sa libération, les *Pages littéraires* n'existaient plus, naturellement, et Tamaszö, ruiné dans l'affaire, mit longtemps à persuader un nouveau journal de reprendre la diffusion de son roman. Une fois celle-ci acquise, il fut en outre contraint d'écrire des chapitres légèrement plus courts, et à un rythme plus soutenu, la *Gazette* paraissant deux fois par semaine.

La première édition reliée du *Château d'Ödrek* date de janvier 1889. Ce n'est que dans une réédition de 1908 qu'apparaît le préambule « A.D. 1630 », mais à ce jour rien ne permet d'établir qu'il est bien de la main de Tamaszö, mort d'un empoisonnement alimentaire l'année précédente.

Pour plus de précisions sur la langue eklendaise et sa prononciation, se reporter à l'ouvrage *Le Livre d'Amertume* chez le même éditeur.

LA MALÉDICTION DU CHÂTEAU D'ÖDREK

A.D. 1630

Jamais ils n'auraient dû passer par la forêt. La pluie était forte, bien sûr, et ils n'avaient plus le courage nécessaire pour ce long détour, surtout à la tombée de la nuit. Il se disait aussi que, sur des sentiers détrempés, il aurait vite fait de tomber, avec sa grande hotte de colporteur. Au moins, lui avait dit son compagnon de voyage, dans les bois les chemins seraient sûrement moins boueux, et ils seraient davantage à l'abri du vent. Pourquoi diable l'avait-il écouté ?

Où était-il, d'ailleurs, cet infortuné compagnon ? Il n'osait y penser, imaginant le pire, et préférant oublier les hurlements atroces entendus peu après leur séparation. Peu lui importait à présent. Il voulait fuir, tout simplement fuir, et survivre. Sa hotte à tiroirs, pleine d'almanachs, d'onguents, de décoctions et de précieux colifichets, gisait quelque part derrière lui, dans l'obscurité de la forêt. Mais pas assez loin. Malgré sa course éperdue il était encore trop près, bien trop près, du lieu où il les avait aperçues : elles, les Bêtes, qui les traquaient en silence depuis un moment. Quand leurs yeux avaient enfin brillé dans les ténèbres, en même temps que s'était fait entendre ce grognement surnaturel, il avait compris qu'il devrait s'enfuir au plus vite ou mourir.

D'effroi, son compagnon de voyage en avait lâché sa lanterne. Dans la seconde, une forme affreuse s'était jetée sur le malheureux. Une forme bien trop grande pour être celle d'un loup, une forme contrefaite et cauchemardesque.

Abandonnant sa hotte derrière lui, il avait couru dans le noir, indifférent aux griffures des branches et des ronces, aux chutes dont il se relevait aussitôt sans s'inquiéter de la douleur. Mais à présent, il était pris au piège : les Bêtes avaient mené la chasse et l'encerclaient. Combien étaient-elles ? Trois, peut-être ? Il se figea, comprenant que c'était la fin. Avant de refermer ses paupières une dernière fois, il vit deux choses abominables. Des dents, des crocs monstrueux qui se jetaient sur lui de plusieurs côtés. Puis au moment où son bras lui était arraché au-dessus du coude : des yeux. Les yeux fous de la Bête qui l'éventrait.

Des yeux de femme.

PREMIÈRE PARTIE

LA GUERRE

CHAPITRE PREMIER

LE COLLIER DE LA PRINCESSE CHRISTINE

J'imagine que toute cette histoire a débuté ainsi : dans le palais royal, à Stockholm, ou dans l'une ou l'autre résidence où séjournait la cour, un quelconque jour de décembre de l'an de grâce 1629. Fidèle à son habitude, le monarque devait caresser sa barbiche blonde tout en réfléchissant, conservant dans ce moment d'absence un regard vif et perçant, comme s'il continuait à scruter son environnement avec attention. Un air d'intelligence profonde qui n'était pas qu'apparence. De fait, à ce que l'on disait, Gustave II Adolphe avait de prodigieuses capacités intellectuelles. Plus d'une fois, ses conseillers avaient remarqué qu'il conversait avec eux tout en poursuivant une réflexion intérieure sur un sujet totalement différent. Silencieux, le regardant faire, le chancelier Oxenstierna restait immobile, appuyé au manteau de cheminée de leur cabinet de discussion. La réponse du roi ne tarderait guère.

« Bien sûr, Comte, nous ne pouvons rester sourds à ces requêtes » conclut Gustave Adolphe d'une voix claire.

Et l'on n'y reviendrait plus : la Suède entrerait en guerre.

« Si tôt après notre conflit avec la Pologne, Sire ? risqua Oxenstierna pour la forme.

– Eh, quoi ? N'avons-nous pas signé la trêve à Altmark en septembre ? La Livonie est à nous, et les choses sont claires à l'Est. Nous avons fait la paix avec les Danois et les Russes... Non, tout est réglé autour de la Baltique. Maintenant, c'est à l'Empereur qu'il faut s'intéresser. Même si, je le concède, ce sera moins simple. Cette guerre est si... complexe. »

Le chancelier avait relevé l'hésitation du roi, fait si rare qu'il en haussa le sourcil.

« Le jeu des alliances, Sire ? Ces Français qui se joignent aux protestants des Provinces-Unies contre leurs frères catholiques de l'Empire, uniquement pour contrecarrer les Habsbourg ?

– C'est assez inattendu, en effet.

– Et vous-même, répondrez-vous aux offres du cardinal ?

– Richelieu est assez retors pour que j'y réfléchisse à deux fois. Cela dépendra de son attitude lorsque nous serons entrés en Allemagne. Je crois savoir que sa politique ne lui attire pas que des amis parmi les catholiques de son propre camp. Et ses tentatives d'alliance en Bavière ?

– Il aura un homme dans la place : le redoutable Père Joseph. Attendons de voir ce qu'il en sortira à l'assemblée de Ratisbonne.

– Bien. »

Le roi caressa machinalement les pointes de son col de dentelle en se tournant vers la fenêtre. Dehors, la nuit était tombée sur le parc recouvert de neige. Au loin, on apercevait les flambeaux des gardes faisant leur ronde.

« Enfin, alliance avec les Français ou non, Comte, nous devons répondre à l'appel de nos frères protestants. Pour le roi de Suède, c'est même un devoir.

– Est-ce vraiment là la seule raison qui vous pousse à entrer en guerre contre l'empereur Ferdinand, Sire ?

– Non, bien évidemment. Mais c'est la principale. Il faut à la Réforme une figure tutélaire. Puisque personne d'autre ne semble faire l'affaire depuis l'échec des Danois, je serai celui-là. Je rassemblerai les protestants sous mon égide, voyez-vous.

– Ce souhait vous honore, Sire. Mais la tâche sera ardue.

– Je le sais, dit Gustave Adolphe en se retournant. J'estime que c'est là mon devoir. »

Le roi s'assit dans un fauteuil, face à la cheminée. Le chancelier, lui, resta debout. Le souverain savait qu'il ne devait pas y voir de signe de défi, mais la posture qui leur convenait le mieux lors de leurs entretiens. Il croisa les bras sur sa large poitrine. Le reflet des flammes dansait sur ses prunelles ardentes.

« Et les autres raisons, Sire ?

– Vous les connaissez aussi bien que moi : nous devons mettre un terme à l'avancée de l'Empire vers la Baltique. Repoussons les Habsbourg jusque sur leurs terres et cantonnons-les-y. Qu'il se tourne vers la Méditerranée si cela lui chante, mais Ferdinand n'aura jamais le Nord. J'y veillerai.

– Et vous pensez que la guerre sera la réponse adéquate...

– Oui. Je l'espère, du moins.

– Mais alors, Sire, cette campagne devra installer notre présence de manière durable. Si nous n'établissons pas des têtes de pont sur les rivages allemands de la Baltique, nos efforts seront vains – et je ne parle pas simplement de maintenir nos lignes logistiques. Car nous pourrons vaincre les armées catholiques, mais qui les empêchera de revenir une fois que nous serons rentrés en Suède ?

– Vous avez raison, Comte, admit le roi en fronçant les sourcils. C'est une... vision à long terme qu'il nous faut, cette fois plus que jamais. »

Deuxième hésitation. Oxenstierna détourna le regard vers la carte d'Europe déroulée sur la table du cabinet. En vérité, les États d'Allemagne du Nord se donneraient de plein gré à Gustave Adolphe si celui-ci voulait bien les arracher à la maison d'Autriche. Mais pour cela, il devait faire passer plusieurs de ces principautés, sur la côte, sous la couronne suédoise. De préférence en Poméranie. Une campagne militaire, un traité d'annexion... Cela devait être faisable. Le monarque le tira de sa réflexion :

« Quand pensez-vous que nous pourrons faire débarquer notre armée en Allemagne ?

– Quand ? Eh bien... Si nous pouvons mettre au point les dernières réformes au sein des troupes et du commandement, je dirais dès avril prochain. Mais cela veut dire que notre nouvelle stratégie fera ses preuves lors de notre première bataille. C'est un risque à prendre ou non. Vous pouvez en décider autrement. »

Le roi Gustave lui lança un regard acéré.

« Pensez-vous que cela soit prématuré ?

– L'organisation de manœuvres préparatoires serait un grand atout, Sire. Certes, en raison des protestations émises par les princes-électeurs, l'Empereur ne peut plus autant s'appuyer sur un chef de guerre comme Wallenstein – pour le moment –, mais il suffit que Tilly nous attende près de la côte et nous prenne au dépourvu... Ce serait désastreux.

– Et le conflit avec la Pologne est terminé.

– En effet. Plus question d'y aller mettre notre stratégie en pratique. Mais cette guerre ne s'est pas achevée comme nous l'aurions souhaité, ajouta le chancelier avec un triste sourire.

– Alors va pour de grandes manœuvres. Dommage. Rien ne remplace le combat.

– Non, en effet. Nous ne pouvons pas non plus reprendre les armes en brisant un traité de paix, par exemple pour annexer le Halland. Cela nous entraînerait dans une guerre nouvelle qui nous détournerait de notre action contre l'Empire. Ce qu'il nous faudrait, c'est une campagne courte, nécessitant peu d'hommes, et sans grand risque politique.

– Nous pourrions... »

Troisième hésitation, et cette fois la phrase resta en suspens. Oxenstierna n'osa pas reprendre la parole. Un silence s'instaura, ponctué du crépitement des flammes dans la cheminée. Quand on frappa à la porte, il sursauta.

Le roi, lui, resta impassible. Mais lorsque la porte s'ouvrit, il savait déjà à quoi s'attendre : une silhouette minuscule, aux cheveux blonds tombant sur les épaules, fit son entrée dans le cabinet, bientôt suivie par une dame de la cour. Toutes deux firent la révérence, à commencer par la petite fille, et s'approchèrent du souverain.

« Bonsoir, Sire mon papa, dit l'enfant d'une petite voix déjà bien assurée. Je viens vous saluer avant d'aller dormir.

– Bonsoir, ma fille. Comment vous portez-vous, depuis ce matin ?

– Bien, répondit la princesse Christine. Mais Nanette m'a encore interdit de monter à poney. Dites, petit papa, voulez-vous bien, vous ?

– Non, princesse. Vous devez respecter les décisions de votre nourrice. Moi-même je m'y conforme scrupuleusement : elle sait ce qui est bon pour vous. »

La dame inclina la tête, en signe de remerciement. Mais la fillette n'en resta pas là :

« Et un cheval, gentil papa ? Quand aurai-je un cheval ?

– Quand vous serez assez grande pour le monter toute seule, ma fille.

– Vraiment ?

– Oui, vraiment. Il est même indispensable que vous sachiez monter. Mais avant cela, vous vous exercerez sur un poney – le moment venu.

– Et j'aurai aussi un mousquet, plus tard ?

– Vos soldats les porteront pour vous, petite princesse, répondit le roi en dissimulant un sourire. Mais il est temps pour vous d'aller dire vos prières, Christine. Que le Seigneur veille sur votre sommeil.

– Et sur le vôtre, Sire mon papa. Donnez-moi mon baiser. »

Gustave Adolphe se pencha, presque machinalement, vers sa fille, mais son regard accrocha un détail qui interrompit son geste. Comme l'enfant se hissait sur la pointe des pieds pour jouir de son seul contact physique quotidien avec son père, il finit par lui accorder ce qu'elle attendait de lui. Puis il les congédia, elle et la dame, la fillette sortant tout heureuse en tenant la main de sa nourrice. Aussitôt le roi se leva, se tournant vers son chancelier :

« Comte, avez-vous vu le collier de ma fille ? »

Oxenstierna ne put dissimuler sa surprise. Il quitta le manteau de la cheminée pour faire quelques pas en direction de la table.

« Eh bien... oui, Sire, fit-il en cherchant à se remémorer la tenue de la princesse. C'était un collier... serti de pierres d'ambre. Magnifique, au demeurant.

– Et l'ambre, Comte : est-ce que cela ne vous dit rien ? »

Le visage du chancelier s'éclaira soudain :

« Bien sûr ! Eklendys ! Comment n'y ai-je pas pensé ?

– Une campagne rapide, pour laquelle peu de moyens seraient nécessaires : n'est-ce pas ce que nous cherchions ?

– Assurément. L'armée eklendaise ne nous opposera qu'une résistance dérisoire, mais cela suffira pour tester notre nouvelle machine de guerre, dit Oxenstierna comme pour lui-même, penché sur la carte d'Europe, le doigt sur la côte baltique. Mais... quelles conséquences politiques cette attaque aura-t-elle ?

– Aucune, à mon avis, répondit le souverain en se postant à son côté. C'est un royaume orthodoxe : il n'aura d'autre allié que la Russie. Or le tsar Michel est surtout occupé à guerroyer avec les Polonais, voire à gagner des terres en direction de la mer Caspienne.

– Certes. Mais l'alliance eklendaise avec la France ?

– Richelieu devra fermer les yeux pour cette fois. S'il tient à nous voir entrer en guerre contre l'empereur Ferdinand, cela en sera le prix. En outre, nous n'avons pas l'intention d'annexer ce pays, n'est-ce pas ?

– Non, en effet. Mieux vaut nous installer dans des États plus proches de la frontière danoise... ou nous étendre en direction des provinces baltes. Mais quel prétexte trouverons-nous pour attaquer le royaume ?

– Les taxes, répondit le roi comme s'il avait déjà mûrement réfléchi à la question. Leurs taxes sur le hareng, le cuivre ou le fer... Et le prix exorbitant qu'ils nous demandent pour leur ambre jaune. Même au temps de sa splendeur, la Hanse n'a pas été plus cupide ! Notre attaque aura donc ce double avantage d'exercer l'armée à son nouveau fonctionnement, et d'obtenir de meilleures conditions commerciales avec les Eklendais.

– Alors qu'il en soit ainsi, conclut le chancelier. Ah, Eklendys... »

Tous deux examinèrent dans quelle mesure les troupes engagées dans cette opération pourraient faire leur jonction, plus tard, avec l'armée envoyée en Allemagne.

« La campagne eklendaise se fera donc en avril. Quand pensez-vous que nous pourrons attaquer l'Empire sur ses terres, Comte ?

– Peu après. La marche sur Borghavan[1] ne devrait pas trop nous retarder. Pour répondre au plus tôt à la supplique de nos frères protestants, disons... juin ou juillet. Oui, nous pourrons poser le pied en Poméranie en juillet prochain au plus tard. Et pour cette partie-là, les choses ont déjà été approuvées par la Diète en début d'année.

– Parfait. Je vous verrai demain pour l'organisation de cette guerre – et pour celle qui suivra. Merci, Comte. »

Le chancelier s'inclina et sortit du cabinet. Il savait déjà que, lors du conseil du lendemain, le roi Gustave aurait planifié ses campagnes à venir dans les moindres détails, et qu'il n'y aurait plus qu'à les agréer. Des plans parfaits, une fois de plus.

Et c'est ainsi, à cause du collier d'ambre de la princesse Christine, que furent décidées les tragiques mésaventures du capitaine Ernö Lifhort.

CHAPITRE II

UN RÉVEIL COMME TANT D'AUTRES

La journée du 8 avril 1630 commença de fort contrariante manière. Depuis le bas de l'escalier, dans la cour même de cet hôtel parmi les plus cossus de Serdekinn[2], on entendit la tempête approcher : pas bien grande – à peine plus de cinq pieds de haut –, mais dotée d'une voix aussi stridente que portant loin. À peine descendue du carrosse, elle tonitrua au point de réveiller les deux dernières personnes de la maisonnée encore endormies, à savoir Madame et le capitaine Lifhort. Celui-ci poussa un gémissement d'ennui : c'était toujours plus ou moins la même histoire...

« Et sous mon propre toit, en plus ! vociférait le trublion montant les escaliers aussi vite que ses nombreux volants et dentelles le lui permettaient. Sous mon propre toit ! A-t-on

1. La capitale d'Eklendys (NdT).
2. À l'époque l'une des cinq plus grandes villes d'Eklendys (NdT).

jamais vu pareil affront ? À moi, mes gens ! Aux armes ! À moi ! »

Dans sa fureur, le petit homme ne voyait même pas avec quelle condescendance le regardaient ses propres valets. Visiblement, ce n'était pas la première fois que cette scène se jouait sous leurs yeux. Et ceux qui avaient l'oreille collée contre la porte de la chambre de Madame n'entendirent rien qu'un bâillement viril mais las. Monsieur, vieillard chenu fardé avec recherche, traversa en trombe ses appartements, bousculant des adversaires et des badauds imaginaires, pour se planter devant le lieu du délit, prêt à foudroyer les coupables de son regard exterminateur, et accessoirement à rosser le fâcheux de sa canne d'ébène. Il fit un dernier pas vers la porte quand celle-ci s'ouvrit.

Dans l'embrasure, nonchalamment appuyé sur l'un des deux battants, se présenta un grand gaillard aux cheveux bruns dénoués, tombant avec autant de nonchalance sur des épaules bien faites, à peine recouvertes d'une ample chemise de lin qui laissait voir un torse de champion antique. C'était un homme jeune, vingt-cinq ans à peine, au teint mat et aux yeux gris. Sa moustache taillée à la polonaise gardait un air fringuant, voire insolent en ce réveil importun, et sa bouche avait ce petit rien qui ensorcelle les femmes et désespère leurs maris. Pour le reste, il avait déjà enfilé sa culotte et ses bottes de cavalier. Derrière lui, dans l'obscurité, le vieillard entendit un gloussement amusé. Il ouvrit la bouche, prêt à proférer sa malédiction éternelle, mais le jeune malotru lui vola la parole :

« Eh bien, Monsieur ? Sont-ce là les manières d'un gentilhomme ? Qui vous permet de réveiller ainsi les honnêtes gens ? J'attends de vous des explications ! »

La bouche du mari, qui béait déjà, en tomba sur son col, révélant l'état peu flatteur de sa dentition. Ce à quoi l'insolent répliqua par un sourire irréprochable. Mais sacredieu, le freluquet ne s'en sortirait pas de la sorte ! Il allait en entendre, avant une bastonnade bien méritée !

« Espèce de jeune...

– Allons, ce ne sont pas là des excuses ni même des explications, Monsieur ! l'interrompit sans vergogne l'élégant malappris. Car non seulement vous m'avez réveillé, moi, ce qui est déjà assez criminel pour être dénoncé aux gens de notre monde, mais qui plus est vous avez interrompu le sommeil de Madame, ce que personne ne saurait vous pardonner. Même le dernier des butors ne se serait pas permis l'outrecuidance dont vous venez de donner la preuve !

– Mais enfin !... Je !...

– Que nenni, Monsieur ! Que nenni ! Sachez que si Madame n'éprouvait pas autant d'indifférence à votre égard, je serais obligé de vous demander d'en répondre demain matin.

– Et... Et comment cela ? parvint à se reprendre le mari bafoué. Comment pourriez-vous avoir assez d'honneur à défendre ? Car enfin, nous ne sommes pas du même rang, et...

– Ah, pardon, Monsieur ! Pardon ! Respectez-moi, je vous prie ! Ne vous suffit-il pas d'avoir tant manqué de respect à celle dont vous avez troublé le sommeil ? Et quant à mon honneur, j'en ai à revendre – encore que je doute fort que le mien ait quelque rapport avec le vôtre, ce dont je suis bien aise !

– Insolent personnage ! Je...

– Car enfin, Monsieur, mettons un terme à cet incident lamentable, voulez-vous. Il ne me sied guère de disputer avec un butor inconnu et malveillant aux premières lueurs du jour, à l'heure où les personnes de mon rang cherchent le repos et jugent indécentes les visites qui n'ont pas été annoncées.

– Moi, un butor !... Moi... qui suis le maître de ces lieux !...

– Ah, vraiment ? riposta le charmant parasite, avec un regard aussi amusé que moqueur. Eh bien, soit : prouvez-le !

– Comment ?!

– Oui, prouvez-le ! J'attends... » conclut-il en s'appuyant de manière plus confortable, mais tout aussi irrévérencieuse, sur le battant fermé de la porte.

Écumant de rage mais contraint de céder faute de pouvoir se faire entendre, le petit homme prit une profonde inspiration. Puis, le torse bombé, la barbiche conquérante et la voix haut perchée, il déclama la liste de ses titres et possessions, assénant sa généalogie jusqu'aux temps reculés du roi Miskol avant d'en revenir au grand-père paternel qui avait fait construire cet hôtel pour le léguer, ainsi que le reste de sa fortune, à ses fils et petit-fils. Il était donc chez lui, maître des lieux et de ses domestiques, et tant qu'il y était, par les liens sacrés du mariage, de sa femme couchée dans la chambre voisine.

Nullement impressionné, le paltoquet reprit toutefois une posture correcte, rectifiant la position ainsi qu'un militaire, les mains dans le dos, et haussa le sourcil droit.

« En effet, bien que je ne puisse fonder mon jugement que sur ce que vous m'avancez là sans autre espèce de preuve, dit-il enfin, je veux bien croire que vous puissiez être celui que vous prétendez. D'où la fin de ma garde sur le sommeil de Madame, puisque en tant que légitime conjoint vous pouvez aspirer à me relever de mon service. Néanmoins...

– Oui ? Eh bien, quoi encore ?!

– Il reste un petit détail qui... Comment dire ? C'est si gênant...

– Quoi ? Allez-vous enfin parler, imbécile ?

– Soit. Puisque vous insistez... Alors sachez, Monsieur, que même en ouvrant tout grand les battants de cette porte, l'embrasure ne serait pas assez grande et vous ne pourriez entrer dans la chambre qui se trouve derrière.

– Ah non ? s'étrangla de nouveau le mari. Dites-moi donc ce qui pourrait m'en empêcher, je vous prie !

– Mais... les cornes, Monsieur. Les cornes ! »

Et sur cette dernière perfidie, il le planta là, s'engouffrant dans la chambre en refermant la porte derrière lui. Après avoir donné un tour de clé, il revint rapidement au lit à baldaquin où se prélassait toujours une dame de haute noblesse aux formes généreuses, boucla sa ceinture, enfila sa veste de drap, passa son baudrier et se couvrit les épaules de sa cape fatiguée. Ramassant son chapeau à large bord tombé sur les pantoufles de sa maîtresse, il lui déposa au passage un baiser sonore sur le front puis, après lui avoir caressé le menton, la salua très bas, un rien ironique, tandis que résonnaient sur la porte les coups de canne du cocu bien né. L'instant d'après, Lifhort avait disparu par le couloir dérobé menant au boudoir de Madame.

Sur le palier, Monsieur avait fini par rassembler ses gens. Il n'en fallut pas moins de trois pour défoncer la porte avant de livrer le passage au mari. Ce dernier entra, la mine sinistre et l'épée brandie, prêt à immoler la cause de son déshonneur. Mais à sa grande déconvenue – bien qu'il s'y attendît un peu –, et à son égal soulagement – car pour avoir autant d'aplomb l'adversaire devait être un fin bretteur –, le jeune insolent n'était plus là. De rage et pour la forme, il donna de grands moulinets d'épée dans le vide, se réappropriant la chambre comme un chien marque son territoire. Derrière lui, Madame ne put réprimer un nouveau gloussement.

« Qui était-ce ? tonna Monsieur. Quel est son nom, que je le fasse attraper où qu'il aille se cacher, puis le châtie comme il le mérite ? »

La dame répondit d'un bâillement fortement teinté d'ennui, et sans se soucier des domestiques qui avaient suivi leur maître et se retenaient au mieux de rire du spectacle, finit par articuler d'une voix à chaque syllabe plus claire :

« Au lieu de faire l'enfant, mon ami, faites-moi donc porter mon déjeuner. Et tant que vous y serez, faites aussi monter ma dame de compagnie... »

L'amant effronté, lui, était déjà loin. Très loin, même. Il avait aussitôt perdu le souvenir du réveil pour ne garder que celui de la nuit – et encore, seulement celui de l'étreinte et des parfums de sa partenaire. Car le visage de la bien-aimée de ces quelques derniers soirs s'estompait déjà, tout comme avait fini par s'épuiser le désir qu'elle avait fait naître en lui, une semaine auparavant, lors de leur rencontre inopinée après le spectacle des Hongrois. Une semaine ! Cela commençait à lui sembler un commencement d'éternité. Chaque jour ressemblant au précédent, une fois la femme possédée, la passion étouffait sous le poids de la lassitude et de la répétition. En vérité, à quoi bon consumer sa vie pour l'amour d'une seule alors que tant d'autres avaient de nouveaux secrets à partager, de nouvelles sensations à faire connaître, de nouveaux enivrements à prodiguer pour faire oublier l'ennui ?

Capitaine par la grâce de son père et séducteur par celle de la Nature, Ernö Lifhort était donc reparti en quête de nouveauté, droit et fier sur la selle d'un étalon gris presque aussi fringant que lui. Tenant ses rênes d'une main, il gardait l'autre posée le poing fermé contre sa taille, ne l'en ôtant que pour la porter à la pipe à long tuyau qu'il aimait avoir coincée à un coin de sa bouche, pour se donner un air de défi. Où ses pas allaient-ils le mener aujourd'hui ? Comment allait-il employer sa journée ? Il n'en savait rien encore, mais peut-être quelque piécette trouvée au fond de sa bourse allait-elle lui donner de l'inspiration quant à la manière de la dépenser.

« Et où donc ai-je laissé tomber mon gant ? se demanda-t-il tout haut en baissant le regard jusqu'à sa ceinture, où ne pendait plus que la moitié de la paire offerte trois mois plus tôt par une ancienne conquête. J'espère qu'il n'est pas entre les mains de ce vieillard fardé, ce serait bien fâcheux. À me faire regretter de ne pas le lui avoir laissé en travers de la figure. »

Malheureusement, ce jour-là, le sort lui était décidément contraire. Car en effet, le gant était resté dans la chambre de Madame. À présent que celle-ci s'était retirée dans son boudoir avec sa dame de compagnie, Monsieur était revenu sur les lieux de son humiliation, arpentant la pièce d'un pas aussi fougueux que pathétique, et grommelant entre ce qui lui restait de dents de théâtrales malédictions. Mais que pouvait-il y faire ? N'était-ce pas là le sort qui attendait tout barbon de son âge, époux d'une femme coquette, bien faite et – hélas – intelligente, et surtout trois fois plus jeune que lui ?

Mais si les ans l'avaient rendu débile et ridicule, ils l'avaient aussi fait puissant. Certes, Monsieur jouissait de relations qui eussent pu aisément faire châtier cet insolent bellâtre, et pourtant ce n'était pas à cela qu'il songeait. Non. La puissance qui l'habitait était le fruit d'une très obscure expérience, en laquelle la sagesse apportée par l'âge n'entrait en rien, et bien au-delà de la force et de l'autorité de ses amis gentilshommes. Ce pouvoir, il le tenait de ses ancêtres, mais dans le plus grand secret. Même son épouse n'en savait rien, et s'il avait eu des enfants de ses précédents mariages qui fussent encore en vie, il n'était pas certain qu'il le leur eût transmis à son tour. Or pour y avoir recours ce matin-là, il lui manquait une chose précise.

En fait, tandis qu'il donnait le change à ses domestiques en singeant le mari jaloux, il passait et repassait en revue les moindres recoins de la chambre de Madame, à la recherche de cette chose si furieusement désirée. Puis il la vit, tombée entre le lit et le mur, dans la partie la plus mal éclairée de la ruelle : un objet ayant appartenu à son persécuteur, en l'occurrence un gant. Le tirant de sa cachette à l'aide de sa canne, il le souleva de deux doigts emplis de dégoût et le porta dans la lumière. Cet accessoire n'appartenait pas à Madame, il en était certain. Que devait-il faire ? Le retourner, doigt par doigt, afin de savoir si le sixième ou le septième ne recelait pas un aimable poulet écrit par son épouse ?

« Non, se reprit-il. Je n'ai pas besoin de plus de souffrance aujourd'hui. Ceci me suffira bien pour ce que j'ai à en faire, je ne veux pas en savoir davantage. Allons-y sans perdre de temps, la vengeance n'en sera que plus prompte. »

Alors Monsieur héla un valet pour lui signifier qu'il se retirait dans son cabinet, et qu'il ne recevrait aucune visite. De retour dans ses appartements, il s'enferma à double tour, refermant lui-même les volets.

« *Mecap sibon anod*, se mit-il à psalmodier d'une voix sans timbre. *Sibon ereresim, idnum ataccep sillot iuq ied sunga...* »

Et tout en récitant l'incantation propitiatoire, il sortit d'un coffre verrouillé, dissimulé derrière des rouleaux de drap au fond d'une armoire, une grande quantité de bougies, un bâtonnet de suif, de l'amadou et un briquet.

« *Sislexce ni annasoh. Inimod enimon ni tinev iuq sutcideneb. Sislexce ni annasoh...* »

En un geste leste qui révélait une longue pratique, il se pencha pour dessiner sur le sol un cercle avec le suif et y disposer, entre des inscriptions cabalistiques à jamais hors d'atteinte de la compréhension des non-initiés, sept bougies rougeâtres recouvertes de coulures innombrables et grumeleuses. Quand il les alluma, elles dégagèrent une écœurante odeur de viscères.

« *Aut airolg arret te ilaec tnus inelp*, continuait-il, le soupçon d'un sourire au coin des lèvres, *htoabas sued sunimod, sutcnas...* »

Le reste de ces formules vénéneuses n'a pas à être retranscrit ici. Mais elles cessèrent enfin, quand Monsieur défit de son cou l'amulette que lui avait léguée son père, lequel la tenait de son propre père, qui avait construit sur elle la fortune de sa famille. Délicatement, après l'avoir baisée au revers, il la fit glisser dans le gant de son rival tenu au milieu du cercle de suif. Puis il passa l'objet détesté à la flamme de chacune des bougies.

« Voilà, c'est fait, pensa-t-il alors que la sueur perlait à son front et qu'un frisson contre nature commençait à le parcourir. C'est fait. Que l'envoûtement s'accomplisse ! Puisque par l'amour il a péché, que par l'amour il soit puni ! »

Et tandis que la transe s'emparait de lui, il ferma les yeux et s'abandonna à une nouvelle récitation de son bréviaire des Abysses.

À l'autre bout de la cité, Lifhort s'était enfin décidé pour une taverne où l'on jouait aux dés. Bien sûr, sa dernière expérience du lieu s'était conclue par un combat en duel dans une arrière-cour. Mais son adversaire l'avait bien cherché, au fond, car il était de notoriété publique que le capitaine ne souffrait pas les tricheurs. Même les sergents de ville, qui avaient si souvent fermé les yeux sur ses fredaines, ne l'auraient jamais soupçonné d'avoir recours à des dés pipés. Mais cette fois, il ne s'y trouvait pas de joueurs avec qui disputer une partie. Il faut dire que l'heure était encore trop matinale pour eux comme pour lui. Lifhort se résignait à commander du vin quand un homme voûté affublé d'un bonnet de tissu informe fit son apparition dans la salle commune en lançant des regards dans toutes les directions.

« Oh non... »

Le capitaine détourna prestement le regard, appuyant son front dans une main et voilant son visage d'un nuage puisé dans sa bouffarde. Mais rien n'y fit : l'homme le reconnut et vint le trouver.

« Bonjour, Maître, lui dit-il avec douceur en se penchant par-dessus son épaule.

– 'Jour, Tamas, maugréa Lifhort sans lever les yeux. Tu m'as quand même reconnu, hein ?

– C'est votre cheval, dans la cour, qui m'a arrêté. Car j'aurais pu vous chercher encore longtemps, Maître. Comme les autres fois.

– Et que me veux-tu, aujourd'hui ?

– Maître, c'est votre père... »

Les épaules de Lifhort s'affaissèrent. Rien ne pouvait être pire.

« Et que me veut-il ? demanda le capitaine d'une voix lasse en tournant enfin son regard en direction du domestique.

– Hélas, Maître, je crains qu'il ne s'agisse d'une bien triste nouvelle...

– Vertubleu ! Serait-il donc mort ? s'exclama le jeune homme en se redressant d'un coup, une lueur d'espoir au fond des yeux.

– Oh non, Dieu nous en garde ! le déçut le valet. Non, il va bien, hormis pour sa goutte. Mais c'est à cause d'une grande tragédie qu'il vous fait mander.

– Vraiment ? Mais qu'est-ce donc ? Vas-tu enfin me dire de quoi il retourne ?

– Mais... la guerre, Maître. La guerre. »

CHAPITRE III

« MONSIEUR MON FILS »

« Eh bien, Monsieur mon fils, est-ce ainsi que vous manifestez votre joie à me revoir ? Et comment ce pauvre Tamas a-t-il pu vous persuader cette fois-ci de vous présenter, de si bonne heure pour vous, en ma demeure ? Je n'ose imaginer dans quels endroits il a encore dû aller vous trouver... »

Le capitaine Lifhort détourna le regard, le plongeant dans la pénombre. Ce qui n'était guère difficile : la lumière du jour n'entrait jamais dans le cabinet particulier de son père. Il ne s'y trouvait pour l'éclairer ce matin-là que les braises mourantes de l'âtre auprès duquel Maître Lifhort était assis, et une misérable chandelle jaune. Pour autant, le jeune homme connaissait assez cet endroit pour ne pas avoir besoin de davantage d'éclairage. Les peaux sur le parquet, les lourdes tapisseries de brocart, les portraits de trois ancêtres, deux coffres centenaires, bas et longs, le buffet d'ébène incrusté d'ivoire, la marqueterie de la table sur laquelle son père avait l'habitude de poser son bras gauche, les registres, les feuilles et l'encrier à côté de la coupe de fruits, de l'aiguière et de la timbale d'argent sertie d'ambre, et bien entendu le tabouret sur lequel il faisait reposer son pied souffrant : il aurait pu dessiner les yeux fermés ce décor qui, au fil des années, s'était figé en nature morte.

« Alors, Monsieur mon fils, qu'avez-vous donc à me dire ? »

Jonas Lifhort darda sur sa progéniture un œil aussi inquisiteur que désolé. Le capitaine refusa de nouveau de croiser son regard. Contempler son père ne lui inspirait plus que du dégoût, et il savait que le vieil homme en était conscient. Avec un double menton assez flasque pour recouvrir sa fraise aux deux tiers, une panse d'ambassadeur de la Hanse, une barbiche fanée et des doigts devenus trop épais pour les bagues qu'il ne pouvait plus ôter, il représentait tout ce que son fils ne voulait pas devenir. Ses habits brodés d'or, ses rubans, son épée de chevalier, son vaste chapeau à la plume défraîchie, toute cette richesse lui paraissait ridicule au regard du pied nu qui trônait sur le tabouret, déformé par l'âge et la podagre, cette goutte qui torturait son père à présent presque sans interruption. En comparaison le pied voisin, enveloppé de son collant gris et chaussé d'un soulier noir à boucle d'argent, évoquait pour lui un médecin sinistre s'apprêtant à disséquer ce gros cadavre nu étendu sur un étal.

Mais Maître Lifhort avait l'opulence triste. Sur ses traits bouffis mais bons, pâles mais inquiets, se lisait la peine qu'il avait d'avoir un tel enfant. C'était à cause d'Ernö, pourtant si jeune, que les cheveux qui tombaient sur ses épaules avaient si rapidement blanchi. Son œil droit, à demi caché par une paupière avachie et perdant chaque jour un peu plus la lumière, avait versé bien des larmes dans le secret de ce cabinet à mesure que l'on apprenait les tours pendables commis par son fils. C'était une chance – mais aussi le fruit d'efforts et de sacrifices répétés – que ses exploits misérables n'eussent pas encore terni l'honneur de la famille ni entravé la bonne marche de ses affaires. Bien sûr, par égards pour Maître Lifhort et par respect de son titre de chevalier, le prévôt de Serdekinn avait pardonné bien des écarts au fils – en acceptant bien des excuses, sonnantes et trébuchantes, du père.

Pour rompre le silence qui l'indisposait plus encore que sa comparution devant son père, le jeune Lifhort se racla la gorge et parla enfin :

« Tamas m'a parlé d'une guerre...

– *La* guerre, Monsieur mon fils ! *La* guerre, car elle est à nos portes ! Que faisiez-vous donc ces derniers jours ? Où donc aviez-vous la tête, ou le cœur ? Les Suédois ont débarqué hier matin à trois lieues de Borjolk, avec des troupes assez nombreuses pour balayer notre armée tout entière.

– Les Suédois ? Mais pour quelle raison ? »

Le chevalier Lifhort lâcha un soupir de découragement. Quand Ernö s'intéresserait-il enfin aux affaires ?

« J'ignore pourquoi je vous chéris tant, Monsieur mon fils, au moins autant que vos frères aînés... dit le vieillard d'une voix éteinte et désolée, presque comme pour lui-même, en tapotant du bout des doigts la table sous sa main gauche. Et pourtant, le Créateur sait combien ils me font plus honneur que vous ! Que vous les jalousiez autant me le prouve assez, d'ailleurs, et chaque matin je chéris le Ciel que Korolys me seconde si assidûment dans mes affaires, ou que Semiel soit devenu si jeune le troisième métropolite de Borghavan... »

Un court silence suivit, pendant lequel le fils et son père évoquèrent mentalement, encore que chacun à sa manière, la brillante carrière que Sebold, le troisième de la fratrie, n'aurait pas manqué de faire dans la marine du pays si sa caravelle n'avait pas sombré au large des côtes danoises.

« Mais vous... reprit Maître Lifhort. Ah, je sais que vous n'en avez cure, mais j'ai grand souci à votre sujet.

– Et donc... les Suédois ? esquiva le capitaine.

– Si vous aviez le moindre égard pour ce qui dépasse le cadre de vos seuls plaisirs égoïstes, répondit son père avec un regard sombre, vous sauriez que depuis la fin de cet hiver les ambassadeurs du roi Gustave Adolphe alternent plaintes et menaces auprès de notre souverain, concernant les taxes que nous pratiquons, mais également le prix de l'ambre que nous leur vendons. Autant d'exigences et de prétentions exagérées, bien entendu. C'est à se demander s'il ne s'agissait pas de trouver un prétexte pour entrer en guerre ; mais si c'est le cas on se demande bien pour quelle raison. Certains, à Borghavan, dans l'entourage même du roi, estiment qu'il s'agit de créer une tête de pont sur la côte sud de la Baltique pour contrecarrer les plans des Habsbourg. C'est ce que m'a rapporté votre frère Semiel – même si tout cela me paraît un peu trop éloigné des terres de l'empire... »

Maître Lifhort s'aperçut à ce moment du peu d'intérêt que suscitait cet exposé sommaire pour son cadet.

« Quoi qu'il en soit, reprit-il, ces considérations politiques bien lointaines vous concernent à présent directement, Monsieur mon fils, car vos hommes et vous êtes requis pour contrer l'invasion suédoise sur nos côtes avant qu'elle n'approche trop de la capitale. Votre régiment part ce midi. »

Le capitaine faillit s'étrangler de surprise.

« Mais voyons, Père, êtes-vous si sûr que nos troupes ont la moindre chance, et conséquemment la moindre utilité ? tenta d'argumenter le jeune Lifhort. Ne conviendrait-il pas mieux de privilégier la voie diplomatique ? À présent que nous abordons cette question, il me revient en mémoire des conversations que j'ai entendues çà et là : on dit que l'armée du roi Gustave est commandée par des hommes ayant signé des pactes avec le Démon, ce qui les rend invincibles sur le champ de bataille...

– Vous ne croyez pas plus à ces balivernes que je ne le fais, l'interrompit Maître Lifhort. Encore que je vous sache étranger à ces superstitions au point d'être le dernier des mécréants. Vous, le propre frère du troisième métropolite de Borghavan ! Je comprends pourquoi Semiel recherche si peu votre compagnie...

– Et moi la sienne ! s'écria le capitaine, sans plus se retenir. Toutes ces bondieuseries m'horripilent !

– Alors en quoi croyez-vous donc, Monsieur mon fils ? demanda le vieil homme après s'être signé lentement.

– Ce en quoi je crois ? Je crois... Je crois en moi, en la vie et en l'amour ! lança-t-il par bravade.

– Autant dire que vous ne croyez en rien, sinon en bien peu de chose. Seigneur... Ayez pitié de mon fils ! »

Ils observèrent un court silence, puis détournèrent chacun le regard.

« Au moins, j'ai confiance en ceci, reprit le jeune homme en portant la main à son épée.

– Alors réjouissez-vous : cette chose pourra malheureusement vous être utile dans les jours à venir. Comme je vous l'ai dit, vous devez sans tarder prendre la tête de votre compagnie et rejoindre votre régiment. Il quitte la ville à midi pour, j'imagine, opérer une jonction avec le reste de nos troupes et faire barrage à l'armée suédoise le plus tôt possible. Il faut à tout prix arrêter l'envahisseur avant qu'il n'atteigne la capitale.

– En ce cas pourquoi les Suédois n'ont-ils pas débarqué à trois lieues de Borghavan, mais si loin à l'ouest ? C'est incompréhensible...

– Mais c'est ainsi, coupa le chevalier Lifhort. Préparez-vous et rejoignez votre régiment sans plus tarder.

– Et ma compagnie ? Il faut la rassembler, et...

– Vos hommes sont prêts. Tamas les a avertis dès hier, et ils n'attendent plus que vous. Certains ont même déjà chargé leurs mousquets. »

Ernö ne trouva plus rien à objecter.

« Eh, quoi, capitaine ? reprit son père en le voyant si interdit. Est-ce donc de la lavasse qui coule dans vos veines ? Ne suis-je pas celui qui vous a engendré, et n'avez-vous pas hérité d'un cœur de lion ?[3] Reprenez-vous, Monsieur mon fils, et montrez-vous digne de l'honneur qui vous est fait ! Car si je me suis saigné pour vous acheter ce grade et cette compagnie, ce n'est pas par vanité – qu'avais-je encore besoin de prouver à mes semblables ? Non, si je l'ai fait, c'est pour vous, seulement pour vous. Pour venger l'injustice que vous avait faite Dame Nature en ne vous accordant aucun des dons dont elle a paré vos aînés. Et je regrette d'avoir à le dire, mais j'ai bien trop longtemps attendu le jour où, enfin, vous accepteriez d'assumer cette charge et de nous faire honneur, à moi et à notre nom. »

Cela ne ragaillardit en rien le capitaine, qui continuait de fixer les braises d'un œil torve.

« Quel honneur mériterait-il que l'on mourût à vingt-cinq ans ? demanda-t-il enfin. Quel honneur la mort de mon frère vous a-t-elle apporté ? Êtes-vous si fier de pouvoir dire qu'il a été perdu en mer ? Ce n'est pas là que moi, je place mon honneur.

– Et où donc le placez-vous ? Dans les tripots de la basse ville ? Dans le corsage des filles de rue qui font votre ordinaire ? Dans la mauvaise bière dont vous vous régalez pour oublier votre inanité ? Allons, Monsieur mon fils, ne vous leurrez pas vous-même ! Jusqu'à ce jour votre existence n'a été qu'une fuite, une course à l'abîme !

– Certes ! Et cela ne m'a pas mal réussi, justement. Mais je suppose qu'à vos yeux il est bien plus préférable de passer ses journées penché sur un lutrin, à aligner les chiffres des ventes de drap et d'étoffe jusqu'à ce que l'âge fasse oublier que l'on en a omis de vivre, ou prisonnier volontaire d'une robe noire et des ors d'une iconostase jusqu'au moment où le gâtisme mêlera les plus incompréhensibles borborygmes à la continuelle récitation des prières !

– Vos frères vous inspirent toujours autant de haine et de jalousie, à ce que je constate, répondit doucement Maître Lifhort. Oubliez-les donc ! Pour une fois, pensez à vous, à ce que vous pouvez devenir sans plus vous soucier de ce qu'ils sont devenus. Je le répète, ce grade de capitaine, c'est pour vous que je l'ai acheté, Monsieur mon fils, pour que

3. *Lifhort* signifie littéralement *cœur de lion* (NdT).

vous puissiez montrer à tous ceux qui vous méprisent votre vraie valeur. »

Le jeune homme fléchit :

« Ceux qui me méprisent...?

– Oui, et ils sont nombreux. Mais pas moi. Pas moi. Jamais. »

La lèvre du vieux chevalier trembla l'espace d'un instant. Il se tut et fixa la coupe sur sa table, les fruits, et tout ce qui se présentait à son regard absent.

« En fait, reprit-il d'une voix faible et mal assurée, maintenant qu'il est arrivé je redoute autant ce moment de votre départ que je l'espérais jusqu'à présent. Car il me faut bien le reconnaître : quoi que vous n'aimiez pas votre vieux père et le méprisiez, moi je vous aime, Monsieur mon fils. Je vous aime... plus encore que vos frères. »

Ernő accusa le coup. Jamais il n'aurait imaginé un tel aveu de la part du vieillard, même s'il connaissait, pour en avoir si souvent abusé, l'affection que celui-ci lui portait.

« Père... »

Sa voix s'étrangla dans sa gorge. Il voulut faire un pas en avant, aller à la rencontre de son père et l'étreindre peut-être pour la première fois de sa vie. Le pied nu sur le tabouret l'en empêcha, interrompant son élan en même temps que ces effusions dont il s'étonnait lui-même. Le chevalier non plus n'était pas habitué à de tels épanchements. Il se reprit, se baissant pour soulever de derrière son fauteuil un coffret visiblement lourd et précieux qu'il posa sur la table.

« J'ai acheté ceci voilà bientôt quinze ans à un armurier de France, Monsieur Marin Le Bourgeoys, dit-il en ouvrant le coffret avant de le présenter à son fils. Ce sont des fusils à canon court, des pistolets. Leur fonctionnement, par platine à batterie et silex, était alors une grande nouveauté ; je pensais que je pourrais vous les offrir plus tôt... Cela dit, de telles pièces sont encore rares. »

Le jeune homme se pencha sur les pistolets, des armes magnifiques. Étonnamment courts pour qui était habitué aux mousquets ou même aux fusils, leurs canons étaient finement gravés de motifs floraux. Dans un coin du coffret, incrustée d'ornements assortis et de dessins de chasse, une poire d'argent attendait qu'on la remplît de poudre.

« Mais, Père, je ne mérite pas un tel présent !...

– Si. À partir de ce jour, Monsieur mon fils. Vous êtes le capitaine Lifhort, ne l'oubliez plus. Ces pistolets vous le rappelleront à chaque moment de votre campagne. Et peut-être vous rappelleront-ils également votre vieux père, qui espère que vous lui reviendrez auréolé de la gloire de vos hauts faits. »

Tandis que son fils se penchait sur le coffret, le chevalier lui tendit la main. Ernö s'en empara, puis soudain étreignit maladroitement son vieux père le temps d'une respiration. Le contact avec sa joue sèche et tiède le changea des peaux fraîches et satinées qu'il recherchait habituellement, mais il ne connut pas le mouvement de répulsion qu'il avait redouté. Puis il se redressa, roide et maîtrisant son émotion, referma le coffret et le prit sous son bras.

« Père, dit-il en inclinant une dernière fois la tête, je veux qu'à dater de ce jour vous puissiez être fier de moi. »

Le vieil homme se contenta de lui rendre son salut d'un grave hochement de tête. Alors le capitaine Lifhort tourna les talons et sortit du cabinet d'un pas féroce et volontaire, partant à la manière d'un bretteur impitoyable décidé à ne faire qu'une bouchée de ses ennemis ridicules.

Son père, lui, le suivit du regard comme s'il ne devait plus jamais le revoir.

CHAPITRE IV

EN SELLE !

Quand il fut redescendu dans la cour de l'hôtel, le jeune Lifhort eut la surprise de voir son cheval revêtu d'un drap portant les armes familiales achetées par son père : *de sable au lion d'argent allumé, lampassé et armé de sinople, tenant un cœur de gueules*. C'était un retour aux coutumes de la guerre, ou du moins à ce que le capitaine en connaissait, et sur le moment il craignit que cet étrange arroi ne le couvrît de ridicule quand il se présenterait devant ses hommes. Tamas, qui finissait de bouchonner la monture, lui adressa un regard et s'inclina devant lui.

« Votre destrier n'attend plus que vous, Maître » dit-il avec un rien de satisfaction dans la voix.

Lifhort s'arrêta un instant, contemplant l'animal qui, comme s'il savait lui aussi que l'occasion était particulière, se montrait aussi fringant qu'impatient.

« Mon Woldomir a vraiment fière allure, constata-t-il. C'est à se demander si c'est encore celui que je t'ai confié tout à l'heure à mon arrivée ! Allons, et qu'est-ce que tout ceci ? demanda-t-il en désignant une masse recouverte par le drap, sur la croupe du cheval.

– Votre nécessaire pour le voyage, Maître : du linge et des couvertures emballés dans des fontes de grande taille, encore que sans trop charger l'animal.

– Et crois-tu que je pourrais ranger ceci quelque part ? ajouta le capitaine en brandissant le coffret qu'il avait porté sous son bras. Ce sont des pistolets offerts par mon père.

– Oh, ces pistolets-là... fit Tamas avec respect, comme s'il les connaissait bien. C'est donc un grand jour. Je pense que vous pourrez les glisser dans les petites fontes fixées à l'arçon de la selle. Dans celle de droite, plutôt.

– Ah bon ? Je me demande pour quelle raison il faudrait... commença Lifhort en se mettant en selle. Mais ?... »

Ouvrant la fonte de gauche, il eut la surprise d'y découvrir une bourse. L'entrouvrant d'un geste, il y aperçut le reflet de l'argent.

« Combien y a-t-il là-dedans ?

– Je l'ignore, Maître. Mais au poids, je dirais bien cinquante rixdales. C'est un autre présent de votre père, pour couvrir les frais de route, ainsi que pour assurer votre rang auprès des officiers de votre régiment.

– Décidément, murmura le capitaine, le poids de mon ingratitude se fait de plus en plus lourd sur mes épaules. »

Tamas, qui n'avait entendu que la fin de sa phrase, se précipita aussitôt dans une remise et revint avec un grand morceau de tissu noir sur le bras, qui se révéla être une cape assortie au drap qui recouvrait la croupe du cheval. Lifhort s'en saisit sans un mot et se la passa autour du cou, jetant un regard songeur au petit lion d'argent qui ornait à présent son côté.

« Je pense que tout est prêt, conclut Tamas en ôtant son bonnet pour le saluer une dernière fois. Vous avez votre épée, les pistolets, une gourde pleine, de l'argent... Il ne me reste plus qu'à vous souhaiter bonne chance, Maître.

– Merci, Tamas, merci, répondit le jeune homme avec un regard à ses cheveux gris. Et pardonne-moi encore pour toutes les peines que je t'ai données pendant ces années. J'espère que tu ne m'en voudras pas trop.

– Oh, bien sûr que non, Maître. C'est le propre de la jeunesse, et j'espère pour ma part vous supporter encore longtemps.

– J'espère aussi que tu le feras... si je reviens. Adieu ! »

Il se couvrit de son grand chapeau et franchit le portail de l'hôtel.

L'entretien avec son père avait-il dessillé ses yeux ? Les rues de Serdekinn, qu'il avait parcourues calmes et désertes au petit matin, grouillaient à présent d'une vie inattendue. Des cris, des appels, de grandes voix braillant des ordres, partout des hommes en train de courir, des femmes en pleurs, des cavaliers se frayant un chemin dans la foule, des enfants excités par l'agitation... et au milieu de cette cohue, un petit groupe d'hommes immobiles. Ils étaient une cinquantaine environ, armés de couteaux, de fourches et de masses pour la plupart, la moitié d'entre eux également équipés d'une épée, et cinq, coiffés d'un chapeau large à plume blanche, qui portaient un mousquet. Lifhort s'approcha en se demandant pourquoi ils le fixaient ainsi. Alors l'un d'eux leva un bras et lança un ordre : aussitôt les autres, même au dernier rang, rectifièrent la position et l'attendirent, roides dans leurs sabots.

« Capitaine Lifhort, nous sommes à vos ordres, déclara celui qui était manifestement le chef de la compagnie.

– Bien, bien... fit le cavalier en les embrassant d'un regard, comme s'il cherchait à apprécier ce qu'ils valaient. Je suppose que vous connaissez notre destination, n'est-ce pas ?

– En effet, mon capitaine, répondit le sergent. Nous devons faire jonction avec notre régiment avant midi, ensuite de quoi nous ferons route vers Bergher pour intercepter l'armée suédoise avant qu'elle ne quitte la région de Borjolk.

– Parfait ! J'imagine que vous connaissez le chemin : faites partir les hommes, je vous suis. »

La tension qui habitait le capitaine depuis qu'il avait revu son père commençait à se dissiper. À la réflexion, même s'il était désireux de faire ses preuves au combat, le jeune Lifhort n'aimait pas vraiment la vue de ces hommes, qui donnait à la menace de l'envahisseur un début de réalité. Cette fois, il ne s'agirait pas d'en découdre avec un mari jaloux. Le danger existait bel et bien, et se ferait plus grand à chaque foulée de son cheval. Voir sa petite compagnie s'ébranler et marcher en direction des portes de la ville avait de quoi le démoraliser. Il choisit donc de faire contre mauvaise fortune bon cœur, remettant au plus tard possible la pensée du champ de bataille.

Les troupes se rassemblaient çà et là, prenant une à une le départ, et comme souvent quand les hommes vont à la guerre, en se pressant pour être la première sur la route menant à la bataille et à la mort. Ici et là, on apercevait des porte-enseignes levant fièrement les couleurs de leur seigneur au milieu de la foule. Plus son cheval avançait au côté de ses soldats, plus Lifhort sentait son esprit gagné par une désagréable mélancolie.

« Hé, Ernö Lifhort ! »

Le capitaine sursauta sur sa selle en entendant son nom. Se retournant, il chercha à savoir qui le hélait.

« Je suis là, Ernö ! C'est moi ! »

Il découvrit alors, agitant le bras à la porte d'une taverne qu'il connaissait particulièrement bien, une femme au teint clair et aux cheveux cuivrés, qu'il connaissait elle aussi particulièrement bien. Mais elle avait l'air soucieux. Il s'arrêta à sa hauteur.

« Eh bien, Elvina, que se passe-t-il ?

– Dis-moi, Ernö, tu pars ?

– Comme tu le vois, dit-il en reprenant un petit air bravache. Je vais faire parler de moi sur le champ de bataille et inspirer à l'ennemi la terreur de mon nom !

– Ouais, tu n'as pas changé, petit coq ! railla-t-elle. Sauf que cette fois, les choses sont sérieuses, à ce qu'on dit.

– Oui, c'est vrai, il paraît. C'est pourquoi je suis pressé. Alors ma douce, je te prierais de me dire au plus vite ce qui te soucie.

– Est-ce que tu te rappelles, il y a deux ans ? La chambre du fond ?

– Ou... oui, en effet, répondit le capitaine tandis que ses joues prenaient quelques couleurs. Il lança de rapides regards autour de lui pour vérifier que personne ne prêtait attention à leur conversation. Eh bien ?

– Tu sais donc ce que tu m'avais promis.

– Elvina, crois-tu vraiment que ce soit le moment ? Je te rendrai ce service à mon retour, je te le promets, et...

– Non, assez de promesses en l'air, l'interrompit la fille. Je t'ai sorti d'un fichu pétrin cette fois-là, et j'ai besoin de tes services *maintenant*. Là non plus, ça ne peut plus attendre. C'est lui, regarde. »

Du menton, elle désigna par-dessus son épaule un garçon à l'air revêche monté sur un mulet.

« Oui, et alors ? fit Lifhort en se pivotant sur sa selle, ne comprenant pas de quoi il retournait. Qui est-ce ?

– Quelqu'un à qui je tiens, répondit Elvina. Emmène-le avec toi.

– Mais je vais à la guerre ! Dans ces conditions, comment pourrais-tu me le confier si tu dis tenir à lui ?

– Parce qu'à choisir, je préfère le savoir avec toi que dans une autre compagnie. Les recruteurs commencent déjà à se montrer. Je n'ai pas envie qu'on me le saoule et qu'on l'enrôle dans un de ces régiments de mercenaires qui mettent toute l'Europe à feu et à sang. Je ne veux pas qu'on l'emmène se battre dans le Saint-Empire, en Flandres ou ailleurs. Avec toi, je sais qu'il risquera moins. Tu prendras soin de lui.

– Mais, Elvina...

– Ne discute pas, Ernö ! Tu me dois ce service et je te le réclame aujourd'hui. Prends-le avec toi !

– Ce n'est pas possible, tu le sais bien !

– Ernö, je vais aller parler à ton père ! »

La menace fit mouche, surtout en ce jour de réconciliation. Lifhort s'avoua vaincu.

« Très bien, dit-il. Qu'il vienne. Et je te promets que je prendrai soin de lui.

– Parfait ! s'exclama la fille avec une satisfaction évidente. En plus, pour une fois, cela t'apprendra à t'occuper de quelqu'un d'autre.

– Mais qui est-ce, bon sang ? Dis-moi au moins comment il s'appelle !

– Ça, dit-elle avec une profonde malice et un œil amusé, je te laisse le soin de le lui demander toi-même ! Eh ! cria-t-elle en se retournant vers le garçon, en route ! Tu suis Monsieur ! »

Aussitôt, sans se départir de sa mine maussade, le mystérieux protégé donna un coup de talon et son mulet vint se ranger derrière l'étalon du capitaine. Celui-ci lança un dernier regard interrogateur à Elvina, mais elle se contenta de le soutenir sans dire un mot. Un instant, Lifhort eut le sentiment que, malgré son inquiétude, elle se retenait pour ne pas rire. Mais il s'aperçut que ses hommes avaient cessé leur progression pour l'attendre, et un rien rageur de ne pas comprendre complètement de quoi il retournait, il piqua des deux et rejoignit le sergent, son compagnon et son mulet toujours accrochés à ses basques.

« Un souci, mon capitaine ? s'enquit le sergent.

– Non... enfin, je ne crois pas. Mais nous avons un nouveau compagnon. Je pense qu'il pourra me servir d'ordonnance, ajouta Lifhort après un rapide examen du garçon. Vous n'en aurez que plus de temps pour vous occuper de la troupe. Allons, reprenons notre marche. Le régiment va bientôt partir.

– Compagnie ! vociféra le sergent. Maaaaaaar-chez ! »

Et la petite troupe repartit en rangs désordonnés.

À midi, le capitaine Lifhort avait rallié son régiment à l'extérieur de la cité, lequel régiment se mit aussitôt en marche pour l'ouest à la rencontre des Suédois. Les officiers à cheval lui firent penser à des gardiens d'un informe troupeau portant étendards et guenilles, ruminant de toujours plus sombres pensées à mesure qu'il se rapprochait des fauves de l'armée adverse. Car il était de plus en plus manifeste, aux échos que l'on commençait à percevoir, que l'envahisseur ne ferait pas de quartier. Déjà, on disait que Borjolk était tombée dans ses griffes et que la ville était mise à sac. Lifhort, lui, aurait aimé parler de choses plus légères avec les autres cavaliers – mais il avait un rang à tenir, à présent.

« Je me demande bien pourquoi, songeait-il à part lui. L'artillerie suédoise ne fera pas de différence entre la piétaille et nous. »

Et sentant parfois un regard insistant se porter sur lui, il se retournait aussitôt sur sa selle, apercevant dans l'instant son étrange compagnon qui, d'un coup, se mettait à regarder ailleurs...

CHAPITRE V

DRAXEN-ÅLE SMAUD

N'y tenant plus, le lendemain du départ Lifhort fit signe à son nouveau compagnon d'avancer à sa hauteur. L'autre obéit de mauvaise grâce, semblait-il, à moins que ce ne fût son mulet qui refusait de trotter à côté du grand étalon gris. Le garçon, âgé vraisemblablement d'une quinzaine d'années, avait les cheveux d'un blond de paille et des yeux bleus à l'air sévère, à la fois clairs et froids. Ses joues étaient piquées de taches de son et des souvenirs de la petite vérole, et sa bouche avait un pli boudeur. Quant à ses oripeaux, il n'y avait guère à en dire, sinon qu'à défaut d'être présentables ils devaient le protéger efficacement du vent et de la pluie. Le capitaine attendit, se contenant de le dévisager avec insistance. Le garçon s'en aperçut, mais continua de tenir sa bride sans ouvrir la bouche. Décontenancé par tant d'obstination, Lifhort finit par lui adresser la parole :

« Eh bien, mon garçon, comment t'appelles-tu donc ?

– Smaud.

– Smaud ? répéta le capitaine, surpris que le garçon ne lui ait pas au moins concédé un *Monsieur* à défaut de le saluer par son grade. Smaud ? Et n'avez-vous donc pas de prénom, Monsieur Smaud ?

– Si, lâcha l'autre, on ne peut plus laconique et le regardant à peine.

– Hem, bien, mais... peut-on le connaître ?

– Oui. »

Lifhort en resta interdit une bonne minute.

« Eh bien, ne veux-tu pas me le dire ?

– Si. »

Et rien de plus ! Le capitaine ouvrit des yeux ronds comme des soucoupes. De quel énergumène cette satanée Elvina l'avait-elle affublé ? D'un demeuré ? Peut-être avait-elle dans sa famille un idiot congénital dont elle souhaitait se débarrasser en l'envoyant à la guerre et à une mort certaine – fâcheuse perspective pour le jeune Lifhort ! Mais il décida que les réponses du garçon valaient plus que des écorchures à son amour-propre.

« Soit. Quel est ton prénom ?

– Draxen-Åle.

– Comment dis-tu ?

– Draxen-Åle ! répéta le garçon, comme irrité de devoir répondre la même chose une fois de plus.

– Tiens. Étrange, comme prénom... Je me demande bien d'où cela peut venir. Draxen-Åle Smaud... Il y a quelque chose d'étrange, dans ce nom. Alors, d'où vient-il ?

– Du Nord.

– Suédois, on dirait.

– Ah non ! s'emporta Smaud en se crispant sur sa selle.

– Qu'ai-je dit ? demanda Lifhort.

– Suédois !

– Oui, eh bien ? Ton nom n'est-il pas d'origine suédoise ?

– Non !

– Mais d'où vient-il donc, alors ? »

Le garçon haussa les épaules, comme s'il s'en moquait.

« Du Nord ? reprit le capitaine. D'où cela ?

– De Norvège.

– Tu n’en sembles pas très convaincu...
– Peu importe.
– D’où était ton père ?
– Je l’ignore.
– Et qui est Elvina pour toi ? Ta sœur ?
– Non.
– Je vois... murmura Lifhort, qui comprit qu’en procédant de la sorte il risquait de mettre très longtemps à savoir si cette bonne amie était la mère du garçon, sa tante, sa cousine ou il ne savait encore quoi. Allons, dis-moi qui elle est pour toi !
– Ma demi-sœur.
– D’accord, je saisis mieux. La même mère, n’est-ce pas ?
– Hmmm, répondit Smaud sans ouvrir la bouche.
– Ce qui doit être une marque d’acquiescement, je présume, conclut le capitaine, un rien moqueur. Parfait... »

Il comprenait à présent pourquoi Elvina avait pu vouloir le protéger en le lui confiant. Restait à savoir de quoi ce garçon était capable. Après tout, si Lifhort avait une dette envers cette fille, il n’était pas tenu de l’honorer si elle s’avérait par trop contraignante ; on ne partait pas à la guerre avec un boulet fixé à la cheville, ou du moins était-ce ainsi qu’il voyait les choses.

« Dites-moi, Monsieur Smaud, demanda-t-il sur un ton léger, que savez-vous faire ?
– Comment ça ?
– Eh bien... n’avez-vous pas quelque talent qui puisse vous rendre utile ou fasse que je vous garde à mon service ?
– Si.
– Ah... grogna Lifhort, qui ne se faisait toujours pas au laconisme du garçon. Alors que sais-tu faire ?
– Comment ça ? répéta Smaud.
– Mais tu m’as déjà répondu ça ! Ce que je veux savoir, c’est si tu es capable d’accomplir la tâche que l’on te demande.
– Ça dépend.
– Dépend ? Dépend de quoi ?
– De la tâche ! répondit le garçon comme s’il s’adressait

à un demeuré.

– Je vois... marmonna Lifhort en maudissant Elvina l'espace d'un instant. Alors recommençons. Que crois-tu que je pourrais te demander de faire ?

– Vous suivre ?

– Bien ! C'est un début ! Et me suivre, tu saurais le faire ?

– Oui.

– Et m'obéir ?

– Oui.

– Bon, nous avançons ! Et que saurais-tu faire d'autre pour moi ?

– La cuisine ?

– Tu sais cuisiner ? demanda Lifhort sans trop espérer y croire.

– Oui.

– Parfait ! Et quoi d'autre ?

– Coudre.

– Bien, c'est toujours utile... Quoi d'autre encore ? »

Smaud haussa les épaules.

« Me taire ?

– Ah ça, je te fais confiance ! Mais étant donné la raison de notre voyage, j'aimerais savoir si tu sais aussi te battre.

– Aux poings ? répondit le garçon comme s'il en doutait lui-même.

– C'est un début. Et saurais-tu recharger mes pistolets si je te montrais comment faire ?

– Peut-être.

– Parfait !... »

À son tour, Lifhort resta un long moment sans rien dire, alors que cheval et mulet avançaient côte à côte, au milieu des soldats du régiment. Foule hétéroclite, tous marchaient sans entrain vers un combat sur lequel ils ne se faisaient que peu d'illusions. Car après tout, ces guerres que menaient entre eux les monarques, pourquoi devaient-ils, eux, être les seuls à en payer le prix ? Certains rêvaient qu'un jour ces puissants qui en voulaient à leurs voisins seraient obligés de les affronter de personne à personne, dans un champ clos ou sur une île, comme au temps jadis, et que le vainqueur pourrait alors imposer sa volonté au peuple du vaincu sans qu'aucune armée n'ait à combattre. Et les plus malheureux de devoir partir à la guerre maudissaient même les gens de Borjolk de n'avoir pas su repousser à eux seuls le Suédois à la mer...

Lifhort finit par s'ennuyer un peu. Il reprit donc la parole :

« Es-tu armé, Smaud ?

– Oui.

– Ah, vraiment ? fit-il, étonné de cette réponse. Et qu'as-tu pour te battre ?

– Ça, dit-il en soulevant un pan de son manteau pour dévoiler le manche d'un grand couteau.

– Je vois...

– Et ça, ajouta Smaud en montrant de l'autre côté de sa taille la lanière d'une fronde et un petit sac apparemment rempli de cailloux.

– Bon ! »

Le capitaine souriait de toutes ses dents. Ce gamin avait sans doute une vilaine caboche, mais également des réserves inattendues. Au fond, ce pourrait même être un compagnon agréable.

« Que penses-tu de cette guerre que l'on nous fait ?

– Les Suédois ?

– Oui.

– Rien.

– Cela ne t'intéresse donc pas ?

– Non.

– Mais nous allons nous battre. As-tu peur ?

– Je l'ignore.

– De quoi as-tu peur, alors ?

– Je l'ignore.

– Allons, il y a bien quelque chose qui t'effraie ? poursuivit le capitaine, amusé. Les loups, les bandits, les araignées ?...

– Non... Un peu.

– Les araignées ?

– Oui.

– Et quoi d'autre ?

– Les diables !

– Que me racontes-tu là ? Serais-tu superstitieux ? Le diable n'existe pas, voyons, pas plus que... le reste !

– Si !

– Tu crois à ces choses, alors ? Aux diables, et à quoi d'autres ?

– Aux sorciers !

– En as-tu déjà vu ?

– Non.

– Alors ? Comment peux-tu croire à des légendes, à des monstres, à des démons et à quelque chose que personne n'a jamais vu ?

– Et la mort ?

– Quoi, la mort ? Aurais-tu déjà vu la mort ?

– Non.

– Alors ?

– Elle existe. »

Là, Smaud venait de marquer un point. Lifhort fut une nouvelle fois surpris par ce qui se cachait derrière le visage renfrogné du garçon. Puis il revint à ce qui, au fond, l'avait incité à entamer la conversation avec lui :

« Dis-moi, Smaud, pourquoi ne cessais-tu de m'observer, tout ce temps ?

– Par crainte.

– Aurais-tu peur de moi ?

– Non.

– Eh bien, pourquoi alors ?

– Le signe.

– Pardon ?

– Le signe.

– Quel signe ?

– Là-haut, dit Smaud en désignant un vague endroit au-dessus de la tête du capitaine.

– Je ne vois rien, constata Lifhort après s'être tordu le coup. Est-ce sur mon chapeau ?

– Non.

– Alors, qu'est-ce ?

– Mauvais œil, conclut le garçon.

– Superstition ! pesta le capitaine. Superstition, mon pauvre Smaud ! Est-ce Elvina qui t'a mis cela dans le crâne ? Elle traîne toujours toutes sortes d'amulettes et de porte-bonheur ridicules ! Si en plus tu te mets à croire tout ce que peuvent raconter les femmes !... »

Le capitaine allait se lancer dans un exposé complet des méfaits nés de l'exploitation de la crédulité des humbles quand son sergent vint le prévenir : on approchait du campement. Leur régiment faisait sa jonction avec ceux venus du nord et de l'est, avant de repartir à l'aube en direction de la côte. En effet, les dernières nouvelles en provenance de l'ouest affirmaient que l'armée suédoise n'avait pas quitté les environs de Borjolk, comme si elle attendait une confrontation avec le reste des troupes eklendaises. Autant de questions de stratégie dont les officiers généraux discuteraient ce soir à la veillée. Lifhort, lui, espérait trouver une tente où il pourrait se payer à boire et à manger, et éventuellement converser avec des personnes intéressantes. Dans le cas contraire, Smaud n'aurait pas loin à aller pour lui trouver l'une de ces filles qui suivent les régiments comme les mouches un chariot de harengs.

Laissant sa compagnie, le capitaine partit avec son ordonnance vers les tentes des officiers. Ce ne fut que lorsqu'il mit pied à terre qu'il comprit que le petit bruit qu'il venait d'entendre était celui d'une épée tirée du fourreau. Aussitôt après, une pointe vint se ficher entre ses épaules tandis qu'une voix l'apostrophait :

« Salut Lifhort ! Fais ne serait-ce qu'un geste et tu es un homme mort ! »

CHAPITRE VI

RÉCIT SOUS LA TENTE

Lifhort n'avait pas revu Helme Pelner depuis près de cinq ans. Aux dernières nouvelles, il s'était fait mercenaire et avait combattu depuis sur tout ce que l'Europe avait compté de champs de bataille. Pour lui, un maître ou un autre, au fond, cela importait peu : avec Bethlen pour les Hongrois, avec Tilly pour la Sainte Ligue, Wallenstein pour l'Empire ou Mansfeld pour les Danois, il avait amplement mérité sa solde sans se poser de questions. Cette vaste guerre permettait de bien gagner sa vie. Et plus on se faisait remarquer lors d'un combat, plus on avait de chances de voir monter les enchères, à mesure que le camp adverse était disposé à payer plus cher un adversaire de valeur dont il tenait à se faire un allié. Mais pour le capitaine, cet éloignement de Pelner était une bonne chose, puisqu'ils ne s'étaient pas quittés en bons termes. Pour résumer l'affaire en peu de mots, suite à un différend avec la milice de Serdekinn, Lifhort avait eu recours à des appuis que Pelner ne pouvait avoir, et celui des deux qui avait fini en prison n'était sans doute pas celui qui le méritait le plus. Dès sa libération, deux semaines plus tard, Pelner avait quitté la ville pour s'enrôler.

« Comment as-tu fait pour me retrouver ici, Pelner ? demanda le capitaine sans se retourner.

– J'avoue que te découvrir dans un campement tel que celui-ci est assez inattendu, Lifhort. Autrefois, tu n'étais pas si empressé de prendre la tête de cette compagnie que voulait te payer ton père...

– Et toi ? Comment se fait-il que tu aies rejoint l'armée eklendaise ? Le roi aurait-il décidé d'enrôler tous les mercenaires du continent pour défendre le pays ?

– Oh non ! s'esclaffa Pelner. Le trésor sur lequel il dort n'y suffirait pas ! »

Une fouine aux abois n'aurait pas mordu plus vite : profitant du rire de son adversaire, le capitaine se retourna avant que celui-ci n'ait eu le temps de réagir. D'un geste, il avait tiré l'épée et s'était libéré de la menace de Pelner, croisant à présent le fer avec lui, prêt à en découdre. Mais la réaction du mercenaire ne fut pas celle à laquelle il s'était préparé. Alors même que les soldats qui assistaient à la scène se mettaient à rire, Pelner jeta son épée pour prendre Lifhort à bras le corps et le soulever du sol.

« Ah, sacré vieux ! Mon gars Ernö, cela me fait bigrement plaisir de te revoir ! s'exclama Pelner en tournant sur lui-même, écrasant toujours le capitaine entre ses bras puissants.

– Le plaisir... est... partagé, parvint à articuler Lifhort, qui cherchait à respirer. Pour une surprise !...

– C'en est une ! conclut Pelner en le reposant enfin, puis en le rattrapant tandis que son ancien ami, étourdi, perdait l'équilibre. Depuis tout ce temps ! »

Le capitaine leva les yeux sur lui : le colosse dont il conservait le souvenir était resté le même. Peut-être s'était-il empâté un peu, mais l'étreinte qu'il venait de lui infliger prouvait qu'il avait gardé, sinon développé, sa musculature d'autrefois. Son gilet de cuir était à peine assez large pour contenir son poitrail, couvert d'un poil noir zébré de cicatrices nouvelles. De même, sa barbe était traversée de balafres et son visage tanné portait, comme ses bras nus, la trace de nombreuses estafilades. Lifhort imagina quel terrible adversaire il avait dû être dans les batailles. Quatre points luisaient sur lui dans la pénombre du jour finissant : une boucle d'argent sertie d'une pierre d'ambre à son oreille droite, une dent en or dans son large sourire, et surtout ses yeux pareils à ceux d'un fauve.

Smaud, qui s'était approché avec sur le visage un air on ne peut plus farouche et son grand couteau à la main, en resta interdit. D'un geste, Lifhort lui fit signe de ranger son arme. Décidément, se répétait-il, malgré les apparences ce garçon serait sans doute un compagnon précieux. Puis, comme Pelner l'invitait à le suivre sous une tente avec une poignée de compagnons, le capitaine entraîna Smaud avec lui. Après tout, leur destin était lié, désormais, et si ce gamin savait vraiment se servir d'un couteau, sa présence n'était peut-être pas inutile : le mercenaire ne lui inspirait encore qu'une confiance toute relative.

Assis sous la tente autour d'un pichet de vin, les anciens amis se dévisagèrent un moment sans rien dire, comme s'ils se remémoraient un passé commun et mesuraient le temps écoulé depuis.

« Je pensais que tu m'en voudrais toujours, dit enfin Lifhort. Autrefois, tu avais la rancune tenace. Et nous ne nous sommes pas quittés au mieux.

– J'ai changé, répondit Pelner en haussant les épaules.

Tout cela appartient au passé. La preuve, c'est que je suis revenu servir le pays.

– D'où ma surprise. En as-tu eu assez de combattre pour d'autres ?

– C'est un peu plus compliqué que ça. On finit par se lasser, cela dit. Même s'ils paient bien leur soldatesque, les rois et les princes voient rarement la mort d'aussi près qu'elle. C'est sans doute pour cela qu'ils sont si prompts à se déclarer la guerre. Moi, j'en ai vu, des morts brutales ! Des bras coupés, des têtes arrachées par un coup de mousquet, des ventres vidés de leurs entrailles... J'étais même le premier à augmenter leur nombre ! Dans la bataille, je me sentais comme possédé d'une force surnaturelle, un peu comme si aucune arme ne pouvait m'atteindre, à la manière des guerriers-fauves du passé. Alors j'ai combattu, j'ai tué tout mon content... Même si les lames et les balles adverses ne m'ont pas épargné, mais rien de bien grave à chaque fois, grâce à Dieu.

– Et la lassitude est venue... glissa Lifhort.

– Eh bien... non, répondit Pelner en jetant un regard circulaire sur ses camarades. Si je suis ici ce soir, prêt à me battre comme un chien demain contre les Suédois, c'est pour une raison différente. Comme je te l'ai dit, j'ai changé. Les rancunes d'autrefois, la rage du combat, les compagnies de mercenaires, j'ai fait une croix sur toute cette période de ma vie.

– Voudrais-tu me dire pourquoi ? demanda le capitaine en remplissant une nouvelle fois la timbale de Smaud, qui commençait déjà à papillonner des paupières. Je suis impatient de l'apprendre. »

Pelner se redressa, sembla réfléchir un instant, lança un nouveau coup d'œil en direction de ses camarades de combat puis se pencha de nouveau vers son ami retrouvé.

« Ceux qui sont ici ont déjà entendu mon histoire, dit-il. Tous n'y croient pas, et pourtant je leur ai apporté la preuve que je disais vrai. Mais je ne leur en veux pas, tant elle est incroyable. J'ai moi-même du mal à me persuader que c'est bien ce que j'ai vécu, parfois. Es-tu prêt à m'entendre ?

– Je le suis, Helme.

– Et ton compagnon ?

– Je le pense aussi, encore qu'il n'est pas assuré qu'il t'écoute jusqu'au bout, étant donné le peu de résistance qu'il semble offrir à la boisson. En outre, si cela peut te rassurer, ce n'est pas lui qui ira en parler à qui que ce soit. De cela pas plus que du reste, d'ailleurs.

– Très bien, reprit Pelner en apercevant le sourire béat de Smaud. Alors voici : cela m'est arrivé il y a un peu plus de quatre mois, à présent. Le combat venait de s'achever. Je ne te dirai pas où cela s'est produit, car je préfère l'oublier moi-même. Ma fureur venait de retomber, et je prenais peu à peu conscience de la boucherie à laquelle j'avais participé. Le râle des hommes, l'agonie des chevaux, l'odeur piquante de la poudre, tout cela commençait à me donner la nausée. Mais tu sais ce que c'est – ou tu le sauras bientôt. Toujours est-il que, la nuit tombant, je me suis mis à marcher au hasard, comme dans un rêve. Il est possible que j'aie croisé les hommes qui sont assis avec nous ce soir, c'est même probable, mais je n'ai vu aucun d'eux. Et surtout, aucun d'eux ne m'a vu.

« Il y avait une forêt, non loin de là, et je m'y suis rendu sans trop savoir pourquoi. Mais bientôt, il m'a semblé apercevoir une lueur sous les arbres. Une lueur qui se déplaçait. Chaque fois que j'essayais de l'approcher, elle me fuyait. C'est alors que je suis arrivé à une rivière. La lueur était de l'autre côté. Sans réfléchir, comme l'eau n'était pas large et n'avait pas l'air profonde, j'ai tenté de la traverser. En fait, j'ai dû très vite m'aider des bras pour surnager, et par endroits marcher avec de l'eau jusque sous la barbe. Alors que j'étais au milieu du lit de la rivière, le sol s'est dérobé sous mes pieds. Je me suis senti attiré vers le fond. Ce n'était sans doute qu'un trou avec un remous, ou plutôt des algues qui se sont enroulées autour de mes jambes, mais j'ai vraiment senti qu'une force m'entraînait vers le fond de la rivière, et s'accrochait, s'accrochait à mes jambes. J'ai hurlé, battu des bras de mon mieux pour me tirer de là, et j'ai eu la chance d'attraper une grosse branche qui flottait et que le courant emportait dans ma direction. Je me suis agrippé à elle de toutes mes forces, et enfin le remous a lâché prise. Quand je suis arrivé sur la berge opposée, j'ai vu que j'avais perdu mes bottes, et j'ai dû m'asseoir tant cette lutte contre l'eau m'avait épuisé. Comme j'avais toujours mal aux jambes, j'ai regardé mon pantalon : il était lacéré des chevilles aux genoux. Quant à mes mollets, ils portaient eux aussi des griffures, dont certaines très profondes. Des traces comme des lignes allant par trois. Et à plusieurs endroits, de petits cercles où la peau avait été arrachée, avec trois points plus profonds dans la chair. Comme des crocs de bouches immondes.

« Sur le moment, mon cœur s'est mis à battre à tout rompre. J'étais persuadé qu'il y avait *quelque chose* dans l'eau qui n'avait rien à voir avec les algues ou le remous. J'ai failli hurler – moi ! Moi qui avais vu et commis tant d'horreurs sans broncher ! Car cette chose-là était visiblement démoniaque. »

Incapable de se retenir, Lifhort leva les yeux au ciel, trahissant son incrédulité. Heureusement, le regard perdu dans son passé, Pelner ne le remarqua pas.

« Mais c'est alors que la lueur est revenue, poursuivit-il. Cette fois plus proche, et accompagnée de sons lointains et étouffés, comme on en entend parfois dans les forêts les plus profondes. En me retournant pour mieux l'apercevoir, j'ai cru discerner des formes qui bougeaient dans l'obscurité, se cachant derrière des troncs. Je me suis remis debout, et comme je n'avais plus vraiment d'autre choix, j'ai marché vers cette étrange lumière. Étrange, car elle changeait de couleur, passant du bleu au doré, en variant d'intensité, comme si elle se faisait plus ou moins distante. Mais si c'était la lueur d'une torche, celui qui la portait courait beaucoup plus vite que n'importe quel homme, de nuit, dans un bois.

« J'ai continué d'avancer, oubliant les plaies sur mes jambes. Et tout à coup la lumière s'est arrêtée. À chaque pas que je faisais dans sa direction, j'entendais des échos, des murmures étouffés. Mais je me rapprochais toujours plus, jusqu'à apercevoir quelque chose dans la clarté. Et cela me regardait, Lifhort, comme avec des yeux. Des petits points remplis d'étoiles, qui me fixaient. Et tout autour, je finis par discerner des traits : c'était un visage. Un visage lumineux, d'où se répandait cette étrange lueur. Mais sous cette tête, impossible de voir le moindre corps ! Je me dis que cette fois, ma fin était venue, puisque je me retrouvais assurément en présence d'une Elfe de la forêt ![4] Comme dans les histoires de Miskol, cette créature m'avait attiré et j'avais franchi les limites de son royaume...

« Puis soudain je ne vis plus rien. D'un coup, je me retrouvai plongé dans le noir. Mon souffle fut coupé par cette obscurité étouffante, que je pouvais presque sentir sur ma peau comme un linge brûlant. Mes autres sens perdirent tout repère à leur tour ; j'étais condamné. Enfin l'étouffement passa. Je me retrouvai seul dans le noir le plus profond, mais cette fois *quelque chose* me frôla. Une autre chose, pas comme la créature cachée au fond de la rivière, non, quelque chose de bien plus immatériel, mais présent. *Elle* était là, qui tournait autour de moi, se glissait dans mon cou, sur mes pieds... Je finis par sentir son souffle sur mon visage, comme l'haleine d'une bête sauvage, mais sans rien de fétide, pourtant. Cette présence m'observait, me semblait-il. Ma panique était à son comble, mais j'étais incapable d'esquisser le moindre geste. Je finis par m'évanouir.

« Alors mes yeux retrouvèrent la lumière. Je me trouvais allongé sur de la mousse au pied d'un orme, et une grande silhouette était penchée sur moi, nimbée de lumière. Je reconnus son visage : c'était celui de l'Elfe. Mais cette fois elle me souriait. “Je te salue, Mortel”, me dit-elle sans ouvrir la bouche. Sa voix résonnait dans mon crâne, et même si cela me dérangeait beaucoup, je pensai que c'était une sensation délicieuse. Un instant, je me dis que j'étais mort et qu'elle m'accueillait au paradis, comme il est dit dans certaines légendes du Nord. Mais ce n'était pas le cas : comme si elle avait lu dans mon esprit, l'Elfe me dit que j'étais toujours en vie, et qu'elle m'avait choisi...

– Choisi ? Pour quoi faire ? demanda le capitaine, presque agacé par ces inepties et commençant à attribuer cette histoire au contrecoup de la bataille, ou à l'un de ces moments d'ivrognerie profonde qu'il avait partagés avec

4. Dans le folklore eklendais, les Elfes sont des esprits féminins (NdT).

Pelner par le passé.

– Je lui posai la même question, répondit l'ancien mercenaire. “Je t'ai choisi pour te montrer l'Autre Monde, afin que tu puisses en parler au reste des Mortels” dit l'Elfe. Et aussitôt elle se pencha jusqu'à toucher mon front avec le sien, et me souleva de ma couche par la seule force de sa pensée. Il me semblait que je flottais à sa suite au-dessus du sol à mesure qu'elle m'emmenait avec elle jusqu'à un arbre gigantesque qui lui aussi répandait une grande lumière. Et c'est alors que le tronc de l'arbre s'est ouvert, et que j'ai été happé vers l'au-delà. Et j'ai fait ce pourquoi on m'avait choisi : j'ai vu.

– Mais pourquoi toi ? l'interrompit Lifhort, qui refusait de plus en plus de croire à cette histoire insensée.

– Pourquoi, ça je l'ignore, répondit sombrement Pelner. Mais j'en connais le coût. L'Elfe me l'a dit.

– Quoi donc ? Qu'est-ce que c'était ?

– La façon dont je vais mourir. »

CHAPITRE VII

SUITE DU RÉCIT DE PELNER

Le capitaine s'attendait bien à une explication extraordinaire, et assurément fantaisiste, mais pas du tout à cette réponse-là. Il se fit sous la tente un silence pesant, que même les ronflements de Smaud, tombé de son tabouret depuis un moment, ne parvenaient pas à dissiper. En fait, avec cette réponse Pelner avait si bien réussi à capter l'attention de tous, Lifhort y compris, que l'on n'accordait plus non plus d'intérêt aux bruits du dehors, hennissements de chevaux ou appels des veilleurs dans la nuit. Le capitaine et lui échangeaient un long regard, lourd de significations, tandis que les autres se taisaient.

« Pas facile à admettre, hein, Ernö ?

– Non, en effet. Mais que t'as dit cette créature, alors ?

– Rien sur l'instant. Je ne l'ai su qu'à la fin. »

Pelner se remplit une nouvelle coupe de vin, avant de

poursuivre :

« Une fois passé de l'autre côté de l'arbre, j'ai ressenti une violente impression de chute : je tombais, de plus en plus vite, et j'allais assurément m'écraser sur un sol que j'étais incapable de voir. Puis cette peur s'évanouit à mesure que je me sentais ralentir et qu'enfin je trouvai une surface dure et d'assiette sous mes pieds. L'Elfe était toujours à mon côté.

« "Où sommes-nous ? lui demandai-je. Est-ce là le royaume de la Mort ?

« – Non, répondit sa voix dans ma tête. Je t'ai conduit dans l'Autre Monde, comme je te l'avais annoncé. Tu es encore en vie. Pour l'instant. Regarde..."

« Alors je contemplai le paysage qui nous entourait. C'était on ne peut plus étrange. Ce monde ressemblait beaucoup au nôtre, avec des arbres, des prairies, des vallées, des rivières... Mais au-dessus de nos têtes la voûte du ciel était noire, comme par une nuit sans lune, pourtant aucune étoile ne brillait, et surtout il faisait grand jour partout où je portais mon regard. Peut-être étions nous descendus dans les entrailles de la terre ? Si c'est le cas, il y brille un soleil que l'on ne peut voir nulle part... »

Lifhort soupira : voilà, c'était reparti pour de nouvelles fadaises. Pelner ne parut pas l'entendre. Il poursuivit, imperturbable :

« En revanche, je pouvais apercevoir un peu partout des animaux pareils à ceux que nous connaissons, mais blancs et majestueux, et surtout des points de lumière qui se déplaçaient à vive allure, et je compris qu'il s'agissait d'Elfes, comme celle qui m'accompagnait. Parfois, l'une d'entre elles passait tout près de nous, visage aux yeux d'étoiles auréolé d'une lueur paradisiaque. Ma compagne et elles échangeaient ce qui me semblait être des paroles aimables, encore que je n'en comprisse presque jamais le sens. Alors je finis par lui demander si c'était de cela dont je devrais parler à mon retour.

« "De cela, et surtout de ce que vais te montrer à présent, répondit l'Elfe. Suis-moi !"

« Avant de pouvoir savoir comment faire, je me sentis de

nouveau m'élever dans les airs. L'Elfe m'entraînait plus vite que ne pourrait le faire aucun cheval, jusque vers un horizon menaçant, surplombant des terres sinistres. Là, le sol était recouvert d'une lèpre affreuse et livide. Les arbres étaient morts, ils se retrouvaient figés dans des postures torturées, étouffés par des lianes hideuses couvertes de pustules d'où s'écoulait un fluide écœurant. Quant aux cours d'eau, ils charriaient une boue pestilentielle. Plus un animal n'était visible, et même l'air semblait obscurci.

« Puis je les aperçus. Ils avançaient en rangs innombrables, par légions entières, armés de piques, d'épées, de haches, de pinces et de marteaux hérissés de piquants. Ils étaient des milliers et des milliers, tous plus hideux et effrayants les uns que les autres, contrefaits et difformes, avec dans le regard une abominable malignité. Leurs chefs, plus grands qu'eux, brandissaient des enseignes où se balançaient de terribles trophées : on eût dit des voiles de lumière, encore que pâles et fanés, comme des peaux vides où je crus reconnaître des visages, de beaux et tristes visages aux yeux morts. L'Elfe à côté de moi me dit simplement : "Les Kobolds", et sur le moment je refusai de la croire. Tu connais comme moi les histoires que l'on raconte aux enfants, Lifhort : ces récits merveilleux où des lutins et des gobelins se jouent des mortels en leur tendant des pièges puérils. Je ne pouvais pas concevoir que des êtres aussi insignifiants que les Kobolds pussent devenir des guerriers à ce point terrifiants et sanguinaires.

« "Et pourtant, c'est ainsi qu'ils sont vraiment en ce monde, me dit l'Elfe. Ce que vous en savez n'est qu'un très lointain écho de la vérité. Leur existence vous a été apprise par d'autres Mortels que nous avions invités, comme toi, à découvrir ce qui se passe ici, mais ceux qui ont entendu ces récits pour la première fois ont refusé de les croire, et les Kobolds sont devenus chez vous ces petits êtres, vils mais inoffensifs. Alors qu'en réalité ils sont une menace pour la survie de notre univers, et donc, à terme, du vôtre. Regarde."

« Une nouvelle fois je me tournai vers l'endroit qu'elle me désignait : c'était une plaine, que le chancre livide commençait à dévorer à mesure que les armées des Kobolds, amenant avec eux la pourriture et la décomposition, avançaient en conquérantes. Mais face à elles se présenta une autre armée, brillante et lumineuse, composée de bataillons et de compagnies en rangs bien ordonnés, et je compris que c'était celle des Elfes. Une bataille allait avoir lieu, à laquelle mon guide souhait me faire assister. Bientôt les deux forces furent face à face. Il y eut un temps d'attente, dans un profond silence, puis les combattants s'élancèrent.

« Les Elfes, dont les rangs flottaient jusque-là à faible hauteur au-dessus du sol, s'élevèrent aussitôt dans les airs, et ce fut comme un nuage ardent qui fondit sur les Kobolds. Chaque visage de lumière portait à présent la marque de la colère, et de leurs bouches pleuvaient comme des étoiles de feu sur les rangs ennemis. Les monstres touchés par ces projectiles se retrouvaient couverts de plaies béantes d'où sortaient des vers et des larves prises de panique, et finissaient par s'écrouler en se décomposant aussitôt. Ces flaques purulentes disparaissaient alors dans le sol qu'elles polluaient.

« Mais les Kobolds arrivaient toujours plus nombreux, en rangs innombrables. Et je les vis se préparer à la riposte : de leurs gueules ouvertes, d'où sortaient trois crocs luisants, pendaient des langues qui se terminaient en tridents, dégoulinant d'un mucus gluant. Ces créatures immondes en recouvraient alors leurs armes, surtout les pointes de leurs flèches, avant d'en faire usage contre les Elfes. Quand leurs archers firent feu, ce fut comme un nuage de mort qui s'éleva, fauchant leurs ennemis en plein ciel. Chaque Elfe qui retombait n'était plus qu'une enveloppe luminescente, un masque mort vidé de sa consistance, que les chefs des Kobolds arboraient au bout de leurs piques. Avant d'être atteint par la bave mortelle, une Elfe pouvait bien anéantir une cinquantaine de ces monstres, mais cela ne suffisait pas tant les Kobolds étaient nombreux. Je compris pourquoi : à l'arrière, en retrait, des troupes fraîches de ces démons semblaient sortir de nulle part. Mais en réalité, le dernier rang des combattants était occupé à répandre sur le sol une boue d'excréments innommables, qui en quelques instants devenaient de nouveaux Kobolds, et ainsi de suite !

« “Ils se reproduisent bien plus rapidement que nous, me

dit l'Elfe. C'est pourquoi nous ne pouvons au mieux que les ralentir. Rares sont donc chez nous celles qui estiment qu'un jour nous pourrons les vaincre. Et alors, s'ils l'emportent, voici ce qui arrivera. Cela a même déjà commencé..." »

Lifhort tortillait sa moustache avec ennui, regardant ailleurs.

« Tu vas comprendre, le rassura son ami. Alors donc, l'Elfe m'emmena encore plus loin, bien au-delà des armées des Kobolds, jusqu'à ce qui me parut un immense mur. Ce n'était pas de l'obscurité, ni de la nuit, ni du vide. Je n'ai pas de mot pour dire ce que c'était. À son pied, j'aperçus la lèpre engendrée par les Kobolds, mais dans un état pire encore que ce qu'elle était à leurs avant-postes. Cette fois, elle était si décomposée qu'elle se réduisait à... plus rien, plus rien du tout. Et c'est ce qu'était ce mur : rien ! Le Néant, le pur Néant. "L'Anéantissement", me dit l'Elfe. Même pas du vide, rien !

« "Ce qui arrive à notre monde va s'étendre au tien si nous échouons dans notre lutte, Mortel. Car les Kobolds sont poussés par un irrépressible instinct de destruction. Ils ont déjà dévoré plusieurs mondes ; à présent c'est le nôtre, et quand ils l'auront réduit à néant, ils s'attaqueront au plus proche : le tien. Qui sait où ils s'arrêteront ? Certaines d'entre nous pensent qu'un jour ils auront détruit tout ce qui pouvait l'être, et qu'en dernier recours ils s'anéantiront eux-mêmes. Voilà pourquoi je t'ai conduit ici, Mortel, conclut l'Elfe. À présent, va en informer tes semblables !"

« Mes yeux se voilèrent à nouveau, et cette fois je me sentis tiré vers le haut à une vitesse tout aussi vertigineuse que lors de ma descente vers l'Autre Monde. Je perdis mes esprits. C'est alors que Kristan, que tu vois ici, dit Pelner en désignant l'un de ses compagnons, me tira de mon sommeil. J'étais de nouveau sur le champ de bataille, mais celui où j'avais combattu avant cet étrange voyage, au milieu des fumées, des pilleurs de corps et des râles des blessés. Kristan m'emporta sur son épaule jusqu'à notre campement, et il me laissa délirer plusieurs heures dans un demi-sommeil. Mais je suis finalement revenu à moi, et j'ai raconté mon histoire à tous ceux que je connaissais. »

Il se tut enfin, vidant sa coupe d'un trait.

« Et toi, Lifhort, qu'en penses-tu ?

– Maugrebleu, que crois-tu que je pourrais te répondre ? Pour te dire le fond de ma pensée, je pense que tu as rêvé, Pelner. Ou que tu as reçu un coup pendant la bataille, qui t'a étourdi et a causé cette vision. Mais tu ne m'en voudras pas de ne pas accorder crédit à ce que tu viens de me raconter. Tes Elfes, tes Kobolds proviennent tout simplement des légendes que tu as entendues quand tu étais enfant, car les histoires de ce genre, je les ai entendues moi aussi. Et tout cela a ressurgi dans ton esprit quand tu as perdu connaissance au combat. De même que ces images de guerres entre légions divines et démoniaques : c'est ce que les popes t'ont mis dans le crâne depuis toujours ! Alors excuse-moi, mais je ne peux y croire.

– Bien sûr. Ta réaction ne m'étonne pas. Je devais m'y attendre. Même ceux qui ont vu la preuve ont mis du temps à comprendre que j'avais dit la vérité.

– La preuve, c'est vrai ! s'exclama le capitaine d'un ton moqueur. Eh bien, veux-tu me la montrer, à moi aussi ? »

Sans dire un mot, Pelner se pencha pour ôter sa botte gauche, puis il remonta son pantalon jusqu'au-dessus du genou et ôta un bandage taché de sombre avant d'exhiber sa jambe : on y voyait plusieurs cicatrices suintantes, allant par trois, en lignes parallèles, sur le mollet.

« Je te rappelle que cela m'est arrivé voilà quatre mois, et pourtant depuis tout ce temps les plaies n'ont pas encore cicatrisé. Mais tu n'as pas tout vu... »

Faisant pivoter sa jambe devant Lifhort, il lui révéla une dernière marque, encore plus étrange, creusée dans la chair vive : deux cercles concentriques, dont le plus petit était hérissé à l'intérieur de pointes minuscules, et le plus grand frappé à intervalles réguliers par trois points larges, allongés, qui s'enfonçaient encore plus profondément dans le mollet.

« Depuis quatre mois, poursuivit Pelner, ces cicatrices restent béantes, et malgré tout la gangrène ne s'y met pas. Comment l'expliques-tu, ça ?

– Je ne me l'explique pas, en effet, répondit le capitaine,

qui avait blêmi. Et toi ?

– Moi, j'ai l'explication, naturellement. Ces trois points sont les marques des trois crocs d'un Kobold. Et ces lignes sont les traces de ses griffes, car leurs pattes n'ont que trois doigts. Ce qui m'a attaqué quand j'ai traversé la rivière, c'était un Kobold, je le sais à présent ! Ils se préparent déjà à nous assaillir, ils envoient quelques-uns des leurs pour nous espionner, ou pour nous empêcher d'entrer en contact avec les Elfes. »

Le visage de Lifhort reflétait un sentiment de profonde tristesse. Pelner s'en aperçut.

« Tu ne me crois toujours pas, hein ? Ou plutôt tu refuses toujours de me croire... Je ne t'ai pas convaincu, n'est-ce pas ?

– Non, en effet. Je suis désolé, Helme.

– Ne le sois pas. C'est presque normal. Je te l'ai dit, ceux qui sont ici ont mis du temps, et certains beaucoup de temps, avant d'accepter la vérité. Même l'Elfe me l'a laissé entendre, avant que je ne perde connaissance. Elle a compris que j'avais moi-même besoin d'une preuve plus tangible à apporter que mon seul témoignage, une preuve qui me persuaderait moi-même que je n'avais pas rêvé. Elle me dit alors que ma propre chair m'apporterait cette garantie. Cela, c'était pour les marques que tu viens de voir, je pense. Mais elle a aussi ajouté qu'au moment de mourir, je n'aurais plus aucun doute.

– Ah, c'est là qu'elle t'a dit de quelle façon tu allais mourir, c'est bien cela ?

– Oui, en effet, se rembrunit l'ancien mercenaire. "Je n'ai pas le droit de t'en dire plus sur ce que sera ta vie avant cela, me dit-elle, mais à l'heure de ta mort tu sauras que j'ai dit vrai, car voici comment cela t'arrivera : *par la folie d'un lion, le serpent volera jusqu'au chien*".

– Voilà qui est pour le moins sibyllin, remarqua Lifhort.

– Peut-être, mais ma mort y est écrite.

– Allons, allons, on ne trouve plus de lions dans ce pays depuis la plus haute antiquité, s'il en fut jamais, ajouta le capitaine en sortant sa pipe de sa poche. Et encore moins de serpents volants. Les dragons, les guivres, tout cela n'est que folklore, tu le sais bien, Pelner ! En revanche, les chiens, ce n'est pas ce qui manque...

– J'y ai beaucoup songé. Mais il s'agit certainement d'un *chien de guerre*, un mercenaire comme moi – et donc moi, tout simplement.

– Sans doute, encore que par les temps qui courent, les mercenaires soient presque aussi nombreux sur les rives de la Baltique que les chiens à quatre pattes. Ce peut donc être toi comme n'importe quel autre de ceux qui sont assis sous cette tente, voire dans ce campement, ou ailleurs. Mais comme je ne crois pas aux serpents qui volent, je pense pouvoir te prédire une vie particulièrement longue...

– Raille-moi si cela t'amuse ! dit Pelner en hochant la tête. Mais moi, je ne ris pas. J'ai changé, je te l'ai dit. Je sais à présent qu'il se livre non loin d'ici, sous nos pieds ou au-dessus de nos têtes, une lutte féroce dont notre monde dépend aussi, et en conséquence je refuse de participer plus longtemps au chaos. Si l'on m'a offensé par le passé, je ferme les yeux aujourd'hui, lança-t-il à Lifhort qui bourrait sa pipe, et si je dois combattre, alors ce ne sera plus pour le plus offrant, mais pour qui peut légitimement me demander de le faire : mon roi. Je suis revenu en Eklendys, et je t'assure que je me battrai contre les Suédois comme s'ils étaient des légions de Kobolds. C'est une vision que je ne peux pas oublier. »

Le capitaine souffla un rond de fumée, qu'il regarda monter jusqu'à la toile de la tente.

« Et je suppose que tu as également persuadé tes anciens compagnons de te suivre...

– Exact. Ils sont d'accord avec moi. Ils seront fidèles au roi, et pas moins vaillants qu'avant dans la mêlée. Tu le verras par toi-même, demain.

– Demain... »

Lifhort finit par prendre congé de Pelner et de ses camarades. Laissant Smaud assoupi à même le sol sous leur tente, il revint à la sienne, montée par les hommes de sa compagnie, et se prépara à dormir. Le sommeil ne vint pas pour autant. Pelner avait toujours aimé raconter des histoires invraisemblables et abracadabrantes, encore que bien plus amusantes, et ce soir-là le récit de son ami avait été un bon moyen de se divertir à la veille d'une bataille, de fuir un moment la réalité du combat auquel il n'échapperait plus. Mais à présent que la guerre était revenue au centre de la conversation, il ne lui plaisait plus de bavarder. Finalement, rencontreraient-ils les Suédois le lendemain ? Si ce n'était pas le cas, ce serait le surlendemain, il ne fallait plus rien espérer d'autre. Allongé sur sa couche de campagne pour la deuxième fois depuis qu'il avait quitté Serdekinn, le jeune homme se sentait moins que jamais à son aise. Pour trouver le repos plus facilement, il repensa donc aux paroles de Pelner :

« Curieux, se dit-il, comme il a changé. Il y a encore cinq ans, il aurait fini par éclater de rire à la fin de pareil racontar. J'avoue que ses blessures m'intriguent, mais je ne m'explique pas comment il peut aujourd'hui croire sincèrement toutes ces calembredaines... À croire que la guerre détruit même les plus virils d'entre nous. Comment était-ce, déjà ? *Par la folie d'un lion, le serpent volera jusqu'au chien.* Amusant... et totalement ridicule ! Pauvre, pauvre Helme... »

Lifhort finit par sombrer dans le sommeil, mais seulement pour quelques heures : peu avant l'aube, en effet, il fut brutalement réveillé par une détonation assourdissante.

On tirait le canon !

CHAPITRE VIII

LA PRAIRIE DE KOLMÄRN

Le moment qu'il redoutait tant était arrivé. Lifhort avait beau être réveillé en sursaut depuis deux jours par un coup de canon, signal du départ des troupes, il ne se faisait pas à la vue de toutes les bouches à feu qui étaient positionnées, bien rangées, à côté de lui, et encore moins à celle des pièces qu'il devinait au loin, dans les rangs des troupes ennemies. Car l'heure de la confrontation était enfin arrivée[5]. L'armée eklendaise n'avait pas trouvé les Suédois sur sa route le lendemain, comme elle s'y attendait, mais le surlendemain, à mi-chemin de Bergher et de Borjolk, sur une prairie non loin du village de Kolmärn. On eût dit que l'ennemi attendait cette rencontre, et n'avait pas poursuivi son avance pour cette seule raison. Bien sûr, le commandement suédois avait choisi son terrain, entre une forêt en surplomb au nord et une rivière au sud-est. Adossée aux bois, l'armée de l'envahisseur avait une position dominante sur la plaine, mais les généraux eklendais estimèrent que le site était tout aussi propice pour eux.

« Cette fois nous y sommes, Monsieur Smaud, dit Lifhort à son ordonnance, plus sombre et taciturne que jamais sur son mulet. Vous qui croyez aux diables, avez-vous fait votre prière ?

– Trois fois, répondit le garçon.

– Bon ! Au moins, tu partiras en paix... Car je ne vois pas comment il pourrait en être autrement, vu la façon dont les choses se présentent. »

Autour d'eux, les troupes eklendaises s'étaient formées en carrés. Piquiers et mousquetaires avaient rejoint les bords de chaque formation, les premiers prêts à protéger les seconds des charges tandis que ceux-ci faucheraient l'infanterie adverse. Carré contre carré, l'armée formait un vaste rectangle grouillant d'hommes disparates rassemblés autour d'étendards multicolores. Cette vision évoqua pour le capitaine des oriflammes médiévales et des corps-à-corps sanguinaires en rase campagne. Il n'imaginait rien d'autre qu'une mêlée effroyable, désordonnée au possible, qui ne prendrait fin qu'avec la mort du chef ennemi. Et la croix noire sur champ blanc de l'étendard royal, portant les armes d'azur de la maison des Sardak, qui flottait au-dessus du carré central ne le rassurait pas davantage sur les capacités de coordination de l'état-major une fois que les troupes seraient lancées. Finalement, il était plutôt heureux de se trouver à l'arrière, avec le reste de la cavalerie. Peut-être les hommes de sa petite compagnie, disséminés ici et là dans le

5. Le 11 avril 1630 selon le calendrier julien alors en usage, correspondant au 21 avril du calendrier grégorien (NdT).

carré de son régiment, ne s'en sortiraient-ils pas trop mal ? En tout cas, il comptait sur les canons de première ligne pour déblayer le champ de bataille dès le commencement des hostilités, et sur ceux de l'arrière pour clarifier la situation au besoin par la suite.

Mais ce qui lui causait le plus de souci restait la vue de l'armée suédoise. Il n'avait jamais rien vu de tel. Certes, l'envahisseur n'était pas plus nombreux que cette première armée eklendaise qui se présentait à lui, mais sa supériorité se faisait sentir alors même qu'aucun coup de canon n'avait été tiré. Les hommes qui leur faisaient face étaient impeccablement rangés, et surtout totalement différemment. Le grand carré semblable au sien que le capitaine s'attendait à trouver avait fait place à divers ensembles dont la disposition lui était tout à fait étrangère. Pour autant qu'il pouvait s'en rendre compte, un premier carré rassemblait de nombreux mousquets, et surtout un grand nombre de pièces d'artillerie légère, puis deux rectangles de fantassins et de piquiers attendaient l'engagement, tandis que plus loin encore deux derniers carrés n'interviendraient que plus tard dans la mêlée. Chose curieuse, ces formations comprenaient elles aussi de nombreuses bouches à feu de taille modeste. Rien à voir avec les lourds canons eklendais ; allait-on écraser l'envahisseur, en fin de compte ? Lifhort aurait aimé le croire ; espérance très fugitive. Quant à la cavalerie suédoise, elle se tenait en retrait, séparée en deux ailes de part et d'autre de cet étrange dispositif.

« Et ils n'auront pas de mal à savoir qui donne les ordres, constata le capitaine. Ils sont tous rangés sous des bannières identiques. Leur commandement est unifié, dirait-on... As-tu vu comment ils sont habillés, Smaud ? Tous de la même manière ! Ils ont adopté une tenue uniforme. Si tu veux mon avis, ces gens-là ne se battent pas comme nous. Je m'attendais à un désastre, mais là, ce sera peut-être même pire. Et tout ça à cause de fichues taxes sur l'ambre et je ne sais quoi d'autre ! »

Il était huit heures. La brume avait fini de se disperser aux abords de la rivière. L'assaut allait bientôt être ordonné.

Déjà, parmi les troupes eklendaises, une rumeur courait de l'imminence du déclenchement des hostilités. Sous une bannière un peu plus loin sur sa droite, Lifhort savait que les généraux finissaient de délibérer avant de tirer les premiers, comme cela avait toujours été l'usage dans le pays en cas d'agression extérieure. Ce n'était plus qu'une question de minutes. C'est alors que le capitaine aperçut une ligne d'éclairs de l'autre côté de la prairie, aussitôt suivie d'une sorte de nuage qui rampait sur le sol. Puis il comprit :

« Les canons ! Ils nous tirent dessus ! »

Heureusement hors de portée, Lifhort entendit alors l'écho de l'artillerie adverse comme les premiers rangs de l'armée eklendaise s'effondraient, fauchés net.

« C'était à nous de tirer ! s'indigna un officier devant lui. Qu'est-ce que cela veut dire ? »

L'ordre fut donc donné de riposter et de contre-attaquer, mais bien tard. Cette première salve avait dispersé les artilleurs eklendais, détruit un grand nombre de leurs pièces, et tué plusieurs dizaines de mousquetaires. Le temps de faire tonner le canon en retour, les Suédois envoyaient déjà une deuxième salve, d'une portée un peu plus longue, qui s'abattit sur les carrés d'infanterie en deuxième ligne. Dans le même temps, les rangs de l'envahisseur s'ébranlaient à la rencontre des troupes eklendaises, piques en avant, tandis que leurs mousquetaires faisaient cracher le feu sur les premiers rangs ennemis.

La confusion au sein de la troupe était grande. Face à la machine de guerre suédoise, on entendait ici et là des ordres contradictoires. Mais enfin les carrés eklendais se mirent en marche, chacun suivant son plan, ou pour dire les choses clairement : allant à la rencontre du danger qui paraissait le plus proche. Les canons eurent le temps de tirer une seconde fois, et ce fut tout : l'adversaire était déjà sur eux avant que l'on pût les recharger. Les déplacer se révéla impossible, puisque les artilleurs, décimés par les tirs de mousquet, n'étaient plus assez nombreux et complètement désorganisés. Autour d'eux, les piquiers serraient les rangs pour protéger leur retraite en attendant du renfort. Quant aux mousquetaires, ils tiraient ici et là, au jugé, sans faire de dégâts significatifs.

En face, les premiers rangs d'infanterie et de mousqueterie faisaient une courte halte, avant de s'écarter pour laisser passer les canons légers rechargés. Cette nouvelle salve eut des effets dévastateurs, car aussitôt après l'artillerie les mousquets achevèrent le travail, puis les piquiers se refermèrent sur eux pour les abriter tout en progressant à nouveau. Un carré entier de l'armée eklendaise avait ainsi disparu en moins de deux minutes, et un autre connaîtrait le même sort sous peu. À l'arrière également, les Suédois faisaient mouvement : alors que l'infanterie de deuxième ligne, extrêmement mobile, avait rejoint la ligne de front de chaque côté du carré principal en amorçant un mouvement en tenaille, les troupes gardées en réserve avancèrent à leur tour... et intervinrent sans attendre ! En apercevant sur chaque flanc de nouvelles lignes d'éclairs, presque simultanées, le capitaine Lifhort comprit que le reste de l'artillerie suédoise jouait la partie prévue pour elle dès le départ. De fait, la frappe tomba sur les carrés eklendais qui avaient progressé sur chaque aile de la bataille.

Pour éviter la déroute complète, on donna l'ordre à la cavalerie d'intervenir, avec la consigne de frapper partout où cela serait nécessaire.

« Autant dire que nous n'allons servir à rien ! pesta Lifhort. Allons, Smaud, fais comme moi, suis le mouvement, et protège-toi tant que tu le pourras. Reste derrière moi autant que possible, et baisse la tête ! »

Les cavaliers montèrent à l'assaut des troupes suédoises, se frayant tant bien que mal un chemin parmi les carrés eklendais – ou ce qu'il en restait. Partout les hommes se rassemblaient autour d'une bannière, reformaient les rangs tant bien que mal, tenaient bon le temps que leurs quelques mousquetaires fissent feu... et s'éparpillaient sous les balles et la mitraille ennemies. Plus près de la ligne de front, les soldats en étaient au corps-à-corps : un spectacle cruel qui tira presque des larmes au capitaine, dont le cheval piétinait des blessés jetés à terre. Mais il n'eut pas le temps d'étudier plus avant la barbarie des hommes qui s'étripaient à l'arme blanche : déjà la cavalerie avait atteint les rangs suédois et s'y enfonçait comme un coin de fer dans un corps friable.

Le visage couvert de boue et de sang, noirci par la fumée, Lifhort fut pris d'une soudaine griserie. Devant lui ses camarades ouvraient la voie en bousculant l'ennemi ; lui-même renversait et fauchait des artilleurs, des piétons, voire des piquiers qui n'avaient pu contenir la charge ; et peu lui importaient le sifflement des boulets ou les chevaux de son camp qui étaient jetés à terre autour de lui. Même Smaud était sorti de son esprit. Il piétinait, il bousculait, il écrasait quiconque se trouvait sur sa route, et enfin il se dit que la victoire était possible. « Lifhort ! » hurlait-il sans cesse, debout dans ses étriers. Puis la course des chevaux vint à son terme, à mesure que la cavalerie rencontrait une masse plus importante d'adversaires. Le capitaine tira l'épée et abattit tout ce qui se trouvait à sa portée, mêlant ses cris de haine à ceux des autres combattants.

Du coin de l'œil, il comprit que l'ennemi se préparait à la contre-attaque : un petit groupe de cavaliers suédois venait à sa rencontre, accompagné de nombreux hommes à pied. Sans hésiter, il tira de ses fontes l'un de ses pistolets, l'arma et visa l'ennemi. À travers la fumée de son arme, il vit un officier tomber de son cheval.

« Lifhort ! rugit-il à nouveau. Vous ne vaincrez pas ! »

Empoignant son second pistolet, il mit en joue l'homme qui commandait apparemment la contre-offensive, mais son coup se perdit. Malheureusement pour lui, sa cible l'avait remarqué, dirigeant ses troupes vers lui. Bientôt des fantassins voulurent le saisir par les jambes, et il eut fort à faire pour se dégager. L'épée baignée de sang, il vit le commandant suédois, marqué d'une effroyable cicatrice de l'oreille au menton, qui poussait son cheval vers lui et dégainait sa lame pour l'affronter. L'officier avait un regard si terrifiant que Lifhort en fut quelque peu déstabilisé. Au début, il ne put qu'esquiver les coups, ployant sur sa selle avec toute la souplesse dont il était capable. Le capitaine était un fin bretteur, mais l'homme qui lui faisait face avait, lui, mené de nombreux combats avant ce jour. En Livonie, où il avait conduit des troupes pour son roi trois ans auparavant, on le redoutait encore. Lifhort fit face de son mieux, parant ses assauts, puis reprenant même l'initiative. Mais un fantassin suédois prit son cheval par la bride, et une dernière estocade du commandant lui fit vider les étriers. À terre, Lifhort vint à bout des deux soldats qui s'étaient précipités pour le capturer, puis regarda autour de lui : son cheval, emmené par l'ennemi, n'était plus là.

En réalité, la contre-offensive cessa aussi rapidement qu'elle avait commencé. Obéissant à un ordre transmis par les enseignes, les soldats suédois s'écartèrent, fuyant à toutes jambes. Avant de comprendre pourquoi, Lifhort aperçut son cheval un peu plus loin et courut pour le rattraper. Une fois en selle, il découvrit que les fontes avaient été arrachées de l'arçon, et que par conséquent ses pistolets avaient disparu ! Puis enfin il comprit la manœuvre de l'ennemi : après avoir stoppé et contenu la charge des Eklendais, les Suédois avaient apporté leurs canons légers à proximité, et sur un ordre ils avaient dégagé le terrain pour l'artillerie, quasiment à bout portant. Cette fois, le fracas et les éclairs furent pratiquement simultanés, de même que le souffle qui balaya les rangs de la cavalerie eklendaise. Un boulet emporta la tête d'un homme qui se trouvait juste à côté du capitaine. Partout ailleurs, les chevaux abattus hennissaient de douleur, et les hommes qui le pouvaient encore pleuraient leurs membres arrachés. Miraculeusement indemne, Lifhort prit la seule option qui lui restait : il s'enfuit, de même que ses derniers compagnons.

Le reste de la bataille fut rapide. Abattant l'un après l'autre les carrés ennemis, les Suédois lancèrent leur propre cavalerie légère dans la mêlée pour limiter au mieux leurs pertes tout en l'emportant d'un dernier coup brutal : ces fameux *hakkapélites* venus de Finlande, précédés d'une terrible réputation, et tout aussi habiles à manier l'épée qu'à tirer de près comme de loin au pistolet. Prenant ce qu'il restait des Eklendais en tenaille, les cavaliers finirent de les désorganiser, les bousculant et les piétinant comme Lifhort et ses camarades avaient tenté de le faire avant eux. Mais à présent, travaillées par les assauts répétés et alternés de l'infanterie et de l'artillerie adverses, les troupes eklendaises se débandèrent comme si elles n'avaient espéré que cela, et la déroute fut complète. Les deux ailes de la cavalerie suédoise firent leur jonction, puis poussèrent ce qu'il restait de l'armée adverse dans la rivière. La nouvelle stratégie de Gustave Adolphe venait de faire la preuve de sa redoutable efficacité.

Du côté des vaincus, ceux qui avaient fui plus tôt eurent plus de chance. Le capitaine menait son cheval comme un somnambule réveillé sans précaution, renversant parfois des fantassins qui n'avaient pas eu le temps de s'écarter de sa route. Instinctivement, comme tous les autres, il reprenait le chemin du dernier campement. À la lisière d'une forêt, des blessés et des fuyards attendaient ils ne savaient quoi. L'un d'eux, jusqu'alors assis dans un profond abattement, se leva soudain.

« Capitaine ! appela-t-il. Capitaine Lifhort ! »

C'était Smaud. Comme sortant de sa rêverie douloureuse, Lifhort l'aperçut et alla jusqu'à lui. Le malheureux garçon avait une triste allure. Ses cheveux étaient couverts de terre et de suie, son visage portait plusieurs ecchymoses, ses vêtements étaient déchirés, et comble de détresse, il avait souillé son pantalon. Comme le capitaine l'apprit ensuite – par bribes, bien entendu –, Smaud l'avait suivi dans la charge eklendaise, à moitié aveuglé par la terre que soulevaient les chevaux devant lui, jusqu'au moment où la course avait été arrêtée par l'ennemi. Là, sa terreur fut telle qu'il s'oublia et ne prit pas la peine de réfléchir : montrant à son pauvre mulet la direction opposée, il abandonna au plus vite le champ de bataille. Au moins, cela lui avait permis d'échapper à la salve qui avait anéanti la cavalerie eklendaise.

« Smaud ! Monsieur Smaud ! sourit le capitaine. Je suis heureux de te revoir en vie ! Comment vas-tu ?

– Plutôt mal.

– Oui, je m'en doute, et tu as une bien triste mine... Où est ton mulet ?

– Là derrière, dit-il en le montrant du doigt, attaché à un jeune bouleau en lisière de la forêt.

– Bon, alors va vite le chercher, et quittons cet endroit.

Cela vaudra mieux pour nous.

– C'est fini ? demanda Smaud quand il fut de retour.

– Quoi donc ? La guerre ?

– Oui.

– Je l'ignore. Nous avons encore une armée qui protège la capitale. Mais Monsieur Smaud, cette guerre-là ne nous concerne plus ! Je ne veux plus en entendre parler. Il n'y a plus qu'une chose qui m'importe, à présent. Rentrons !

– À la maison ?

– Non Smaud, seulement au campement. Car je veux rester près des Suédois. Je veux... »

Il s'interrompit un instant, jetant par-dessus son épaule un regard en direction de la prairie couverte de cadavres et de fumées.

« Je vais y retourner, dit-il enfin. Je dois récupérer mes pistolets. »

CHAPITRE IX

LE SERPENT

Lorsque Pelner entendit ce que Lifhort avait en tête, il ouvrit des yeux aussi ronds que des billes et le dévisagea des pieds à la tête comme s'il n'avait pas été le même homme. Puis il lâcha le premier juron qui lui venait à l'esprit.

« Eh bien, ce n'est pas une réponse, fit remarquer le capitaine.

– Par la barbe de Miskol ! s'emporta Pelner. As-tu perdu la raison ? Où est-il, ce coup que tu as reçu sur la tête ? Je ne le vois pas. Tourne-toi, fais voir !

– Mais je t'assure que je vais bien, Helme ! Je me suis tiré de toute cette histoire avec seulement des égratignures et quelques contusions, rien de plus ! Allons, dis-moi ce que tu en penses.

– J'en pense que c'est de la folie. Une pure folie ! »

Tandis qu'ils débattaient, un médecin improvisé faisait à Pelner des bandages de fortune autour de ses épaules.

L'ancien mercenaire était lui aussi de retour au campement de l'armée eklendaise, mais il avait eu moins de chance dans la bataille. Combattant avec les troupes à pied, il avait été de la première vague à monter à l'assaut des Suédois, après que l'artillerie ennemie avait décimé l'avant de leurs lignes. L'épée dans une main, une lame courte et large dans l'autre, il avait transpercé bien des uniformes et fendu bien des visages avant la rafale de mousquet qui l'avait atteint à l'épaule. Par chance, les os n'avaient pas été touchés, mais le temps de revenir au camp, il avait perdu beaucoup de sang. Ses compagnons rencontrés lors de précédentes campagnes, eux, n'avaient pas survécu. Deux étaient morts dans la mêlée à proprement parler, empalés sur des piques, un autre avait été fauché par le tir des mousquetaires, trois s'étaient retrouvés sous les sabots de la cavalerie suédoise, et deux autres encore avaient été poussés dans la rivière, dont ils n'étaient pas ressortis. Quant aux deux derniers, personne ne savait ce qu'il était advenu d'eux.

« Ou alors c'est une des sales plaisanteries dont tu avais le secret, poursuivit Pelner entre deux grimaces provoquées par la douleur. Y retourner ? Ah, quelle blague ! Seulement je ne suis plus très chaud à l'idée de marcher ; la dernière fois s'est plutôt mal terminée...

– C'était de la malchance pure et simple, se souvint Lifhort. Cette fois-ci, d'ailleurs, je ne plaisante pas. Ces pistolets sont un cadeau de mon père, peut-être le seul qu'il m'ait fait vraiment de bon cœur, et en tout cas le seul auquel je tienne aujourd'hui. Je dois absolument les reprendre. Comme je l'ai dit à Smaud, je ne lâcherai pas les Suédois tant que je n'aurai pas repris mon bien.

– Mais c'est la guerre, Ernö ! s'emporta Pelner. Ce qu'un autre t'a pris n'est plus à toi, et tu n'y peux plus rien ! Et même, comment pourrais-tu les retrouver à l'heure qu'il est ?

– Tout d'abord, ils sont encore dans le camp ennemi, commença le capitaine comme s'il avait longuement réfléchi à la question. En effet, celui qui me l'a pris était un commandant, qui à l'heure qu'il est doit être en train de rendre compte de sa partie dans la bataille à ses supérieurs, si ce n'est réfléchir déjà avec eux à la manière de poursuivre leur campagne. En second lieu, si nous partons sans attendre, il ne sera pas encore revenu à sa tente étant donné le type de réunion auquel il participe...

– Mais que sais-tu donc, toi, de ce qui se passe après une bataille ? songea Pelner avec dégoût. Petit bleu !

– Ou bien si sa réunion est terminée, poursuivait Lifhort, il doit être en train de fêter la victoire avec des camarades : il sera soit dans leur tente en train de boire, soit de retour dans la sienne et prêt à succomber au sommeil.

– Ah oui ? Et s'il préfère célébrer sa victoire en invitant les autres officiers précisément dans sa tente ?

– C'est... un risque à courir, répondit le capitaine sans se démonter. Mais comme tu l'as dit toi-même, c'est la guerre !

– Il est fou, je l'ai toujours dit ! s'exclama son ami en se renversant sur sa paillasse. Fou à lier ! Saint Wladimir, ayez-le en grande pitié ! »

Lifhort se tira la moustache.

« Et pourtant... ajouta-t-il l'air de rien, tu m'as toujours suivi, par le passé.

– Bien sûr, que j'étais toujours de tes parties insensées ! Bien sûr ! Mais alors j'étais presque aussi fou que toi ! J'ai bien vu où tes idées folles m'entraînaient ! Non, merci, Ernö, mais tout cela m'a passé.

– Même pas une dernière fois, en souvenir de ce temps-là ?

– Surtout pas ! N'insiste pas, voyons.

– Alors simplement pour moi, et pour mon père, mon pauvre père, puisque ce sera la première fois que je ferai quelque chose par amour pour lui ?

– Lifhort, tais-toi, s'il te plaît ! »

Comme le capitaine n'en avait pas douté, une demi-heure plus tard, à la nuit tombée, Pelner était de nouveau sur pied et prêt, encore que de fort mauvais gré, à l'accompagner dans sa périlleuse expédition.

« Et en plus, grommelait-il, je me demande bien comment on le retrouvera, ce bougre de commandant !

– Nous ferons le tour des tentes des officiers, tout simplement, répondit Lifhort sans se démonter.

– Il est fou ! Complètement fou ! Et moi je suis tout aussi fou de le suivre... »

Comme Pelner se sentait assez solide pour monter à cheval, Smaud les accompagna sur son mulet, mais avec la consigne de rester en retrait et de garder les montures des deux comparses dès que l'on serait en vue du camp suédois, et d'attendre leur retour en se cachant de son mieux. Il y avait répondu d'un « Ah, bon » bien dans sa manière, et l'on ne l'entendit plus de tout le trajet. Dès qu'un feu fut visible, Lifhort et Pelner mirent pied à terre, par crainte d'attirer l'attention des sentinelles, et continuèrent leur progression en profitant au mieux des ombres de la nuit. Ils furent bientôt à portée d'un jet de fronde des envahisseurs.

Certes, l'ennemi avait remporté la bataille, mais il avait lui aussi de nombreuses plaies à panser, et nulle part on n'entendait de chants ou d'échos de beuveries pour fêter la victoire. Au contraire, le climat général au sein de la troupe était plutôt morose, à l'instar des nuages chargés de pluie qui peu à peu obnubilaient les étoiles.

« Pas de réjouissances ? Premier imprévu fâcheux... souffla Pelner en se caressant la barbe d'un air madré.

– Oui, peut-être, éluda le capitaine. Au moins, il y aura moins d'agitation et de va-et-vient dans le camp. On nous repérera moins facilement. »

Pelner haussa les épaules – avant de grimacer en raison de sa blessure. Quand Lifhort avait une idée en tête, il ne servait à rien de le contredire, il le savait bien. Ils reprirent leur chemin, avançant en contournant le campement par le sud pour se rapprocher des tentes qu'ils apercevaient depuis leur position. Éclairées de l'intérieur par ce qu'ils imaginaient être des lanternes, elles se découpaient dans l'obscurité tels des pans colorés et faiblement lumineux. Mais dans ce périmètre, la garde était bien plus vigilante. Il arriva qu'au moment de se faufiler entre deux rondes de guetteurs, Lifhort se prit les pieds sur un étendard tombé de sa hampe et s'étala de tout son long sur ce qui sonnait comme du matériel de cuisine.

« Vertubleu ! jura le capitaine. Quelle guigne ! »

Aussitôt, un garde se précipita en sifflant entre ses dents pour alerter ses camarades. Mais son souffle fut coupé net : d'un geste, Pelner sortit de la nuit et le transperça de son épée. Il n'eut que le temps de se coiffer du chapeau de sa victime avant l'arrivée d'une deuxième sentinelle pour tenter de lui donner le change. Malheureusement, l'autre se rendit vite compte de la supercherie ; Lifhort arrivé par derrière dut donc lui enfoncer sa lame dans les reins. Aussitôt son ami lui posa le chapeau du second garde sur la tête, et alors que tous deux soulevaient ce nouveau cadavre, Pelner lança quelques paroles que le capitaine ne comprit pas à l'attention de deux autres guetteurs attirés par le bruit. Cette fois-ci les Suédois s'en retournèrent à leurs postes, apparemment rassurés, sans chercher à s'approcher pour y voir plus clair.

« Que leur as-tu dit ? demanda Lifhort en laissant tomber le corps du garde.

– Que celui-là était vraiment trop saoul pour faire sa ronde.

– Tu parles suédois ?!

– Oh, juste ce qu'il faut. Les mercenaires viennent de partout, vont partout et parlent donc toutes les langues. J'ai servi dans un régiment danois, autrefois, pour les armées de Mansfeld. J'y ai croisé bien des enrôlés suédois qui m'ont appris le nécessaire : les mots pour la bataille, le boire et le manger. Cela dit, je m'étonne de m'en être rappelé autant aussi vite... J'espère que je n'ai pas donné l'alerte, en fait.

– Cela aura suffi à les calmer, visiblement. Viens, cachons les corps par ici, derrière ces barriques, et continuons. »

Arrivés près des tentes des officiers, ils finirent par ramper pour ne pas être vus. Vint alors le moment de soulever les pans de toile pour voir si les pavillons étaient occupés ou non.

« Après toi, dit Pelner. C'est ton idée, après tout. »

Le capitaine glissa la tête sous la lourde étoffe de la première tente : elle était vide. En souplesse, il se tira à l'intérieur en demandant à son ami de faire le guet, et commença à fouiller les lieux. Il fut de retour au bout de trois longues minutes, que Pelner trouva même interminables, mais bredouille. Leur investigation se poursuivit ainsi tente après tente, en évitant soigneusement celles où l'on entendait des hommes parler. Si les pistolets se trouvaient précisément dans ces pavillons, il faudrait élaborer une autre stratégie. Lifhort préféra tout de même terminer auparavant son inspection des tentes désertes.

Ce fut à la sixième qu'il découvrit, sans oser y croire sur le moment, ce qu'il cherchait : posées sur le dossier d'un siège pliant, près d'une table de campagne couverte de cartes, d'une longue-vue, de feuillets divers et d'un petit coffret, ses fontes pendaient là où les avait jetées leur nouveau propriétaire. D'un bond, Lifhort se glissa dans la tente et se saisit des sacoches. Quand à l'intérieur il reconnut sa bourse et ses précieux pistolets, son cœur battait à se rompre. Au point que dans son excitation il n'entendit pas les chuintements que Pelner, qui n'avait jamais su siffler, lançait pour l'avertir de l'imminence d'un danger.

« Je reprends mon bien, se dit le capitaine, mais cela ne suffit pas. Non, ce misérable voleur doit payer ! Voyons voir... »

Il balaya du regard le contenu de la table. Ses yeux se posèrent sur le petit coffret, d'un bois noir incrusté de ce qui devait être de l'ivoire, et d'un ambre taillé de façon très familière, à la manière borghavanoise dont son père était si amateur. Il posa la main dessus, estimant que si son contenu le justifiait à ses yeux, il le ferait sien en guise de vengeance. Au dehors, Pelner chuintait comme un malheureux ; mais il était trop tard.

« Qu'est-ce que... Qui êtes-vous ? » demanda une voix venimeuse derrière Lifhort, dans une langue que l'évidence de la situation lui permit de traduire aussitôt.

Le capitaine se retourna d'un bond : l'homme balafré qui venait d'entrer n'était autre que le commandant au regard terrible qui l'avait affronté sur les prés de Kolmärn. Sous les pans de son col de dentelle marqué de suie, sa tunique portait encore les traces sombres du sang qu'il avait fait couler ce jour-là.

« Que faites-vous ici ? aboya l'officier. Lâchez ceci ! »

fit-il en désignant les fontes et surtout le coffret que Lifhort avait à la main.

Il tira l'épée pour épingler le capitaine comme un papillon sur une planche, mais la puissante silhouette de Pelner se découpa derrière lui et le ceintura, donnant à Lifhort le temps de réagir, et en l'occurrence de lui envoyer son pied dans le bas-ventre. Le souffle coupé, le commandant tomba à genoux.

« Viens, sauvons-nous ! » cria Pelner.

Ils s'enfuirent tandis que derrière eux, très vite, le commandant se reprenait et appelait à l'aide. Le rideau de la tente se souleva et l'officier apparut, le visage congestionné par la colère. Apercevant les fuyards, il porta la main à sa ceinture et en tira un fin poignard. L'instant d'après, la dague volait dans l'obscurité. Avec un bruit sec, elle se planta dans le large dos de Pelner, qui trébucha de douleur.

« Debout ! hurla Lifhort. Debout, ou nous serons morts dans deux minutes ! »

C'est alors qu'il vit la lame plantée sous l'omoplate de son compagnon. Sans réfléchir, il l'arracha d'un coup et releva Pelner du mieux qu'il put, l'entraînant hors du camp, préférant ne pas penser au sang qui avait jailli en abondance de la plaie. Ici et là, la chasse commençait à être donnée. Ils renversèrent plusieurs soldats dans leur course, priant pour avoir la force de rejoindre Smaud et les chevaux. Mais la respiration de Pelner se faisait à chaque pas plus difficile, et il haletait.

« Qu'est-ce que c'est ? demanda-t-il malgré tout, en entrapercevant ce que son ami avait machinalement gardé à la main. Fais voir !

– Non, ça peut attendre, finit par répondre Lifhort.

– Si ! Donne-moi ça, insista Pelner qui avait compris que c'était la lame aiguë qui venait de percer ses chairs. Donne, te dis-je ! »

Lifhort céda, peut-être par pitié, lui glissant l'arme dans la main.

« L'Elfe ! » souffla Pelner dans un râle, comme horrifié de découvrir l'objet à la lueur des feux du camp.

Forgé dans l'acier, sa tête maligne aux yeux de jais faisant office de pommeau, s'enroulait autour du manche de la dague un serpent.

CHAPITRE X

UN SORT FUNESTE

Pelner rouvrit les yeux, au milieu de l'agitation qui se propageait dans le camp eklendais. Leur retour tenait du miracle, et en l'occurrence de Smaud, qui avait très vite compris que les choses ne se passaient pas comme son maître l'avait prévu. Enfourchant son mulet, il s'était lancé à la rencontre de Lifhort et de son ami sans trop se soucier de son propre sort, emmenant leurs chevaux par la bride. Aux abords du camp suédois, il eut vite fait de repérer le capitaine : ce dernier courait dans le sens inverse d'un premier groupe ennemi, tandis qu'une seconde troupe, plus loin, s'engageait à sa poursuite. S'approchant du plus qu'il pouvait, alors même que commençaient à se faire entendre des tirs de mousquet, le garçon aida Lifhort à hisser Pelner en travers de sa selle, et n'émit pas d'autre commentaire qu'un « Pffff ! » de désapprobation. Après quoi tous reprirent la direction du camp eklendais à bride abattue, n'osant se retourner de peur de voir la chasse lancée après eux. Et comme il n'avait pas trop envie que l'on s'intéressât la tête froide à sa désastreuse expédition, dès qu'il fut en vue des sentinelles le capitaine donna l'alerte :

« Les Suédois arrivent ! hurla-t-il. Fuyez ! Ils nous attaquent de nuit ! Fuyez tous ! »

Et ainsi de suite en assurant partout sur son chemin que, tandis qu'il effectuait une ronde avec Pelner, des éclaireurs ennemis les avait attaqués au mépris de toutes les lois de la guerre, et que cela ne pouvait présager que d'une chose : une nouvelle offensive. Pendant ce temps, Smaud avait sifflé un soldat eklendais pour l'aider à descendre l'ancien mercenaire de son cheval et l'étendre sur une civière. Pelner avait perdu conscience. On envoya chercher un chirurgien, mais compte tenu de la panique qui commençait à se répandre dans le camp, il ne fallait plus y compter. Tandis que Lifhort tentait de ranimer son ami, Smaud déchirait des draps pour en faire un bandage de fortune. Et enfin Pelner retrouva ses esprits.

« Ah, c'est toi, Lifhort... parvint-il à murmurer, sans que le capitaine sût à son intonation s'il était soulagé ou agacé de revoir son visage. Lifhort... C'était bien de toi, ça, cette idée, ce... Oui, ce...

– Ce...? interrogea le capitaine. Ce retour dans le camp ennemi ? »

Mais le mercenaire parut ne pas l'entendre. Il toussa, bava un liquide sombre, tourna légèrement la tête sur le côté, comme s'il cherchait à voir quelque chose.

« Les Kobolds, Lifhort, ils sont... Les Kobolds... Ils... »

Lifhort ne chercha plus à l'aider. Son discours devenait incohérent, son souffle court, rauque et difficile.

« Je bois du sang, Ernö, articula-t-il avec de grandes difficultés. Les... Ah, oui, ça ! Oui... Je suis... »

Puis il s'interrompit soudain, le regard fixe, comme mort. L'air fautif, Smaud relâcha le bandage dont il avait commencé à lui enserrer la poitrine. Mais Pelner respirait toujours. Ses yeux visaient un point invisible au-dessus de la tête de son ami.

« Lifhort ! dit-il d'une voix plus claire. Lifhort ! répéta-t-il plus fort, comme s'il appelait. Eh, Lifhort ! Écoute ce que j'ai... à te dire ! Je suis... Je suis... Je vais mourir, Lifhort ! Oui. Et je te maudis de ce... ce... ce qui m'arrive ! Sois trois fois maudit ! Maudit !... Maudit ! Maudit ! Oui, c'est ta faute. Mais... Mais un sort... funeste t'attend ! Je... je... je te le prédis, Lifhort, oui... avec les yeux de la Mort. Écoute ce que j'ai... à te dire : le lion... sera... vaincu par les loups. Lifhort ! »

Sa voix avait gagné en puissance, devenant un hurlement saccadé.

« Lif-hort !

– Oui, je suis là, et je t'écoute, répondit enfin le capitaine, dont le visage avait blêmi.

– Lifhoooooort ! rugit l'autre, comme s'il ne l'entendait plus. Lifhooooooort ! Je vais... *Le lion sera vaincu par les loups*, Lifhort ! Lifhort ! »

Mais cette fois une convulsion le prit et il retomba mort, la tête sur les genoux de son compagnon.

Smaud restait interdit, un linge trempé de sang entre les mains.

« Ses paroles... » souffla-t-il.

Lifhort releva la tête avec un éclair d'angoisse dans le regard. Mais il se reprit presque aussitôt :

« Billevesées, Monsieur Smaud ! Une prophétie de plus, que chacun pourra interpréter à sa guise. Il ne savait plus ce qu'il disait, comme la sibylle sur son trépied, l'esprit embrumé par les vapeurs. Cela n'a ni queue ni tête.

– Mais...

– Mais quoi, mon garçon ?

– Le lion !

– Le lion ?

– Oui : vous !

– Ah, non ! Smaud, tu m'as bien diverti jusqu'à présent, et je te dois sans doute d'être encore en vie cette nuit, mais ma patience a des limites ! Je n'en écouterai pas plus longtemps ! Si tu n'avais pas dormi à poings fermés le soir où Pelner nous a raconté son histoire, tu aurais entendu des paroles encore plus extravagantes. Non, ce pauvre Helme n'avait plus tous ses esprits, ces derniers temps, et rien de plus.

– Ah bon ?

– Oui, malheureusement. Et à force de croire à des contes de petite vieille au coin de la cheminée, il a fini par en raconter lui-même et à s'en persuader. Des animaux, des créatures de légende, des fables... Rien de sensé ! Quand je pense à l'homme qu'il était autrefois, j'en ai de la peine. Mais allons, en route ! Il se pourrait bien que les Suédois aient tout à l'heure l'idée de nous poursuivre pour de bon... »

Après un dernier regard silencieux au cadavre étendu à leurs pieds, ils retrouvèrent leurs montures et se fondirent dans le reste de la troupe. Les soldats allaient de tous côtés, comme sourds aux ordres de leurs officiers. Lifhort ignorait même où se trouvait sa compagnie, ou ce qu'il en restait après la bataille ; en fait, il ne souciait plus d'elle. L'air absent à présent que Smaud ne le dévisageait plus, il se répétait intérieurement la mystérieuse mise en garde de Pelner. Et si...? Non ! Il préféra chasser cette phrase de son esprit. Plus ce soir. Il avait eu son content d'horreurs et de souffrances pour un bon moment.

À l'aube, il semblait que finalement les Suédois ne se lanceraient pas immédiatement à leur poursuite, mais les débris de l'armée eklendaise avaient déjà fait du chemin. À force d'ordres répétés et vociférés, d'insultes et parfois même de coups, les officiers qui n'avaient pas cédé à la panique étaient parvenus à faire dévier la marche de leurs hommes vers le nord afin de rallier Borghavan, et si possible de faire jonction avec les troupes qui faisaient route de la capitale. Certains espéraient encore que des régiments frais et bien pourvus pourraient contrebalancer la supériorité tactique écrasante de l'envahisseur. Peut-être même, cette fois, la bataille tournerait-elle à l'avantage des Eklendais, qui ne seraient plus victimes d'un effet de surprise ? En revanche les plus pessimistes – ou simplement les plus réalistes – ne se faisaient pas d'illusion à ce sujet : ce qu'il faudrait, ce serait revoir complètement les méthodes d'engagement, et cette guerre serait achevée bien trop rapidement pour le leur permettre.

Le chapeau rabattu sur sa moustache, Lifhort courbait les épaules. Son aventure de la nuit l'avait épuisé. Il se laissait emporter sur son étalon gris, au fil des mauvais chemins où abondaient les herbes folles, comme étranger au milieu des fantassins en repli. À quelques pas devant lui, Smaud ronflait, tassé sur son mulet. Parfois, alors que ses propres oreilles commençaient à bourdonner sous les assauts du sommeil, le capitaine se perdait dans des pensées confuses. Son père savait-il pour ce qui s'était passé à Kolmärn ? Non, sans doute pas. Cependant les nouvelles ne tarderaient pas à lui parvenir, par courrier rapide. Il en serait terriblement inquiet, le pauvre vieux ! Lifhort en était certain, à présent, et cette pensée le rendait triste. Il songeait aux pistolets, pour lesquels il avait risqué sa vie et sacrifié celle de son ami, et aux rixdales qui dormaient dans les fontes de sa monture. Combien en restait-il ? Au moins une quarantaine, en tout cas : il n'avait pas bu tant que cela sous les tentes avec les autres officiers... Et à chaque fois, contre sa volonté, sa pensée revenait au sort funeste promis par Pelner. Rien à faire, il ne pouvait chasser très longtemps ce souvenir désagréable de son esprit – mais cette fois-là, il fut sauvé par son cheval, qui fit un brusque écart sur le chemin.

La secousse, brutale, sortit Lifhort de sa torpeur.

« Hé là, Woldomir ! Que se passe-t-il ? »

Son cri réveilla Smaud, qui se retourna d'un bond sur sa selle :

« Monsieur ? fit-il en arrêtant son mulet pour revenir vers son maître.

– C'est curieux, dit le capitaine, on dirait qu'il boite... Voyons cela ! »

Il sauta de sa selle et inspecta les jambes de son destrier, en soulevant les pans déchirés du drap noir dont il était recouvert. À première vue, l'animal n'était pas blessé, et une rapide palpation de ses membres permit de le confirmer. Le problème était ailleurs. Mais quand Lifhort se pencha sur la jambe arrière droite, il resta un moment absorbé par son examen, et son visage portait le masque de la contrariété lorsqu'il se redressa.

« Sabot ? demanda Smaud.

– Le fer, répondit Lifhort. Il a perdu un fer en chemin. La guigne ! »

Et intérieurement, il ne put s'empêcher d'y voir un premier effet de la triple malédiction lancée par Pelner à l'article de la mort.

« D'accord, dit simplement Smaud en s'éloignant, remontant le flux des soldats.

– Mais où vas-tu ? lui cria le capitaine.

– En arrière !

– Je le vois bien ! Mais pour quoi faire ?

– Le retrouver !

– Quoi, le fer ??? »

De là où il était, Lifhort crut que son valet venait de hausser les épaules, comme si la question était saugrenue.

Et de fait, elle l'était, le capitaine en convint volontiers. Il se retrouvait donc seul, immobile au milieu de la troupe en retraite, partagé entre son désir de remettre la main sur le précieux fer et la crainte de tarder en route alors que l'ennemi n'était pas si loin derrière. Perché sur son mulet, le garçon découvrirait-il le fer au milieu du chemin, alors que tant d'hommes continuaient à l'emprunter ? Non, il lui faudrait mettre pied à terre et faire sa recherche pas à pas... ce qui prendrait un temps considérable. Lifhort commençait à s'impatienter quand il eut la surprise de voir revenir Smaud avec une expression énigmatique sur le visage.

« Alors, as-tu trouvé ?

– Oui et non, répondit le jeune homme, bien à sa manière.

– Comment ça ? »

Pour toute réponse, le valet lui tendit dans une main un fer brisé aux deux tiers, et dans l'autre le tiers restant.

« Par tous les diables ! Comment a-t-il bien pu se rompre ainsi ?! s'étonna le capitaine, soudain plein de rage. C'est matériellement impossible ! Qu'il se déchausse, oui, mais ça...

– Le signe... glissa Smaud en regardant une fois encore un peu au-dessus de sa tête.

– Ah, la peste ! s'emporta Lifhort. Ne prononce plus un mot jusqu'à ce que je t'y autorise ! C'est un ordre ! Et maintenant garde ce fer ou ce qu'il en reste par-devers toi, et suis-moi ! Nous allons trouver le maréchal-ferrant du régiment. »

Aussitôt il remonta en selle, et piquant des deux avec colère il força sa monture à avancer tant bien que mal au sein de la troupe, hélant les uns et les autres en leur demandant où il pourrait trouver le forgeron.

« Eh bien, Lifhort, qui cherchez-vous donc ?

– Le maréchal-ferrant, mon colonel. Mon cheval a perdu un fer.

– Fâcheux... convint l'officier, l'air soudainement pensif. Fâcheux – quoi que peut-être pas tant que cela, au fond. Oui, oui, en effet... »

Le capitaine continua de chevaucher au côté du colonel, forçant sa monture toujours plus claudicante à suivre l'allure, et resta silencieux. Cette dernière remarque ne lui disait rien de bon. Le silence qui suivit non plus. Quand enfin son supérieur, homme sec aux lèvres pincées, reprit la parole en le perçant de ses yeux pâles, il comprit quelle erreur il avait faite en lui adressant la parole :

« Voyez-vous, capitaine, c'est de soldats comme vous dont j'ai besoin. Je vous ai observé dans la bataille, car le sort a voulu que je fusse à courte distance derrière vous, et à présent je pense que vous avez la vaillance nécessaire.

– Nécessaire, mon colonel ?...

– C'est un destin heureux qui nous fait nous rencontrer à nouveau, voyez-vous, reprit l'autre de sa voix froide en détournant le regard, comme s'il ne l'écoutait plus. Oui. Je crois qu'il en a été ordonné ainsi, et que ce n'est pas un hasard.

– Si vous le dites, mon colonel...

– Lifhort, rassemblez l'équivalent d'une compagnie, et rejoignez l'arrière de la troupe. Je vous charge d'assurer notre défense au cas où l'ennemi chercherait à nous rejoindre. Vous vous posterez donc là-haut, juste à côté du bosquet, et vous attendrez l'ennemi. Je sais que vous saurez convaincre vos hommes de se faire tuer sur place avec vous pour retenir les Suédois le plus longtemps possible. Bonne chance !

– Mais, mon colonel, cela m'est impossible, s'empressa-t-il de répondre avant d'énoncer tous les arguments qui lui venaient à l'esprit : mon cheval boite, il a perdu un fer, et il ne vaudrait rien dans un nouveau combat. Je ne trouverai pas de maréchal assez vite pour rassembler les hommes ensuite ! Il faut que je voie mon père, qui mourra si nous n'échangeons pas un dernier adieu ! C'est un homme riche et important : si vous m'accompagnez, il vous paiera largement pour trouver un autre volontaire, vous savez ! Je suis aussi responsable d'un garçon simple d'esprit, il ne peut s'éloigner de moi longtemps, et il est hors de question que je l'implique dans un combat... J'ai...

– Bonne chance, se contenta de répéter le colonel, d'un air distrait. Et adieu. »

Quand il revint vers Smaud, Lifhort avait la moustache pendante et le visage comme allongé.

« Je viens de faire une grosse erreur, lâcha-t-il enfin.

– Ah ?

– Mais ce sera la dernière en tout état de cause. À moins... »

Il s'interrompit pour réfléchir. Smaud le vit se redresser lentement sur sa selle, avec une moue de triomphe, ses yeux brillants tournés vers quelque chose par-dessus son épaule. En se retournant, il découvrit un chemin qui s'éloignait vers un vallon au pied d'une croupe herbeuse, et vers ce qui derrière, au loin, devait être un champ fraîchement labouré. Le capitaine s'intéressa ensuite au bosquet en hauteur désigné par le colonel et que longeaient déjà les soldats, semblant estimer les distances. Puis il lança son cheval.

« Allons, Smaud ! Il faut faire vite ! Suis-moi et ne lâche pas un mot, tu m'entends ? »

L'autre haussa les épaules d'une manière qui commençait à lui devenir familière. Mais Lifhort ne s'en formalisa pas. Allant de çà, de là, il ralliait quelques hommes derrière son étalon gris à coups de « Toi, là ! Et toi ! Et toi aussi, approche ! » Smaud comprit avec horreur que son maître reformait une petite compagnie : ce fou allait donc retourner se battre ! Mais il s'aperçut très vite que dans le lot se trouvaient des blessés légers, ou même des soldats qui avaient perdu leurs armes. Le capitaine les envoyait tous se poster en haut du chemin, à l'ombre du bosquet qu'il avait fixé un instant auparavant. À un dernier groupe, des fantassins trop éloignés pour qu'ils pussent l'entendre, il désigna son valet et leva deux doigts. Puis il les salua d'un geste autoritaire et revint à la rencontre du garçon, la mine radieuse.

« Eh bien, ami Smaud, je pense que nous pourrons nous en sortir cette fois encore. Leur nombre devrait faire illusion le temps nécessaire... Et vous, là, ne traînez pas, rejoignez le gros de la troupe ! hurla-t-il à quelques retardataires. Heureusement que je suis là pour assurer vos arrières, paresseux !... Voilà, ajouta-t-il un ton en dessous quand les soldats furent passés. Viens, suis-moi !

– Où ça ?
– N'importe où loin d'ici ! »

Et aussitôt il fit prendre à son cheval le chemin qui s'en allait vers le vallon, d'un rythme assuré. Se retournant pour parfaire sa mise en scène, il fit signe à quelques derniers fantassins de se hâter vers le bosquet à l'opposé, avant de reprendre sa course comme si ce qu'il faisait était tout à fait normal.

« Ils ne donneront pas l'alarme, assura-t-il. Ceux que j'ai postés en haut leur expliqueront que je suis parti en reconnaissance avec toi, parce que tu connais bien cette région.

– Moi ?

– Bien sûr ! Ils ont tout avalé. Comme quoi en donnant des ordres plus fort que les autres, on arrive toujours à faire ce qu'on veut. Et je leur ai dit aussi d'abandonner leur position si je n'étais pas revenu dans deux heures. Ce que j'espère, c'est que les Suédois ne les surprendront pas avant ce délai... »

Il prit une profonde inspiration.

« Quant à nous, Smaud, jusqu'à preuve du contraire cette guerre n'est plus notre affaire !

– Quoi, déserteurs ?!

– Que me chantes-tu là, mon garçon ? se récria le capitaine, l'air offusqué. N'as-tu pas compris que je cherche un maréchal-ferrant pour ma monture, et qu'en attendant je ne peux décemment pas me présenter sur un champ de bataille ? Or pour rejoindre la troupe au plus tôt, il me faut trouver ce maréchal, et pour cela, nous contournons la butte que tu vois là, en suivant le chemin qui passera le long d'un champ, et alors en poursuivant notre route nous ne manquerons pas de trouver une ferme, où l'on nous indiquera la direction d'un village où faire ferrer mon cheval !

– Ah, oui... souffla le garçon, manifestement rasséréné.

– Et à présent... dit le capitaine en regardant en arrière, oui, à présent nous sommes hors de vue des hommes laissés au bosquet. Bien ! Nous ne traînerons pas en route, comme tu pourras t'en douter, mais au moins nous pouvons cheminer plus agréablement. Tiens, ajouta-t-il en plongeant la main dans ses fontes, désaltère-toi ! »

Et il lui tendit une flasque d'un alcool que Smaud fut bien en peine de reconnaître, tant il le fit tousser. Riant de bon cœur pour la première fois depuis ce qui lui sembla une éternité, Lifhort but une rasade à son tour, l'apprécia d'une grimace virile et se pencha pour ranger la bouteille. C'est alors qu'il aperçut le petit coffret dérobé sous la tente du commandant suédois. La mort de Pelner le lui avait fait oublier. Son sang ne fit qu'un tour : jugeant qu'il ne pouvait attendre plus longtemps, il décida de savoir sur-le-champ ce qu'il avait pensé être assez précieux pour courir le risque de se faire tuer, lui et son ami.

Le coffret était presque long comme la main, fait d'un bois léger peint d'une laque noire. Aucun doute n'était plus permis : la manière de tailler l'ivoire et l'ambre incrustés dans le couvercle attestaient une fabrication eklendaise. Comment ce bourreau de Suédois se l'était-il procuré ? Lifhort ne trouverait sans doute jamais la réponse à cette question. D'ailleurs, elle était somme toute très secondaire. Il préféra s'intéresser à la serrure, petit dispositif qui n'avait pas besoin de clé pour se fermer ou s'ouvrir. Du pouce, le capitaine fit pivoter une petite clenche métallique, et le cœur battant soudain à tout rompre dans sa poitrine, il souleva le couvercle. Ce qu'il vit le stupéfia.

« Vertubleu ! »

CHAPITRE XI

« PLUS PRÉCIEUX QUE VOTRE ÂME »

Le commandant écarquilla les yeux, le souffle coupé : « Le Talisman ! » glapit-il, à la limite de s'étrangler.

Quiconque le connaissant suffisamment et se trouvant à ses côtés aurait blêmi en découvrant son visage. Car aucun soldat de l'armée suédoise, ni aucun membre de son état-major, voire le chancelier Oxenstierna lui-même, n'aurait pu dire ce qui, un jour, aurait pu inspirer de la peur au commandant Huggorm. Comment pourrait-il seulement en éprouver, d'ailleurs ? Haut de plus de six pieds, large comme un chêne, avec son visage pâle et balafré, ses yeux glacés d'un bleu très clair et sa chevelure d'un blond presque blanc tombant sur ses épaules, il avait tout d'un spectre des contes pour enfants, et lui-même, d'un simple regard, aurait effrayé plus d'un revenant. Et pourtant c'était bien de la peur qu'il éprouvait à présent. Son front commençait même à se mouiller de sueur, et la cicatrice à son côté droit prenait une teinte violette des plus horribles.

« Le Talisman ! rugit-il soudain, afin de chasser son angoisse par la colère. Ce bâtard d'Eklendais s'est emparé du Talisman ! Comment a-t-il pu deviner ? »

Mais il eut beau chercher partout sous sa tente, renverser tout ce qui encombrait son bureau de campagne ou même examiner le sol autour de son lit de camp à la lueur d'une torche, le coffret noir avait bel et bien disparu.

À des lieues de là, le lendemain, Lifhort et son serviteur s'étaient arrêtés à l'ombre d'un bouquet d'ormes pour contempler l'étrange bijou que le capitaine avait subtilisé dans le campement suédois. C'était un bien curieux objet, en effet : tenant dans la paume de la main, il semblait forgé d'un métal blanc, ressemblant fort à l'argent mais sans en être tout à fait. Malgré sa taille modeste, il était pesant, et surtout Lifhort était incapable d'imaginer à quelle utilité il était destiné.

« Rien au dos, dit-il après l'avoir retourné. Ce n'est donc pas une broche ni une fibule. Et rien non plus pour l'attacher : pas un pendentif, alors ? En outre c'est trop lourd pour être suspendu à une oreille. Pas de trace de sertissage... Cela doit pourtant bien se porter d'une manière ou d'une autre ! Ou bien... Ah, si, ce pourrait être une sorte de médaillon, qui sait ? »

Lui lançant des regards à la dérobée, Smaud ne comprenait pas pourquoi son maître s'obstinait à chercher une utilité à une pièce de métal qui n'en avait peut-être pas. Il se demandait également pourquoi le visage du capitaine s'était figé de la sorte quand il avait découvert le bijou. De fait, il se replongea dans sa contemplation : l'objet était constitué de deux anneaux plats et concentriques, dont le plus petit était hérissé à l'intérieur de pointes minuscules, et le plus grand frappé à intervalles réguliers par trois segments larges, allongés, qui maintenaient ensemble les deux cercles et ressemblaient à des crocs. Jamais Lifhort n'avait été confronté à une œuvre de pareille facture, apparemment, mais cela n'expliquait pas sa stupeur, voire sa consternation. Il finit pourtant par percevoir l'inquiétude du garçon.

« Tu te demandes ce qui m'arrive, n'est-ce pas, Smaud ? Eh bien je crois que je n'ai pas le choix, et tout te raconter me soulagera aussi, certainement. Si tu avais été un autre, je t'aurais déjà mis en garde à propos de ce que je vais te dire, mais puisque je sais que tu crois aux fantômes, à la destinée, aux superstitions, à toutes les malédictions possibles et imaginables et autres fariboles, je n'aurai pas besoin de précautions oratoires. Alors écoute : je vais te répéter ce que Pelner m'a confié sous sa tente, le soir où nous sommes allés boire ensemble... »

Sur quoi il lui narra par le détail l'étrange rêve éveillé de l'ancien mercenaire et ses aventures avec les Elfes et les Kobolds. Smaud était attentif comme jamais auparavant ; son haussement d'épaules caractéristique n'était plus qu'un souvenir, et au contraire il béait de plus en plus à mesure que le récit avançait. Quand enfin Lifhort lui décrivit la blessure au mollet de Pelner, les larmes montèrent aux yeux du garçon.

« Et si tu m'as bien écouté, conclut le capitaine avec un rien de cruauté, comme s'il lui portait le coup de grâce, tu auras compris que le bijou dont je suis entré en possession reproduit exactement le même motif que celui qui était creusé dans la chair de Pelner. Pire encore : la taille de la blessure et celle de cet objet sont absolument identiques, comme si cette chose avait été plaquée sur sa jambe et y avait laissé son empreinte. À cette différence près que les trois segments en crocs que tu vois là semblaient s'enfoncer plus profondément dans le mollet... »

Smaud était devenu pâle comme un suaire. Lifhort, quant à lui, se sentait un peu mieux. Il venait de se décharger de son angoisse sur les épaules d'un plus faible que lui : c'était dans l'ordre naturel des choses, sans doute.

« Donc... commença le garçon.
– Oui, eh bien ?
– Ces cercles...
– En effet, Monsieur Smaud : ces cercles concentriques ont tout de la mâchoire d'un Kobold ! Si tu veux mon avis, ils en sont même un moulage. Oui, c'est cela : ce bijou est la reproduction d'une gueule de Kobold, avec ses trois crocs et les petites dents le long de la mâchoire intérieure. »

Il se retenait pour ne pas sourire devant l'effroi de Smaud. Car plus le garçon s'abandonnait à une peur irraisonnée, plus lui-même s'en défaisait, retrouvant l'assurance incrédule du Lifhort de naguère. Allons ! comment avait-il pu être aussi sot ? Pour une raison qu'il ignorerait sans doute toute sa vie, c'était bel et bien ce bijou, certes insolite mais inoffensif, qui était venu marquer la chair de Pelner, dans des circonstances vraisemblablement aussi douteuses que celles qui avaient conduit le mercenaire à lui raconter cette fable assurément inventée de toutes pièces. Beuverie, bagarre ? Mauvaise chute sur le bijou ? Tout était possible, avec Pelner. Celui-là avait vécu des aventures bien plus rocambolesques dans sa jeunesse ! Quant à savoir comment cette chose était arrivée aux mains du Suédois... Bah, mieux valait ne pas chercher à comprendre. De toute façon, le coffret avait été confectionné par un artisan eklendais, c'était certain, et cela le confortait dans son opinion au sujet de son défunt camarade.

Mais le commandant Huggorm, lui, était devenu la proie de ce qu'il se refusait encore à appeler de la panique. De toute la nuit il avait été incapable de fermer l'œil. Dans un premier temps, sous prétexte de rattraper les voleurs, il avait lancé des battues autour du camp, à la lueur des torches, en espérant que dans leur fuite les deux Eklendais auraient abandonné son précieux coffret. Mais son espoir était maigre, et il fut déçu, sans grande surprise. Lui-même avait alors arpenté le camp, réveillant les uns après les autres les soldats qui avaient participé à la chasse à l'homme, les pressant de questions : les malheureux, tétanisés par la peur que le commandant leur inspirait, en oubliaient presque la violence avec laquelle il les empoignait par le col et se révélaient incapables d'aligner plus de trois mots cohérents. Une nouvelle fois bredouille, Huggorm rentra sous sa tente et patienta tant bien que mal jusqu'au matin.

Le soleil levant vit les Suédois à l'œuvre. Ceux qui n'avaient pas été blessés dans la bataille et qui n'avaient pas succombé à l'ivrognerie de la victoire s'étaient en effet repliés vers les villages en direction de la côte, pillant tout leur content.

« Si les plages de ce pays recèlent de l'ambre, se disaient certains, sa population doit être fort riche : c'est l'occasion ou jamais de le vérifier. »

Ainsi, avançant par bandes armées, ils encerclaient les fermes et y mettaient le feu pour forcer les occupants à sortir. Après quoi ils les torturaient pour leur faire avouer où se trouvaient leurs richesses. Mais comme bien souvent leurs malheureux captifs n'avaient pour tous biens que leurs vêtements, leurs sabots et leur toit, ils les tuaient en pestant avant de fouiller les décombres des maisons à la recherche d'hypothétiques trésors. D'autres, moins nombreux, torturaient les malheureux sans leur poser de questions : en général des couards dans la bataille qui s'inventaient de hauts faits d'armes par le massacre et la barbarie. Le pillard qui ne trouve pas ce qu'il cherche, et le *miles gloriosus* en mal de têtes à accrocher à sa ceinture : parmi les misères de la guerre, ces deux-là restaient bien plus fréquentes que ce que leurs officiers acceptaient de voir.

Parfois ces bandes croisaient un de leurs supérieurs, qui feignait de les croire en patrouille. Et qui préférait ignorer les volutes de fumée noire qui s'élevaient de certains villages, ou ces grands arbres dont les branches basses étaient chargées de pendus balancés par le vent. Après tout, les hommes méritaient bien un peu de distraction entre deux batailles où ils mourraient avant eux. Et si cela leur permettait d'apporter un complément à la maigre solde pour laquelle ils risquaient leur vie, cela n'était que plus excusable. Or malgré les trésors de ses plages, le pays n'était pas bien riche, et les villageois encore moins. Si bien qu'en quelques heures les pillards non plus ne posèrent plus de questions, passant par l'épée tout ce qui se présentait – à l'exception, bien sûr, de ce qui ne se débattait pas trop quand on dénouait sa braguette. Les plus heureux furent ceux qui arrivèrent en vue d'un monastère :

« Eh, quoi ? brailla un meneur à ceux que la perspective d'un sacrilège faisait hésiter à avancer. Vous n'allez quand même pas reculer devant un repaire de schismatiques ? »

Si bien qu'en une heure les moines, qui avaient le défaut impardonnable d'être orthodoxes, furent extraits de leurs cellules, rançonnés et massacrés, de même qu'un pope venu leur rendre visite. Pour une fois les ruffians ne repartirent pas les mains vides, se partageant le trésor du monastère et jusqu'aux dorures de l'iconostase de sa chapelle.

C'est dans cette pitoyable disposition que le commandant Huggorm trouva ses hommes au petit jour. La plupart n'avaient pas dormi non plus, pour des raisons bien différentes des siennes, et ce rassemblement matinal dérangea les soldats autant qu'il les surprit. Mais on ne discutait jamais ses ordres, cela se savait dès l'entrée dans le régiment.

« Nous partons ! leur lança-t-il sans autre préambule ni se soucier de leurs mines défaites. Rassemblez votre paquetage. Que les éclaireurs me rejoignent sous ma tente sans attendre ! »

Inutile de dire que ses ordres furent suivis d'effets immédiats. Quatre minutes plus tard, les éclaireurs de sa troupe étaient à cheval et partaient remplir la mission qui venait de leur être assignée. Puis Huggorm s'isola un moment avec deux de ses lieutenants.

« Mauvaise nouvelle, les prévint-il en nouant son écharpe par-dessus son col de dentelle. On m'a volé le Talisman. Je n'ai pas besoin de vous en dire plus, vous comprenez la gravité de la situation. Je n'aurais jamais dû le conserver dans ce coffret pris à Borjolk, cela n'a fait qu'éveiller les convoitises... Filez chez le général Banér et inventez un prétexte pour que mon régiment puisse se séparer du reste de l'armée le temps que nous mettions la main sur les voleurs. Ce sont deux pillards eklendais. L'un est blessé, peut-être même mort à l'heure qu'il est. Nous devons les retrouver sans attendre, et surtout avant que nous ne rencontrions le gros de leur armée venue du nord. Car vous le savez : cet artefact est plus précieux que votre âme. Oui, répéta-t-il comme songeur, plus précieux que votre âme... Rompez ! »

Quand ils furent sortis de la tente du commandant, le lieutenant le plus jeune adressa un regard perplexe à Ryning, son aîné :

« Qu'allons-nous bien pouvoir inventer ?

– Je ne sais pas encore, répondit l'autre. Sans doute que des espions de l'armée adverse nous ont subtilisé un instrument essentiel de la campagne, comme une carte extrêmement précise d'Eklendys. Ou n'importe quoi d'autre qui justifierait que nous restions officiellement en arrière pendant que tout le monde fait marche vers la capitale.

– Croyez-vous que cela suffira ?

– Il le faudra bien ! rétorqua le lieutenant Ryning avec un rien d'agacement dans la voix. Sinon, Huggorm ne nous le pardonnera pas. Et ce n'est de toute façon qu'un prétexte. Dès que nous serons hors de vue du reste de la troupe, nous pourrons agir à notre guise.

– Cela ressemble fort à de la désertion...

– Appelez cela comme vous le voulez, Grubbe. D'autres intérêts, bien supérieurs, sont en jeu.

– Mais alors... insista l'autre, ne vaudrait-il pas mieux raconter toute la vérité au général ? »

Son compagnon s'arrêta pour le dévisager.

« Grubbe, vous n'étiez pas avec nous lors de la campagne de Livonie, c'est vrai, dit-il après un silence. Je l'oublie toujours... Mais l'on vous a expliqué la chute du commandant dans ce marais, et ce qu'il en est des Kobolds, n'est-ce pas ? Eh bien, après son étrange vision au fond de l'eau, Huggorm a posé la main sur ce bijou dans la vase, et il est persuadé que c'est l'un des trois talismans dont les Elfes lui ont parlé. Pour lui, c'est un signe. Rien ne compte plus à ses yeux. Même cette campagne, ou celle qui suivra immanquablement sur les terres de l'Empire. Cet objet protègera son porteur et les siens des Kobolds, on vous l'a bien dit. Ce que vous ne savez pas, c'est que, associé aux deux autres, il pourrait permettre également de les repousser le jour de l'Armageddon. Voire... ajouta-t-il en baissant la voix, les yeux perdus sur la cuirasse de son interlocuteur, voire de les contrôler.

– Et vous y croyez ? Toutes ces histoires de gnomes de nos légendes pour enfants, toutes ces Elfes ou les étranges pouvoirs de cette chose dans le coffret du commandant, c'est si... extravagant !

– Et vous, en quoi croyez-vous ? Ce que je crois, moi, c'est que chaque jour le Diable espère faire sa moisson parmi nous, et je sais surtout que chaque jour où je servirai sous les ordres du commandant, j'obéirai à tous ses ordres. Tous, sans jamais discuter. Allons, suivez-moi chez le général ! Et ayez l'air crédible. Je ne voudrais pas que les éclaireurs reviennent à la tente de Huggorm avant nous. La chasse est lancée ! »

Sans se soucier outre mesure des Suédois, Lifhort et son valet avaient repris leur chemin en longeant tout le reste de la journée le chemin qui serpentait entre prairies, champs et bosquets. Dans une ferme, on leur avait confirmé qu'en suivant cette route ils parviendraient le lendemain à un grand bourg appelé Dälmö, au creux d'une vallée boisée, un peu à l'écart de tout.

« C'est tout juste ce qu'il nous faut ! s'était réjoui le capitaine. Et plus vite nous aurons trouvé un forgeron, plus vite nous pourrons rentrer à Serdekinn. Ainsi Woldomir sera heureux de retrouver son équilibre, et nous de nous coucher enfin dans un vrai lit ! »

De fait, son grand cheval gris s'était fait à la perte de son fer. Il claudiquait moins, trottait plus vite, mais Lifhort tenait à le ménager car la route était encore longue jusqu'au logis paternel. Et il avait pris soin de le débarrasser du drap aux couleurs de ses ancêtres : d'une part parce qu'il avait été déchiré pendant la bataille, mais d'autre part, surtout, pour que cela n'éveillât pas les soupçons sur sa présence loin de tout régiment. Il faudrait aussi inventer une belle histoire pour l'expliquer.

« C'est sombre ! » remarqua Smaud, alors qu'ils approchaient d'une forêt à la tombée du jour.

– Oui, tu as raison, convint le capitaine. Mais nous allons avancer encore un peu à l'intérieur des bois et nous trouver un endroit où nous pourrons faire un feu sans être vus. »

Une heure plus tard, ils posaient enfin pied à terre dans une clairière. Il faisait presque nuit noire. Tandis que le garçon s'activait à préparer un repas avec le reste de leurs provisions, Lifhort alla ramasser du bois à la clarté des étoiles. Mais comme il arrive parfois dans l'obscurité des forêts, il crut percevoir des déplacements furtifs à quelques dizaines de pas devant lui. Ce n'était que le fruit de son imagination et de la fatigue, naturellement, mais il s'en inquiéta. Puis ces mouvements silencieux se déplacèrent sur sa droite, puis à nouveau devant lui, et enfin sur sa gauche. Laissant tomber sa provision de branchages, il se saisit d'une bûche et de l'autre main tira son épée.

« Qui va là ? » cria-t-il.

Personne ne répondit. Il attendit un moment. Que devait-il faire ? Revenir à la clairière, où Smaud pourrait lui prêter main forte si cela s'avérait nécessaire ? Après tout, le gamin avait montré un certain courage dans le camp des Suédois. Pour autant, la curiosité l'emporta : Lifhort fit un pas en avant. Mal lui en prit, car le sol se déroba soudain sous son pied, l'entraînant dans une chute longue et douloureuse. Le capitaine comprit qu'il s'était trouvé au bord d'un talus, et qu'il en dévalait la pente à présent, ses vêtements s'accrochant aux fourrés, les taillis et les ronciers lui griffant les mains et le visage. Puis la chute prit fin, brutalement : il ne sentit plus de sol sous lui, et deux secondes plus tard il défonçait ce qui pouvait être une charpente vermoulue couverte de tuiles mangées par la mousse, et après une nouvelle chute il s'écrasait lourdement sur un sol pavé.

« Ah, carogne ! souffla-t-il, les membres endoloris. J'ai dû me rompre les os... »

Mais malgré sa souffrance il n'en était rien, et il s'assit dans l'obscurité. Se demandant où il pouvait être, il fouilla dans ses poches pour retrouver le briquet à amadou qui lui servait à allumer sa pipe. Était-ce une bâtisse abandonnée, une sorte d'ermitage construit au cœur de la forêt, en contrebas du talus, dont il aurait traversé la toiture ? Retrouvant son briquet, il parvint à en tirer une petite flamme jaune et entreprit d'inspecter les alentours – mais il s'arrêta net, en proie à une soudaine terreur.

Face à lui, un rictus effroyable sur ses lèvres décharnées, la Mort en personne le fixait de ses orbites vides.

CHAPITRE XII

LA CAMARDE

Lifhort demeura figé, mais rien ne se passa. Déplaçant lentement son briquet, tout en s'éloignant doucement du hideux visage, il s'aperçut que celui-ci ne bougeait pas. Et soudain il rit, il rit à gorge déployée, pleurant presque de sa bêtise et de soulagement : la Mort qu'il contemplait n'était qu'une peinture sur un mur !

Cédant à la curiosité, il prit le temps de promener sa flamme devant la fresque pour mieux l'apprécier : un lointain réflexe hérité des leçons d'art que son malheureux précepteur avait tenté de lui inculquer, sans doute. À la lueur du briquet, la Camarde avait ce teint bruni, presque ocre, qui ne se voit que sur les os depuis longtemps privés de leur chair et attaqués par le temps. Pourtant elle souriait, des quelques dents pourries qu'il lui restait, et sur son crâne où un reste de peau était tendu à se rompre, des touffes de cheveux apparaissaient çà et là. Sous son cou tout aussi décharné se voyaient des épaules osseuses, puis une poitrine bien creuse en regard du ventre gonflé par les gaz des tissus décomposés. En maints endroits, la peau était comme un tambour crevé, laissant apparaître des côtes, des lambeaux de viscères, des vers et des insectes nécrophages. Pour tout vêtement, la Mort s'habillait d'un suaire jaune et sale, qui pendait de son épaule pour aller se perdre entre ce qui restait de ses cuisses.

Malgré son écœurement pour cette peinture sans concession, le capitaine se sentait poussé par une curiosité malsaine à inspecter le reste du mur, et il s'aperçut qu'il se trouvait face à une danse macabre de grandes dimensions. En ces temps de guerre et de malheur sur le continent, c'était devenu chose assez répandue dans les temples ou les monastères. Mais cette fresque-là semblait bien plus ancienne, de trois siècles peut-être. Lifhort imagina qu'elle datait de la présence teutonique, quand les chevaliers à la croix noire avaient posé malgré eux les fondements de l'État eklendais. Et bien entendu, la Faucheuse ne dansait pas seule : sur chaque ligne de frise, de nombreuses figures apparaissaient à tour de rôle dans la lumière tremblotante du briquet. Des figures bien étranges, à ce qu'il semblait...

« Qu'est-ce que c'est que ça ? » s'interrogea le jeune homme, souriant de sa trouvaille.

Au bras de la Mort, en effet, il venait de reconnaître ce qui devait être un pope, compte tenu de sa robe noire et de son riche collier d'or et de joyaux, mais affublé d'un couvre-chef insolite qui, fort curieusement, lui rappela le bonnet à rubans des marins. Un peu plus loin, se moquant toujours des vivants et rendant ridicules leurs fastes et leurs travers, la Camarde entraînait avec elle un riche bourgeois vêtu de velours et de fourrures. Il portait sous le bras ses armoiries, ou plutôt celles d'une cité, se dit le capitaine en les voyant surmontées de tours et de remparts, mais l'usure des ans avait rendu ce dessin difficile à contempler avec si peu de lumière. Lifhort alla donc voir plus loin – et ce qu'il découvrit le stupéfia.

De quelle folie le peintre avait-il été saisi au moment de laisser libre cours à son inspiration fantasque ? Les danseurs suivants relevaient effectivement d'une fantaisie des plus farfelues. À commencer par ce couple de jeunes gens, visiblement mécontents et tristes d'être séparés par la Mort, qui les empêchait de se tenir la main. Le jouvenceau se distinguait par une braguette aussi longue que flasque, et des branches couvertes de feuilles lui poussaient sur la tête et les membres. Quant à sa promise, la malheureuse pucelle avait le visage bleui et des yeux révulsés, une corde sinistre pendant à son cou.

À côté, la Camarde tirait un vieux pope grand et maigre par la langue, sur laquelle poussaient des champignons et s'égayaient des insectes et des escargots. Ailleurs, elle tenait dans ses doigts noueux, au-dessus de sa tête, l'œil d'un homme tordu appuyé sur une béquille et brandissant un crucifix renversé. Plus loin, c'était un autre pope dont elle moquait la musculature d'Hercule de foire en prenant une pose d'éphèbe ridicule aux membres décharnés. Plus loin encore, c'était un médecin à la mine maussade qu'elle accompagnait dans sa danse, vidant ses clystères remplis de pièces d'or tandis que deux diablotins soulevaient irrévérencieusement sa robe noire et ses dentelles.

Autre chose étrange, ces personnages joignaient parfois leurs mains pour former une macabre farandole. Ainsi, un soldat à la moustache fringante, assurément un officier, s'était joint à trois jeunes filles de noble naissance, à ce que révélaient leurs vêtements de prix car pour le reste leurs têtes étaient celles de... loups aux gueules couvertes de bave et aux yeux brûlant comme la braise. Leurs mains et leurs pieds nus étaient d'ailleurs ceux d'animaux sauvages, ce dont la Faucheuse qui les entraînait semblait beaucoup s'amuser. Un peu en dessous, cette fois, les jeunes filles étaient deux, chacune donnant le bras à la Mort, vêtues pareillement de tabliers blancs, mais d'aspects radicalement différents : l'une était rieuse et gaie, avec des joues rouge vermillon, qui glissait sa main libre dans celle d'un jeune homme à la vêture modeste mais tenant sur son bras sa propre peau, car son visage et ses mains étaient écorchés. L'autre servante, elle, était pâle et hâve, emplie de tristesse. Elle donnait son autre bras à un vieillard fortuné au chapeau défraîchi, au teint blême, aux yeux brillants. Ce qui semblait être du sang coulait par la bouche du vieil homme et tachait ses mains crochues.

Lifhort passait à un nouveau personnage, en l'occurrence un prisonnier sans âge chargé de fers et couvert de toiles d'araignées, quand il entendit des appels venant d'en haut : c'était Smaud.

« Maître ! Ohé !

– Je suis ici ! répondit-il en levant la tête vers le toit éventré. Tout va bien ! Approche ! De ce côté ! »

Très vite, il aperçut la lueur d'une torche et comprit que le garçon cherchait à le rejoindre.

« Attends ! reprit-il. Ne descends pas tout de suite ! Imagine que je sois dans une bâtisse dont je ne pourrais pas sortir sans aide de l'extérieur : comment pourrais-tu m'aider si tu m'y rejoignais ? Réfléchis un peu !

– Ah, oui... marmonna Smaud.

– Fais plutôt un détour et essaie de voir ce qu'est cette construction, au cas où elle aurait une ouverture autre que celle que je viens de créer dans ma chute... »

Le gamin s'éclipsa. Décidément, la présence de son valet avait quelque chose de réjouissant, et malgré ce que sa situation avait de problématique, le capitaine sourit dans l'obscurité. Il se mit lui aussi, enfin, à inspecter son environnement. Au bout de quelques minutes, en découvrant un autel du côté opposé à la fresque, il comprit qu'il se trouvait dans une chapelle. Restait à trouver la porte pour en sortir. Ce fut vite chose faite. Mais les planches de l'huisserie s'étaient déformées avec le temps, et la porte ne voulait manifestement pas s'ouvrir. Par malchance, il fallait la tirer et non la pousser. Éteignant son briquet, Lifhort s'arc-bouta, un pied contre le mur, et tira de toutes ses forces sur l'anneau rouillé qui faisait office de poignée. Ses premiers efforts furent vains, quand soudain quelque chose céda : dans un craquement sinistre, la porte bougea... et il n'eut que le temps de bondir en arrière pour éviter d'être écrasé ! Les gonds avaient cédé ; la porte s'effondra dans un vacarme amplifié par la nuit. La poussière volait partout, mais le capitaine y vit enfin briller la torche de Smaud.

« Maître ! Ça va ?

– Oui, mon garçon, tout va bien, rassure-toi, fit-il en frappant sa tunique pour la débarrasser de la poussière. Tu as donc trouvé une issue, on dirait...

– Par-là, indiqua Smaud d'un hochement de tête.

– Et dans quel drôle d'édifice sommes-nous, peux-tu me le dire ?

– Aucune idée.

– Bien, je verrai ce qu'il en est quand nous sortirons. Tiens, donne-moi ta torche. Merci...

– Vous dormiez ?

– Quand tu es arrivé ? Non, voyons ! Pourquoi demandes-tu cela ? C'est que tu ne m'entendais pas, c'est cela ? »

Smaud fit oui d'un vigoureux geste du menton.

« Eh bien non, je ne dormais pas. Je regardais. J'étais plongé dans un bien étrange spectacle, que tu peux apercevoir sur ce mur, ajouta Lifhort en tendant la torche vers la fresque. Tiens, regarde ! »

Le garçon approcha le nez, puis recula dans un cri :

« Seigneur Dieu !

– Évidemment, superstitieux comme tu l'es, je ne m'attendais pas à une autre réaction, remarqua le capitaine, un rien méchant. C'est une danse macabre, Smaud. Une représentation des vanités humaines et de leur inanité devant la mort... C'est... C'est... »

Un nouveau détail curieux avait attiré son regard. Alors que Smaud restait bouche bée, avec de l'effroi sur le visage, devant la Camarde emportant une sorte de jeune idiot du village, Lifhort se rapprocha d'une partie mettant en scène un autre soldat, un foudre de guerre au visage terrible, portant une tenue étrangère, assailli par la Mort le menaçant d'une vipère écarlate et par une nuée de diablotins : ces démons avaient tout naturellement le pied fourchu, à trois doigts griffus, mais les mains aussi, et trois crocs jaunes leur sortaient d'une bouche pareille à celle d'une lamproie. Et ils déféquaient sur les bottes du soldat, qui cherchait à s'en protéger, bien inutilement, avec dans sa main on ne discernait plus quoi.

« Voilà qui est bien extraordinaire... » se dit le capitaine.

Aussitôt il partit à la recherche d'autres diablotins qu'il avait aperçus la première fois sans y porter vraiment attention, occupés à tourmenter un précédent personnage, le bourgeois aux armoiries ou le médecin, il ne savait plus lequel. Ces petits démons ressemblaient-ils déjà à ceux-là ? Mais il ne put les retrouver : Smaud s'agrippait à son manteau et le tirait en arrière :

« Partons, Maître !

– Un instant, je te prie...

– Non, partons ! fit le garçon, visiblement terrorisé. Au

point d'ajouter, presque dans le même souffle : Vite ! »

Lifhort céda, lui demandant en ce cas de le ramener à la sortie.

En chemin, le capitaine devina qu'ils se trouvaient dans un ermitage depuis longtemps abandonné par les hommes. Car les animaux sauvages et la végétation avaient depuis repris possession des lieux, installant leurs nids dans les recoins abrités ou poussant leurs racines entre les dalles et par les murs en partie éboulés. Smaud tremblait à chaque pas, sursautait dès qu'un mouvement était perceptible là où la lumière de la torche ne portait plus. Mais très vite ils sortirent de la bâtisse et franchirent le portail de sa petite cour. L'endroit était masqué par un épais rideau de buissons ; ils auraient pu passer à côté, en plein jour, sans le voir. Enfin, ils trouvèrent un endroit où le talus était moins escarpé, puis gravirent la pente de leur mieux en s'aidant des troncs et des arbustes qui pouvaient soutenir leur poids. Le garçon se révéla particulièrement agile à cet exercice. Lifhort se dit, toujours en souriant, que la peur devait l'y aider beaucoup.

Quand ils retrouvèrent leur campement, Smaud insista pour laisser le feu allumé le plus longtemps possible, s'assurant lui-même que l'approvisionnement en bois était suffisant pour cela. Un moment, son maître eut envie de lui imposer les contes horribles et cruels que lui racontait sa vieille nourrice, à la veillée, quand il n'était pas sage... Mais le garçon avait eu son content de frayeurs pour un bon moment, et le capitaine n'insista pas.

« Qui sait ? se dit-il en s'enroulant dans sa couverture, tandis que Smaud marmonnait dans son coin une prière bien peu orthodoxe. Peut-être cette guerre nous réserve-t-elle encore bien des heures d'épouvante ? »

Ce en quoi il se trompait, mais seulement sur les causes : dans les horribles épreuves qu'ils allaient devoir traverser les jours suivants, la guerre, elle, ne serait plus pour grand-chose.

DEUXIÈME PARTIE

DÄLMÖ

CHAPITRE XIII

UN HÔTE DE MARQUE

Au matin, les deux compagnons se remirent en route vers le bourg de Dälmö, dans un vallon encaissé ceint d'une épaisse forêt, à douze lieues de Bergher. Une ville très paisible, à l'écart des grandes routes. Avant d'avoir demandé son chemin aux fermiers, le jour où il avait quitté l'armée en repli, Lifhort n'avait d'ailleurs jamais entendu son nom. En sortant des bois, il aperçut les fumées des cheminées qui montaient du point le plus bas de la vallée, à une lieue de distance. Entre le bourg et la forêt s'étendaient de petits espaces cultivés et quelques pâturages encadrés de haies vives où s'égaillaient des troupeaux de moutons et de bovins. Mais ce que le capitaine remarqua bien vite, ce fut la grande ombre à sa droite.

Là se dressait en effet, au nord-est de la cité, sur la crête du vallon, la haute silhouette d'un château ancien, un *burg* médiéval flanqué de six tours couvertes, de quelques bastions et de trois tourelles aux angles et à la jonction de deux ailes habitables. Avec ses épais murs de brique fissurés et ses toitures pointues en délabrement apparent, l'édifice était en partie ruiné, faute d'entretien, et envahi par une végétation qui, partant de la forêt particulièrement dense et sombre à sa base, grimpait à l'assaut de ses remparts avant de les disloquer. Sans doute était-ce là une ancienne commanderie teutonique, défendue par une herse et un pont-levis vieux de près de trois siècles. Pour autant, au soleil du matin, dans le petit jour clair et frais, sa vue était presque agréable et riante. Ce que Lifhort devina en outre, c'était que le château était occupé : par-dessus la muraille, il pouvait nettement voir deux étages aux fenêtres à meneaux d'aspect propre et presque neuf, moins sur l'aile est que sur l'aile sud, et une fumée s'échappait également d'une cheminée au faîte éboulé.

« Sale coin... »

Smaud, manifestement, avait lui aussi le regard fixé sur le vénérable édifice. Mais Lifhort comprit aisément, après les incidents de la nuit, le peu d'appétence du garçon à cheminer près d'un tel château.

« Ce vieux *burg* ne te plaît pas, dirait-on, lui lança-t-il avec un sourire.

– Non, répondit l'autre, la mine renfrognée.

– Allons, rassurez-vous, cher Monsieur Smaud, reprit le capitaine d'un ton léger en donnant des étriers sur les flancs de son cheval, notre chemin ne nous amène pas là-bas, mais à la ville qui sommeille au fond de ce vallon.

– Tant mieux !

– Je parie que tu imagines déjà ce château hanté de fantômes, de liches et de loups-garous !

– Vrai, pour sûr !

– Eh bien, puisque le cœur t'en dit, je m'informerai à Dälmö de la possibilité pour toi d'aller passer une nuit au milieu de tous ces gentils revenants... »

Sans surprise, pour toute réponse Smaud se contenta de hausser les épaules et de lever les yeux au ciel. Lifhort ne cacha rien de son amusement et engagea sa monture sur le sentier qui descendait, à travers champs, vers la petite ville.

Dälmö, bien que sans grand caractère, était un bourg agréable, vivant à la limite de l'autarcie dans sa vallée profonde, à l'abri des tumultes du vaste monde – ou même simplement des rumeurs des provinces voisines. Bien sûr, les échos de la guerre s'y étaient quand même fait entendre, principalement par la levée qu'avaient effectuée les recruteurs du comte de Bergher parmi la population masculine du bourg, mais depuis la vie avait repris un cours presque normal. Deux grandes rues se rejoignaient au centre de la cité : l'une, celle qu'empruntait le capitaine, allant du sud au nord, et l'autre traversant selon un axe approximativement orienté ouest-est. Cette dernière direction menant en réalité au château qui surplombait le vallon, et pas plus loin.

À l'intersection entre les deux voies principales, face à la route du sud, était établie de longue date une auberge tenue par une vieille famille de Dälmö, les Rolnits. C'est là que, tout naturellement, Lifhort et son écuyer s'arrêtèrent pour se désaltérer. En soupesant la bourse renfermant son argent, le capitaine se demanda même s'il ne pourrait pas se laisser aller à y passer la soirée, au cas où les convives se révéleraient plaisants. Mais il avait une autre priorité : trouver un maréchal-ferrant.

« Soyez le bienvenu, Monseigneur ! déclara l'aubergiste en sortant à sa rencontre. Puis-je m'occuper de vos affaires ?

– Non, laissez : mon valet s'en chargera (Smaud l'étripa du regard), mais préparez-nous déjà deux pichets de votre meilleure bière ! (D'un coup, Smaud se radoucit). Nous avons grand soif ! En outre, je n'ai que peu de bagages, hormis ceci... »

Il dévoila ses pistolets accrochés à sa selle. Puis, comme s'il ne pouvait s'en empêcher, oubliant toutes les précautions qu'il souhaitait prendre, il s'entendit dire :

« Et après la bataille, il est naturel que les combattants aient envie de dépenser leur fortune... »

Ostensiblement, il joua avec sa bourse dans le tintement sec des rixdales de son père. Son geste prétentieux lui sembla d'un coup ridicule, mais il était trop tard pour se reprendre.

« Monseigneur est-il officier ? s'enquit Rolnits. Oui ? Général ? Commandant ? Oh, capitaine ? Eh bien allons, Monseigneur Capitaine, prenez vos aises chez moi ! »

Claquant dans ses mains, l'aubergiste appela de l'aide : « Lena ! Mira ! Venez donc ! Nous avons à nous occuper d'un hôte de marque ! » Presque aussitôt, une jeune fille en tablier blanc se précipita à ses côtés pour décharger Smaud du maigre bagage de Lifhort. Elle était vive et enjouée, avec un visage rieur aux pommettes roses et aux yeux bleu foncé, encadré de cheveux d'un blond doré et illuminé d'un sourire tout de fraîcheur. Il ne lui fallut qu'un instant pour s'incliner devant le capitaine, non sans avoir soutenu son regard l'espace d'une seconde, et l'introduire dans la salle commune pour lui trouver une bonne table. Smaud s'assit en face de lui, tout aussi agréablement surpris, mais deux hautes chopes d'une bière ambrée apparurent devant eux avant que Lifhort ait pu ouvrir la bouche pour exprimer son sentiment. Sa tâche accomplie, Mira voleta vers d'autres clients qui avaient besoin de ses services. Rolnits, lui, continuait d'appeler sa seconde fille :

« Lena ! Mais que fait-elle, bon sang ?!

– Aubergiste ! l'interrompit Lifhort. Une question !

– À votre service, Monseigneur Capitaine, s'empressa-t-il de répondre. En quoi puis-je vous être utile ?

– Voici, mon bon : mon cheval a perdu un fer. Chez qui puis-je le conduire pour remédier à cela ? »

Rolnits resta interdit le temps d'une respiration.

« Ma foi, dit-il, essayez chez Gothar, à la sortie ouest du bourg. Il n'a pas son pareil pour manier sa forge. Encore que je ne l'aie pas vu depuis deux jours. Mais son apprenti est là ; il saura vous renseigner.

– Merci, mon ami, répondit le capitaine en se levant, Smaud à sa suite. Autre question : avez-vous des chambres ? Oui ? Eh bien, gardez-m'en une pour cette nuit, et installez dans votre grange ou là où vous le pourrez une confortable paillasse pour mon valet. Quant à votre bière, elle est excellente ! En route !

– Monseigneur !... se risqua l'aubergiste. Vous avez parlé de bataille : savez-vous où en est la guerre que nous font les Suédois ?

– La guerre... répéta Lifhort avec embarras. Nous dirons que pour l'instant, rien n'est perdu, n'est-ce pas ? L'armée qui arrive de Borghavan saura rejeter l'envahisseur à la mer ! Allons, Smaud, il se fait déjà tard : suis-moi ! »

Et il tourna les talons sans demander son reste, alors que de l'étage descendait avec lenteur une autre jeune fille portant un tablier blanc, qui ressemblait beaucoup à Mira. Mais Lena, car ce devait être elle, était brune, et son teint semblait blafard. Sous ses grands yeux gris, des cernes foncés lui donnaient un air de lassitude et d'infinie tristesse. À son poignet droit, elle portait un bandage léger.

« Et alors, où étais-tu passée, ma fille ? s'étonna son père tandis que le capitaine sortait. Tu ne t'es pas reposée ? Ah, va donc demander un bouillon à ta mère en cuisine... »

En selle, le capitaine avait sorti de son bagage sa longue pipe de voyage, et tandis que Smaud, à pied, conduisait son destrier par la bride, il se laissait promener jusque chez le maréchal-ferrant en jouant avec sa moustache. Les passants s'écartaient sur son chemin, certains le saluaient avec déférence, et il se sentait comme un gentilhomme dans une fête de village. La guerre ? Eh, elle commençait à lui paraître bien lointaine !

« C'est là » dit Smaud quand ils furent arrivés.

Devant l'échoppe du maréchal, trois chevaux attendaient déjà, eux aussi accompagnés de leurs garçons d'écurie, et le tintement du marteau sur l'enclume résonnait à coups réguliers dans la rue. Lifhort descendit de sa monture et se présenta devant la forge. Il ne s'y trouvait qu'un garçon, maigre mais nerveux, qui ruisselait de sueur en martelant un fer rouge tandis qu'un quatrième cheval patientait derrière lui, solidement sanglé dans son travail.

« Voulez quoi ? demanda le jeune homme, peu amène, en passant une main sur son visage noirci.

– Ma monture a perdu un fer dans la bataille, répondit le capitaine d'une voix forte, en se donnant des airs importants. Il est urgent de lui en poser un nouveau.

– Vous attendrez, comme tout le monde ! » lui lança l'autre sans se démonter, en se remettant à sa tâche.

Interdit, Lifhort regarda autour de lui : les valets d'écurie se lançaient des regards complices, amusés de sa déconvenue, et même Smaud esquissait un sourire.

« Mais c'est très important, reprit-il, sans plus de succès. Et tu es donc seul à travailler ici ? Où est le maréchal ?

– Ça fera trois jours ce soir que je ne l'ai pas revu, répondit l'apprenti en plongeant son fer dans un baquet d'eau. Je ne sais pas où il est. Pas le temps. J'ai trop de travail !

– Et est-ce qu'il n'y a pas un autre maréchal, ici, à part Maître Gothar ?

– Si, un autre : il est parti à la guerre.

– Je vois. Mais est-ce que pour mon cheval...

– Après les autres ! s'impatienta l'apprenti. Revenez demain, je verrai ce que je peux faire pour vous. »

Le capitaine n'insista pas. Il se tourna vers Smaud :

« Allons, mon garçon, nous rentrons ! Retrouvons nos affaires à l'auberge, reposons-nous autour d'un bon pichet, puisque nous n'avons rien de mieux à faire en attendant demain. Et ce soir, pour souper, nous goûterons aux spécialités culinaires de Dame Rolnits !

– Je suis désolé de vous contredire, Monseigneur, dit une voix qu'il ne connaissait pas, mais il en ira tout autrement. »

Lifhort fit volte-face, pour se trouver face à un homme d'âge moyen, en livrée, qui lui tendait un pli cacheté à la cire.

CHAPITRE XIV

LE SOUPER

Le capitaine se saisit de la lettre avec un regard soupçonneux. Certes, son arrivée n'était pas passée inaperçue, et lui-même avait beaucoup fait pour paraître plus qu'il n'était vraiment, mais ce courrier le contrariait presque. Au moment de briser le sceau, il se dit qu'il aurait donné les dernières rixdales confiées par son père pour être ailleurs – mais aussitôt le souvenir de la prairie de Kolmärn lui revint, le ramenant à la réalité. Le cachet de cire bleue, large au point d'en être prétentieux, portait des armoiries : *d'argent au château d'or, maçonné de sable, donjonné de trois tourelles de sinople girouettées de gueules*. Lifhort apprit les jours suivants qu'il s'agissait des armes de la cité[6], mais sur le moment il crut reconnaître dans ces trois tours sur-

6. Telles sont aujourd'hui encore les armoiries de Dälmö (NdT).

montées de toits pointus la silhouette du vieux *burg* qui surplombait la vallée.

« Qui est ton maître et que me veut-il ? demanda-t-il au valet.

– Il est le bourgmestre de la ville, répondit l'autre avec déférence, et son nom est Deemenas. Maître Magnus Deemenas. Quant à savoir ce qu'il vous veut, Monseigneur Capitaine, ce qu'il m'en a dit est aussi écrit dans sa lettre.

– Fort bien. Et comment diantre sais-tu quel grade je porte ?

– Monseigneur ne s'en est pas caché en arrivant à l'auberge des Rolnits, tout à l'heure. Beaucoup d'oreilles se trouvaient là pour entendre, et à Dälmö les nouvelles vont vite.

– Je vois... »

Dans sa lettre, Maître Deemenas se disait heureux de la présence de Lifhort dans sa ville et assurait qu'il serait très honoré si celui-ci acceptait son invitation à souper pour le soir même. Il suffirait au capitaine de répondre favorablement à cette demande pour que son valet revînt le trouver à l'auberge en fin de journée et le conduisît à sa demeure. Bah, puisque faute de maréchal-ferrant il devait de toute façon passer la nuit sur place, Lifhort signifia au domestique qu'il acceptait l'invitation.

« Parfait, Monsieur Smaud, dit-il ensuite à son propre serviteur, rentrons à l'auberge, buvons-nous cette chope de bière, et dormons quelques heures. Maugrebleu ! J'ai comme le sentiment que la soirée sera longue et épuisante ! »

Soulagé de savoir qu'il aurait droit à sa pinte, Smaud acquiesça du menton sans protester davantage. Après tout, tandis que son maître ferait la conversation aux riches dames de la ville, lui-même pourrait partager en cuisine les restes du repas avec les domestiques de la maison, et au pire il se trouverait bien un coin d'écurie pour lui permettre de sommeiller sur de la paille fraîche...

Comme convenu, le valet se présenta à l'auberge à l'heure dite pour conduire Lifhort chez son maître. Le capitaine, vêtu de ses plus beaux atours d'officier, un col de dentelle d'une blancheur immaculée sous le menton et les moustaches frisées avec une impertinente élégance, patientait depuis un moment dans la salle commune. Il s'inquiétait présentement d'un souci que semblait avoir Rolnits :

« Va donc quérir le médecin, avait-il ordonné à une servante. Lena a dû retourner se coucher. »

Mais le laquais de Deemenas était arrivé à cet instant, et Lifhort avait pris sa cape et son chapeau à plumes avant de le suivre, alors que Smaud s'en allait chercher Woldomir à l'écurie. Peu après, le capitaine était reçu avec tous les honneurs par le bourgmestre : vêtu de velours épais, portant le lourd collier d'or incombant à sa charge et l'attendant sur le seuil de son hôtel particulier, d'un luxe ostentatoire, il lui présenta le pain et le sel et le convia, avec force révérences, à entrer chez lui. Aussitôt son épouse lui tendit un bassinet d'argent rempli d'eau et une serviette, puis ce furent enfin les trois filles de la maisonnée qui vinrent s'incliner devant lui. De son côté, sans faire de manières ni avoir à ouvrir la bouche plus qu'il n'en avait besoin, Smaud se trouva un recoin confortable à l'office.

« Prenez vos aises, Monseigneur Capitaine ! répétait Maître Deemenas. Vous êtes ici chez vous ! C'est un insigne honneur, pour nous autres humbles marchands, de recevoir un hôte de marque tel que vous. »

Promenant son regard autour de lui, Lifhort se dit que l'humble marchand avait bien réussi : meubles d'ébène de facture flamande, portraits de famille sur les murs, riches tapis au sol, vaisselle et chandeliers d'argent incrustés d'ambre... Tout, jusqu'aux fourrures qui bordaient en abondance le manteau de son hôte, respirait l'opulence et le négoce florissant. L'installant à la place d'honneur sur la table immense qui occupait le centre de la salle de réception, le bourgmestre lui présenta les autres convives. À nouveau il fit saluer son épouse, dont les formes se perdaient sous ses bijoux dans les plis du velours et les dentelles, puis ses filles, vêtues plus sobrement en apparence, mais habillées de tissus au moins aussi onéreux.

« Et voici l'orgueil de ma vie, lança Deemenas en posant les mains sur les épaules d'un solide gaillard aux cheveux blonds assis de l'autre côté de la table : mon fils Hektor ! »

Beau garçon, l'héritier du bourgmestre avait un air suffisant, comme s'il connaissait autant la richesse de ses traits que celle de sa famille, qui serait un jour la sienne. Vêtu de couleurs vives, avec aux épaules des crevés brodés d'or, il jetait sur l'assistance un regard un rien condescendant.

« Et voici Maître Jonas Holokern, notre prévôt, poursuivit le bourgmestre, et Maître Herolt Salnas, notre notaire, ainsi que son épouse, dame Roxana... »

Et ainsi de suite. Lifhort saluait à chaque fois d'un hochement de tête très digne, comme il avait appris à le faire au temps où son père parvenait encore à l'obliger à assister aux repas qu'il donnait pour des invités de la meilleure société de Serdekinn. Quand Deemenas eut terminé, il restait deux chaises vides. Le capitaine s'en inquiéta.

« Nous attendons encore le docteur Hundin, répondit Deemenas. Il ne devrait pas tarder. Quant au chevalier de Blotsigys, il est rentré de France avant-hier et, à son âge, il doit se remettre de son voyage. Il m'a fait dire qu'il nous rejoindrait en fin de soirée, après le repas. »

Ruprecht Hundin, le médecin, arriva sur ces entrefaites. Tout vêtu de noir à l'exception de son col de dentelle blanche, c'était un homme grassouillet à la mine renfrognée, avec un pli amer aux coins de la bouche, et plutôt petit malgré les semelles épaisses de ses souliers à boucle d'argent. On le présenta à son tour au capitaine et le souper put commencer. Comme s'y attendait Lifhort, et comme Smaud put s'en réjouir en cuisine peu après, le repas faisait se succéder les mets les plus chers et les plus inattendus, préparés avec un réel talent et présentés avec faste. Le clou du festin étant le dessert, chaque convive découvrant devant lui une orange d'Arabie sur un plateau d'or.

« Quelle merveille ! s'exclama la femme du notaire. Où avez-vous trouvé cela ?

– Je les fais simplement venir tout exprès des pays barbaresques, répondit le bourgmestre en affectant sans convaincre la plus artificielle humilité. Car Monseigneur ignore sans doute, ajouta-t-il en se tournant vers Lifhort, la raison de ce souper auquel je ne pouvais ne pas le convier :

je tiens dès aujourd'hui à fêter le mariage de mon fils. Dans quelques jours, en effet, il épousera Gertrod, la fille d'une des plus anciennes et des plus respectables familles de Dälmö, les Vietské. N'est-ce pas, Hektor, mon grand ? »

Pour toute réponse, le fils de Maître Deemenas hocha la tête avec un sourire de conquérant.

Quant à la conversation, elle porta sur des sujets divers. On demanda au médecin ce qui l'avait retenu au début de la soirée, et il renouvela ses excuses avant d'expliquer :

« C'est l'une des filles de Rolnits, l'aubergiste. Depuis la nuit dernière elle est tout énervée, ne tenant presque plus sur ses jambes, et souffre d'une anémie manifeste. Un excès de phlegme, assurément. Je lui ai prescrit plusieurs lavements pour remettre un peu d'ordre dans ses humeurs. Ces petites gens ont de si étonnantes maladies, parfois... »

Lifhort ne dit rien, mais il nota ces détails et préféra oublier la suite des propos de Hundin : le peu de respect des miséreux pour les gens respectables qu'ils mettaient en retard à leur souper, et qui payaient ses services en volaille, en lait ou, dans le cas présent, en tonneau de bière et en salaisons. Le capitaine commençait à regretter la franche camaraderie des soldats sous leur popote quand, au moment du dessert, se présenta le dernier invité ; c'était le chevalier de Blotsigys.

Ce que remarqua d'abord Lifhort fut l'éclat de ses yeux, profondément enfoncés dans leurs orbites, juste avant qu'il ne sortît de la pénombre d'un couloir. Blotsigys était vieux, terriblement vieux eût-on dit, et ses riches vêtements, défraîchis et d'une autre mode, masquaient mal la maigreur de ses membres. Pourtant il s'avançait d'un pas assuré, à défaut d'être rapide, sans avoir réellement besoin de la canne de bois d'acacia qui rythmait sa marche. Le vieillard avait un visage taillé à la serpe et blafard, presque livide au-dessus de sa fraise grise. À ses oreilles pendaient deux pierres d'ambre aux reflets éteints, contrastant avec l'éclat de ses petits yeux noirs. Pendant le reste de la soirée, le capitaine resta stupéfait de leur vivacité et de leur facilité à plonger dans le regard des autres au point d'en être gênants. Ses sourcils blancs étaient très longs, parcourus de fils gris.

Il parut alors à Lifhort que l'arrivée du chevalier délia les langues des convives, comme si, par correction, ils s'étaient retenus jusque-là d'aborder la question qui leur brûlait les lèvres depuis le début de la soirée : la guerre. Pour le capitaine, ce fut un moment difficile. Certes, cela lui permit de se mettre en valeur dans le récit épique de la bataille qu'il avait livrée, mais il fit bien attention à ne rien dire de l'expédition calamiteuse qui avait coûté la vie à Pelner, ni de l'étrange médaillon qu'il avait volé, et encore moins des circonstances pour le moins obscures qui lui avaient permis de quitter le gros de la troupe. Dans un moment de totale improvisation, il expliqua qu'il avait été détaché pour assurer en retrait une surveillance de la progression de l'armée suédoise : autour de la table, on accepta cette version sans broncher, tout heureux de l'honneur fait au bourg des conséquences inattendues de cette décision éminemment stratégique. Seul le chevalier de Blotsigys garda le silence, dardant sur le jeune homme un regard clairvoyant, avec un fin sourire sur ses lèvres décolorées.

Lifhort profita de son mensonge pour faire dévier la conversation sur une raison supplémentaire de sa venue à Dälmö : le fer de son cheval. À son grand étonnement, son allusion innocente à l'absence du maréchal-ferrant eut pour effet de faire repiquer à chacun le nez dans son assiette. Le prévôt s'éclaircit la gorge, tout soudain enrouée, pour demander d'une voix timide s'il restait des gâteaux au miel. Suivit un silence gêné. Lifhort redouta d'avoir commis un impair. Et curieusement, il ne fut pas si surpris que cela de l'intervention de Blotsigys :

« Maître Gothar a toujours aimé voyager, dit le chevalier sur un ton égal. Que voulez-vous, Monseigneur Capitaine ? C'est un ancien marin. Il a servi sur nos galères avant de s'installer dans notre modeste cité.

– Sa disparition ne vous étonne donc pas ?

– Pas moi, intervint le docteur Hundin avec aigreur. Ce Gothar, c'est un lunatique ! Un homme au caractère sanguin, qui n'agit que sur des coups de tête.

– Ce ne serait donc pas la première fois qu'il s'absente

ainsi sans raison ? »

La question du capitaine resta sans réponse. Le maréchal avait sans doute déjà disparu, oui, et même sans aucun doute, encore qu'aucun convive ne pût se rappeler à quelle occasion.

« Mais nous n'avons rien à craindre pour lui, ajouta Blotsigys. Cet homme est une force de la nature, et il s'est encore endurci lors de ses navigations sur la Baltique. C'est un véritable hercule. Il...

– Un fier-à-bras ! l'interrompit le médecin.

– Il n'y a, pour lui en tout cas, aucun souci à se faire, reprit le chevalier : rien de fâcheux ne saurait lui arriver. »

Hundin, le prévôt et Deemenas lui lancèrent un bref regard mêlé de crainte. Puis Hektor demanda à son père s'il ne serait pas temps de faire servir les liqueurs. Heureux de ce prétexte, les invités se levèrent pour passer dans un salon voisin. Lifhort, lui, était resté sur sa faim, mais il n'avait d'autre choix que de les imiter. En se levant, il remarqua néanmoins que l'assiette du chevalier de Blotsigys était restée vide, et qu'il n'avait rien bu non plus. Une fois au salon, il en fit part discrètement au notaire.

« Le voyage, expliqua Maître Salnas, et l'âge : le chevalier ne mange presque plus, à ce qu'on dit. Un croûton de pain et un pichet d'eau lui suffisent pour la journée, à ce qu'il paraît. Mais c'est un ascète. Et s'il y avait des raisons de s'inquiéter, notre bon docteur serait déjà intervenu auprès de lui. »

Puis une autre question occupa toute l'attention du capitaine : comme un joueur d'échecs essayant plusieurs ouvertures, Dame Deemenas envoya tour à tour ses trois filles faire le siège de l'invité de marque de la soirée, chacune arborant son plus avantageux sourire, et Lifhort se rappela aussitôt qu'elles étaient encore à marier. Il s'esquiva aussi poliment et aussi vite qu'il le put.

De retour à l'auberge avec Smaud, Lifhort ne gardait plus aucun souvenir de cette soirée quand, après une nuit d'un sommeil lourd et inconfortable, il fut réveillé le lendemain matin par des cris sous ses fenêtres. Se redressant péniblement sur ses oreillers de plume d'oie, il bâilla en se demandant de quoi il s'agissait. Puis à mesure que ses esprits lui revenaient, il comprit qu'il venait de se produire au-dehors une véritable catastrophe.

CHAPITRE XV

LA MALÉDICTION

Descendu dans la rue devant l'auberge, Lifhort se trouva face à une foule de petites gens qui poussaient de grands cris, tantôt de colère, tantôt de désespoir, et de femmes qui gémissaient. Près de l'attroupement, il aperçut son valet.

« Smaud ! appela-t-il. Que se passe-t-il, mon garçon ?

– Une tragédie ! répondit l'autre.

– Oui, mais encore ? Parle donc, bougre de bougre !

– C'est terrible ! dit Smaud avec de la consternation sur le visage.

– Vertubleu !... »

Comprenant qu'il n'en tirerait rien de plus, le capitaine écarta les villageois pour voir de ses yeux de quoi il retournait. Arrivé au but, il le regretta presque : allongés au milieu de la foule sur deux civières improvisées gisaient deux cadavres d'hommes, à peine reconnaissables tant leurs blessures étaient atroces. Réprimant son dégoût, dans le bourdonnement des mouches, Lifhort se pencha sur les corps et comprit que ces deux personnes avaient été égorgées avec une sauvagerie sans nom. L'un avait eu le poitrail ouvert, le haut des poumons et la base du cou arrachés jusqu'aux vertèbres. Pour l'autre, la tête ne tenait plus au corps que par un lambeau de chair et de tendons. Leurs membres portaient la trace de profondes griffures, nettes et larges. Quant aux visages, ils conservaient une expression d'horreur et d'atroce douleur.

Le capitaine s'aperçut alors que les cris s'étaient arrêtés aussitôt qu'il avait approché les cadavres. À présent, nombreux étaient ceux qui, vraisemblablement impressionnés par sa tenue et son allure, semblaient attendre quelque chose de lui, en sa qualité présumée d'homme important : une réponse, une explication, voire une vengeance.

« Savez-vous qui étaient ces malheureux ? demanda-t-il enfin, faute de mieux.

– Les frères Zétök, répondit une matrone en pleurs. Ils habitent de l'autre côté de la ville.

– Et qui les a trouvés ?

– Moi, dit un vieil homme. J'étais avec ma fille, là-bas, dans la forêt. »

Du doigt, il désigna les pans boisés de la vallée, vers l'est. Dans le petit matin, on apercevait sur la crête le contour brumeux du vieux *burg*. Aussitôt ceux qui entouraient le vieillard se signèrent.

« C'était juste avant l'aube, poursuivit-il. Ma fille est allée chercher son homme et mon fils, pour rapporter les corps.

– J'habite à côté de chez la vieille Zétök, dit une autre femme. Ses fils lui ont dit qu'ils allaient chercher du bois, hier soir. Mais ils ne sont pas rentrés. Elle est venue chez nous pour nous demander si on les avait vus...

– Et est-ce que personne n'est allé à leur recherche ? demanda Lifhort. Eh bien ? »

L'attroupement fut soudain silencieux, comme ses compagnons de table la veille au soir.

« Seulement ce matin, dit enfin le vieil homme. Comme à chaque fois.

– Comment cela ? »

Et derechef les présents se signèrent. Agacé par ces marques de superstition dévote, le capitaine explosa :

« Par les sabots du roi Zoltin ! Vous voulez dire qu'il y a déjà eu des victimes, et qu'il n'est dans cette cité aucun chasseur qui ait pu vous débarrasser de cet ours ?!

– Si seulement c'était un ours... » laissa échapper un homme qui pleurait.

Après quoi, sans dire un mot, les villageois reprirent les civières pour les conduire Lifhort ne savait où, mais vraisemblablement vers l'église la plus proche, chez un médecin ou peut-être directement chez le charpentier qui confectionnerait les cercueils. Resté seul en arrière avec Smaud, le capitaine se demandait ce qu'il devait en penser. Il décida de rentrer à l'auberge pour y prendre des œufs et du lard.

« Voici vos œufs, Monseigneur Capitaine. Et votre bière ! »

La jolie Mira s'était une fois de plus empressée d'apporter sa commande à Lifhort, agrémentant ses paroles d'un sourire enchanteur dont Smaud resta béat. Le capitaine, lui aussi charmé, aurait bien glissé une remarque facétieuse à son valet si un coup sec, de l'autre côté de la salle commune, n'avait attiré son attention. C'était au comptoir un jeune homme vêtu simplement mais de bon tissu, qui reposait sa chope avec un air irrité en suivant des yeux la serveuse. Lifhort, qui l'avait déjà remarqué à l'auberge la veille avant de partir souper chez Deemenas, apprit qu'il s'appelait Métusek, et qu'il travaillait à l'étude de Maître Salnas, le notaire. Étrangement, dans la colère de ce garçon, il perçut une grande tristesse. Mais comme Rolnits approchait de sa tablée, il revint à son affaire.

« J'espère que Monseigneur Capitaine trouve la cuisine de mon épouse à son goût, commença l'aubergiste, l'air soucieux.

– Vous lui ferez mes compliments, répondit Lifhort. Votre lard est délicieux !

– Vous êtes bien bon, Monseigneur.

– Dites-moi, Maître Rolnits, attaqua le capitaine sans plus de précautions oratoires, qu'est-ce que c'est que cette histoire d'ours ?

– Un ours, Monseigneur ? Je ne...

– Ta-ta-ta ! l'interrompit Lifhort en attrapant un pan du tablier de l'aubergiste. Pas vous ! Vous ne pourrez pas vous défiler comme les autres tout à l'heure. J'ai bien vu ce que j'ai vu : un ours, ou ce qui tue comme un ours, a tué deux jeunes gens cette nuit, et ce n'est apparemment pas la première fois que ce genre de chose se produit. Où sont donc vos chasseurs, parbleu ?

– Mais... à la guerre, Monseigneur !

– Effectivement, marmonna-t-il après un instant, désarmé, en lâchant le tablier. Cela explique tout.

– Oh non, Monseigneur, fit Rolnits après avoir jeté un coup d'œil précautionneux autour de lui. Cela n'explique rien, et ne résoudrait rien. Même si c'était vraiment un ours, ajouta-t-il à voix basse, aucun chasseur ne pourrait en venir à bout. On ne rompt pas une malédiction aussi simplement. »

Lifhort allait le renvoyer sèchement à ses cuisines, mais l'aubergiste tira le banc sur lequel Smaud se goinfrait de ses œufs au lard, et s'assit face à lui, plantant ses yeux dans les siens.

« J'ai moi-même eu du mal à m'en persuader, commença-t-il, toujours à voix basse, mais il faut bien se rendre à l'évidence...

– Venons-en au fait, s'impatienta le capitaine à qui ce préambule rappelait celui de la fable racontée naguère sous sa tente par le défunt Pelner.

– Eh bien voici, Monseigneur : connaissez-vous beaucoup d'ours ou de bêtes sauvages qui tuent des hommes, ou des femmes, dans les bois, et qui prennent ensuite le soin de ramener leurs victimes jusqu'aux lisières de la forêt ? »

Lifhort en resta sans voix. Tout ce qu'il se préparait à lancer comme imprécations contre la bêtise et la crédulité populaires s'étrangla dans sa gorge. Smaud, lui, avait pâli comme un linge et il se signait à répétition.

« Oui, Monseigneur, poursuivit Rolnits, car c'est bien ce qui arrive : à chaque fois, on retrouve les corps dans la futaie, en vue des premières maisons à l'est de la ville. Peu importe où les morts ont disparu, c'est toujours dans ce secteur qu'on les retrouve. Alors vous comprenez pourquoi les gens préfèrent se taire, y compris les notables : c'est pour ne pas attirer le mauvais œil sur eux, compte tenu du caractère surnaturel de ce grand mal.

– Et... Et combien de morts avez-vous dénombrés ? demanda le capitaine d'un air faussement détaché, pour masquer son trouble.

– Six, avec ceux de ce matin. Deux femmes et quatre hommes. Ou plutôt sept, avec ce colporteur qui n'était pas de chez nous. Les premières disparitions remontent à bientôt trois semaines, juste après la Saint-Virgelis, mais les choses se sont précipitées depuis l'arrivée des Suédois. La forêt est envoûtée. Vous partez pour une course banale, et on ne vous revoit plus.

– Et je suppose que votre maréchal-ferrant a disparu de la même manière, n'est-ce pas ?

– En effet, Monseigneur, admit Rolnits en baissant la tête. Et voyez-vous, son cas est encore plus étrange, car son corps à lui n'a toujours pas été retrouvé. Ce matin, en entendant les cris depuis la cuisine, ma femme a bien cru que c'était le corps de Gothar qu'on avait ramené...

– Mais ce n'était pas le cas ! s'exclama Lifhort en retrouvant un peu d'ardeur. Il nous manque un cadavre : voici une première anomalie dans toute cette jolie histoire.

– Il n'empêche, Monseigneur, dit l'aubergiste un rien contrarié, on ne sait toujours pas où il est passé.

– Parti s'engager derechef sur un bateau, comme ça, sur un nouveau coup de tête ! répondit Lifhort en se souvenant de la conversation de la veille. Rien de plus sorcier ! »

À cet instant, Mira vint desservir le capitaine et son valet. Elle en profita pour glisser un mot à l'oreille de son père :

« Lena se sent mieux, elle aimerait se lever.

– C'est bien. Va le dire à ta mère et aide ta sœur, je m'occuperai du service en attendant, répondit l'aubergiste, comme soulagé. Puis revenant à Lifhort : Vous ne devriez pas plaisanter avec cette malédiction, Monseigneur.

– Allons, mon bon Maître Rolnits, je veux bien que votre cité n'ait plus de chasseurs à cause de cette fichue guerre, mais s'il s'agit vraiment d'une malédiction, ne me faites pas croire qu'il ne se trouve pas de pope exorciste dans une bourgade comme Dälmö !

– Non, bien sûr, fit l'autre, de nouveau embarrassé. Il y en a bien un : Galistas.

– Eh bien, alors ? Pourquoi n'a-t-il encore rien fait ?

– C'est que, Monseigneur... il a lui aussi disparu ! »

CHAPITRE XVI
LE BARON ÖDREK

De mal en pis : Lifhort se demanda dans quel nouveau pétrin il était venu se fourrer. Tout était allé de travers depuis le matin maintenant lointain où ce fâcheux vieillard l'avait chassé du lit de sa maîtresse du moment. Il y avait eu le départ pour la guerre, et la bataille de Kolmärn, puis enfin l'histoire abracadabrante des Elfes et des Kobolds... Cette nuit, d'ailleurs, dans son sommeil épais, n'avait-il pas rêvé que de petits êtres à trois griffes le tourmentaient pour reprendre le curieux médaillon dérobé dans le camp suédois ? Et à présent, cette malédiction fantaisiste !

« Superstition ! lança-t-il à l'aubergiste, catégorique. Si étranges soient-ils, ces faits n'ont rien de surnaturel. Il se trouve dans cette ville quelqu'un pour qui toute cette histoire est limpide comme de l'eau de roche, parce qu'il ne s'agit en vérité que d'une machination ingénieuse, ourdie dans un but inconnu, et faisant appel à la crédulité de la population pour parvenir à ses fins.

– Vous êtes un homme instruit, ça s'entend, répondit Rolnits après une seconde, et je crois bien que les gens d'ici sont crédules. Ça oui. Mais à présent que vous êtes là, les choses ne manqueront pas d'aller mieux, c'est certain.

– Que voulez-vous dire ? fit le capitaine, redoutant déjà la réponse.

– Oui, puisque si c'est bien ce que vous dites, un homme comme vous, Monseigneur, n'aura aucun mal à tirer l'affaire au clair. Encore que quelques prières bien choisies ne puissent pas faire de mal... »

Smaud approuva en se signant une nouvelle fois. Lifhort se montra résigné :

« Soit, lâcha-t-il d'un ton las. Alors d'où vient-elle, cette prétendue malédiction ?

– Mais... du château, pour sûr ! »

Peu après, laissant son valet l'attendre au-dehors, le capitaine se présentait à la maison de Maître Herolt Salnas, notaire du roi, pour un entretien privé. Il fut accueilli par le jeune Métusek, visiblement surpris et peu ravi de le revoir. Mais il le conduisit néanmoins sans difficulté à son maître et referma la porte du cabinet de travail derrière lui. Salnas, quinquagénaire à la figure allongée, posa ses bésicles sur les documents qu'il étudiait et se leva pour l'accueillir avec déférence :

« Quel honneur vous me faites, Monseigneur Capitaine ! dit-il en lui avançant un fauteuil. J'espère que votre séjour à Dälmö se passe toujours bien, et que vos observations de l'armée suédoise peuvent se dérouler comme vous l'entendez. L'ennemi fait bien route vers la capitale, m'aviez-vous dit hier soir ?

– C'est cela, oui... répondit Lifhort sans entrain. Les Suédois s'éloignent de nous, en effet. Restera à surveiller leur arrière-garde, et... Enfin, pour en venir au but de ma visite, j'ai quelques questions à vous poser.

– Ah oui ? fit le notaire en soulevant le sourcil gauche. Et en quoi pourrais-je vous être utile ?

– J'irai droit au but : ce que certains ici pensent être une malédiction a frappé la cité à plusieurs reprises depuis quelques jours, et il se dit que la source de ce mal serait à trouver au château. C'est tout ce que j'ai pu apprendre là-dessus ; on m'a envoyé à vous pour en savoir plus, car vous connaîtriez les raisons du maléfice, m'a-t-on dit. Je veux donc savoir : pourquoi le vieux *burg* est-il maudit ? »

Salnas baissa les yeux sur ses mains jointes, une moue désapprobatrice sur le visage.

« Pas le château, dit-il après un soupir de résignation. Mais ses propriétaires – son ancien propriétaire, plus exactement. Je vois qu'il ne sert à rien d'éluder la question avec un homme tel que vous, Monseigneur. Vous avez appris quel mal nous frappe, et comment. Pour ma part, je suis un homme de peu de savoir, hormis pour les actes et les procédures qui font l'ordinaire de mon travail, mais il est vrai que je suis versé dans les histoires et les traditions de cette ville, et que j'ai bonne mémoire des événements qui s'y sont produits depuis que je suis enfant. Les faits dont je vais vous parler se sont déroulés voilà bien des années, à l'époque où mon père était encore le détenteur de ma charge actuelle. Et c'est de lui que je tiens ce que je vais vous confier. À présent, dites-moi : que savez-vous du baron Ödrek ? »

Intéressé, Lifhort se cala dans son fauteuil. Le notaire poursuivit sans attendre sa réponse :

« C'est un nom aujourd'hui oublié, avec raison, dit-il en fermant les yeux et en se renversant contre son dossier, comme s'il se replongeait dans ses souvenirs. La meilleure des raisons étant qu'il en a été ainsi ordonné – par ordre du roi. Depuis ce jour, Dälmö est placée sous l'autorité de son bourgmestre : une charge héréditaire que Maître Deemenas a héritée de son père. Mais je m'éloigne de notre affaire. Reprenons. J'étais donc encore enfant que les pires garnements du village filaient doux quand on leur parlait du baron Ödrek : inutile de les menacer en invoquant les Trolls ou les Kobolds de nos contes d'autrefois, car on savait qu'il n'était pire monstre que le baron. Et un monstre bien réel, celui-là, à la différence de toutes ces créatures imaginaires ! »

Repensant à l'étrange bijou de métal conservé désormais dans une poche de sa veste, Lifhort se surprit lui-même en doutant un bref instant du caractère imaginaire des monstres décrits par Pelner. Maître Salnas continua :

« On disait que le baron Ödrek avait livré plusieurs guerres au côté du roi, et qu'il s'était montré sans pitié dans les batailles. D'aucuns prétendent qu'il arrachait le cœur de ses adversaires vaincus pour le manger, qu'il buvait leur sang et qu'il fichait sur sa lance les têtes de ses ennemis les plus prestigieux. Légendes et billevesées, assurément, mais les petites gens de Dälmö en étaient intimement convaincues. De fait, par sa seule présence, le baron faisait régner la terreur sur la cité. On rentrait les enfants quand, descendu du château pour une raison quelconque, il passait à cheval dans les rues, suivi de sa garde. Des hommes de mauvaise vie pour la plupart, sicaires, pillards et malandrins venus de lointaines principautés russes, qui obéissaient aveuglément à tous ses ordres. Ödrek, dit-on, prenait même plaisir à se rendre en ville sans autre dessein que de constater la peur qu'il inspirait.

« Le personnage était d'ailleurs effrayant. Je n'en garde qu'un souvenir vague car on m'a longtemps interdit de l'approcher, mais mon père, qui l'a bien connu puisqu'en tant que notaire du roi il était amené à le rencontrer régulièrement, me l'a décrit un jour : c'était un colosse portant une longue barbe noire sous une abondante chevelure de jais. Il se taillait les ongles en pointe, rien que pour le plaisir de terroriser les femmes, et ses joues étaient vérolées. Il avait la voix grave et forte ; on dit qu'elle portait loin au combat. Dans ses yeux, mon père voyait de la folie et une fureur sanguinaire. Le baron avait pour habitude de s'habiller de pourpre, des chausses jusqu'au chapeau, et à son côté, au lieu d'une rapière, il portait une hache.

« Il faut dire que c'était un chasseur redoutable. On racontait qu'il pistait à pied l'ours et le sanglier, et qu'il les abattait seul, avec sa hache. On sait aussi que, de temps à autre, il faisait enlever des gens de Dälmö par ses hommes, sous des prétextes ouvertement injustifiés, et qu'il prenait plaisir à les faire torturer dans une aile de son château, avant de les mettre à mort de ses mains. La couleur de ses habits rappelait ainsi à tous le sang dont il se baignait. Si cela peut vous éclairer sur la nature de la terreur qu'il nous inspirait, sachez que pas très loin de cette demeure se trouve une fontaine, et que le baron aimait à s'y désaltérer quand il descendait en ville. Un jour, il y oublia un gobelet d'argent massif, incrusté de pierres et d'ambre. Deux semaines plus tard, quand il revint à la fontaine, le gobelet était là où il l'avait laissé. Et il y resta jusqu'à sa mort...

« Sa mort, justement ! Quand on sait ce que fut sa vie, comment peut-on croire qu'un tel être ait pu mourir autrement que de male mort ? C'est ce qui arriva. Je me souviens qu'un jour, il y a environ quinze ans, les hommes de main d'Ödrek sont arrivés en ville en questionnant la population et en frappant pour se faire confirmer les réponses, car leur maître avait disparu alors qu'il était parti chasser près de la rivière, et ils ne savaient où le retrouver. Il ne réapparut que tard dans la nuit, trempé, le visage blême et de la peur dans le regard. Ses seuls mots pendant les deux jours qui suivirent furent “Ils arrivent”. Et alors il ordonna de faire raser une à une les maisons de Dälmö et de tuer leurs occupants parce que, disait-il, c'était le seul moyen de leur éviter une mort autrement plus atroce. Ses soudards venaient juste de tailler en pièces une famille comptant plusieurs enfants en bas âge qu'enfin la population toute entière se souleva, malgré la peur : les hommes du baron furent massacrés ou chassés de la ville, et la révolte convergea vers le *burg*, avec à sa tête le vieux marchand Deemenas, le père du bourgmestre que vous connaissez. Du haut de la barbacane du pont-levis, Ödrek se mit à prier pour le salut des assaillants, signe qu'il avait manifestement perdu la raison. Et c'est là qu'on le prit sans qu'il fît rien pour se défendre, et qu'on tenta de le décapiter avec sa propre hache. La troisième tentative fut la bonne, m'a-t-on dit. Puis on brûla son corps dans la forêt.

« Le baron était veuf : son épouse, jeune et infortunée, avait préféré s'empoisonner plutôt que de vivre plus longtemps avec un tel monstre. On raconte aussi que c'est lui qui, pour échapper à son regard réprobateur quand il venait la trouver dans ses appartements, aurait versé le poison dans sa coupe. Pour ma part, je crois que personne ne saura jamais ce qu'il en fut vraiment. Mais Ödrek laissait trois filles derrière lui, toutes jeunes encore, et qui sont même plus jeunes que vous ne l'êtes aujourd'hui. Je les rencontre parfois, quoique rarement, quand il y a besoin de gérer leurs affaires. Mais elles, presque personne ici ne les a vues, hormis le prévôt Holokern, le docteur Hundin, quelques popes et de rares notables et marchands. Quant au bourgmestre, vous comprendrez qu'elles se refusent à le recevoir. Ces trois jeunes personnes vivent recluses dans le château, qu'elles entretiennent de leur mieux avec une poignée de domestiques malgré le déclin de leur fortune.

« Il faut savoir qu'à la chute du baron, le prévôt d'alors fut chargé d'adresser un rapport au monarque pour expliquer les agissements de la population. Le risque était clair : si les exactions d'Ödrek ne suffisaient pas à justifier la révolte, le roi nous enverrait la troupe, massacrerait les habitants et raserait Dälmö. Mais le prévôt accomplit sa tâche avec talent : non seulement il sauva la ville, mais en outre le roi fit savoir que le nom du baron devrait être effacé de tous les registres. Le prévôt fut ensuite appelé à servir à la cour, et c'est ainsi qu'est arrivé Maître Holokern, son successeur. L'édit du roi prévoyait aussi de faire disparaître la baronnie et de confier le gouvernement de la cité à un bourgmestre : ce fut Deemenas le père, pour son rôle éminent joué dans le soulèvement. Quant aux trois filles, elles furent confiées à la garde d'un intendant. Celui-ci est d'ailleurs mort voici un peu plus de six ans. »

Salnas rouvrit les yeux. Il essuya ses besicles sur sa manche de velours vert.

« C'est tout ce que je puis vous dire, reprit-il avec un sourire honnête. Encore que je vous laisse certainement sur votre faim, Monseigneur Capitaine. Car s'il y a malédiction au château, c'est à mon avis parce que son ancien possesseur devait être maudit, à n'en point douter. Mais je ne vois pas en quoi les disparitions actuelles et les corps retrouvés en bordure de la forêt ont un lien avec cela. Le souvenir du baron est toujours vivace dans les mémoires à Dälmö, bien que tu pour les étrangers ; voilà sans doute pourquoi la foule attribue aux mânes de ce monstre les atrocités d'aujourd'hui... Pour autant la crise est réelle, et je sais que le prévôt se demande s'il doit faire parvenir un rapport au roi. La guerre en cours lui donne un répit. Mais si ces morts se renouvellent, je crains que nous n'allions droit au chaos. Voilà pourquoi j'estime que, malédiction ou pas, la venue d'un homme tel que vous, Monseigneur, est une bénédiction.

– Oh non, lui aussi ! pensa le capitaine en s'effondrant dans son fauteuil. Je ne m'en sortirai pas... »

Lifhort retrouva Smaud assis, l'air aussi grognon qu'à l'ordinaire, devant la maison du notaire. Il le toisa un instant en entortillant sa moustache :

« Eh bien, Monsieur Smaud, qu'est-ce qui pourrait vous guérir de votre humeur maussade aujourd'hui ?

– Rentrer, répondit le garçon en se mettant debout.

– Très bonne idée ! J'y songeais justement. Et de fait, nous allons retourner à l'auberge et demander à la jolie Mira de remplir nos besaces de quelques provisions de choix...

– Comment ça ? s'étonna le valet, la mine soudain réjouie.

– Oui, mon bon Smaud, nous partons ! Mais pas à Serdekinn, évidemment.

– Où, alors ?

– Mais voyons, là-bas, naturellement ! »

Et du doigt, par-dessus le toit des maisons, il désigna à l'est, de l'autre côté de la forêt, la silhouette du sinistre château.

CHAPITRE XVII

LE REBOUTEUX

Comme le capitaine et Smaud se préparaient à quitter l'auberge pour se mettre en route, ils furent rattrapés par Hektor, le fils du bourgmestre. Le jeune homme portait un pourpoint de coupe datée, mais plus luxueux encore que sa tenue du souper, et ses chausses étaient surmontées d'une braguette à l'ancienne mode, ostensible et volumineuse. Il avait même une riche épée d'apparat au côté, ce à quoi il n'avait pas encore droit en théorie puisque son alliance avec la famille Vietské n'était toujours pas conclue. Arrivé devant les deux étrangers, il se posa le temps de reprendre son souffle et de s'incliner le plus courtoisement du monde. Puis il s'éclaircit la voix et sourit de toutes ses dents – magnifiques au demeurant – à Lifhort :

« Monseigneur Capitaine, récita-t-il d'un ton maniéré, j'ai le très grand honneur de vous présenter cette humble requête : Monseigneur nous fera-t-il, à ma famille et à moi, l'honneur très grand et l'insigne privilège de bien vouloir assister à mes noces, dans deux jours, lorsque ma promise sera enfin arrivée en cette modeste cité ?

– J'y consens de la meilleure grâce, mon bon ami, répondit le capitaine avec une courbette et un sourire un rien moqueur, une fois passée son envie de rire. Et quand cette gente pucelle doit-elle faire son apparition à Dälmö ? Je croyais que sa famille y vivait.

– Certes. Elle était en voyage chez sa parentèle dans le Sud, et son retour n'est plus qu'une question d'heures,

Monseigneur Capitaine, dit Hektor en s'inclinant derechef. Car sa route n'est point longue en soi, mais les malheurs de la guerre peuvent en décider autrement. Et en pareille matière, sur la présence de l'ennemi, Monseigneur en saura bien plus que moi, assurément.

– Et cette damoiselle convient-elle à votre cœur ? éluda Lifhort une fois encore.

– On ne peut mieux, Monseigneur ! Je conserve d'ailleurs par-devers moi son portrait peint sur ce médaillon. Tenez, voyez vous-même... »

Il ôta de son cou un lourd pendentif de métal doré, qu'il tendit au capitaine. Lequel, en l'ouvrant, découvrit en effet un fort agréable minois, aussi frais que ravissant, peint avec raffinement : en un instant il revint à Lifhort des envies de conquête et l'irrépressible besoin de jouer une nouvelle fois au joli cœur, mais il se rappela tout aussitôt son besoin de discrétion. Dans sa position de déserteur, il ne pouvait se permettre de provoquer le moindre scandale qui attirerait sur lui une curiosité allant au-delà des apparences.

« Je vous envie, mon cher, se contenta-t-il donc de répondre sobrement au jeune Deemenas en lui rendant le médaillon, et je vous félicite par la même occasion. Vous êtes bien heureux d'avoir pareille promise.

– Je le pense aussi, renchérit Hektor avec une enfantine fatuité. Je puis donc compter sur vous, n'est-ce pas, Monseigneur ? Dans deux jours. N'oubliez pas !

– Je n'oublie jamais mes engagements, mentit Lifhort en s'inclinant de nouveau, pour lui faire comprendre que leur entretien n'avait plus de raison de se prolonger. À très vite, donc, et mes respectueux hommages à Madame votre Mère. »

Intérieurement, le capitaine se dit que cette invitation lui offrait un excellent prétexte pour passer encore un peu de temps à Dälmö, loin de la guerre.

« Allons, reprit-il à l'attention de Smaud, va donc chercher nos rapides montures !

– Hein ? fit le garçon.

– Woldomir et ton mulet, bougre d'imbécile ! Mais quoi ?

ajouta-t-il en voyant la mine lunaire de son valet, as-tu déjà oublié que nous devons partir pour le *burg* ?

– Mais... le fer ?

– Quel fer ? Celui qui manque à mon cheval ? Eh bien ? Ne l'as-tu pas fait remplacer ce matin, pendant que je rendais visite au notaire ?

– Mais... non.

– Comment ça ?! Aurais-tu donc oublié ?

– Mais... non !

– Ah, sacrebleu, que me chantes-tu là, sombre idiot ? Ne t'ai-je pas ordonné de le faire ?

– Mais... non, fit Smaud avec la naissance d'un sourire au coin des lèvres.

– Non, vraiment ? se calma soudain Lifhort, la moustache penaude. Serait-ce moi qui ai oublié de te le demander ? Ce n'est quand même pas possible...

– Mais... si. »

Et c'est ainsi que, peu après, les deux compagnons se présentèrent à l'atelier du maréchal-ferrant. Le malheureux apprenti semblait ne pas avoir quitté son enclume et ses pinces depuis la veille, continuant de travailler le métal avec acharnement, tout couvert de sueur et de suie.

« Faudra attendre encore un peu, lâcha-t-il d'un air exaspéré en reconnaissant le fringant capitaine : mon maître n'est toujours pas rentré, j'ai d'autres demandes à régler avant vous, mais c'est payable d'avance. »

Et de se remettre à frapper le fer de toutes ses forces, en grommelant quelque chose sur tous ces grands seigneurs lève-tard qui veulent passer avant les honnêtes gens venus apporter leur cheval, eux, dès potron-minet. Lifhort se résolut à prendre son mal en patience, demandant à Smaud de sortir des fontes les provisions fournies par l'aubergiste : autant se restaurer avant de laisser passer l'heure. Par bonheur, l'outre de vin de Maître Rolnits se révéla parfaitement à son goût, au point qu'il la pressa jusqu'à la dernière goutte. Puis il s'allongea sur la paille, dans la remise de la forge, pour une bonne sieste que ne parvinrent pas à troubler les incessants martellements de l'apprenti.

Le soleil déclinait déjà quand enfin le valet alla réveiller son maître :

« C'est fait, dit-il.

– Excellente nouvelle, Monsieur Smaud ! s'écria Lifhort en remontant ses bottes jusqu'à ses larges hauts-de-chausse. Mettons-nous en route sans tarder, car je vois qu'il se fait tard, et pour cela demandons le chemin le plus court à ce brave apprenti...

– C'est fait » répéta le garçon.

Plusieurs chemin menaient vers les crêtes du vallon à l'est, et il s'avéra que la route principale qui menait à la porte du château n'était pas la plus rapide : elle était certes moins escarpée mais serpentait dans la forêt. Le jeune maréchal avait ainsi expliqué à Smaud qu'un chemin forestier, plus difficile à gravir en certains endroits, surtout avec un cheval, était néanmoins bien plus direct. Pour l'emprunter, il suffisait de suivre la grand-route à la sortie de la ville jusqu'à une cabane mal entretenue, derrière laquelle se trouvait le commencement du sentier. Une cabane, avait précisé l'apprenti, dont l'hôte était un vieil homme étrange au caractère irritable, qu'il valait mieux ne pas incommoder en raison de ses dons de guérisseur.

« Un rebouteux, expliqua le valet en se signant vivement, perché sur son mulet.

– Un charlatan de plus, sourit Lifhort en allumant sa pipe : sans doute moins qu'un vrai médecin, j'en conviens, mais un charlatan tout de même. Ah, je me demande bien quelles balivernes votre nourrice vous a enfoncées le crâne, Monsieur Smaud, au moment de la tétée. »

La silhouette de la cabane apparut au détour du chemin, alors même que les rayons du soleil prenaient une teinte mordorée. En la découvrant, le capitaine se dit que le mot taudis aurait été plus à propos. De fait, la misérable bâtisse, constituée d'un improbable assemblage de rondins de bois et de planches assurément volées ici ou ailleurs, ne devait d'être encore debout qu'à la bonne volonté d'un grand chêne contre lequel elle s'appuyait sans vergogne. Pour le reste, elle étalait aux regards son profond délabrement et surtout sa saleté répugnante. Des lambeaux de chiffons abjects étaient glissés çà et là pour boucher des jointures, d'autres pendaient on ne savait comment, peut-être retenus par des clous rouillés, comme il en dépassait par endroits des planches assemblées de guingois. Lifhort remarqua qu'aucune cheminée ne dépassait du toit : le rebouteux ne se chauffait-il donc pas pendant l'hiver ? Mais sa réflexion n'alla pas plus loin, très vite chassée par l'odeur nauséabonde, mélange de draps sales et de viande corrompue, qui s'échappait de la masure.

Tout près de la porte entrebâillée, prenant le soleil avant son coucher, ce qui de loin ressemblait à un tas de tissus malpropres s'agita sur son billot de bois : nul autre que l'occupant des lieux. Le rebouteux se leva en les voyant approcher, s'appuyant péniblement sur deux béquilles inégales calées contre ses aisselles. C'était un vieillard édenté, au visage bruni par la crasse au point de masquer en grande partie les innombrables rides qui composaient son visage. De longs cheveux blanchâtres s'échappaient de son chapeau noir à large bord, portant une boucle de laiton carrée. Dès que Lifhort fut à portée de voix, il cracha par terre et tendit vers lui un index noueux :

« Ce que l'on dit en ville est donc vrai ! lança-t-il d'une voix éraillée sans s'embarrasser de la moindre politesse. Il est bien à l'image que je m'étais faite de lui.

– Ah vraiment ? répondit le capitaine en arrêtant son cheval à sa hauteur. Et de quoi ai-je donc l'air, mon brave ?

– D'un mécréant, gronda le vieil homme sur un ton menaçant. D'un jeune écervelé qui ferait mieux de craindre Dieu ! »

Lifhort s'aperçut à ce moment que l'œil gauche du rebouteux était entièrement blanc, sans pupille, comme si une taie opaque le recouvrait en totalité.

« On me l'a déjà dit, répondit-il en affectant néanmoins une attitude désinvolte. Le portrait me sied : c'est bien moi. Quoi d'autre ?

– Oooooh, il fait le faraud, marmonna le rebouteux comme pour lui-même. Il méprise les avertissements, il rit comme un sot sans voir le péril. Oh non, il n'en voit rien. Il ignore tout du Signe de l'Autre Monde qui plane au-dessus de sa tête... Je ne voudrais pas être à sa place.

– C'est bon, Smaud, dit le capitaine irrité en se retournant vers son valet, nous avons entendu assez de fariboles pour cette fois. Allons, ne traînons pas, il se fait tard ! »

Et il s'engagea dans le chemin forestier.

« Ah, c'est donc là qu'il va ! s'écria le vieillard. Malheur à lui, l'inconscient ! Il va au château, c'est bien cela, hein ? Oui, au château ! Il ferait bien mieux de craindre Dieu... Il devrait faire demi-tour, rentrer chez lui. Car ce château... c'est le repaire des bêtes ! »

CHAPITRE XVIII

LES TROIS SŒURS

Chemin faisant dans la forêt, Lifhort continuait à discourir d'un ton léger malgré ses difficultés constantes à faire avancer Woldomir sur le sentier escarpé :

« Voyez-vous, Monsieur Smaud, bavardait-il en homme à qui les farceurs ne la font pas, croiser un rebouteux borgne ou aveugle est le comble de la banalité. Vous le trouverez dans tous les bons livres de contes mais aussi dans les traités mythologiques : il est important pour les soi-disant devins de payer d'un œil, voire des deux, leur don de double vue. Si ce que me racontait l'une de mes plus savoureuses maîtresses est exact, l'Odin des peuples du Nord – nos chers Suédois, par exemple – aurait sacrifié volontairement un œil dans une source de sagesse afin d'acquérir la prescience. Et ce n'est sans doute pas un hasard si le vieil Homère était lui aussi aveugle... Tu connais Homère, n'est-ce pas, mon bon Smaud ? »

Mais le garçon ne l'écoutait pas, attentif à éviter tout faux-pas à son mulet dans la lumière déclinante. Le capitaine se dit qu'en effet, les arbres poussaient en rangs serrés dans cette forêt particulièrement obscure, et qu'en raison de la pente parfois ardue ils n'auraient sans doute pas mis davantage de temps pour arriver au *burg* en s'y rendant à pied.

« Heureusement que le terrain est sec, songea-t-il. Je

pense qu'en période de pluie ce type de chemin serait impraticable. Et si en vérité la perte d'un fer s'est révélée une aubaine, je ne voudrais pas perdre mon cheval s'il venait à se briser une jambe dans ces bois. Nous emprunterons sans doute la route en lacets pour le retour. »

Au bout d'une heure d'efforts, les deux voyageurs débouchèrent dans une clairière. La forêt se poursuivait jusqu'au pied des murailles du château, plus loin au-dessus d'eux, mais par la trouée dans les ramures ils purent contempler le vénérable édifice dans les derniers rayons du soleil. Toujours imposant malgré son grand âge, le château se découpait sur le ciel comme une mâchoire décharnée aux dents fines et pointues : ses briques luisantes se teintaient d'un rouge éclatant dans la lumière du couchant, et les différentes parties de pierre blanche ou grise ajoutées ici et là au fil des siècles s'en détachaient en brillant comme un vieil os sous une gencive trop fine et trouée. Canines ébréchées, les tours et les tourelles paraissaient gâtées par la mousse et le lierre. Dans cette lumineuse solitude ne s'entendait que le chant plaintif des corneilles, nichant nombreuses sous les toits abîmés des divers bâtiments.

« Profondément baltique » se dit Lifhort sans comprendre pourquoi, comme fasciné par cette vision crépusculaire.

Puis le soleil sombra derrière les collines de l'ouest et le charma passa, le vieux *burg* reprit son allure austère et menaçante. Par réflexe autant que par habitude, à ce qu'il semblait désormais, Smaud se signa une fois encore, réprimant un frisson désagréable.

Les premières étoiles perçaient les cieux obscurs quand enfin le capitaine s'annonça d'une voix forte en frappant à la porte du château. Le pont-levis était baissé ; Lifhort s'aperçut que l'une des chaînes en était brisée, signe que le pont n'était plus relevé depuis longtemps. Il en allait de même pour la grande herse rouillée, levée aux trois quarts comme si son mécanisme était grippé : elle risquerait vraisemblablement de se briser si l'on décidait de la relâcher d'un coup. En revanche la double porte ferrée qui se trouvait derrière paraissait encore en état convenable. Au bout d'un moment, le capitaine renouvela ses appels, sans plus de succès. Tandis que Smaud, tout aussi morose que son mulet fatigué, semblait se préparer à devoir rebrousser chemin, voire à dormir au milieu des animaux sauvages de la forêt, son maître entreprit de tambouriner de son mieux à la porte. En vain.

« Bien, bien, bien, dit-il en fourrageant dans ses fontes, la mine contrariée. Aux grands maux, les grands remèdes ! »

Et il sortit de la sacoche les grands pistolets de son père. Sous le regard ahuri du valet, il vérifia qu'ils étaient convenablement chargés puis les actionna l'un après l'autre, tirant en l'air d'un air satisfait. Les corneilles répondirent par un ballet criard et affolé autour des toits, et finalement ce que le capitaine espérait se produisit : la porte du château s'ouvrit.

Les visiteurs du soir furent reçus par une très vieille femme tenant une lanterne sourde et un homme plutôt âgé, lui aussi, armé d'un gourdin. Mais très vite les manières élégantes de Lifhort et ses belles paroles les convainquirent qu'il ne s'agissait pas là de brigands. Le capitaine se présenta comme un voyageur égaré, surpris par la nuit et demandant humblement l'hospitalité pour lui et son valet. Très vite, une fois sa requête transmise par les deux domestiques, on lui accorda une chambre dans l'aile sud. Mais naturellement, comme il l'espérait, il fut bientôt reçu par les maîtresses du château pour partager leur souper.

Dans ce qui avait été, au temps jadis, une grande salle somptueuse dans laquelle les chevaliers teutoniques avaient dû joyeusement festoyer au retour de leurs sanglantes croisades, Lifhort découvrit à la lueur de rares bougies une longue table centenaire avec trois hauts sièges à son extrémité, des tapisseries élimées et fanées sur tous les murs, quelques armures d'apparat incomplètes dans les angles de la pièce, et une immense cheminée faisant face à la seule fenêtre. Un feu vif crépitait dans l'âtre, et il alla s'y réchauffer les paumes. Le vieux domestique l'avait laissé là sans un mot, seul dans la salle silencieuse. Cependant, le capitaine remarqua que le couvert avait été mis pour quatre convives près des sièges. Puis il laissa son regard errer sur les décorations gravées il y avait bien longtemps dans le manteau de la cheminée. Au-dessus, il aperçut une sorte de râtelier, destiné à recevoir une arme, probablement une grande épée, qui n'était plus là. Mais le support semblait taché de traces noirâtres, comme la pierre du foyer à cet endroit. Plus haut encore, sur le conduit de cheminée, se devinait la trace d'un grand tableau disparu, dont la lumière projetée par la fenêtre opposée avait laissé le souvenir sur le mur.

« Soyez le bienvenu, Monseigneur Capitaine. »

Sursautant, Lifhort se retourna en direction d'une porte ouverte de l'autre côté de la pièce. Il n'avait pas entendu approcher ses hôtesses : trois jeunes femmes sans grande différence d'âge, à ce qu'il jugea en allant à leur rencontre, et toutes trois d'une grande beauté. S'arrêtant à quatre pas, il s'inclina très bas en fouettant le sol de son grand chapeau. Les sœurs répondirent à son salut par une révérence effectuée dans le plus parfait ensemble. La plus grande des trois reprit :

« Capitaine Lifhort... si c'est bien là la qualité qui nous a été rapportée par notre dame de compagnie ?

– C'est tout à fait exact, s'empressa-t-il de répondre, encore troublé par le charme des maîtresses de maison. Ernö Lifhort, pour vous servir.

– Alors Monseigneur Capitaine, soyez le bienvenu dans notre vénérable demeure, poursuivit-elle d'une voix grave et posée. Ces murs sont anciens mais encore assez solides pour vous offrir un toit pour la nuit. Je pense que votre valet pourra manger son content en cuisine ; quant à vous, je vous remercie de nous faire l'honneur de partager notre repas. D'ordinaire la chère n'est pas riche, car il en va de la fortune comme de la lune, toujours changeante, mais ce soir nous ferons exception pour vous. Après tout, il est rare qu'un étranger ose nous faire le plaisir d'une visite. »

Lifhort remarqua le regard fuyant qu'échangèrent ses deux sœurs. La plus grande, qui se révéla être l'aînée, prit alors place au siège d'honneur, en bout de table, les deux autres s'asseyant sur les sièges voisins. Pour le capitaine avait été apportée une chaise sans âge, d'un style ancien, mais suffisamment haute à défaut d'être confortable, à côté de la plus petite des jeunes femmes. Puis le souper commença : si Lifhort espérait des plats de fête, il fut vite déçu. Le repas s'avéra bien frugal, au point qu'il s'interrogea un moment sur la façon dont les trois sœurs devaient constituer leur ordinaire. En revanche, il ne revenait toujours pas de sa bonne surprise, lui qui s'attendait à rencontrer trois recluses laides et maladives et se retrouvait en compagnie de jouvencelles qui n'avaient rien à envier au portrait de la fiancée d'Hektor Deemenas. Leurs robes et leurs dentelles n'étaient certes plus de la première fraîcheur, mais les trois belles avaient les manières élégantes et les jolies coiffures bouclées des dames de Borghavan, et surtout des visages particulièrement séduisants, auréolés de cheveux clairs.

L'aînée se prénommait Yseldys. Grande et sérieuse, blonde aux yeux gris, pâles comme son teint, elle semblait détenir l'autorité familiale. Ses sœurs l'écoutaient avec attention à chacune de ses interventions, bien qu'elle parlât peu. Eleana, sa puînée aux yeux rêveurs sous ses mèches châtaines, s'exprimait plus volontiers, mais il lui suffisait de croiser le regard du capitaine pour s'interrompre au milieu de sa phrase en rougissant, comme si ce qu'elle pouvait dire n'avait aucune valeur ni importance. En comparaison la cadette, Ulrika, paraissait la plus vive et la plus spontanée, cachant son rire facile dans ses boucles d'un blond vénitien. Assis à son côté, Lifhort ne se lassait pas d'écouter ses anecdotes sur le délabrement du château, sur la vie des corneilles, sur son ouvrage au rouet... Ravi par cette compagnie inattendue, il se laissa très vite déborder par son bouillant naturel et se posa en hôte séducteur et galant, nourrissant la conversation d'histoires légères et brillantes destinées à le mettre en valeur aux yeux de ses convives.

« Fort bien, intervint Yseldys avec un sourire doucement ironique, tandis qu'il s'interrompait pour reprendre une bouchée de son pain au miel. Mais je suppose que notre hôte n'a pas frappé à notre porte pour le seul plaisir de découvrir le joli vallon de Dälmö. Une raison bien plus importante doit motiver sa venue dans nos contrées... La guerre, peut-être ? »

La verve du capitaine disparut aussitôt. Mais il sut se ressaisir en troquant habilement le rôle du galant pour celui du valeureux soldat. De la bataille sur la prairie de Kolmärn, il leur fit avec fougue le récit passionné, inventant des péripéties qui, à défaut d'être pleinement crédibles, lui donnaient une fois encore le beau rôle. Et il conclut ses fanfaronnades par sa fausse mission de surveillance à l'arrière des combats : une version qu'il maîtrisait de mieux en mieux à mesure qu'il la racontait. Pendant tout le temps de son histoire, Eleana sembla captive de ses belles paroles, le troublant presque de ses grands yeux vert-de-gris, tandis qu'Ulrika ponctuait les scènes de combat d'exclamations joyeuses ou malheureuses, avec une ardeur presque enfantine. Yseldys, elle, gardait le silence et le perçait de son regard intelligent. Lifhort comprit qu'elle n'était pas dupe. D'un nouveau sourire, elle le désarçonna :

« Merci pour votre plaisant récit, Monseigneur Capitaine, dit-elle quand il eut terminé. Mais à présent, je vous prie, veuillez avoir la gentillesse de nous révéler les véritables raisons de votre présence sous ce toit. »

CHAPITRE XIX

LA HACHE SANGLANTE

Un silence particulièrement inconfortable s'installa autour de la table. Lifhort sentait peser sur lui trois regards inquisiteurs ; même l'espiègle Ulrika semblait s'être figée dans l'attente de sa réponse. Inventer une nouvelle histoire ? Il savait que cela ne suffirait plus. Yseldys reprit finalement la parole :

« Quand il arrive que des voyageurs s'égarent dans ce vallon, Monseigneur Capitaine, ils font immanquablement le choix de se rendre à Dälmö plutôt que de se présenter au château. Même s'ils en sont bien plus proches, et même sous une pluie battante. Car ce vilain endroit menaçant ruine inspire la peur à toute personne sensée, nous forçant à toujours plus de solitude. N'y viennent donc que des visiteurs à la motivation concrète, jamais des passants de hasard : quelques notables de la ville pour la gestion de nos affaires, et certains marchands pour l'approvisionnement de nos cuisines. Ainsi c'est par l'un d'eux, ce matin, que nos domestiques ont appris votre arrivée dans la cité. Nous savons même que vous êtes installé à l'auberge des Rolnits. Voyez comme les nouvelles vont vite... »

Lifhort pâlit, comprenant combien les trois sœurs avaient dû s'amuser de la petite comédie qu'il leur avait jouée sans savoir qu'il passait à leurs yeux pour un imposteur ridicule. Pour autant, en cet instant il ne percevait aucune hostilité dans leurs regards, seulement une profonde curiosité : elles éprouvaient le besoin de comprendre sa démarche.

« Que pourrais-je répondre ? dit-il enfin après s'être éclairci la voix. Oui, que pourrais-je vous raconter qui ne vous semble un nouveau mensonge, après toutes les fables que je vous ai servies jusqu'à présent ? Car vous avez raison, j'ai frappé à votre porte avec une intention, même si j'ai moi-même un peu de mal à la saisir. En vérité, Mesdames, je me suis retrouvé confronté à plusieurs mystères à Dälmö, et il m'est venu l'idée que... que, sans doute, je pourrais obtenir quelques réponses en vous rencontrant, et surtout en découvrant ce... cet endroit étrange, qui revient fatalement dans toutes les discussions de la cité.

– Ah, les fameuses rumeurs... soupira Eleana en s'appuyant sur le dossier de son siège. Les rumeurs, encore et toujours...

– Et la malédiction, bien entendu ! ajouta Ulrika avec malice. C'était évident ! »

Le capitaine, surpris par ces réactions, ouvrit de grands yeux.

« Il faut au moins vous reconnaître ce courage, dit Yseldys, satisfaite de l'aveu de son hôte, car bien des hommes se contentent des récits sur notre vieux *burg* et s'en détournent en se signant. Rares sont ceux qui, comme vous, osent en franchir le seuil. Mais j'imagine que tout le monde en ville vous aura fait le récit des forfaits du monstrueux baron Ödrek, de la soudaine crise de folie qui a précipité sa chute, et la façon dont on l'a exécuté avant de le brûler comme le dernier des païens – comme une bête pestiférée. Depuis, tous les maux qui s'abattent sur Dälmö sont imputés au baron, ou à son souvenir. On a fait de notre château un lieu maudit et redouté. Mais... n'est-ce pas justice, en fin de compte ? Ödrek était véritablement un monstre, un être démoniaque, c'est un fait établi. Honnie soit sa mémoire. Malheureusement, il était aussi notre père, même si nous ne l'avons guère connu ; nous étions trop jeunes pour nous rappeler sa fin lamentable, et c'est mieux ainsi. Mais il est plus qu'injuste de nous faire porter, à nous qui sommes innocentes de tous ses crimes, la culpabilité qui lui revient. Or c'est ce que nous devons subir jour après jour, recluses entre ces murs comme des prisonnières, n'osant plus sortir par peur de représailles pour les actes du baron.

– Et puisque vous restez cloîtrées au château, la populace le comprend naturellement comme l'aveu des fautes qu'elle vous impute, à vous et au château de votre père, n'est-ce pas ? intervint Lifhort. Je devine votre souffrance...

– Pour sûr, nous souffrons, glissa Ulrika. C'est si facile de nous accuser !

– On ne m'a pas parlé de vous comme de mauvaises personnes, cela dit, tenta de la rassurer le capitaine.

– Parce que vous ne séjournez pas à Dälmö depuis longtemps, objecta Eleana, amère.

– Non, reprit Lifhort, on a surtout accusé le château lui-même. Comme si le lieu était maléfique. Autant dire que je n'y ai pas apporté crédit. C'est le souvenir du baron, sans doute.

– Croyez-vous vraiment ? fit Yseldys en plantant ses yeux dans les siens. Sachez pourtant, Monseigneur Capitaine, qu'il se passe des choses difficilement explicables entre ces murs. Et pas plus loin que dans la salle où nous nous trouvons. »

Pour répondre au regard incrédule de Lifhort, elle désigna la grande cheminée derrière lui :

« Voyez au-dessus du manteau : vous pouvez discerner le contour d'un tableau. C'est nous qui l'avons enlevé. Il représentait le baron Ödrek en armure. Or après sa mort, le portrait a commencé à se détériorer, comme si une lèpre se développait entre le bois et la peinture... mais en n'affectant que le visage de notre père. Année après année, la sinistre moisissure s'est étendue, jusqu'à recouvrir tout le visage, entre la barbe noire et les cheveux, mais sans jamais déborder sur le reste du tableau. Les derniers temps, la face d'Ödrek était celle d'un cadavre décomposé. Alors nous avons brûlé le portrait.

– Et... le râtelier, juste en dessous ? osa le capitaine. L'emplacement est vide, lui aussi : l'épée du baron était-elle aussi maudite que lui ?

– Pas son épée, le corrigea Ulrika : sa hache. Notre père ne se battait qu'à la hache.

– Vous l'avez donc brûlée, elle aussi, j'imagine ?

– Non, répondit Eleana dans un souffle : elle est partie. Elle a disparu. »

Lifhort se demanda si les trois sœurs n'inventaient pas tout cela pour se venger de sa comédie pendant le repas. Mais elles gardaient le plus grand sérieux.

« Elle a disparu, confirma finalement Yseldys. Mais je pense qu'elle nous a été volée. Pourtant vous avez raison : l'arme est elle aussi maudite. Sinon, comment pourriez-vous expliquer que, chaque treize du mois, au jour exact de la mort du baron, sa lame se couvre soudain d'une suée rougeâtre et forme, goutte après goutte, des filets de sang noir qui ruissellent sur le manteau de la cheminée ?

– Mais... hésita Lifhort, embarrassé par ces phénomènes pour lesquels il ne trouvait pas d'explication plausible, mais enfin... le problème est résolu puisque la hache n'est plus là, et son vol, lui au moins, demeure une chose explicable.

– Croyez-vous vraiment ? demanda Eleana.

– Le seul endroit par où le voleur a pu passer cette nuit-là, enchaîna Ulrika, c'est... la fenêtre que voici, dit-elle en tendant le doigt vers la croisée.

– Oui, eh bien ?

– Eh bien, répondit Yseldys, le problème est que sous cette fenêtre se trouve une paroi en à-pic mortel, sans aucune prise pour permettre d'y grimper, même au plus habile des brigands. Ce château ne compte pas tant d'étages que cela, malgré les apparences : assis au sommet de la crête, il est surtout construit en surplomb de parois escarpées, et pour maintenir la muraille ses bâtisseurs ont dû adosser les murs de brique et de pierre aux flancs abrupts du terrain sur de grandes hauteurs, souvent bien au-dessous du niveau réel des fondations. Aujourd'hui ces contreforts se délitent, le temps les rend friables, surtout sous l'aile est, la plus endommagée. Nous n'y vivons plus, d'ailleurs. Mais en raison des anfractuosités dans ces murs extérieurs, un homme habile pourrait escalader la muraille jusqu'à une fenêtre ; or la paroi sous cette salle de l'aile sud ne le permet pas encore.

– Votre voleur se serait donc... envolé avec la hache ? ironisa Lifhort

– Il n'y a pas d'autre explication, dit Eleana, goûtant visiblement peu cette tentative de plaisanterie. Tous les autres accès du château étaient verrouillés. »

« Mais allons, Yseldys, s'exclama Ulrika pour détendre la conversation, si nous faisions faire un petit tour à notre hôte sur le rempart ? De la sorte, il pourrait mieux se rendre compte de l'impossibilité d'escalader le mur à cet endroit. »

Se levant sans bruit, les sœurs conduisirent donc le capitaine à une porte de la grande salle dissimulée par une tenture râpée, menant directement au chemin de ronde. Lifhort frissonna : l'air nocturne était encore vif à cette période de l'année, surtout si haut en surplomb de la forêt. Au-dessous, les ramures bruissaient paisiblement. Le monde était endormi. Un instant le capitaine imagina Smaud ronflant dans leur petite chambre, à un étage inférieur. Dans l'obscurité, se pencher sur les murailles avait quelque chose de vertigineux, si bien qu'il écourta son observation, préférant porter son regard sur les étoiles, et la constellation d'Hercule qui se levait de l'autre côté de la vallée.

« Alors les braves gens de Dälmö attribuent toujours leurs malheurs à notre pauvre château ? lui demanda Ulrika en se pressant à son côté.

– C'est cela... aussi injuste que cela puisse paraître quand on vous connaît, dit le capitaine avec galanterie. Car comment ces morts suspectes pourraient-elles trouver ici leur origine ?

– Ah, vous savez donc pour les morts... Ces morts

étranges...

– En effet, Madame. Mais ce qui peut paraître surnaturel pour les simples gens de la ville ne l'est probablement plus pour un esprit raisonnable.

– Encore la légende, ajouta Yseldys en se rapprochant. Une légende pour expliquer des meurtres bien naturels.

– Des *meurtres*, Madame ?

– Oh, je ne sais pas, se récria Yseldys. Je n'en sais pas plus que vous. On m'aura plutôt parlé de bêtes sauvages.

– Des bêtes, en effet ! se rappela Lifhort, comme amusé. Des bêtes dont le repaire serait ce château. »

Les sœurs se figèrent, silencieuses.

« Du moins, ajouta le capitaine, surpris par cette réaction qui changeait de leur indifférence affichée aux rumeurs, c'est ce que prétend le rebouteux qui habite à la sortie de la ville.

– Oh, lui... siffla Eleana, avec une expression de crainte et de rage mêlées.

– Mais allons, il est tard, dit Yseldys pour clore la conversation. Monseigneur Capitaine, un domestique va vous raccompagner à votre logement. Je vous souhaite bonne nuit... en vous rappelant ceci : quoi qu'il puisse se produire, restez dans votre chambre. Et surtout, ne prenez pas le couloir vers l'aile est : comme je vous l'ai dit, elle est dangereuse et risque par endroits de s'effondrer. M'avez-vous bien comprise ? Ne vous y aventurez pas. *Pour rien au monde.* »

CHAPITRE XX

D'OUTRE-TOMBE

En suivant le domestique qui le reconduisait à sa chambre, à un étage inférieur de l'aile sud, Lifhort entortillait machinalement sa moustache, l'esprit ailleurs. Il ne cessait de repenser à ses trois hôtesses, femmes aussi ravissantes que singulières, chacune à sa façon : Yseldys aussi intelligente qu'inaccessible, Eleana douce et rêveuse mais en proie à une mélancolie amère, et la pétillante Ulrika, vive et enjouée... peut-être un peu trop ?

« Et toutes ces histoires, songeait-il, ce tableau pourri, la hache ensanglantée... et plus que tout ce voleur volant ! Ah, vraiment, elles y sont allées un peu fort, tout de même. Mais après tout, c'était me rendre la monnaie de ma pièce. Intéressantes damoiselles, donc. *Très* intéressantes... »

Enfin, une chandelle à la main, il retrouva sa chambrée : une pièce assez petite, percée d'une fenêtre en ogive et occupée en son centre par un lit monumental, dont le baldaquin de guingois trahissait l'âge : le capitaine se demanda s'il ne risquait pas de s'effondrer sur lui pendant son sommeil. Mais le ronflement régulier qui s'échappait d'une alcôve fermée par une tenture élimée lui rendit le sourire : soulevant le rideau, Lifhort se pencha sur son valet profondément endormi. Il ne put résister à la tentation et lui secoua doucement l'épaule.

« Smaud ! Smaud ! dit-il avec malice à son oreille, d'un ton prévenant mais d'une voix suffisamment forte. Smaud, je ne te réveille pas, j'espère ! »

Aussitôt le garçon se redressa dans sa couchette, le regard affolé :

« Hein ! Maman ! Maman ! s'écria-t-il, comme perdu, ajoutant : Elvina ! »

Le capitaine en resta interdit un court instant. Il ne s'attendait pas à pareille réaction, ni à de tels appels à l'aide. Et Elvina ? Quelle place cette irrésistible femme de mauvaise vie occupait-elle vraiment dans la vie de Smaud ? Mais très vite, retrouvant ses esprits, le valet reprit sa mine renfrognée et croisa ses bras sur sa poitrine en lâchant un « Ah, c'est vous. »

Comme pour ne pas avoir à se justifier de sa plaisanterie stupide, Lifhort prétexta qu'il ne pouvait pas attendre davantage avant de lui raconter, même au cœur de la nuit, son étrange soirée avec les trois sœurs. D'un œil encore ensommeillé, Smaud opinait du chef de temps à autre, mais gardait sur le visage un air d'ennui profond. Seuls les épisodes de la hache disparue et du tableau maudit lui arrachèrent un « Non !? » et un « Oh » bien dans sa manière, après quoi il se signa plusieurs fois, le plus vite possible.

« Mais comme je ne crois que ce que je vois, conclut le capitaine, tu comprendras que nous ne pouvons en rester là.

– Comment ça ?

– Mais oui, Monsieur Smaud, c'est évident : derrière leurs belles figures et leurs histoires à dormir debout, ces charmantes personnes dissimulent un obscur secret, j'en suis convaincu.

– Ah bon ?

– Naturellement, bougre d'âne ! Réfléchis donc : ces sœurs ne vivent pas seulement cloîtrées pour éviter la vindicte des gens de Dälmö. Elles semblent en souffrir plus que de raison, alors que leur position leur permettrait de traiter tout cela par le mépris. Après tout, même si le nom du baron a été effacé et que l'aînée ne peut sans doute plus porter le titre qu'elle aurait dû hériter de son père, elle conserve certainement le plus haut lignage de la vallée, et c'est bien connu : on ne porte jamais la main sur les notables, encore moins sur la noblesse. C'est un fait.

– Ou pas.

– Que veux-tu dire ? Ah, mais oui, je vois où tu veux en venir : le baron Ödrek, tué par la population... Mais ce n'est que l'exception qui confirme la règle. Et il était devenu fou et dangereux. En outre, Ulrika et ses sœurs n'ont jamais causé de tort aux habitants, j'en jurerais.

– Ulrika ? glissa Smaud avec un petit sourire entendu.

– Oui, répliqua sèchement Lifhort. Elle, ses sœurs : Eleana, Yseldys, toutes les trois. Que sous-entends-tu donc, animal ?! Mais assez, sors de ta couche, nous y allons.

– Où ça ?

– Explorer ce château, bien sûr ! Ne t'ai-je pas dit avec quelle insistance Yseldys m'a interdit de sortir, et surtout de m'aventurer dans l'aile est ? Or vois-tu, pour mon esprit curieux et sagace, cette interdiction a aussitôt sonné comme une invitation. Alors habille-toi, gros endormi, et suis-moi : en rentrant dans la grande salle, tout à l'heure, j'ai réussi à subtiliser cette bougie : avec notre chandelle que voici, je pense que nous pourrons parcourir un bon chemin dans le château cette nuit.

– Ah, malheur ! » s'exclama le garçon en se cachant sous sa couverture.

Le capitaine eut beau y faire, son valet se refusait à cette aventure nocturne. Recroquevillé sous ses draps, Smaud paraissait terrifié à l'idée de parcourir le *burg* en secret, surtout après les histoires terrifiantes que lui avait rapportées son maître. Lifhort comprit, aux mouvements spasmodiques qu'il devinait au fond de l'alcôve, que le garçon se signait sans arrêt.

« Cesse donc, tu vas te déboîter l'épaule ! railla-t-il. Allons, puisque je te dis que tu ne crains rien ! Suis-moi !

– Jamais ! »

De guerre lasse, il renonça et lui annonça que, dans ce cas, il se livrerait à son exploration tout seul. Aussitôt Smaud se redressa dans son lit, en l'attrapant par la manche de sa chemise :

« Oh non ! Pitié ! »

Et le capitaine sut que son valet était désormais trop apeuré pour rester seul dans la chambre. Soupirant de résignation, il posa chandelle et bougie sur un coffre massif disposé à côté de son lit, souffla rageusement la lumière et se jeta sous le baldaquin, qui le remercia d'un grincement inquiétant.

« Poltron ! » lança-t-il au garçon avant de fermer les yeux.

L'autre ne répondit pas.

Il faisait toujours nuit noire quand, d'un même sursaut, les deux compagnons furent brutalement tirés de leur sommeil.

« Smaud ! As-tu entendu ? »

Un bref silence suivit, puis de nouveau l'obscurité porta à leurs oreilles un son étrange et prolongé, comme un interminable mugissement qui faisait frissonner tous les murs. Lifhort attrapa son briquet à amadou et ralluma la chandelle : mais la chambre était vide. Seule apparaissait la tête de son valet, soulevant le rideau de l'alcôve, les yeux papillonnant dans la lumière. Le capitaine se précipita vers la fenêtre, mais celle-ci était scellée, et il ne put rien voir à travers le verre épais. Une nouvelle fois la lamentation se fit entendre, longue, sourde et désespérée, éplorée à fendre l'âme, les figeant sur place. Puis elle s'éteignit dans le lointain.

« C'est une voix, j'en suis sûr, fit le capitaine. Une voix étrange, trop grave pour être celle d'une femme. Allons, Smaud, habille-toi vite et donne-moi mon épée. Quand j'entends une aussi sombre plainte, j'ai besoin de sentir ma rapière à mon côté. Quelle voix, quelle voix... »

Et tandis que le garçon s'affairait en sortant de sa couchette, à présent réveillé par une peur vive et soudaine, Lifhort passait la main sur les vieux murs de la chambre.

« C'est si étrange, murmurait-il. On dirait que l'écho des lamentations se répercute dans la pierre du château. L'effet produit est si effrayant... On penserait ces lamentations venues...

– Oui ? fit Smaud.

– Venues... d'outre-tombe. Mais allons, cette fois tu ne pourras pas m'empêcher d'aller voir de quoi il retourne. Sait-on jamais : nos hôtesses sont peut-être en danger. Il faut en avoir le cœur net, et vite. Es-tu habillé ? Oui ? Alors suis-moi, mon garçon. »

Lifhort ouvrait la porte quand un nouveau mugissement résonna autour d'eux. Cette fois, le capitaine tourna une oreille vers le sol, se demandant si le vénérable plancher de chêne ne propageait pas lui aussi la plainte étrange.

« Et si ces gémissements d'outre-tombe venaient bien de sous nos pieds ? dit-il. Des profondeurs du château ? De quelque oubliette. Qu'en penses-tu ?

– Moi ?... Heu, non.

– Ah bon ? Et d'où l'entends-tu venir, ce cri affreux ?

– De... là ? » fit Smaud en pointant le doigt vers le plafond voûté.

Perplexe, le capitaine sortit dans le couloir, long corridor nu longeant le flanc de l'aile sud et percé de nombreuses portes semblables à celle de sa chambre. Les lieux semblaient déserts. Les domestiques devaient dormir – si l'on pouvait dormir malgré les sinistres lamentations – à un autre étage, de même que les trois sœurs. Smaud sur ses talons, sa chandelle à la main, Lifhort entreprit de partir sur sa gauche, s'arrêtant devant chaque porte pour y poser l'oreille. Mais il ne perçut aucun bruit. Une dernière lamentation les surprit tandis qu'ils faisaient demi-tour : un râle interminable mêlé de sanglots, à ce qu'il leur sembla, dont l'écho mourant les environnait de toute part. Le capitaine pesta contre ces vieilles pierres qui rendaient les sons trompeurs pour qui ne connaissait pas assez le plan du château.

Finalement, les deux compagnons ne trouvant rien de suspect à leur étage, ils entreprirent de passer à un autre niveau en empruntant le grand escalier en colimaçon dans la tour d'angle à l'autre bout du couloir. Devaient-ils monter ou descendre ? D'instinct, Lifhort aurait bien dévalé les marches en direction des caves du *burg*, mais la pensée que les appartements d'Ulrika et de ses aînées se trouvaient sans doute à l'étage supérieur lui fit changer d'avis. Mais il n'en dit rien à son valet. Après tout, ne devait-il pas s'assurer que ses hôtesses étaient en sécurité ?

Un étage plus haut, il se trouva donc face à deux portes. L'une donnait accès aux galeries de l'aile sud. L'autre, sur la gauche, était plus vieille et bardée de ferrures rouillées, couverte de lambeaux de toiles d'araignées poussiéreuses, et il comprit aussitôt : elle menait aux galeries abandonnées de l'aile est. Mais en approchant sa chandelle, il eut la surprise de constater que sa grosse poignée de fer, elle, n'était recouverte d'aucune poussière – signe d'un usage fréquent ! D'instinct, il y posa la main et poussa la porte.

CHAPITRE XXI

DANS L'AILE INTERDITE

Les gonds grincèrent et craquèrent horriblement dans l'obscurité, encore que pas autant que l'on aurait pu le craindre pour une porte d'apparence aussi ancienne et fatiguée. De même, bien que sa partie basse raclât rudement le sol, elle s'ouvrit sans grand effort sur une salle nue et vide, percée de deux ouvertures sur le mur opposé. Lifhort lança un regard à Smaud, comme s'il attendait son approbation pour avancer ; mais le garçon, malgré la peur qui l'habitait, avait déjà les yeux tournés vers l'intérieur. Ils entrèrent d'un même pas.

Dans cette partie, le plancher était en fort mauvais état, et il y traînait ici et là sur une épaisse poussière des formes indistinctes évoquant des éclats de pierre ou des lambeaux de tapisserie. Dans un angle, une grande cheminée laissait passer un courant d'air glacial jusqu'à l'embrasure d'une fenêtre absente. Avançant précautionneusement, comme s'il redoutait de marcher sur des planches ou des poutres vermoulues, le capitaine s'arrêta au milieu de la salle, interrogeant les deux issues qui lui faisaient face.

« Savez-vous, Monsieur Smaud, quel passage nous allons emprunter ?

– Non.

– Moi si. Celui de gauche, qui selon mon estimation donne sur l'extérieur du *burg*, du côté des murailles. Et non pas le passage de droite. Sais-tu pourquoi ?

– Heu... non, avoua le garçon en se grattant la tête.

– Alors penche-toi un peu, dit le capitaine en abaissant sa chandelle : ne vois-tu pas ces traces sur le sol, dans la poussière ? Elles vont de la porte derrière nous à la sortie sur notre gauche. Regarde bien : le plancher paraît plus net, comme si l'on y avait passé un balai. Mais il ne s'agit sans doute pas d'un balai. Pour ma part, j'y verrai plutôt l'effet... d'une robe traînant sur le sol. D'une robe, ou de plusieurs robes. Ajoute à cela le fait que la porte que nous avons franchie s'ouvrait bien trop facilement, si cette partie du château est vraiment abandonnée, et alors tu comprendras les doutes que je commence à formuler sur ce que m'ont raconté nos trois délicieuses hôtesses... »

Mais par acquit de conscience, avant de poursuivre il jugea bon d'aller jeter un œil par la sortie de droite. Mal lui en prit : à peine avait-il tendu le bras et sa chandelle par le passage qu'un souffle puissant lui battit le visage, dans le battement de centaines d'ailes aussi noires que la nuit ! Il poussa un cri étouffé en se jetant au sol, tandis que la nuée ténébreuse passait au-dessus de sa tête, tournoyait un instant dans la salle puis s'échappait par l'embrasure de fenêtre.

Smaud, lui, était resté en arrière, tétanisé par cette nouvelle horreur nocturne.

« Haha ! ricana Lifhort en se redressant. Il fallait bien s'y attendre en pareil endroit : des chauves-souris ! J'ai dû les déranger avec ma lumière. Allons, Smaud, reprends-toi, ce n'est rien ! Elles ne te feront aucun mal. »

Comme à son habitude, le garçon fit plusieurs fois le signe de croix devant son visage blême, sans dire un mot. Le capitaine, lui, jeta un regard cette fois prudent par l'ouverture : il s'agissait vraisemblablement d'une remise, ou à tout le moins d'une petite pièce sans autre issue, en effet idéale pour le logis d'une colonie de chauves-souris. Il revint donc à l'autre sortie, qui donnait sur un long couloir dont, en raison d'un léger coude, on ne pouvait voir le bout. De place en place s'y ouvraient des fenêtres surplombant la muraille, particulièrement abîmée par les ans sur toute cette façade. À main droite, les deux compagnons dépassèrent de nombreuses portes au fil de leur progression. Certaines étaient encore en place, solidement fermées, comme définitivement scellées par les ans dans leur chambranle de pierre. À chaque fois, Lifhort examinait leur serrure et leur poignée.

« Celles-là, dit-il à voix basse, elles n'ont pas été ouvertes depuis des lustres, dirait-on. »

D'autres portes béaient, soit laissées entrouvertes, soit partiellement dégondées. Derrière, la lumière de la chandelle permettait de deviner des salles vides ou sommairement meublées de lits et de fauteuils vermoulus ou brisés, abandonnés à leur sort misérable et à l'humidité. À deux occasions, le capitaine se risqua un peu plus loin derrière la porte, pour explorer ce qui semblait une pièce plus grande.

« On ne sait jamais, expliqua-t-il la première fois au garçon avec un air malicieux, il pourrait se trouver dans ce genre de salle un vieux coffre rempli de pièces d'or et de pierres précieuses, qui nous rendrait riches comme des princes...

– Vraiment ? fit Smaud en ouvrant de grands yeux naïfs et s'imaginant déjà vivre dans une opulence dont il n'avait au fond qu'une idée abstraite, mais par avance reconnaissant à son maître qui avait employé le pluriel, à la façon d'un homme généreux, prêt à partager son trésor, sans concevoir ce que cette formule pouvait avoir de purement rhétorique.

– Qui sait ?... Mais moi-même je n'y crois pas plus que cela, mon bon ami, car ce *burg* compte encore des occupants, qui n'ont certainement rien laissé derrière eux avant de condamner cette partie du château. Ou du moins avant de faire semblant de condamner toute cette aile. En vérité, je ne suis entré que par curiosité. Mais à part des crottes de rats, je ne trouve rien d'intéressant ici. Viens, Smaud, retournons dans le corridor. »

Et son valet de quitter la salle avec lui, franchement déçu par ce rêve de fortune aussi vite évanoui qu'il lui était apparu. La seconde fois, leur exploration tourna court : tendant vivement le bras sur le côté, Lifhort empêcha le garçon de faire un pas de plus. Devant eux, en effet, le plancher s'était effondré sur toute la moitié de la pièce, s'ouvrant sur un abîme d'une noirceur aussi profonde que redoutable, et le sol grinçait de façon menaçante sous leurs pieds. En reculant doucement, le capitaine leva les yeux sur le reste de la salle... et découvrit avec stupeur qu'une partie de la toiture s'était elle aussi éboulée. Par le large trou percé dans le plafond, il pouvait voir les étoiles – vision réconfortante.

« Je crois comprendre, dit-il à Smaud en regagnant le couloir. Une partie de la charpente se sera écroulée sous le poids des ans, défonçant dans sa chute le plancher rongé par les vers. Qui sait de combien d'étages le tout se sera effondré ? Je n'ai pas le cœur de me pencher au-dessus du vide pour en prendre la mesure. Imagine qu'une poutre cède à notre approche et nous emporte dans... »

Ses paroles furent interrompues par un craquement sourd dans leur dos, un bruit qu'il ne parvint pas à identifier. Peut-être une porte qui se refermait ? Ou simplement le travail de la pierre ou du bois dans cette aile vétuste du château ? Il s'immobilisa et posa la main sur la poignée de son épée. Mais rien ne suivit qu'un profond silence. Lifhort soupira, et s'aperçut seulement à ce moment que Smaud se cramponnait à sa chemise de toutes ses forces.

« Vous pouvez me lâcher, mon cher, dit-il d'un ton narquois, je pense que le danger est passé. Si danger il y avait, d'ailleurs. Mais à présent, au vu de cette salle, je pense qu'à défaut d'être totalement abandonnée, cette aile est effectivement périlleuse : tout y paraît si délabré que je ne serais pas étonné qu'un beau matin, les bourgeois de Dälmö se réveillent pour constater que la moitié du château a disparu... Et qui sait si, avec l'éboulement de toute cette partie, l'autre aile ne s'effondrerait pas à son tour ? »

Revenus prudemment dans le couloir, ils poursuivirent leur chemin au-delà du coude que formait le corridor. Le capitaine ne savait plus vraiment ce qu'il était venu chercher dans cet endroit, à présent que les lamentations d'outre-tombe ne se faisaient plus entendre, mais une étrange intuition le poussait toujours plus avant : il trouverait quelque chose, assurément. Il ignorait encore quoi, mais il en éprouvait toujours davantage la certitude.

« Après tout, si les trois sœurs empruntent cette galerie de temps à autre, se disait-il, c'est qu'il y a une raison pour cela. Mais laquelle ? »

À ce moment la lumière vacillante de leur chandelle leur donna à voir la fin du couloir : une grande porte cloutée, en bon état, fermée par une serrure récente. Mais alors que le capitaine allait poser la main sur la poignée, l'obscurité tomba d'un coup. Smaud poussa un cri de souris.

« Sacrebleu ! grogna Lifhort. La chandelle s'est éteinte. Mais j'ai la bougie dans ma poche : tiens, la voici. Ici ! Ah, mais vas-tu l'attraper, espèce d'empoté ?

– Ah, où ça ? gémit le garçon en s'agitant nerveusement dans les ténèbres.

– Eh bien, je pensais que tu verrais plus clair que moi dans le noir, avec tes jeunes yeux. Là, ne bouge plus... C'est moi qui vais te... Ah, voilà : ta main. Tiens bien, tandis que je sors mon briquet. C'est l'affaire d'un instant. »

Mais le briquet tomba dans la manœuvre. Accroupi, le capitaine parvint néanmoins à le retrouver rapidement. Or en s'abaissant devant le trou de la serrure, il crut percevoir une lueur de l'autre côté de la porte. Mieux encore, il devina des chuchotements.

« Smaud ! souffla-t-il, entends-tu ? »

Mais le garçon ne l'écoutait pas. Tourné de l'autre côté, il s'était figé de terreur en apercevant, derrière eux dans le corridor, deux points rouges qui brillaient dans le noir, à hauteur d'homme. Ils avaient dépassé le coude et semblaient avancer, lentement, en silence, dans leur direction.

« L-là, Maître ! bredouilla-t-il, terrorisé. L-l-l-là !

– Quoi donc ? demanda vivement Lifhort, actionnant frénétiquement son briquet.

– Des... yeux ! »

Enfin la lumière revint. Les deux hommes sursautèrent immédiatement, en découvrant qu'Yseldys se tenait face à eux dans le couloir, les toisant d'un regard sévère.

« Eh bien ? dit-elle avec colère. Pouvez-vous me dire ce que vous faites ici, dans l'aile condamnée, à faire assez de bruit pour nous tirer de notre sommeil, mes sœurs et moi ? »

Le capitaine présenta ses excuses, comme l'exigeait la circonstance, en arguant de son inquiétude en raison des gémissements lugubres qui avaient résonné dans le château.

« Vraiment ? s'étonna la jeune femme. Pour ma part, je n'ai rien entendu.

– Mais comment est-ce possible ? demanda Lifhort. Même mon valet en a été réveillé !

– Ah, je comprends, dit Yseldys. Il faut dire que mes sœurs et moi vivons depuis si longtemps ici que nous n'entendons plus certains bruits étranges. C'est une vieille bâtisse, pleine d'échos et de souvenirs. Vous aurez sans doute été dérangés par les grincements des poutres séculaires. À moins que, ajouta-t-elle avec un sourire méchamment moqueur, ce ne soient les soupirs de quelque vieux fantôme teutonique ? »

Piqué, Lifhort dut néanmoins promettre de retourner se coucher sagement jusqu'au matin. Mais il en était désormais persuadé : un secret était caché derrière la porte cloutée.

CHAPITRE XXII

LES MONSTRES

Au petit matin, grimpé sur son mulet, Smaud découvrit pour la première fois les trois sœurs ensemble, venues saluer leurs hôtes à leur départ, comme l'exigeaient les lois de l'hospitalité. Mais les aînées avaient le visage fermé, et le garçon comprit qu'elles n'avaient qu'un seul désir en tête : les voir partir. Seule la plus jeune, la fameuse Ulrika mentionnée par son maître, gardait une attitude cordiale envers eux. C'était d'ailleurs elle qui s'était approchée de Lifhort, lui aussi remonté en selle, pour lui présenter la coupe du départ. Naturellement, le valet n'y aurait pas droit, et il soupira longuement, en levant les yeux sur les hautes façades de la cour du château. Malgré la mystérieuse beauté des trois hôtesses, voilà bien un endroit qu'il ne regretterait pas ! Mais la conversation entre Ulrika et le capitaine s'éternisait.

« Et ce que je voudrais surtout, poursuivait la jeune femme d'une voix assez basse pour ne pas être entendue de ses sœurs, c'est que vous ne gardiez pas de nous, après votre départ, une image trop sévère.

– Que voulez-vous dire, Madame ? demanda Lifhort, tout heureux de cet échange inattendu.

– Eh bien... vous savez combien les habitants de Dälmö peuvent nous accabler dans les rumeurs qu'ils échangent, ce qui ne pourrait que vous inciter à la défiance envers nous trois, mais à présent que nous nous connaissons, j'ai peur que vous ne pensiez justifiés ces propos abjects : je crains que nous n'ayons pas été des hôtesses de la meilleure courtoisie pour un homme de votre qualité ! C'est que nous ne recevons que peu de monde, et... comment le dire ? Mes sœurs ne sont peut-être pas des femmes très accortes, voyez-vous. Tout ce mal que l'on dit sur nous, c'est si difficile à endurer, alors quand en outre la nature ne vous a pas donné un caractère très porté sur les échanges en bonne société... vous passerez très vite pour une odieuse mégère, digne de tous ces racontars. Ah, je ne sais comment l'exprimer, Monseigneur Capitaine, et je dois vous paraître si sotte !...

– Allons, mon enfant, dit Lifhort en se penchant vers elle avec un sourire qu'il savait irrésistible, soyez sans crainte : je garderai de vous trois le meilleur souvenir. Et j'ai bien compris que vous n'aviez pas toutes le même caractère. Bien au contraire, sachez que j'apprécie particulièrement votre...

– Ulrika ! appela Yseldys. Allons, ne retarde pas nos invités, c'est inconvenant !

– C'est bien ce que je vous disais, souffla la jeune femme. Vous m'en voyez si désolée !

– Ne craignez rien, chère Ulrika, poursuivit le capitaine avec le même ton enjôleur. Car je sais que *vous*, vous êtes bien différente de vos malheureuses sœurs. Et je voudrais...

– Ulrika ! »

Cette fois, l'injonction d'Yseldys était sans appel. Mais c'était Lifhort qu'elle fixait d'un regard furieux. Il rendit sa coupe à son hôtesse, salua ses aînées d'un grand geste, puis enfin Ulrika en s'inclinant la main sur le cœur, et piqua des deux en direction du pont-levis. Smaud le suivit, agitant lui aussi le bras en direction des trois sœurs, comiquement, à sa rustique façon. Tandis qu'Eleana et Yseldys retournaient à leurs appartements, le visage soucieux, leur cadette se tenait encore dans la cour, suivant des yeux le capitaine, le plus longtemps possible, en se répétant ses paroles charmeuses : « Chère Ulrika... »

Pour leur retour à Dälmö, Lifhort préféra cette fois rester sur la route qui serpentait à travers la forêt, mais il jetait de fréquents regards en arrière, par-dessus son épaule. Ce qui lui permit d'apercevoir, à plusieurs reprises, un semblant de sourire moqueur sur le visage de son valet.

« Eh quoi, Monsieur Smaud ? lui lança-t-il, un peu piqué. Auriez-vous quelque chose à me dire ? Eh bien ?

– Oh non... fit le garçon en baissant vivement la tête pour ne pas lui rire au visage, mais sans pouvoir se retenir de murmurer, avec malice : *Chèèèèèère Ulrika*...

– Pauvre crétin ! tonna le capitaine. Mais que t'imagines-tu donc là ? Si je regarde si souvent en arrière, c'est... pour une bonne raison, carogne ! D'ailleurs... oui, nous devrions être assez loin maintenant pour... Allez, vite, suis-moi ! »

Et d'un ordre sec, il fit bondir son cheval sous la futaie. Smaud s'efforça de le suivre de son mieux. Finalement, son maître s'arrêta au niveau d'une petite trouée dans les arbres et prit suffisamment de recul pour avoir une vue dégagée sur le *burg*.

« D'ici, personne ne nous verra... Regarde ! dit-il en tendant le doigt vers l'édifice. Nous sommes du bon côté : là, c'est l'aile est, celle où nous nous sommes aventurés cette nuit... Repères-tu les fenêtres du couloir ?

– Eh bien ? fit le valet avec un visage stupide.

– Eh bien ? Ne vois-tu pas combien la muraille est abîmée en dessous ? Les pierres et les briques sont apparentes presque partout.

– Et alors ?

– Ah, mais quel benêt tu fais ! N'as-tu pas compris ? Si nous voulons savoir ce qui se trouve derrière la porte cloutée de cette nuit, il nous sera possible d'escalader la muraille jusqu'aux fenêtres, tout simplement !

– Quoi ?!

– Mais oui ! Bon, je ne t'y obligerai pas, espèce de limace, mais à présent je sais que ce sera possible. Long et pénible, sans doute, mais bel et bien possible. Et si tu veux mon avis, ces fenêtres-là, tout au bout, donnent selon moi sur la pièce qui se trouve derrière la porte. Nous pourrons donc éclaircir cet autre mystère. »

Le garçon le fixait d'un œil franchement incrédule. Si bien que Lifhort se résignait à rejoindre la route pour revenir à la ville quand, soudain, des éclats de voix provenant de la forêt alentour éveillèrent sa curiosité. Lançant un regard interrogateur à son valet, il posa le doigt sur sa bouche et l'invita d'un petit geste de la tête à le suivre dans les bois. Smaud s'affaissa sur son mulet, mais le suivit avec résignation. Néanmoins, leur investigation fut courte : quelques instants plus tard, ils virent avec effroi la tête d'un animal sauvage surgir d'un fourré. Une grande bête recouverte d'un pelage sombre et dotée... d'un visage humain !

Aussitôt l'horrible créature disparut dans son buisson. Lifhort sortit immédiatement un pistolet de ses fontes, mais se rappela qu'il avait oublié de recharger ses armes après avoir tiré en l'air à la porte du château. Tant pis, il s'en remettrait pour cette fois à son épée.

« Mais... non ! supplia Smaud.

– Oh, mais si ! rétorqua son maître, bien décidé à poursuivre l'animal dans les bois. Imagine que nous tenions là l'explication des disparitions suspectes des gens de Dälmö ! Sus à la bête ! »

Et à son tour il s'enfonça dans les fourrés, laissant en arrière le garçon aussi effrayé que son mulet. Mais une fois de plus, la course du fier Woldomir fut brève : Lifhort parvint à un grand espace dégagé entre les arbres, mais au ciel encore couvert par leurs ramures, à la façon d'un vaste chapiteau de feuillage. Et sur cette prairie couverte, il eut la surprise de découvrir deux roulottes, plusieurs foyers où chauffaient des marmites, du linge tendu entre des arbres, et partout autour de curieux personnages aux formes parfois étranges. Certains étaient des hommes et des femmes, mais que penser du reste ? Assurément plusieurs étaient des nains, mais la réponse lui vint plus difficilement pour quelques autres. Et enfin il comprit, tandis que Smaud le rejoignait avec prudence, dans une main son grand couteau et sa fronde dans l'autre.

« Des Bohémiens ! sourit le capitaine. Et si je ne me trompe pas, il doit s'agir de la troupe qui s'est produite voilà peu de temps à Serdekinn. C'est après leur représentation que j'ai rencontré la ravissante... hem, cette partie de l'histoire ne te concerne pas. Et d'ailleurs, pour autant que je m'en souvienne à présent, ces Bohémiens sont plus exactement des Hongrois. Allons leur payer une visite !

– Mais... commença Smaud en les découvrant avec horreur. Mais...

– Mais quoi, mon garçon ?

– Ce sont... des... des...

– Des monstres, en effet, conclut Lifhort avec un large sourire. Des monstres. Allez, viens ! »

Le valet, lui, n'avait pas assisté au spectacle de la troupe hongroise. En suivant son maître au milieu du camp, il vit ainsi venir à sa rencontre un groupe de trois nains et une naine portant des tenues jaunes et vertes assorties, un homme très maigre courant sur de grandes mains au bout de longs bras faute d'avoir des jambes, un petit bossu particulièrement difforme au rire criard, deux femmes qui partageaient la même robe mais n'avaient qu'une seule paire de jambes, étant conjointes sous le ventre, un gros garçon qui le saluait en faisant jouer les six ou sept doigts de chacune de ses mains potelées, plus loin une femme en chignon à la forte carrure et à la barbe fournie, un homme penché qui aurait eu l'air profondément malheureux si son visage entièrement déformé par de gros bulbes de chairs violacées n'avait masqué son expression et son œil gauche, et un homme sans bras à la forte moustache qui appelait d'une voix tonitruante :

« Előd ! Előd, viens ici ! Allons, viens ici, te dis-je ! Előd ! Előd ! »

Si bien que l'étrange créature velue à visage humain finit par revenir vers lui, pour frotter sa tête contre sa joue avec un grand sourire enfantin.

« C'est notre homme sauvage, dit à Smaud le manchot avec un gros accent et un sourire attendri : ce brave Előd. Rassure-toi, gamin, il ne ferait pas de mal à une mouche ! »

Smaud comprit avec soulagement qu'il ne risquait rien au milieu de ces monstres de foire, malgré leur apparence repoussante. Au contraire, tous l'accueillirent avec la plus grande gentillesse. Mais compte tenu de l'horreur qu'ils inspiraient à tous, ces Hongrois campaient toujours à l'extérieur des villes, et cet endroit un peu à l'écart de la route leur avait paru approprié pour passer la nuit avant leur arrivée à Dälmö.

« C'est un fermier qui nous l'a indiqué hier soir, expliqua au capitaine la maîtresse de la compagnie, une petite vieille au visage brun et plissé, illuminé par deux grands yeux très clairs, nommée Erzsébet. Un temps, j'ai bien cru que nous devrions monter jusqu'au château. Mais non, heureusement. Car je ne voulais pas : il est marqué par un sort sinistre.

– Sacrebleu ! renifla Lifhort. Et qu'est-ce donc qui te fait penser cela, chère femme ?

– Eh, je suis diseuse de bonne aventure, Petit Monsieur, et donc je le sais, c'est tout. De même que je sais bien des choses sur toi, Monseigneur... *Capitaine* ! »

CHAPITRE XXIII

LA LUNE ET LE SOLEIL

Comment la voyante Erzsébet avait pu deviner son titre, Lifhort préféra ne pas le savoir. Après tout, son allure et sa vêture avaient dû parler pour lui, et d'expérience il savait que les diseurs de bonne aventure et autres bonimenteurs étaient surtout des gens très observateurs et d'esprit vif. De même, il éluda très vite la question de ce qu'elle pouvait bien savoir sur son compte ; assurément rien de concret, pensa-t-il aussitôt, il ne s'agissait que de vantardises destinées à l'impressionner. D'ailleurs, il lui suffirait de demander à savoir pour qu'elle se refuse à parler, il en était certain : c'était un petit jeu dans lequel il ne voulait pas entrer. D'un geste et d'un sourire bonhomme, il fit donc comprendre à la vieille que cette conversation ne l'intéressait pas. En outre, elle en profiterait certainement pour lui réclamer quelques piécettes après coup ; autant s'abstenir. Mais Erzsébet partit d'un grand rire aigre :

« Ha ! Tu as peur de savoir, pas vrai ? Mais tu as sans doute raison, mon beau Capitaine. Oui, sans doute. Tu ne voudrais pas savoir ce qu'il est advenu de ton gant perdu chez cette dame à Serdekinn, et de ce qu'il t'en coûtera, pas vrai ? »

Lifhort la foudroya du regard. Lui flattant doucement l'épaule, la vieille se détourna et rentra dans sa roulotte, priant au passage l'un des rares hommes valides de sa troupe de servir à manger aux deux visiteurs. Le capitaine et son valet avalèrent leur potage de betterave en silence. Puis enfin l'humeur de Lifhort s'améliora tandis qu'il observait les Hongrois qui se préparaient à reprendre la route. Malgré sa difformité ou son infirmité, chacun avait trouvé une façon de se rendre utile pour ranger les affaires de la troupe. Le manchot moustachu, qui répondait au nom de Zolta, donna le signal du départ après avoir enfermé le docile Előd dans une grande cage accrochée à la roulotte de queue, tirée par deux chevaux bais. Par la fenêtre de leur voiture, les sœurs conjointes adressèrent à Smaud un petit salut coquin, qui fit rougir le garçon remonté sur son mulet. Lifhort le rejoignit peu après, tandis qu'ils suivaient le pittoresque cortège jusqu'à la ville. En allumant sa longue pipe, il affichait une mine sérieuse, presque soucieuse.

« Vois-tu, mon bon Smaud, dit-il, l'espace d'un instant je me suis trompé. Je me suis figuré que l'homme sauvage qui soupire sous nos yeux dans sa cage pourrait être le responsable des morts déplorées à Dälmö...

– Ah bon ?

– Oui, en effet. Mais en vérité, cette créature me paraît désormais franchement inoffensive. Et surtout, les Hongrois ne sont arrivés dans les environs qu'hier en fin de journée. Donc ils ne peuvent être les coupables de tous ces maux. Le mystère reste entier.

– Et les sœurs ?

– Nos hôtesses de cette nuit ? Ah ça, j'ignore quel secret elles cachent dans leur vieux *burg*, mais je suis prêt à parier mon cheval que c'est sans rapport avec l'affaire qui nous occupe. Oui, je tiens le pari ! T'ai-je déjà dit que j'étais très joueur, Smaud ? Non ? Eh bien sache que si, et même très bon perdant – ou du moins je l'ai été jusqu'au jour où mon trop généreux père s'est fait violence et a refusé de continuer à payer mes dettes de jeu à ma place... Ah, maintenant que j'y songe, je me demande s'il ne serait pas possible d'organiser quelques parties de cartes ou de dés quand nous serons revenus chez Maître Rolnits. »

Aux portes de Dälmö, les deux compagnons laissèrent la petite troupe se préparer pour sa parade en ville. Smaud tenta d'apercevoir les sœurs conjointes dans leur roulotte colorée, mais sans succès ; il se consola en retrouvant l'enseigne de l'auberge, où son maître s'attabla en cherchant d'autres joueurs du regard. Mais à cette heure matinale l'établissement était vide, les honnêtes gens se consacrant à leur métier, et seule la famille Rolnits s'affairait en préparation du repas de midi. Sans se décontenancer, Lifhort commanda un pichet de bière. Il fut apporté par la pétillante Mira, dont les jolis yeux bleus s'attardèrent un peu plus longtemps que ne le permettait la décence dans ceux du capitaine. Sur le moment, ce dernier en parut ébloui. Il ne perdit son sourire béat qu'à cette remarque de Smaud :

« Nos verres ?

– Que dis-tu, mon garçon ? Nos verres ?

– Oui : oubliés ! »

Et en effet, la jolie servante avait omis de leur apporter de quoi profiter de la bière brassée par son père. Lifhort allait la rappeler quand approcha, d'un pas bien plus lent, sa sœur Lena. Toujours aussi pâle, le bandage de son poignet droit maladroitement caché par la manche de sa chemise blanche, la jeune fille souriait tristement et déposa d'un geste délicat deux grands hanaps sur leur table.

« Veuillez pardonner Mira, dit-elle d'une voix faible, elle est si étourdie... »

Et le capitaine se perdit cette fois dans les grands yeux gris de Lena. Sous ses cheveux bruns et ternes, en désordre, elle lui donna l'impression d'une longue fleur sauvage, diaphane et fragile, profondément belle à défaut d'être immédiatement jolie. Lifhort aurait aimé poursuivre sa contemplation mais Lena s'excusa d'une courbette et reprit lentement le chemin des cuisines. Mais avant de passer la porte, elle se retourna dans sa direction, lui adressant un regard qu'il ne sut interpréter. Le capitaine en resta interdit. Son valet, lui, se mit à bougonner en versant la bière dans les chopes.

« Eh quoi, Monsieur Smaud ? Que se passe-t-il donc ?

– Rien, rien... »

Lifhort ne put rien lui arracher de plus, mais il crut comprendre : une fois encore, les jolies femmes n'avaient d'yeux que pour lui, et pas pour le garçon. Le capitaine avait en sa faveur la prestance, la beauté, les apparences de l'aisance financière et un titre avec lesquels son pauvre valet serait à jamais incapable de rivaliser. La vie était ainsi faite, et n'accordait ses faveurs qu'aux gens importants. Lifhort préférait laisser aux popes le soin d'en apporter la justification théologique ; ils y parvenaient d'ailleurs fort bien. Pour l'heure, il était surtout troublé par les différentes apparitions féminines de ces deux derniers jours, comme un chien se retrouvant devant plusieurs gamelles pleines et ne sachant par laquelle commencer. Au fond de la salle commune, Mira repassa en chantonnant joyeusement, lui adressant au passage un sourire à tomber aussitôt amoureux.

« La lune et le soleil... murmura-t-il.

– Hein ? fit Smaud en relevant la tête de sa bière.

– Lena et Mira, expliqua Lifhort : n'as-tu pas remarqué combien ces deux sœurs sont aussi dissemblables, l'une lymphatique et lunaire, l'autre vive et solaire... et toutes deux aussi belles qu'on pourrait le rêver, mais chacune à sa manière ?

– Boh... conclut le garçon d'un air dépité en replongeant le nez dans son hanap.

– Cela dit, je me demande de quel mal peut bien souffrir Lena. Sais-tu que Rolnits a fait quérir le médecin Hundin pour la soigner ? Il faudra que je lui demande si... »

Ses mots furent interrompus par des cris joyeux venus du dehors.

« La parade ! s'exclama Lifhort. Allons voir ! »

Se tenant à la porte de l'auberge, les deux compagnons reconnurent la voix de stentor de Zolta qui, hissé sur les épaules d'un nain vigoureux, annonçait à la population la représentation à venir : un défilé de monstres à aller contempler sur une grande place voisine dès la fin de la parade. Derrière lui, l'homme sans jambes dansait en sautant d'une main sur l'autre, suivi par les sœurs conjointes concentrées sur leur numéro de jonglerie à quatre mains, et l'homme au visage en bulbes qui ôtait régulièrement son grand masque blanc pour effrayer les enfants, tandis qu'à son bras la femme à barbe usait du même artifice pour décontenancer les bourgeois. Toute la petite troupe défilait en grimaçant et en s'amusant du public, accompagnée par la musique de flûtes et de tambourins – Lifhort découvrit avec étonnement que la voyante Erzsébet, par sa bouche édentée, jouait du pipeau avec plus de souffle qu'il n'en avait lui-même. Enfin, fermant la marche, entravé par un collier de fer et une lourde chaîne tenue par le garçon polydactyle, le malheureux Előd, un pagne sur les fesses, assumait de son mieux son rôle d'homme sauvage.

« Que cette bête est velue ! s'esclaffa une grosse dame

richement vêtue. Pouah ! »

Mais à ce moment la naine de la troupe lança à Előd un poulet que celui-ci, d'un geste habile, attrapa au vol pour lui arracher la tête d'un grand coup de dents, juste sous le nez de la dame. Celle-ci, horrifiée, se sauva dans la foule en hurlant au loup-garou. Lifhort rit de bon cœur à ce spectacle... avant de s'interrompre brusquement : de l'autre côté de la rue, il reconnut le jeune Métusek, le commis du notaire Salnas, qui le dévisageait avec de la haine dans le regard. Ne comprenant pas pourquoi, le capitaine regarda autour de lui et s'aperçut que la jolie Mira se tenait juste à son côté. Elle aussi était sortie de l'auberge pour regarder passer les Hongrois.

« Se pourrait-il que ce garçon soit... jaloux ? »

Mais comme la fille de Rolnits retournait aux fourneaux après le défilé, Métusek disparut à son tour, s'éloignant dans la foule qui se dispersait.

« Et maintenant ?... fit Smaud, qui avait emporté sa chope avec lui pour continuer à boire pendant la parade – peut-être de peur de la retrouver vide à son retour dans la salle commune.

– Quoi donc, mon garçon ?

– La suite ?

– Ah, tu veux savoir ce que nous allons faire de notre journée, pas vrai ? Eh bien... le choix qui se présente à nous est finalement assez simple : soit nous tâchons de résoudre le mystère des morts étranges de Dälmö, soit...

– Soit...?

– Soit nous retournons à la guerre.

– Oh non ! s'écria le valet.

– Bon, sourit Lifhort, je vois que tu as fait ton choix. Et tu n'as pas tort. Ce n'est même plus une question d'avoir peur ou non. Réfléchis-y : cette guerre est déjà perdue. »

Le garçon soupira de soulagement. Son maître avançait probablement cet argument comme une justification de leur désertion, mais cela lui convenait tout à fait.

« Reste à savoir par où poursuivre nos recherches, mon bon Smaud. Et figure-toi que j'ai déjà ma petite idée. Elle est toute simple : je vais aller interroger celui qui aura sans doute contemplé le plus grand nombre de ces malheureux cadavres, ou à tout le moins qui pourra m'en parler le mieux. Ne vois-tu pas de qui je parle ? »

CHAPITRE XXIV

UN CRIME PASSIBLE DU BÛCHER

Quand le capitaine Lifhort se présenta chez le médecin Hundin, il fut reçu par un étrange petit personnage à la tête de fouine et aux cheveux carotte, qui hocha le menton dans sa direction avec un regard suspicieux, sans ouvrir la bouche.

« Je souhaite m'entretenir avec Maître Hundin, expliqua le visiteur. Est-il présent ? »

L'autre fit non de la tête, avant d'ajouter une grimace en se tenant le ventre comme s'il souffrait. Lifhort ne sut quoi en penser : ce nabot se payait-il sa tête ? Puis l'homme reprit son air interrogateur, comme s'il attendait une nouvelle réponse. Celle-ci ne venant pas, il recommença ses grimaces douloureuses. Le capitaine restant muet d'étonnement, l'homme fit un geste de la main où se mêlaient impatience et dépit ; manifestement, cet étranger ne comprenait rien à son manège.

« Fort bien, ajouta Lifhort, toujours aussi décontenancé. Je repasserai plus tard. »

Mais comme il faisait mine de repartir, pour retrouver Smaud resté près de la fontaine voisine, le petit homme roux le rattrapa par la manche et le tira à l'intérieur. D'un geste, il indiqua au visiteur une sorte de cabinet où trônait un grand poêle recouvert de faïence, et l'assit sur un fauteuil attenant à un petit guéridon, lui faisant signe d'attendre. Et alors seulement Lifhort comprit :

« Ah... Seriez-vous muet, mon brave ? »

Le serviteur opina, son visage chafouin exprimant autant le soulagement que l'exaspération face à un crétin. Se retrouvant seul, le capitaine comprit enfin ses grimaces et se frappa la tête : l'homme lui demandait certainement s'il venait parce qu'il était malade. Un quart d'heure plus tard, le médecin le rejoignait dans le petit salon.

« Monseigneur Capitaine ! dit-il avec surprise, en prenant un siège face à lui. À mon retour Anaon n'a pas su me faire comprendre quel était cet inconnu qui sollicitait mes services – mais j'aurais dû me douter que c'était vous. Eh bien, dites-moi ce qui me vaut le plaisir de votre visite ! Seriez-vous souffrant, par hasard ? »

Hundin affichait une mine serviable, avec un sourire forcé qui accentuait encore vers le bas le pli amer de sa bouche, et gratta son nez busqué. Tout dans sa physionomie le rendait antipathique au capitaine, qui par ailleurs ne portait pas particulièrement dans son cœur les hommes en robe noire à collerette blanche et chapeau noir pointu. Lifhort le rassura sur sa santé puis, baissant la voix, il lui exposa la raison de sa visite.

« Les cadavres ? sursauta le médecin. Ainsi donc, vous vous intéressez à cette affaire !

– Ai-je tort, à votre avis ?

– Eh bien... non, sans doute pas, répondit Hundin après un temps de réflexion. Vous m'en trouverez même particulièrement heureux à titre personnel, d'ailleurs. Je vous expliquerai pourquoi. Mais votre quête ne sera pas sans danger, vous devez vous en douter.

– Et donc, les cadavres ? Suis-je dans le vrai en me disant que vous les avez examinés, tous ou presque tous ?

– Presque tous, oui. En effet. À part un, pour lequel on a appelé l'un de mes concurrents – un odieux charlatan, autant vous prévenir, un homme qui ne fait que me décrier le reste du temps. Un homme jaloux de mes talents, pour tout vous dire. Mais oui, j'ai vu tous les autres morts avant leur mise en terre. Et ainsi, vous voulez savoir ce que j'en pense, c'est bien cela ?

– C'est cela oui. J'ai besoin de l'avis d'un homme de votre... expérience et de votre grande compétence, ajouta le capitaine en tentant cette flatterie.

– Alors vous avez bien fait, approuva Hundin, visiblement sensible au compliment. Mais dans ce cas... Il faudra... Ah, comment vous dire les choses ? »

Le médecin gratta son cou épais, irrité par la collerette. Puis il inspira profondément et planta ses yeux dans ceux de Lifhort :

« Seriez-vous prêt, Monseigneur Capitaine, à me jurer le plus grand secret ?

– Bigre, qu'auriez-vous à me confier de si terrible ? Mais je suis un homme de parole et d'honneur, soyez-en assuré, et je puis vous faire le serment de garder ce secret... si vous voulez bien m'en dire davantage.

– Je vais le faire, reprit Hundin. Mais sachez que cette confidence impliquera d'évoquer un crime passible du bûcher. Jurez-vous ?

– Je le jure, assura Lifhort, de plus en plus intrigué. Et qui donc aura commis ce crime ?

– Eh bien... moi. »

Un silence passa. Lifhort ouvrait de grands yeux incrédules. La bouche de Hundin se tordit de nouveau pour sourire.

« Rassurez-vous, Monseigneur Capitaine : je n'ai tué personne. Mais ce que j'ai fait, notre Église le condamne tout particulièrement, et j'y perdrais tout si cela se savait, y compris la vie. Or ce que je vais vous révéler sur ces cadavres, je ne pourrais pas le savoir si je n'avais pas commis cet acte inoffensif et pourtant unanimement condamné : j'ai pu disséquer en partie plusieurs de ces morts avant leur sépulture. »

Lifhort s'appuya sur le dossier de son fauteuil, soulagé par cet aveu qui ne le choquait pas outre mesure. Hundin le comprit et en parut rasséréné lui aussi.

« Alors dites-moi, Monseigneur Capitaine, ce que vous-même savez ou pensez savoir de ces morts suspectes.

– Ma foi, les habitants parlent d'un ours qui aurait taillé ces malheureux en pièces. Les esprits les plus crédules avancent quant à eux l'hypothèse fumeuse d'une malédiction...

– Mais vous, en votre âme et conscience, vers quoi penchez-vous ?

– Selon moi, ce n'est assurément pas une malédiction, bien sûr – vous et moi savons que ces choses n'existent pas.

Donc je dois reconnaître, au vu des deux corps que j'ai eu l'occasion de contempler rapidement, que la piste d'un ours est envisageable. Même si... »

À cet instant, les paroles d'Yseldys concernant la possibilité de meurtres lui revinrent en mémoire. Une étincelle de satisfaction brilla aussitôt dans le regard du médecin.

« Même si... cette solution ne vous convient pas non plus, termina-t-il à sa place, pour la simple et bonne raison qu'un ours laisse ses victimes là où il les a tuées. Ce qui n'est jamais le cas dans notre affaire. Et je suis bien d'accord avec vous. Je puis même vous le confirmer : il ne s'agit pas d'un ours. J'en ai acquis la certitude – et la preuve.

– Grâce à vos dissections ?

– Tout à fait. Vous comprendrez donc que je ne puis rien en dire à personne et que, pour la populace je me contente d'approuver cette absurde histoire d'ours, mais à vous je vais pouvoir faire part de mes conclusions. Je vous ferai grâce des détails, des mots latins et des techniques de chirurgie que j'ai pu employer, pour en venir directement aux faits. Mes examens des morsures ont été brefs, car je devais rendre les corps rapidement pour leur inhumation, mais suffisamment approfondis pour me permettre de comprendre plusieurs choses. Premièrement, s'agissant des griffures, généralement profondes, elles pourraient tout à fait avoir été infligées par un ours... mais, deuxièmement, les morsures, elles, ne correspondent pas à la mâchoire d'un ours, du moins un ours de nos régions. Non, leur forme prouve sans discussion possible qu'elles sont le fait d'un canidé : un grand chien, ou un loup. Plus probablement un loup, en vérité. Mais... c'est là que je me heurte à un obstacle. Un obstacle de taille.

– Ah oui ? Lequel ? interrogea Lifhort en tordant nerveusement ses moustaches.

– C'est que, voyez-vous... si ces morsures correspondent à des mâchoires de loup, alors c'est un loup... énorme. Bien plus gros que ceux que nous connaissons en Eklendys ou même dans cette partie du monde. Et c'est là que vous allez sourire ou me voir chuter dans votre estime, Monseigneur Capitaine, mais je me dois de le reconnaître : une telle bête n'a rien de... naturel. C'est un monstre.

– Ne me dites pas, Maître Hundin, que vous aussi vous allez apporter foi à cette histoire de malédiction ?!

– Oh non, bien sûr que non ! se récria le médecin. Mais ma théorie est plus subtile, plus difficile à comprendre par le *vulgum pecus*. Selon moi il ne s'agit pas d'une malédiction mais d'une maladie.

– Pardon ? »

La porte du cabinet s'ouvrit, interrompant leur discussion : c'était Anaon qui, avec force gesticulations silencieuses, transmettait un message à son maître. Hundin se leva et signifia au domestique d'aller chercher sa sacoche et son chapeau. Puis le médecin revint à Lifhort :

« À mon grand regret, Monseigneur Capitaine, il me faut prendre congé de vous : l'épouse de Maître Deemenas a des vapeurs et il requiert ma présence. Sans doute trop d'agitation à l'approche du mariage de leur cher fils... Cependant, notre conversation ne saurait en rester là. Nous devons la poursuivre sans tarder. Me ferez-vous l'honneur de dîner avec moi ce soir, par exemple ?

– Eh bien... très volontiers, Maître Hundin.

– Alors c'est parfait. Je vous présenterai donc ce soir mes arguments en faveur de cette hypothèse très personnelle, aux développements inattendus – des arguments solidement étayés, vous ne pourrez qu'en convenir. Car n'oubliez pas qu'un loup normal, même gigantesque, ne ramènerait pas non plus les cadavres en lisière de la forêt. »

Prenant congé, Hundin s'inclina devant le capitaine, qui se levait à son tour.

« Ah, je dois encore vous confier une chose que m'ont apprise mes dissections, ajouta-t-il. Les différentes traces de morsure sont elles aussi formelles sur un point : nous ne nous trouvons pas en présence d'un simple loup géant, aussi surnaturel qu'il soit. Non, ce que je veux dire, c'est ceci : il y en a *plusieurs*. »

CHAPITRE XXV

LE COMPLOT DÉVOILÉ

Une fois de plus, Smaud prit son dîner sans son maître. Mais en l'occurrence, il était mieux loti que les soirs précédents : les clients de l'auberge Rolnits purent l'apercevoir confortablement attablé dans un recoin de la salle commune, avec devant lui une grande miche de pain, des fèves au lard et un petit pichet de bière. Lena et Mira veillaient en outre à ce qu'il ne manquât de rien.

« Ainsi donc, s'enquit cette dernière, le Capitaine est invité en ville ?

– Boui, marmonna le garçon la bouche pleine.

– Et chez qui donc, si ce n'est pas un secret ?

– Le docteur, dit Smaud en se servant un verre.

– Hundin ?! fit Mira, comme alarmée. Vraiment ?

– Je crois, répondit le valet en revenant à son plat de fèves.

– J'espère qu'il sait ce qu'il fait » conclut la jeune fille en s'éloignant, regagnant le grand comptoir d'où, sans avoir encore touché à son verre, Métusek, le commis du notaire, lui lançait des regards éperdus depuis plus d'une heure qu'il était arrivé à l'auberge.

Restée en retrait jusqu'alors, Lena s'approcha à son tour de Smaud :

« Il n'y a donc aucune chance, demanda-t-elle timidement, que le Capitaine vienne nous honorer de sa présence ce soir ?

– Bah... non » fit le garçon en se curant la mâchoire avec le doigt.

Lena disparut aux cuisines. Après un rôt de contentement, son assiette terminée, Smaud soupira de nouveau : décidément, il n'y en avait vraiment que pour les gens importants. Même ce pauvre Métusek qui se mourait d'amour pour Mira, sans doute depuis un moment déjà, ne pouvait rien espérer d'elle dès qu'il était question du « Monseigneur Capitaine » : pas un regard, pas une attention particulière, rien. Mais à côté du pauvre jeune homme, le valet découvrit un petit être d'un âge incertain, dont les cheveux roux dépassaient de sous son bonnet... et qui le dévisageait d'un air hostile et inquisiteur. Découvert, l'homme se détourna aussitôt, puis il jeta une pièce sur le comptoir et quitta l'auberge sans une parole, mais avec un grand geste. Smaud fut persuadé que, au moment de sortir de la salle commune, le curieux rouquin lui avait encore lancé un regard de côté.

Tandis qu'Anaon reprenait le chemin de la maison de son maître, le médecin Hundin, celui-ci ordonnait à sa domestique de débarrasser la table et de servir au salon des liqueurs pour le capitaine. Repu par ce copieux dîner, qui n'avait pas le faste ostentatoire du souper de Maître Deemenas mais à tout le moins ses qualités culinaires, Lifhort choisit un fauteuil confortable et sortit sa pipe avec un air interrogateur.

« Faites donc comme il vous plaira, dit le médecin à son invité. Mais pour ma part, ajouta-t-il en tirant de sa manche une petite blague d'argent, puis-je vous proposer ce délicieux tabac pour une prise ou deux ? Non, vraiment ? Ah, voyez-vous, Monseigneur Capitaine, depuis que je l'ai découvert, il ne se passe plus une heure sans que je m'accorde un instant pour priser... »

Et joignant le geste à la parole, il fit tomber sur le dessus de sa main la poudre d'un tabac noir qu'il inspira dans un grand reniflement satisfait. De son côté, Lifhort apprécia avec une mine de connaisseur la liqueur que la bonne venait de verser dans son petit verre à pied.

« Fort bien, fort bien, Maître Hundin, dit-il en claquant la langue après cette savoureuse dégustation, une fois la servante sortie. J'ai magnifiquement mangé ce soir... et pourtant vous m'avez laissé sur ma faim – au sujet de vos hypothèses concernant les morts de Dälmö, j'entends. Pour reprendre où nous en étions restés, il y aurait donc selon vous plusieurs loups ?

– Appelez-les comme bon vous semblera, Monseigneur Capitaine, dit le médecin en reprenant un air sérieux : loups, monstres, ou bien *bêtes* comme je le fais désormais, mais oui, en effet, c'est une certitude. Les morsures ne sont pas identiques sur tous les cadavres. Elles sont de même nature, de la même race animale, mais de tailles très légèrement différentes.

– Et de combien de... bêtes avez-vous pu faire le décompte.

– Au moins deux. Peut-être trois.

– Sacrebleu ! s'étonna Lifhort. Je comprends d'autant moins que personne ici, en tout cas aucun chasseur, ne les ait encore croisées dans les bois.

– J'ai là aussi mon idée sur la question. Rappelez-vous ma conclusion : nous avons affaire à une *maladie*.

– Et donc...?

– Ah, pour que vous saisissiez bien, mon cher hôte, il faut tout d'abord que je vous dévoile autre chose. C'est à cette condition que vous comprendrez pleinement de quoi toute cette sombre histoire retourne en vérité. Car voyez-vous, Monseigneur Capitaine, fit le médecin en retrouvant son visage renfrogné, dans le drame qui se joue il existe une autre victime. La vraie victime. Celle qui explique toutes les autres.

– Et qui est-ce donc ? interrogea Lifhort en fronçant les sourcils.

– Moi. »

Perplexe, le capitaine se resservit un verre de liqueur, avant de tendre la bouteille à Hundin. Celui-ci déclina la proposition, préférant poursuivre, comme s'il se soulageait d'un secret aussi pesant que douloureux :

« Voyez-vous, Monseigneur Capitaine, je suis intimement persuadé que toute cette histoire est un obscur complot qui ne vise qu'à une chose : me nuire.

– Mais... comment serait-ce possible ? Personne ne s'en est encore pris à vous, il me semble.

– Ah, c'est bien pour cela qu'il faut que je vous expose la situation. Comprenez, mon ami, que je ne suis qu'un homme de basse extraction. Pas un miséreux, naturellement, mais bien que mes parents aient appartenu à la petite bourgeoisie, je ne suis toujours aux yeux de certains, malgré ma situation enviable, qu'un vil roturier. De plus, je suis affublé d'un autre défaut majeur : je suis un étranger. Pour bien des notables de Dälmö, je suis cet homme venu de Borghavan. C'est en effet dans la capitale que je suis né, que j'ai grandi, et que j'ai appris la médecine à l'Université. Sachez que j'y ai en même temps appris l'art de la pharmacopée, que j'exerce également aujourd'hui. Pour tout cela, vous le comprendrez aisément si vous séjournez plus longuement parmi les bonnes gens de Dälmö, je suis en toute logique la cible de bien des envieux. Quelques autres médecins, jaloux de ne pas avoir autant de science que moi, et naturellement des pharmaciens qui ne tolèrent pas que puisse préparer moi-même les potions nécessaires à mes patients. Est-ce bien clair pour vous ?

– Certes oui, fit Lifhort en croisant ses jambes sur un tabouret. Poursuivez, je vous en prie.

– Très bien. Il faut à présent que vous sachiez, Monseigneur Capitaine, que ces envieux me jalousent d'autant plus que j'ai réussi. Je suis un homme jouissant aujourd'hui d'une grande aisance, ce qui n'était pas le cas lorsque je me suis installé ici, et j'ai acquis de nombreuses terres et propriétés en ville et autour de Dälmö. Cela me vaut des jalousies supplémentaires, et naturellement quelques procès en cours, pour lesquels je peux me réjouir de l'amitié de Maître Salnas, le notaire, et du prévôt Holokern. Or c'est là que nous en revenons à notre affaire...

– Euh... expliquez-moi cela, en effet, car je peine à faire le lien.

– Vous allez comprendre, mon ami. Voici : apprenez à présent que, à l'exception d'un malheureux colporteur étranger à Dälmö et que je ne connaissais pas, toutes les autres victimes des bêtes m'étaient particulièrement connues. Mais pour une unique raison : c'étaient des personnes avec qui j'étais en profonde inimitié, voire en conflit ouvert. Voilà le complot !

– Je vous demande pardon ? toussa Lifhort en reposant sa pipe.

– Mais oui, c'est pourtant évident : avec les uns ou les autres de ces malheureux, j'avais des contentieux, directement ou indirectement. Par exemple pour les frères Zétök, dont on a découvert les corps après votre arrivée, je suis en procès avec leur mère pour une question de bornage de terrain. Pour deux autres, c'était un différend au sujet d'une parcelle de bois, et d'un rachat d'héritage. L'une des femmes mortes, quant à elle, faisait courir sur moi les pires ragots parce que je n'avais pas réussi à sauver son fils d'une attaque très avancée de petite vérole – mais hélas la médecine ne peut pas toujours tout, dans les cas les plus graves. Le dernier était un pharmacien qui me vouait une haine mortelle... Et donc vous le comprenez : si l'on fait le lien entre toutes ces victimes, quel sera le point commun ? Moi ! Car qui aurait eu intérêt à leur mort ? Moi ! Et dans ce cas, qui finira-t-on naturellement par désigner un jour comme le responsable de leur fin tragique ? Encore moi ! Tout est fait pour m'accabler !

– Mais... réfléchit le capitaine, ne me dites pas que vous étiez aussi en procès ou en querelle avec ce pope exorciste qui a lui aussi disparu ?

– Ah, vous avez appris cela également. Nous ne sommes pas en procès, non, mais notre inimitié est de notoriété publique. Car je suis un homme de science et de savoir, et lui est un religieux qui se targue de ses pouvoirs de guérisseur des âmes. Un chasseur de démons qui prétend que certaines maladies sont envoyées par le Malin pour punir les pécheurs. Nous nous sommes plusieurs fois disputés publiquement sur cette question. Et sachez aussi que cet exorciste, Galistas, est un individu doté d'une puissante constitution, une force de la nature, et qu'il a tendu le poing vers moi lors de notre dernière... discussion. Un poing énorme, assez gros pour tuer un homme.

– Donc si je comprends bien, résuma le capitaine d'un ton sceptique après avoir avalé une nouvelle rasade de liqueur, des fâcheux qui envient vos talents et votre fortune veulent vous faire accuser des morts violentes de vos ennemis, commis par des bêtes sauvages...

– C'est cela, vous avez parfaitement saisi.

– Soit, soit, mais enfin, pardonnez-moi, Maître Hundin, j'avoue que j'ai bien de la peine à associer des médecins jaloux à cette histoire de créatures surnaturelles. Et surtout je ne conçois pas du tout comment ils pourraient s'y prendre !

– Ah, mais vous oubliez une partie importante de ce que je vous ai exposé : ma roture. Il n'y a pas que des médecins dans cette affaire. Vous oubliez la noblesse, cette petite noblesse de Dälmö dont la fortune décline fortement : je veux parler des trois filles du baron Ödrek.

– Elles ?! Mais c'est... insensé ! s'exclama le capitaine. Ulrika et ses sœurs, recluses dans leur château en ruine ? Elles ? En lien avec ces... bêtes féroces ?!

– Mais justement, Monseigneur Capitaine, fit Hundin avec calme en le perçant du regard. Justement. Car je puis vous l'affirmer ce soir : elles *sont* les bêtes ! »

CHAPITRE XXVI

SUITE DES CONFIDENCES DU MÉDECIN HUNDIN

Le petit verre de cristal se brisa sur le dallage dans une gerbe de gouttelettes de liqueur. Lifhort, lui, restait bouche bée, la main vide et le regard perdu. De toutes les révélations qu'il était prêt à entendre, celle-là était la plus inattendue, la plus extravagante, la plus impossible à admettre.

« Laissez, je vous en prie, ma bonne nettoiera, ce n'est rien, reprit machinalement Hundin bien que le capitaine ne fît rien pour ramasser les éclats de verre, toujours figé par la stupeur. Mais je constate que mes affirmations ne vous laissent pas indifférent. »

Enfin, Lifhort se passa une main sur les yeux, tendant l'autre en signe de dénégation :

« Inconcevable, marmonna-t-il, totalement inconcevable. Les trois sœurs, des bêtes sauvages ? C'est fonçièrement... inimaginable. Un homme comme vous, qui va jusqu'à se quereller avec un exorciste pour dénoncer toutes ces superstitions, ne saurait cautionner une théorie aussi folle que cette malédiction ! Pas vous, mon cher, pas vous !

– Ah, l'émotion vous rend distrait, Monseigneur Capitaine. Rappelez-vous mes paroles : il ne s'agit pas d'une malédiction mais bien d'une maladie. Une maladie sans doute méconnue, mais qui porte un nom bien précis : la lycanthropie. »

Lifhort dévisagea le médecin d'un air toujours aussi incrédule :

« Vous, un homme d'autant de savoir, vous croyez aux loups-garous ?

– Je ne crois pas, mon ami : je constate. Et surtout je prends le temps d'étudier. Dans la pièce voisine se trouve ma bibliothèque, et si vous le souhaitez je vous présenterai avec joie quelques ouvrages pour étayer mes assertions – et si besoin, je vous traduirai le texte s'il est en latin, voire en grec, puisque le grand Hérodote est le premier à avoir évoqué ce mal, qui sévissait chez certains Scythes.

– Un mal... mais cela reste une légende avant tout ! protesta le capitaine.

– Ah, le roi Lycaon changé en loup par Zeus ? sourit méchamment Hundin. Ovide l'a raconté, en effet. Et je pourrais ajouter le *Bisclavret* de Marie de France, le prince loup-garou Vseslav du *Dit de la Campagne d'Igor* chez les Russes, les *berserkir* des sagas du Nord, le lai arthurien de *Mélion*, les *wulfers* d'Écosse, les *vilkacis* de Courlande, les *vukodlaks* des Roumains, et même, dans notre folklore eklendais, le Conseil des Loups que combat le bon roi Miskol ! Voyez, je me suis passablement documenté sur cette question. Partout vous trouverez des lycanthropes ; mais c'est bien que derrière ces légendes peut se cacher une vérité plus profonde, qui ne doit rien à toutes ces superstitions. Dont le rôle de la pleine lune : dans le cas qui nous intéresse, les victimes de Dälmö ont aussi été tuées par des nuits sans lune, ou à la lune gibbeuse, j'ai vérifié. Donc la nuit, d'accord, mais peu importe la lune. »

Lifhort se redressa dans son fauteuil, écoutant de mauvaise grâce tout en curant sa pipe.

« Certains de mes confrères, poursuivit le médecin, pourrons bien prétendre, à l'exemple du docte Johannes Wier, que cette maladie est avant tout une sorte de folie ; Wier en accepte néanmoins le caractère maladif. Pour ma part, je pencherais plutôt pour un violent dérèglement des humeurs qui conduirait à un bouleversement du métabolisme, et ainsi à une transformation physique du malade, lui donnant la force et l'apparence d'un loup monstrueux.

– Pour les avoir rencontrées, je peux vous assurer que les filles d'Ödrek ne ressemblent en rien à des loups ! railla le capitaine.

– Je sais. Je les connais moi aussi. C'est d'ailleurs là l'origine du complot. Mais cet aspect lupin n'est que temporaire, vous le savez bien. Une fois sa crise passée, le lycanthrope reprend toujours son aspect habituel. Prenez l'exemple du pauvre Peter Stump, accusé d'être un loup-garou particulièrement meurtrier : quand on l'a écorché vif, torturé sur la roue, puis brûlé et enfin décapité, pour être sûr de bannir le mal à jamais, il avait bien repris son apparence humaine. C'était en... 1589, si ma mémoire est bonne, près de Cologne. Même chose une quinzaine d'années plus tôt, en France, avec ce... Grenier ou Garnier, reconnu coupable de sorcellerie et de lycanthropie et condamné au bûcher.

– Mais donc, dans tout ce que l'on dit sur l'origine du... mal, et sur sa transmission, quelle est la part de la légende ?

– Ah, je me réjouis de voir que mon idée commence à faire son chemin dans votre esprit, Monseigneur Capitaine. C'est bien. C'est très bien. Concernant l'inoculation, il est selon moi peu probable qu'il puisse s'agir d'une malédiction, comme le prétend pourtant un saint homme comme Olaus Magnus au sujet des lycanthropes de Lituanie. Vous savez ce que je pense de tout cela. Pour ma part, je vous l'ai dit, j'opte davantage pour un déséquilibre des humeurs corporelles, à commencer par la bile noire, m'inscrivant en cela dans la lignée de mon prédécesseur grec Aretæus de Cappadoce, même si j'ignore à ce jour l'origine profonde de la maladie. Quant à la transmission... Il est fort possible qu'un coup de griffe suffise, comme le colportent les histoires. Mais à mon avis, une morsure serait bien plus propice pour cela, à la façon de la rage.

– Et... peut-on en guérir un jour ?

– Ah, ça, aucun de mes savants confrères n'a pu le démontrer. En règle générale, la populace préfère brûler les cadavres des garous après les avoir tués... Selon certains commentateurs, il faudrait avoir recours à un puissant exorcisme

– mais comment le vérifier, puisque notre pope exorciste a précisément disparu ? Et je ne crois pas à ces boniments. D'autres affirment que l'on peut calmer les crises, voire soigner la maladie, à l'aide d'une variété très toxique de renoncules, l'aconit, que les paysans d'ici appellent *tue-loup* ; mais en ce qui me concerne, et en qualité de pharmacien, je pense que si c'est peut-être une possibilité, personne n'a encore trouvé la bonne recette. »

Un silence suivit. Bien que profondément secoué par cet exposé, Lifhort se rassurait intérieurement en acceptant l'idée que la légende des loups-garous pût être comprise simplement comme une maladie.

« Mais les trois sœurs, poursuivit-il tout haut, les filles du baron maudit ? Si ce n'est une malédiction, comment sont-elles tombées malades ?

– Je vous l'ai dit, Monseigneur Capitaine : je l'ignore. Encore que, s'il s'agissait bien d'un problème d'humeur et plus précisément de bile noire, la jeune Eleana pourrait être qualifiée à juste titre de *mélancolique*. Et c'est elle qui pourrait avoir transmis le mal à des sœurs.

– Soit, concéda Lifhort en réfléchissant. Soit. Je veux bien le concevoir. En revanche, je me refuse toujours à admettre qu'elles puissent être derrière ce complot qui vous viserait.

– Mais qu'elles puissent être les bêtes tueuses de Dälmö ?

– Eh bien... si elles sont malades, pourquoi pas ? lâcha le capitaine à contrecœur, s'étonnant lui-même de ses paroles. Mais cette machination insensée...?

– Nous y arrivons, grimaça Hundin, fronçant les sourcils et le nez. Cela tiendra en peu de mots. Je vous ai dit que je connaissais ces trois damoiselles, n'est-ce pas ? J'ai été leur médecin quelque temps, d'ailleurs. En vérité, dès que je me suis installé ici, car personne ne voulait plus se rendre au château pour les soigner, à cause de cette histoire de malédiction héritée du baron Ödrek. Il en fallait bien plus pour m'effrayer. J'ai donc rencontré les trois sœurs... et je suis tombé amoureux d'Eleana. La belle et rêveuse Eleana, ajouta-t-il avec un soupire dont Lifhort ne put savoir s'il était fait d'ironie ou de nostalgie. Elle ne semblait pas si indifférente à ma cour, voyez-vous, bien que je ne possède pas votre galante physionomie, Monseigneur Capitaine, mais je me suis fait éconduire en fin de compte.

– Vertubleu, racontez-moi cela ! souffla Lifhort, surtout étonné d'imaginer que la cour d'un homme d'aspect aussi renfrogné pût connaître le succès – ce qui piqua aussi sa jalousie.

– Oh, ce n'est pas si surprenant, répondit Hundin avec amertume : j'étais, et suis toujours, un roturier. Un vulgaire roturier, sans même l'ombre d'un demi-quartier de noblesse. Et cela, ses sœurs ne l'ont pas accepté. Surtout Yseldys, la froide et sévère Yseldys. De plus, j'étais un étranger. Eleana s'est vraisemblablement rendue aux arguments de ses sœurs, car c'est à trois qu'elles m'ont signifié que je devais renoncer à mes trop hautes prétentions. Depuis, notre inimitié reste forte. Quant à ourdir cette machination contre moi, cela s'explique également en peu de mots : j'ai réussi. Tout simplement, je suis devenu à Dälmö un homme influent et fortuné. Elles m'avaient repoussé en raison de mes humbles origines ? Fort bien ; par dépit amoureux assumé, j'ai cherché à prouver ma valeur : à elles en premier lieu, mais aussi à toute la ville. Pour cela, vous ne saurez jamais combien j'ai travaillé, jour après jour, nuit après nuit, sans jamais ménager ma peine et parfois même au mépris de ma propre santé. Mais le résultat est là aujourd'hui : tandis que leur fortune, leur prestige et leur réputation n'ont cessé de décroître, les miens n'ont fait que grandir. Aujourd'hui elles comprennent leur erreur, bien trop tard, et sont mortellement jalouses de ma réussite.

– Ne vous êtes-vous jamais marié, mon ami ? demanda le capitaine.

– Non. Jamais. Je vous l'ai dit : par dépit, j'ai tout sacrifié à mon travail. »

Hundin s'accorda une nouvelle prise de tabac. Lifhort, lui, se perdait en silence dans la contemplation de sa pipe. Puis enfin il lissa ses moustaches et posa une dernière question au médecin :

« Vous m'avez dit être en bons termes avec le prévôt Holokern. Lors du souper chez Maître Deemenas, j'ai appris que le prévôt avait sous ses ordres une petite compagnie de mousquetaires : dans ce cas, pourquoi ne pas organiser de battue pour capturer les bêtes sauvages ? Ou même, plus simplement : pourquoi ne pas vous ouvrir à lui de vos soupçons ? »

Hundin soupira bruyamment.

« Ce serait si simple, en effet... Mais bien que je puisse me flatter de compter Jonas Holokern au nombre de mes... *amis*, il reste un homme sec et sévère, dont la physionomie trahit un excès de phlegme : jamais il n'accepterait d'entendre mes accusations sans plus de preuves, et me prendrait pour un fou. Car vous le comprenez, mon cher, hormis la pertinence de mon raisonnement je n'ai absolument aucune preuve contre les trois filles d'Ödrek. Quant à une battue... Elle a déjà eu lieu, notre bon prévôt ayant aussi autorité de louvetier royal, mais naturellement sans résultat : cela s'est fait de jour.

– Voilà qui est fâcheux, concéda le capitaine.

– Je ne vous le fais pas dire. Bien sûr, impossible de lui demander une battue de nuit – et même ainsi, nous n'arriverions peut-être à rien non plus. Mais surtout je ne vois pas comment le persuader, puisqu'il s'accommode si bien de la thèse d'un ours. Un ours qui ramène ses victimes à la ville... grinça le médecin, enchaînant : non, je suis seul face à cette haine. Un jour, même Holokern finira par faire le lien entre toutes les victimes et il me mettra aux fers sans se poser davantage de questions. Voilà pourquoi, Monseigneur Capitaine, je n'ai plus que vous. Alors m'aiderez-vous, vous, à confondre les malfaisants et à sauver mon honneur et ma vie ? »

CHAPITRE XXVII

UN NOUVEAU CADAVRE

Le quatrième jour que passa Ernö Lifhort à Dälmö commença par des pleurs : en prenant soin de laisser la porte ouverte derrière elle, par souci des convenance, dame Rolnits était entrée dans la chambre du capitaine pour ouvrir les volets et lui souhaiter une bonne journée à son réveil. Mais ce matin-là, le cœur n'y était manifestement pas et le bonjour faussement enjoué de la malheureuse femme s'étrangla en sanglots dans sa gorge. Sortant un œil de son confortable oreiller de plumes d'oie, Lifhort se redressa d'un coup dans son lit, comprenant qu'un nouveau malheur venait de se produire.

« Ah, c'est ma Lena, gémit l'épouse de l'aubergiste. Ma pauvre, pauvre Lena ! Elle est au plus mal... »

Et elle se sauva sans plus d'explications, croisant Smaud qui, sans enthousiasme ni même un bonjour, reprenait auprès de son maître sa place de valet, lui présentant une chemise propre et ses hauts-de-chausse.

« Eh bien, Monsieur Smaud, savez-vous donc ce qu'il se passe au sujet de la jeune Lena ? Sa mère est effondrée !

– Oui, un peu.

– Et alors, animal, dis-moi donc ce qui arrive à cette malheureuse !

– Malade.

– Malade ? Toujours ? Son état s'est donc aggravé depuis hier ?

– On dirait. »

Sans attendre, à peine ses bottes aux pieds, Lifhort alla chercher Rolnits pour en apprendre davantage. Il le trouva aux cuisines, en train d'allumer ses fourneaux, secoué lui aussi par des pleurs qu'il retenait tant bien que mal. L'aubergiste lui apprit ainsi que, ce matin, sa fille aînée ne s'était pas levée à cinq heures, comme elle l'aurait dû, et que sa sœur Mira l'avait trouvée dans son lit, les yeux exorbités et les poings serrés sur ses couvertures.

« Elle était aussi raide qu'un mort et blanche comme un drap, se lamenta le pauvre homme. Mira a bien cru que sa sœur était... partie pendant la nuit, mais non, elle respirait encore. La brave petite s'est aussitôt rendue chez le médecin pour le faire venir de toute urgence. Il ne devrait pas tarder ; il devait repasser auparavant chez la dame de Maître Deemenas, qu'il lui a dit. Depuis Lena s'est détendue, elle s'est même rendormie, mais elle est si pâle ! Et surtout, elle paraît avoir tant maigri ! Ah, Monseigneur Capitaine, c'est un sort si cruel qui s'abat sur ma famille ! Ma Lena, ma petite Lena !... »

Lifhort lui donna une tape amicale et compatissante sur l'épaule, puis lui commanda des œufs au lard pour son petit-déjeuner. Attablé dans la salle commune avec son valet, il entreprit de lui faire, à voix basse, le récit de sa soirée chez Hundin, ce que Smaud ponctuait de fréquents « Pas possible ! », lui aussi à voix basse, en se signant sans cesse selon son horripilante habitude. À son tour, le garçon raconta comment il s'était senti épié par ce curieux personnage aux cheveux roux, que le capitaine identifia sans mal comme le serviteur muet du médecin. Pourquoi s'intéressait-il donc à Smaud ? Mais Mira les interrompit pour leur apporter un pichet d'eau fraîche. Elle s'attarda un instant à leur table :

« C'est un si grand malheur, déplora-t-elle en couvant Lifhort du regard. Ce qui arrive à ma sœur est si injuste, et je suis si inquiète pour elle ! Ah, en de pareils moments, on aimerait vraiment que quelqu'un vous serre très fort dans ses bras pour vous consoler, vous rassurer... »

Le capitaine ne sut que penser de ces paroles. Il lui vint des idées – qu'il jugea lui-même déplacées. Mais la silhouette petite et trapue du médecin se découpa dans la lumière de la porte d'entrée, et aussitôt Mira se précipita à sa rencontre :

« Ah, Maître Hundin, vous voici, le Ciel soit loué ! Venez vite, je vous accompagne jusqu'à la chambre de Lena. »

Le capitaine termina son repas du matin sans plus rien dire. Un peu plus tard, Hundin repassa par la salle commune et vint saluer Lifhort. Il se montra circonspect, comme s'il doutait d'avoir vraiment bien fait en lui exposant ses craintes la veille au soir. Mais la conversation en resta au cas de Lena :

« La pauvre petite, grogna Hundin, son état me désespère. Je lui ai prescrit un nouveau lavement, naturellement, car elle est si exsangue qu'elle ne supporterait pas la saignée. Ce qui est fâcheux car je ne vois toujours pas d'autre moyen de chasser de son corps le mal qui la ronge. Le pire est qu'elle n'a point de fièvre : elle grelotte malgré toutes les couvertures que sa mère a empilées sur son lit. Et à ce propos, puisqu'elle a si froid, je voudrais bien savoir pourquoi elle a laissé sa fenêtre ouverte cette nuit. Mais la malheureuse enfant est incapable de prononcer une seule parole. On dirait vraiment qu'elle... »

Il fut interrompu par l'entrée d'un client affolé :

« Ah, la compagnie ! Pauvres de nous, c'est la malédiction ! La malédiction ! Elle a encore frappé, juste cette nuit ! »

Les regards de Hundin et Lifhort se croisèrent. Sans une parole, ils se précipitèrent hors de l'auberge.

La nouvelle s'était rapidement propagée dans Dälmö. Il fallut peu de temps aux deux hommes pour apprendre que le cadavre de la nuit avait été retrouvé non loin de la cabane du rebouteux. Ils s'y rendirent aussitôt, Smaud sur leurs talons. À leur arrivée, un attroupement s'était formé autour du corps dans l'attente de la venue des gens d'armes du prévôt. Le médecin dispersa les badauds d'un ton autoritaire. Parmi eux, le rebouteux lui-même, qui s'éloigna maladroitement sur ses béquilles. Mais avant de rentrer chez lui, il s'assura que le capitaine le regardait pour tendre deux doigts vers lui en articulant de sa bouche édentée « Le Signe ! Le Signe funeste ! » avant de conclure par un rire désagréable. Lifhort préféra hausser les épaules.

« Eh bien, de qui s'agit-il donc cette fois ? dit-il d'un ton qu'il espérait léger en revenant au médecin. À sa robe noire, on dirait une veuve ou l'un de vos confrères, Maître Hundin... »

Car le cadavre, aux traces de terre qu'il portait sur le devant de sa tunique, avait apparemment été retourné par ceux qui l'avaient découvert, en vue d'une identification qui ne s'en était pourtant pas trouvée facilitée... et pour cause : la victime n'avait plus de tête !

« C'est un homme, voyez donc, répondit Hundin en écartant brièvement la robe du mort pour laisser apparaître un torse velu. Et ce n'est pas un habit de médecin mais... de pope. »

Il se figea un instant, adressant au capitaine un long regard, lourd de sens :

« Et je puis vous dire, à l'examen de sa musculature, qu'il s'agit... de Galistas, l'exorciste ! Vous voyez ? poursuivit-il à voix basse, le complot se poursuit ! Tout le monde aura le souvenir de notre dispute ! »

Lifhort entendit passer maints « Vertubleu ! » sous son crâne.

« Êtes-vous vraiment certain qu'il s'agit du pope ?

– Je suis même catégorique, confirma Hundin. Voyez ces mains : elles sont pleines de terre, de crasse et de suie, mais je les reconnaîtrais entre mille. Galistas tenait son poing si près de mon visage... Je ne risque pas de l'oublier. Pour le reste, dit-il en soulevant légèrement la robe noire aux endroits où elle était lacérée, cette physionomie concorde parfaitement avec celle du disparu. C'est incontestable.

– Même si, avança le capitaine, celui-ci ne porte pas les mêmes traces de griffures que les autres cadavres : sa robe a été déchirée de tous les côtés, mais comme s'il s'était agi d'une griffe unique, et non d'une patte griffue. Quant à la tête... elle semble avoir été découpée, maladroitement, certes, plutôt qu'arrachée.

– Que vous répondre ? soupira le médecin, toujours à voix basse. Une mâchoire puissante pourrait très bien avoir décapité ce malheureux. Vous pouvez me croire, ce type de morsure n'est pas si éloigné de ce que j'ai vu sur d'autres cadavres de ces dernières semaines. Mais tant qu'officiellement l'on s'en tiendra à l'hypothèse d'un ours qui sort ses victimes de la forêt, faut-il vraiment s'étonner ? Quoi qu'il en soit, si vraiment la lycanthropie peut se soigner par l'exorcisme, il est désormais trop tard pour essayer... »

Lifhort demanda aux derniers badauds si l'un d'eux avait vu la tête du mort quelque part, en vain. Quand les hommes du prévôt arrivèrent, le médecin leur donna quelques consignes en vue de l'inhumation rapide et souhaitable du cadavre, qu'ils emportèrent sur une civière. Sur le chemin du retour, les habitants qu'ils croisaient se signaient abondamment, certains se lamentaient, beaucoup s'agenouillaient pour prier avec ardeur.

« La peur les rend pieux, constata Hundin. Mais ce n'est

pas toujours un mal, Monseigneur Capitaine. Moi-même je suis un bon croyant, sachez-le, pourtant je ne confonds pas la foi et la superstition, tout simplement. Mais que je prie ou non aujourd'hui n'est pas le plus important. Ce qui importe, c'est que j'éprouve moi aussi de la peur. Pas vous ? Il pèse sur Dälmö un véritable danger, et la peur est là comme une mise en garde salutaire, pour nous tous. Pour vous, pour moi... Bien sûr pour moi : le complot se resserre... Ah, mon ami, vous n'avez pas voulu me répondre hier soir ; mais aujourd'hui, accepterez-vous enfin de m'aider ?

– Eh bien, après ce que nous venons de voir ce matin... répondit lentement Lifhort, je me dis qu'il est de mon devoir de faire toute la lumière sur cette sombre affaire.

– Merci ! Merci grandement ! » dit Hundin avec soulagement, en lui prenant la main.

De retour à l'auberge, le capitaine s'enquit de la santé de Lena auprès de sa sœur.

« Elle dort toujours, répondit Mira, et son état n'a pas empiré, Dieu soit loué. »

Mais la jeune fille éclata en sanglots et se blottit entre les bras de Lifhort. Aussitôt, près du comptoir, le pauvre Métusek cracha sa bière de surprise, se leva de son tabouret et quitta la salle commune en claquant la porte. Le capitaine n'en vit rien, perdu dans un orage de pensées contradictoires. Et tandis que la jolie Mira se déchargeait sur lui de son inquiétude et de sa peine, curieusement il ne revoyait passer devant ses yeux que le beau visage d'Ulrika.

CHAPITRE XXVIII

L'OMBRE DE LA GUERRE

« Eh bien, mon bon Smaud, que penses-tu de tout cela ? Crois-tu vraiment que les trois filles du baron Ödrek pourraient en vouloir suffisamment à Hundin pour l'accabler à ce point, en utilisant leur maladie lycanthropique pour ce complot contre lui ?

– Sais pas, fit le garçon en se rongeant les ongles.

– Merci pour votre aide, mon ami, sourit Lifhort malgré lui, elle m'est très précieuse. »

Le valet haussa les épaules, sans s'interrompre dans sa besogne. Assis sur le banc de pierre devant la façade de l'auberge, ils prenaient paisiblement le soleil du matin. Le capitaine ralluma sa pipe à son briquet.

« Ce que je me demande surtout, poursuivit-il, c'est pourquoi ces malheureuses femmes en passent par ce stratagème tortueux pour se venger de la réussite du médecin. Elles auraient pu facilement l'étriper un jour qu'il passait par la forêt. Si tant est qu'elles soient vraiment ces bêtes sauvages qu'il prétend...

– Hé-hé-hé... ricana le garçon, le nez dans ses rognures.

– Eh quoi ?! s'irrita Lifhort en lui donnant un coup de son grand chapeau. Tu t'imagines toujours des choses ! Mais sache que mon... affection pour ces damoiselles n'a rien de malhonnête. Tout simplement, je ne parviens pas à concevoir qu'elles puissent changer de forme en raison de ce mal et...

– Bah, pourquoi pas ?

– Mais, parce que... Parce que... Peut-être que toi, tu n'en serais pas surpris, bougre d'animal ? Et pourquoi donc ?

– Les yeux !

– Ah, ces fameux yeux rouges que tu as cru voir dans le couloir, l'autre nuit, au château ? Ce n'était que le fruit de ta peur et de ta crédulité, imbécile !

– Pfff... » lâcha Smaud en revenant à ses ongles.

Depuis un moment passaient devant eux des hommes et des femmes, souvent accompagnés d'enfants, couverts de la poussière des chemins et portant sur le dos de gros sacs remplis de leurs effets, avec parfois quelques casseroles et petits chaudrons accrochés à la ceinture. Ils étaient nombreux à s'arrêter à la fontaine à côté de l'auberge ; certains entraient pour acheter de la bière ou du vin, et surtout du pain et des œufs. Ce qui incitait Lifhort à baisser son chapeau sur ses yeux et à ne pas se mêler des conversations.

« C'est qui ? finit par lui demander Smaud à voix basse.

– Des fuyards, répondit le capitaine du bout des lèvres. Des Eklendais chassés par la guerre. Car nous l'avons sans doute un peu oublié, au fond de ce vallon perdu, mais les Suédois sont toujours là. »

Peu après, ce fut une charrette lourdement chargée, tirée par trois hommes et une femme, qui fit halte devant l'établissement de Rolnits. La femme entreprit aussitôt de vérifier que son chargement n'avait rien perdu en chemin. L'un des hommes entra pour quémander quelque nourriture tandis qu'un autre, aux cheveux blonds ébouriffés, vint s'asseoir au soleil à côté des deux compagnons.

« Je peux ? fit-il sans attendre la réponse. C'est si lourd à pousser, quand on a autant de lieues à parcourir avec toute sa maison sur le dos... Ah, la guerre, la guerre... »

Lifhort se contenta d'un sourire forcé et rabattit son chapeau. Rolnits sortit alors de l'auberge un pichet de bière à la main et plusieurs godets dans la grande poche de son tablier, pour servir à boire au petit groupe.

« Allons, mes pauvres amis, dit-il, buvez donc ! Je vous l'offre de bon cœur. On n'est jamais trop généreux avec son prochain en période de malheur. Alors, où sont les Suédois ?

– Quand nous nous sommes enfuis de chez nous, dit la femme après avoir vidé son godet d'un trait, ils continuaient de remonter. Toujours vers Borghavan.

– Vrai ! confirma l'homme assis à côté de Lifhort. Ah, la guerre...

– Mais... les nôtres ? Et notre armée, que fait-elle ? fit Rolnits en se tournant malgré lui vers le capitaine, qui ouvrit de grands yeux pour lui intimer le silence.

– Elle se fait battre, répondit l'un des hommes. Rien d'autre. On croise des fugitifs et des déserteurs de tous côtés ! Il y en a bien qui parlent d'une contre-offensive à venir, mais...

– Il y a encore eu des batailles ? demanda l'aubergiste.

– Ouais... Une, du côté de Kaltekinn. Une écrasante défaite, encore une fois. L'ennemi est vraiment beaucoup, beaucoup trop fort.

– Mais c'est ce que les gens disent, reprit la femme en tendant de nouveau son verre sous la jarre de bière :

les Suédois cherchent les batailles. Ils auraient pu filer directement sur Borghavan et nous abattre là-bas en prenant la ville, mais non, ils ont marché vers nos troupes. Ils ont voulu nous affronter. Plusieurs fois.

– Peut-être pour nous affaiblir le plus possible avant de porter le coup final à Borghavan ? imagina Rolnits. C'est si triste ! Allons-nous tomber nous aussi sous la coupe des Suédois ?

– Ah, la guerre... lâcha l'homme ébouriffé.

– Oui, quelle grande misère confirma un autre de ses compagnons. Voir sa maison brûler, ses voisins chassés ou tués, toutes ces femmes violées ou enlevées... Avons-nous tous péché au point de devoir endurer ces calamités ?

– Mais vous, vous êtes un homme bon, dit la femme à l'aubergiste. Vous ne sauriez pas où on pourrait passer la nuit – pour rien ? Nous n'avons plus rien que ce que nous avons pu charger sur notre charrette. Plus d'argent du tout...

– Eh bien, dit Rolnits, ce n'est pas que je ne voudrais pas vous héberger mais... Les temps sont durs pour tout le monde. J'ai déjà prêté ma grange à d'autres malheureux qui fuyaient comme vous. Mon écurie est toute petite, et puis il s'y trouve déjà le cheval de Monseigneur, ajouta-t-il en désignant Lifhort – qui grinça des dents. Mais essayez plus loin, vers la grande demeure que vous voyez là-bas, vous trouverez peut-être un abri sous le marché couvert. »

Les fuyards reprirent leur route avec leur charrette... à l'exception de l'homme blond qui restait sur le banc.

« Merci à vous pour votre aide, et bonne chance ! » lui lança la femme, ce à quoi il se contenta de sourire avec un geste amical. Puis maître Rolnits rentra dans son établissement.

« Je ne suis pas du même village qu'eux, nous nous sommes juste rejoints sur la route et je les ai soulagés de mon mieux, expliqua l'inconnu en se tournant vers le capitaine, pour expliquer qu'il ne suivait pas plus loin ses compagnons d'infortune.

– Ah, la guerre... ne put se retenir Lifhort avec un coup d'œil par-dessous son chapeau.

– Mais vous non plus, vous n'êtes pas d'ici, si j'ai bien compris. Puisque vous avez votre cheval à l'auberge...

– En effet.

– Et comment s'appelle cette ville, déjà ?

– Dälmö, répondit le capitaine avec une soudaine méfiance.

– Ah oui, c'est bien ça. Et... Et vous, Monseigneur, vous ne fuyez pas la guerre, n'est-ce pas ? Comment dire ? Vous... Enfin, vous me paraissez mieux loti que nous autres villageois réchappés du malheur, si je peux me permettre. C'est l'aubergiste qui vous a appelé Monseigneur, et d'ailleurs vous portez l'épée, alors... Et donc, la guerre ?

– Eh bien, quoi ? Pourquoi me parlez-vous, à moi, de la guerre ? s'impatienta Lifhort en enviant à Smaud son don pour les réponses laconiques.

– Oh, faites excuse, Monseigneur, répondit vivement l'homme ébouriffé en joignant les mains devant sa poitrine, je ne voulais pas vous offenser. Simplement... comme notre bon aubergiste s'est tourné vers vous quand il parlait de la guerre...

– Sacrebleu, il l'aura remarqué ! pesta le capitaine *in petto*.

– ... alors je me suis dit que vous y connaissiez sans doute quelque chose, poursuivait l'homme sans jamais s'interrompre. Et d'ailleurs, il n'y a qu'à vous regarder, Monseigneur, pour comprendre que vous êtes un soldat, un officier bien sûr. Cela se lit dans votre port fier et volontaire, n'est-ce pas ? Je suis même certain que vous avez participé à cette guerre, pas vrai ? Hein, pas vrai ?

– Mais où veux-tu en venir, à la fin ?! explosa Lifhort.

– Misère ! fit l'autre en sursautant et en se cachant le visage, comme par habitude des coups. Mille excuses, Monseigneur, mille excuses ! Mais ne suis-je pas dans le vrai ? Ah, c'est d'hommes comme vous dont notre malheureux royaume a besoin en ces heures sombres. Et vous aviez un régiment, n'est-ce pas ? N'est-ce pas ? Et vous étiez même peut-être à la bataille de Kolmärn, hein ? Ah, comme cela a dû être terrible ! Tout le monde en parle comme d'une affreuse boucherie... »

Le capitaine se leva et le toisa d'un regard meurtrier :

« Qui es-tu donc, vil gredin ? Pourquoi t'intéresses-tu à ce que je faisais à Kolmärn ? Allons, parle ! Et d'ailleurs, d'où viens-tu ? Tu me parais bien curieux pour un villageois qui fuit les malheurs de la guerre...

– Je... Je viens de... bredouilla l'homme en se recroquevillant sur le banc. En fait, je... suis épuisé, et je dois... je dois rejoindre des parents ici, à Dälmö... Oui, mes cousins, qui ont fui eux aussi, et... je ne dois pas attendre ! Faites excuses ! »

Et joignant le geste à la parole, il s'esquiva en courant avant de laisser à Lifhort la possibilité de poursuivre son interrogatoire, filant en direction du marché couvert sans pouvoir être rattrapé.

« C'est louche ! remarqua Smaud, qui n'avait rien manqué de cet échange.

– Et cela m'inquiète, reconnut son maître. Ce bougre court encore bien vite pour quelqu'un qui a dû échapper à la mort et aux pillages... J'espère qu'il n'en sortira rien de mauvais pour nous.

– Oh-oh... » fit le garçon en pointant un doigt derrière le capitaine.

À l'autre bout de la rue venait d'apparaître un homme en livrée brodée d'or, dont le visage soucieux s'éclaira dès qu'il les aperçut. Lifhort se frappa le front : il venait de comprendre.

« Maugrebleu ! pesta-t-il. Quel imbécile je fais ! »

CHAPITRE XXIX

UNE NOUVELLE MALÉDICTION

En un instant, Lifhort rajusta sa cape et son chapeau, frottant ses hauts-de-chausse et son gilet, tout heureux que Smaud lui ait donné à porter une chemise blanche et propre ce jour-là, et adressa un immense sourire au laquais qui, tout essoufflé de sa course, venait de les rejoindre.

« Eh bien, eh bien, dit-il d'un ton enjoué, ne serait-ce pas là un serviteur portant la livrée de la Maison Deemenas ? Mais si, naturellement ! Or ça, mon brave, ton maître n'a tout de même pas cru que j'allais oublier les noces de son aimable fils ? Ah, ce serait mal me connaître, et mon valet que voici allait justement passer un coup sur mes bottes... »

Smaud, sur son banc de pierre, en resta coi. Pas le domestique du bourgmestre :

« Certes, Monseigneur Capitaine, mais...

– Mais quoi ? l'interrompit Lifhort avec désinvolture. Les tourtereaux réclameraient-ils déjà ma présence ?

– C'est-à-dire que... oui, Monseigneur. En fait, nous vous attendons tous : la noce aurait dû débuter voilà bientôt une demi-heure. Il ne manque plus que vous ! »

Sans voix, Lifhort chercha vainement quelque chose à dire qui pût le tirer d'embarras. Finalement, il trouva la parade en donnant un soufflet à Smaud :

« C'est donc que ce crétin de valet stupide se sera trompé en me faisant la commission ! Allez, canaille ! Gros endormi, file jusque dans ma chambre et rapporte-moi ma paire de gants d'apparat ! File ! Plus vite ! Plus vite, imbécile, ou tu vas encore goûter du bâton ! »

Et tandis que le garçon s'exécutait précipitamment, encore trop surpris pour se rebeller de cette injustice, le capitaine soupira en adressant au serviteur de Deemenas un regard d'exaspération désolée.

Dans la petite basilique de Dälmö, pavée de marbre et recouverte de mosaïque d'or de ses piliers jusqu'à ses voûtes, Lifhort fit une entrée remarquée, l'assistance entière se retournant vers lui à son arrivée. Il choisit donc d'affecter la posture faussement humble d'un pair du royaume qui viendrait, avec un retard prémédité et une affectation de modestie, honorer de son illustre présence les noces d'un petit bourgeois de la campagne. Prenant son temps pour approcher de l'autel, il rendit des sourires emplis de bonté aux notables locaux qui le foudroyaient du regard, n'hésitant pas, le cas échéant, à se fendre d'une courbette envers quelques dames dont il devinait l'importance. Puis enfin il s'inclina profondément devant Maître Deemenas, et plus encore devant son épouse, ajoutant d'une voix profonde, afin que chacun pût l'entendre :

« Je vous en prie, voyons, commencez. Faites comme si je n'étais pas là. »

Pris de court, le bourgmestre hésita un instant, puis obtempéra. Après tout, bien des invités ignoraient qui était le retardataire, et pour la pompe qu'il entendait donner aux épousailles de son fils mieux valait, après tout, éviter le scandale et laisser subsister un doute sur la qualité, peut-être très haute, de cet homme grossier mais plein d'assurance. Reprenant sa place devant le pope, le jeune Hektor le comprit aussitôt, et troqua sa rage contre un sourire de circonstance en reprenant d'une main encore nerveuse celle de sa promise, la fameuse Gertrod Vietské.

« Allons ! grommela Deemenas en poussant Lifhort vers les tourtereaux. À vous ! »

Se retrouvant avec la couronne du marié dans les mains, le capitaine comprit alors quelle participation était attendue de lui au cours de la cérémonie. Il la brandit au-dessus de la tête du futur marié... en remarquant à ce moment seulement que son idiot de valet s'était trompé de paire de gants ! De la sorte, toute l'assistance pouvait contempler son magnifique gant de peau à sept doigts, dont deux pendaient sur le côté : ainsi le veulent les canons de l'élégance dans une certaine bonne société, et le pauvre Smaud avait peut-être pensé bien faire... mais ces doigts surnuméraires étant destinés à loger des messages galants, rien ne pouvait être plus déplacé que de porter un tel accessoire lors d'un mariage. S'efforçant d'abord de sourire niaisement à la ronde, Lifhort essuya les regards noirs des parents des fiancés puis fit mine de s'absorber dans les paroles de l'officiant.

Malheureusement pour le capitaine, le bourgmestre avait souhaité l'office le plus long pour donner le plus de faste possible à l'événement. Son bras peinant sous le poids de la couronne d'or incrustée de saphirs, Lifhort finit par se résoudre à changer de main. Il découvrit alors, consterné, que son autre gant n'avait que cinq doigts... car il appartenait à une autre paire ! Toute honte bue, il renonça à vouloir sauver les apparences et finit par en revenir à son naturel, en jetant un œil gourmand sur la jeune femme qui l'accompagnait pour tenir la couronne de la mariée : une damoiselle au fort beau minois, qu'il apprit peu après être une nièce de Herolt Salnas, le notaire. Mais il ne devait plus jamais la revoir après le repas de noces.

L'incident se produisit à la sortie de la basilique. Maître Deemenas avait dépensé sans compter pour avoir une foule joyeuse et des acclamations de qualité à l'apparition des nouveaux mariés. Au bras de sa belle, Hektor s'avança d'un pas solennel, radieux comme le conquérant au jour de son triomphe, saluant sans les voir les badauds assemblés, s'enivrant de leurs vivats.

Mais l'assistance se fit soudain silencieuse : d'un coup de béquille sur le sol, le rebouteux manifesta sa présence au sein de la foule, et tous se turent en le reconnaissant. Toujours clopinant, il s'approcha du parvis de la basilique avec un visage haineux. Hektor Deemenas préféra parler le premier :

« Eh bien, quel désolant spectacle tu viens nous infliger, néfaste vieillard ! s'écria-t-il. C'est donc cela : tu souhaites gâcher ma noce par ta présence repoussante ? Mais vois-tu, je serai clément envers toi, et tu pourras te rendre aux cuisines de l'hôtel de mon père pour y quémander quelque pitance, car il y aura plus qu'assez de victuailles pour tous les convives. Mais tu resteras à la porte, car tu n'es pas invité.

– Pauvre petit morveux... chuinta le rebouteux. Il ne comprend pas...

– Oh, que si, vieillard, et tu le comprends aussi bien que moi, en voyant à mon bras Dame Gertrod : oui, contemple, vieil homme ! Repais-toi de cette magnifique vision ! Car tu n'y pourras plus rien désormais : Gertrod est *mienne* ! Tu arrives trop tard ! »

Le rebouteux se raidit, en proie à la plus vive colère. Ses mains tremblaient, mais elles sortirent des guenilles dont il se vêtait un petit morceau de ficelle que le vieillard entreprit de nouer, ostensiblement, à la hauteur de ses yeux.

« Voilà... voilà... fit-il en soufflant bruyamment par le nez. Le voilà, son mariage ! Voilà ce qui l'attend, le jeune fat ! Petit mécréant... Qu'il profite bien de sa promise !... »

Hektor blêmit et manqua de perdre connaissance. À son bras, la mariée pleurait abondamment. Sorti avec les autres invités, Lifhort comprit ce qui se jouait. Smaud le rejoignit et désigna le rebouteux :

« C'est quoi, ça ?

– Ah, mon garçon, toi qui aimes les superstitions, tu vas être content, répondit le capitaine d'un ton badin mais sans se départir d'une expression désolée : tu assistes à un rituel de malédiction.

– Hein ?

– Eh oui... Avec cette ficelle, le rebouteux vient symboliquement de nouer l'aiguillette du pauvre Hektor.

– Sa... quoi ???

– Son aiguillette, ignorant ! Le lacet de sa braguette. Autrement dit, il le condamne à l'impuissance, juste avant sa nuit de noces.

– Horreur ! fit le garçon en se signant d'une main – l'autre protégeant son entrejambe.

– Et c'est d'autant plus horrible, en effet, que cela peut avoir des conséquences bien plus graves...

– Ah bon ?

– Eh oui, jeune Smaud ! Réfléchis donc ! Si Hektor ne peut consommer son mariage, alors celui-ci pourra être déclaré nul. Comprends-tu ? Mais naturellement, ce type de maléfice relève de la croyance et des contes de bonne femme : n'en pâtit que celui qui s'abaisse à y croire.

– Et Hektor ?

– Ah, malheureusement, je crois que c'est son cas. Regarde. »

En effet, sur le parvis de la basilique, Hektor avait retrouvé ses esprits et brandissait un poing rageur en direction du rebouteux :

« Je te tuerai, vieil homme ! hurlait-il. Je te taillerai en pièces ! Tu n'auras jamais Gertrod ! Elle est d'un rang bien trop haut pour toi ! Tu la convoites en vain, et depuis bien trop longtemps, sorcier libidineux ! Mon père te fera condamner au bûcher ! Je t'arracherai les yeux et la langue ! Je te briserai les os !... »

Mais jamais le jeune marié n'approchait du rebouteux, comme si malgré toutes ses furieuses promesses il craignait de porter la main sur lui. D'ailleurs, dans la foule, personne non plus n'osait s'en prendre à lui. L'épouse du bourgmestre tomba à genoux et l'implora :

« Par toutes les grâces du Ciel, ayez pitié de mon enfant ! Je vous en conjure, libérez-le de votre malédiction ! »

Le rebouteux se contenta de ricaner, appuyé sur ses béquilles tordues. Manifestement satisfait, il se décida à rentrer chez lui. Mais auparavant il adressa un dernier signe à Hektor : d'une main il joignit le pouce et l'index, en anneau, et de l'autre il avança un index... qu'il fit retomber mollement juste avant de le passer dans le cercle. Puis enfin il s'éloigna, avec un petit rire rocailleux.

« Encore des histoires de famille et de jalousie... soupira le capitaine. Mais j'en apprendrai tout ce qu'il me faudra savoir pendant le copieux repas qui va nous être servi par le bourgmestre, si tant est qu'un membre de la noce ait encore le moindre appétit – repas qui va me paraître interminable. Mais ne t'éloigne pas trop de l'hôtel de Maître Deemenas, mon bon Smaud, car je tâcherai de m'éclipser le plus vite possible. Nous devons retourner au château ce soir.

– Hein ? gémit le garçon. Encore ?!

– Oui. Cette histoire de lycanthropie m'obsède. Je dois en avoir le cœur net. »

CHAPITRE XXX

AU-DESSUS DU VIDE

Le capitaine avait tenu à gravir à pied le chemin jusqu'au château : non seulement il se refusait à faire courir à son cheval de trop grands risques dans son expédition nocturne à travers la forêt, mais il espérait en outre que cette marche jusqu'aux crêtes du vallon l'aiderait à digérer le banquet de noces servi par Deemenas. Malgré la morosité qui pesait sur le repas et incitait les convives à plonger le nez dans leur copieuse assiette pour ne faire que la picorer, Lifhort avait fait honneur à tous les plats sans bouder son plaisir ni dissimuler sa satisfaction ; car désormais il se moquait bien des regards désapprobateurs des autres invités. Quant aux mariés et à leurs parents, ils avalaient sans plaisir et sans bruit, machinalement, ce dîner de fête gâché par le rebouteux.

« Et pourtant, quel dommage, car la chère était excellente, racontait le capitaine en s'engageant avec son valet dans la forêt. Mais je pense que tu as pu toi aussi en profiter, à la porte des cuisines, n'est-ce pas ?

– Oui, confirma le garçon.

– Alors c'est heureux. Pour le reste, concernant le différend entre Hektor et ce vieux pouilleux qui lui a lancé son mauvais sort, c'est bien ce que j'imaginais : une stupide affaire de jalousie et de rang dans la société. Tout cela ne nous regarde pas – et cela aussi est heureux, car nous avons assez à faire comme cela. As-tu bien emporté le sac, et surtout la lanterne ?

– Oh oui... soupira le valet, affligé à l'idée de devoir approcher une nouvelle fois du *burg* à la nuit tombante.

– Je pense que tu continueras de la porter, au pied de la muraille, car je n'aurai pas trop de mes deux mains pour escalader la façade. »

À un jet de fronde du haut mur de l'aile est, alors que le soleil avait disparu depuis un moment déjà derrière les tourelles pointues du château et que la forêt s'obscurcissait de plus en plus, ils découvrirent une cabane de bois construite avec art, à côté d'une source et d'une ruche de paille. Intrigués, les deux compagnons s'en approchèrent sans bruit, Lifhort étant bien décidé à jeter un regard par une petite ouverture, sans vitre mais équipée d'un volet, aménagée juste sous le toit de la construction.

« Il y a quelqu'un ! » chuchota-t-il à destination de Smaud avec un doigt devant la bouche, en apercevant une faible lueur à l'intérieur.

Se hissant à la fenêtre, le capitaine eut la surprise de découvrir un grand homme maigre et chauve, à la longue barbe grise et vêtu d'une robe noire usée, priant à genoux devant de petites icônes posées sur un billot aménagé en autel, à la lueur d'une bougie de cire jaune. C'était un ermite, assurément. La forêt était décidément pleine de surprises... Mais pour cette fois, autant en rester là et ne pas troubler la méditation du religieux solitaire. Ils repartaient vers le *burg* quand la porte de la cabane grinça derrière eux : l'ermite se dressait de toute sa hauteur et les dévisageait avec étonnement, un gourdin à la main. Sa robe noire portait des traces claires au niveau des genoux, remarqua le capitaine, signe que l'homme passait chaque jour de longues heures dans la prière. Faute de savoir comment réagir, il lui adressa un signe amical :

« Bonsoir, mon ami, dit-il avec un sourire gêné. Pardon de vous avoir dérangé ! »

L'autre continua de les examiner sans mot dire, mais reposa son bâton. Il croisa les mains sous sa barbe et s'inclina, puis fit un signe en travers de sa bouche comme pour expliquer quelque chose. Enfin, il les bénit chacun avec les trois premiers doigts de sa main droite et rentra dans sa cabane.

« Un muet ? demanda Smaud.

– Je ne pense pas, dit son maître. Il suffit bien du valet de Hundin ! Non, à mon avis, ce saint homme a fait vœu de silence. J'ignore pour quelle raison, mais ce sont des choses qui arrivent. Viens, nous avons encore du travail. »

Il ne leur fallut plus longtemps pour parvenir au pied de l'aile est du *burg*. Le capitaine prit le temps d'examiner la muraille à la lumière de la lanterne : elle était un peu plus inclinée, au moins sur sa partie basse, qu'elle n'en donnait l'impression vue de plus loin, ce qui était une bonne chose ; d'autre part, l'état d'effritement du mur faciliterait son ascension.

« Pour autant que les briques ne se délogent pas sous mon poids... songea-t-il. Bon, à présent, retrouvons la fenêtre que nous cherchons. »

Prenant un peu de recul, il pensa avoir situé la bonne galerie et, si son estimation était juste, la fenêtre de la salle à la porte cloutée. Car il s'en persuadait toujours davantage : si les trois sœurs étaient malades comme l'assurait le médecin Hundin, c'était dans cette salle mystérieuse qu'il en aurait la preuve.

« Pourquoi ? demanda le garçon.

– Parce que... j'en ai la profonde conviction. C'est en tout cas ce que me hurle mon instinct. Mais regarde, Smaud : il y a de la lumière à cette autre fenêtre ! C'est un peu plus à droite que je ne l'estimais... mais c'est bien la salle que je recherche ; aucune autre n'aurait de raison d'être éclairée dans cette partie prétendument abandonnée. Allons, il faut que je fasse vite. Attends-moi ici, veille sur mon sac et sois prudent. Bon sang, c'est tout de même bien haut ! »

La première partie de son escalade s'avéra plus facile qu'il ne le redoutait. Ses mains gantées trouvaient des prises faciles entre les blocs de pierre et les briques de la paroi, et ses bottes des appuis encore stables. Cependant ce premier pan de muraille, à la pente légère, fit bientôt place à un mur plus droit.

« Cette fois, on y est, se dit Lifhort. C'est une chance que le mur soit si abîmé. »

Une chance qui s'avéra, à l'usage, un danger : une brique céda sous sa main, comme une dent qui se déchausse tout à coup de sa mâchoire, et il faillit perdre prise. Il s'accorda quelques secondes pour retrouver son calme.

« Il s'en est fallu de peu... Le jour où cette partie du château s'effondrera, on n'en retrouvera que du gravier : tout se délite d'une manière inquiétante. À présent, je me demande si je ne commets pas une grossière erreur en m'aventurant sur cette muraille pourrie. »

Un regard en contrebas suffit à le convaincre : au pied de la façade, son valet braquait toujours la lanterne dans sa direction, afin de lui indiquer de bons appuis grâce à sa lumière rasante. Hélas, il était désormais trop loin, trop haut pour pouvoir s'aider de la sorte. Par chance, la lune qui montait dans le ciel baignait la paroi d'une lueur faible mais suffisante.

« Je suis déjà monté si haut... Il est trop tard pour redescendre. Pas si près du but. Enfin, pas si près que ça : j'en suis bien plus proche que tout à l'heure, certes, mais pas encore arrivé. Cette fenêtre me semble toujours si lointaine... Courage, Lifhort ! Haut les cœurs ! »

Combien de mètres avait-il gravi de la sorte ? Le capitaine se sentait minuscule, abandonné au-dessus du vide, condamné par sa propre folie à une chute inévitable. Mais quand il levait la tête, la lumière continuait de briller à une fenêtre, le guidant dans son ascension périlleuse. Puis soudain, plus rien : le haut de la muraille retrouva une obscurité uniforme. La lumière s'était éteinte !

« Tudieu ! jura Lifhort. Non ! Pas maintenant ! Ah, finalement je ne suis plus loin de la galerie et de ses fenêtres... Si je continue dans la même direction, je devrais... »

Un long cri strident le figea sur place. Un cri de vive douleur. Une fois encore, il manqua lâcher prise et s'écraser. Mais dans son sursaut, une pensée le traversa :

« Cette voix !... C'est... Ulrika ! »

Saisi par l'urgence de la situation, il gravit de manière inconsidérément rapide les derniers mètres, s'agrippant enfin au rebord d'une fenêtre de la galerie. Mais ce n'était pas celle qu'il visait, la bonne se trouvait sans doute un peu plus loin sur sa droite.

« Le couloir... Toujours le couloir... marmonnait-il en se déplaçant de fenêtre en fenêtre. Courage, gentille Ulrika, j'arrive ! »

Mais ce cri l'avait tant affolé qu'il n'avait aucune idée de la manière dont il pourrait venir en aide à la jeune femme – si c'était bien elle, et si elle était bien en danger. Enfin, à la lumière grise de la lune, il reconnut par une vitre les formes de la porte cloutée qui fermait la galerie : il touchait au but ! Étendant la main puis le pied, il se glissa une dernière fois le long de la muraille, jusqu'à la fenêtre désirée. Ce n'est qu'alors qu'il s'aperçut qu'elle était équipée de barreaux... et fermée de l'intérieur par un volet ! Si Ulrika ou qui que ce fût d'autre se trouvait à l'intérieur, il lui était impossible de le voir. Au même moment, un mugissement qu'il reconnut aussitôt sembla résonner dans le mur, comme montant du plus profond de la terre.

« Les lamentations ! Elles reviennent ! »

Au pied de la muraille, Smaud avait lui aussi entendu les longues plaintes qui l'avaient tant effrayé la première fois. Il faillit en laisser tomber sa lanterne en voulant se signer avec la main qui la tenait. Les gémissements semblaient sortir du sol sous ses pieds, pour se répercuter contre la forêt toute proche. Il se rappela que dans le sac, Lifhort avait pris soin d'emporter un pistolet.

C'est alors que le garçon aperçut une forme encore plus sombre que la nuit se glisser dans l'obscurité, tout en se cachant derrière les arbres, en échappant à sa lumière, comme une haute silhouette encapuchonnée de noir. Aussitôt il appela son maître à l'aide, en s'accroupissant de son mieux derrière un buisson de ronces, au pied de la muraille. Au bout d'un temps qui lui parut interminable, il sentit tomber sur sa tête de petits gravats délogés par le capitaine dans sa descente, et accueillit celui-ci avec un soulagement évident.

« Ah, enfin, Maître !...

– Je suis là, mon garçon, le rassura Lifhort en reprenant son souffle, tout étonné d'avoir fait le chemin en sens inverse aussi rapidement. Que t'arrive-t-il donc ? Parle ! »

Le valet lui expliqua en deux mots, comme à son habitude, et le capitaine fronça les sourcils. Était-ce l'ermite, sorti de sa cabane dans les bois ? Mais que faisait-il à cette heure au pied du château ? Était-ce en raison des lamentations mystérieuses, qui venaient enfin de s'éteindre ?

Lifhort ruminait toutes ces questions en prenant avec Smaud le chemin du retour dans la forêt quand un nouveau bruit l'alarma. Un bruit sourd mais puissant, hostile, animal. Juste derrière eux.

Des grognements menaçants.

CHAPITRE XXXI

LES BÊTES

Les pensées de Lifhort se mirent en place dans son esprit avec une rapidité telle qu'il n'eut pas le temps d'en être surpris : il poussa vigoureusement Smaud en avant pour le forcer à s'enfuir avec lui à toutes jambes, en s'enfonçant encore plus profondément dans la forêt.

« Cours ! Mais cours donc, par les moustaches du roi Zoltin ! s'écria-t-il. Et tiens bon la lanterne, que nous ne trébuchions pas sur une racine ! Cours ! Et reste sur le bon chemin !

– Mais... lequel ? gémit le garçon.

– Peu importe, du moment qu'il suit la pente vers le bas ! Descendre nous rapprochera de la ville. Cours, fichu lambin, cours ! »

Le capitaine aurait pu tout aussi bien choisir de remonter le talus en direction du château, pour s'y réfugier bien plus sûrement ; leur course aurait même été plus rapide. Mais il était persuadé que le danger se trouvait précisément sur le chemin du *burg* – ou pire encore, même s'il ne se l'avouait qu'à demi : qu'il en provenait. Un instant, il se retourna mais ne vit rien dans l'obscurité qui les cernait. Si les créatures à l'origine de ces terrifiants grognements ne les avaient pas encore rattrapés, c'était que leur voix portait loin... et donc qu'elles devaient avoir une taille énorme. Le médecin Hundin avait-il finalement raison ?

Tout à coup, dans son affolement, Smaud trébucha et roula dans le sous-bois, avant de s'arrêter brutalement contre le tronc d'un gros hêtre. Mais par miracle, sa lanterne ne s'était pas éteinte. Lifhort s'approcha aussitôt pour remettre son valet sur pied :

« Tout va bien, mon garçon ?

– Oui, oui... » répondit Smaud comme sortant d'un songe.

Derrière eux, les grognements reprirent de plus belle, cette fois bien plus proches.

« Grimpe ! ordonna le capitaine. Dans l'arbre : grimpe ! Vite ! »

Et se penchant sur le sac, il en sortit son pistolet.

« Une seule balle, murmura-t-il. Je ne peux pas me permettre de viser à côté... Mais cela suffira-t-il ? Si ces bêtes sont bien ce que prétend Hundin, elles seront trois, et j'en aurai encore deux à abattre. »

Une crainte immédiatement suivie par cette autre pensée :

« Abattre ? Abattre... Ulrika ? Ah, non, c'est impossible... Je n'y parviendrai pas ! »

Au-dessus de lui, malgré sa tête endolorie par son roulé-boulé, le valet s'était hissé de son mieux sur une branche. Mais elle lui paraissait encore trop près du sol, d'où ses nouveaux efforts pour trouver un refuge toujours plus haut dans la ramure. Il implora également son maître :

« Montez ! »

Mais déjà les fourrés s'agitaient dans la direction du château. Les créatures grondaient toujours davantage. Il était trop tard pour tenter l'escalade. Le capitaine positionna la lanterne de manière à bénéficier de la meilleure visibilité pour l'affrontement inévitable qui allait suivre, et rajusta le baudrier de sa rapière.

« Vertubleu ! »

Devant lui, à travers le feuillage d'un tout jeune chêne, il aperçut deux yeux incandescents, bien trop éloignés du sol pour être ceux d'un loup. Pouvait-il s'agir d'un ours dressé sur ses pattes arrière, en fin de compte ? Mais non. Car la bête qui s'avança lentement vers lui ne ressemblait à rien de connu. Depuis sa branche, Smaud hurla de peur en la découvrant à son tour.

Ce qui approcha du capitaine, dans la lumière jaune de la lanterne, n'était pas un ours : la créature était beaucoup trop fine, voire efflanquée, et même si elle portait un pelage d'un brun sombre, elle ressemblait en effet bien davantage à un loup. Un loup monstrueux, se tenant debout presque à la façon d'un homme, en levant de manière menaçante des pattes avant pourvues de griffes claires démesurément longues. Sa queue fouettait nerveusement le sol derrière lui, et surtout Lifhort fut épouvanté par l'horrible tête qui dépassait de sa crinière épaisse. Au-dessus du col, la bête gardait des traits étonnamment familiers, car évoquant plus l'homme que l'animal malgré ses poils hérissés. Mais une gueule immense la défigurait : le capitaine y aperçut une langue rouge et luisante derrière des crocs longs comme la main, dégoulinant de bave et d'écume.

« Elle est bien plus grande que moi ! se dit Lifhort avec effroi. Malheur ! Malheur ! »

Et comme il le redoutait, les fourrés s'ouvrirent sur sa droite quand approchèrent deux autres créatures, en tous points semblables sauf pour ce qui était de leur fourrure, plus claire pour l'une et comme cuivrée pour l'autre. Mais toutes trois braquaient sur le capitaine des yeux sauvages brûlant d'une même haine bestiale. Lifhort pensa sa dernière heure arrivée – néanmoins il ferait tout pour la retarder d'au moins quelques minutes. Levant le bras, il pointa son pistolet vers les bêtes, passant rapidement de l'une à l'autre.

« Alors, grommela-t-il, laquelle veut y goûter la première, hein ? Laquelle ? Pressez-vous donc, il n'y en aura plus pour les deux autres ! »

Comme en réponse, les créatures grondèrent en retroussant méchamment leurs babines baveuses sur leurs crocs géants, tout en se rapprochant de quelques pas : la manœuvre du capitaine ne les impressionnait pas. Il comprit qu'elles l'observaient avant d'attaquer, cherchant la faille dans sa défense.

« Et elles vont se jeter sur moi toutes les trois, en même temps... »

Alors Lifhort fit un bond de côté, à la façon d'un homme cherchant à s'enfuir : comme il s'y attendait, les bêtes se ruèrent aussitôt sur lui, crocs et griffes en avant. Le pistolet tonna. La créature au pelage roux glapit de douleur et s'effondra. Mais les deux autres poursuivirent leur assaut, encore que surprises par la détonation : le capitaine en profita pour esquiver de son mieux. Hélas une patte griffue parvint à l'atteindre à l'épaule gauche, déchirant veste et chemise et entaillant la chair.

« Carognes ! hurla-t-il, possédé à son tour par une rage mortelle, en s'adossant à un arbre. Vous allez me le payer ! »

Face à lui, deux créatures reprenaient leur posture d'attaque. La troisième, restée en arrière, gémissait en tentant de se remettre debout ; sa patte avant droite pendait, brisée par la balle du pistolet. Lifhort tira son épée et la fit siffler en effectuant de grands moulinets devant lui, défiant ses monstrueux adversaires.

« À qui le tour, sacrebleu !? À qui ? À toi ? Ou bien à toi ? À toi, oui ? Eh bien, approche un peu, saleté ! Approche ! »

Mais un violent *poc !* se fit entendre, arrachant un cri de douleur à la bête au pelage clair, qui se retourna en rentrant la tête dans l'encolure : une pierre venait de lui frapper l'oreille par derrière. Puis une seconde manqua de peu son museau plissé par la colère, et elle comprit d'où venait l'attaque et se lança contre le hêtre où Smaud avait trouvé refuge. Depuis sa branche, sa fronde en main, le garçon fut incapable de sortir une nouvelle pierre de sa poche, terrorisé par la fureur de la créature qui sautait pour l'atteindre, en arrachant frénétiquement l'écorce avec ses griffes.

Pour le capitaine, cette diversion était plus que bienvenue. Remerciant intérieurement son brave valet, il put concentrer toute son attention sur la bête qui le menaçait encore. Comment devait-il réagir face à elle ? À la façon d'un duelliste ? Sans doute pas, ses leçons d'escrime et sa bonne vieille épée n'étant pas les mieux adaptées à la lutte contre une bête sauvage. Ah, si seulement il avait pensé à demander son grand couteau à Smaud ! Mais le pauvre garçon, agrippant sa branche de toutes ses forces, n'était plus en mesure de le lui lancer. En outre, pour le récupérer, Lifhort devrait se rapprocher du hêtre, et donc de l'autre bête.

Mais la plus proche interrompit ses réflexions en se jetant sur lui, d'un coup, la gueule en avant, pour lui arracher la gorge. Pris de court, il fit tournoyer sa rapière de son mieux, tout en s'écroulant sous l'assaut et le poids de l'animal. Le souffle fétide de la créature balaya son visage, les mâchoires affreuses claquèrent à un pouce de ses moustaches, et une vive douleur surgit de son côté droit. Mais la bête avait roulé sur le flanc, entaillée à la cuisse par son coup d'épée. Le capitaine se redressa, le souffle coupé, en prenant appui sur l'arbre derrière lui.

« Je n'y arriverai pas, songea-t-il. Elles sont bien trop fortes, bien trop rapides... »

Tout près, la bête sombre se remettait elle aussi sur ses pattes, rejointe par la créature au poil clair qui, se désintéressant finalement de Smaud, s'approchait en hérissant sa crinière : un spectacle si horrible que Lifhort, perdant tout espoir, eut un instant l'envie de jeter sa lame au loin pour en finir au plus vite.

« Non, fit-il en se ressaisissant, pas maintenant. Pas comme ça. Haut les cœurs, Lifhort ! »

Malgré sa blessure au côté, il se remit en position pour porter une nouvelle estocade – peut-être la dernière. Mais alors les trois bêtes se figèrent, avant de se redresser de toute leur hauteur, même celle qu'il avait blessée d'un coup de pistolet. Le museau pointé vers le ciel, elles poussèrent de petits gémissements aigus. Il sembla au capitaine que l'une d'elles tentait de couvrir ses oreilles pointues avec ses pattes. Et sans prévenir, d'un même geste, elles bondirent dans les sous-bois en direction du vallon, comme répondant à un appel lointain et inaudible.

Lifhort se laissa retomber contre son arbre. Portant la main à son flanc droit, il sentit le sang maculer sa chemise déchirée. La douleur vive lui arrachait des grimaces mais il devina que la plaie n'était pas très profonde. Reprenant son souffle, il héla Smaud :

« Tout va bien, mon garçon ?

– Oui » répondit le valet, la mâchoire encore serrée par la peur.

Le capitaine se remit enfin sur ses jambes et alla ramasser la lanterne, qu'il dirigea vers les branches pour permettre à son compagnon de redescendre sans tomber. Pour la première fois depuis l'attaque des bêtes, le valet porta le regard autour de lui... et poussa un cri d'horreur.

« Que se passe-t-il ? s'alarma Lifhort

– Ah !... Là !... Là !... geignit le garçon en pointant une anfractuosité dans le tronc.

– Eh bien, oui, qu'as-tu donc vu encore ?

– Une... tête ! Morte ! »

CHAPITRE XXXII

LE MYSTÈRE DE LA TÊTE COUPÉE

Il avait fallu à Lifhort toute sa force de persuasion pour convaincre Smaud de faire basculer dans leur sac, après maintes tentatives, la tête mystérieuse de son logement dans l'arbre. Une tête humaine, à l'évidence tranchée, et déjà attaquée par les insectes et par les oiseaux ; il lui manquait ainsi un œil, sans doute volé par l'une des grosses corneilles du château. En redescendant de sa branche, le garçon se demandait encore comment il avait réussi, finalement, à toucher ce macabre vestige pour le faire sortir de l'anfractuosité. Le capitaine, lui, se demandait déjà qui avait bien pu cacher là cette tête, et pourquoi.

« Car pour le reste, nous savons déjà à qui elle appartient, soupira-t-il.

– Ah bon ? fit le valet en rassemblant leurs affaires.

– Mais bien sûr, cervelle de moineau ! Réfléchis : n'avons-nous pas rencontré dernièrement un cadavre privé de son chef, par hasard ?

– Aaaaaah, oui ! répondit Smaud, dont le visage venait de s'éclairer.

– Eh bien, il ne nous reste plus à présent qu'à rendre la tête de ce malheureux exorciste à qui voudra bien la réclamer, et donc à regagner le village au plus vite... en restant sur nos gardes, au cas où les bêtes recroiseraient notre chemin. Viens, ne tardons pas. »

Combien d'heures ils mirent pour rentrer à Dälmö, en progressant prudemment dans la forêt à la lumière de la lanterne, le capitaine fut incapable de le dire. Épuisé par son combat et ses blessures, il avait dû passer un bras sur les épaules de son valet pour continuer d'avancer sans perdre trop de temps. Et quand enfin Lifhort aperçut, au sortir des bois, la cabane bancale du rebouteux, il ne put réprimer un soupir de soulagement : ils étaient de nouveau en sécurité. En passant, il remarqua que de la lumière filtrait par les interstices entre les planches de la lamentable bicoque. Peut-être le vieillard souffrait-il d'insomnies ? Lifhort, lui, aurait tout donné pour être déjà dans son lit.

Les deux compagnons parvinrent à regagner la chambre du capitaine à l'auberge sans réveiller la maisonnée, après quoi Lifhort se dévêtit pour permettre au garçon d'examiner ses plaies : des lacérations impressionnantes, pour certaines assez profondes, mais rien qui pût mettre sa vie en danger. Il lava ses blessures à l'aide du pichet d'eau déposé comme chaque soir par l'une des filles de l'aubergiste, tandis que Smaud déchirait une chemise de son maître pour en faire des bandages de fortune, bien serrés, en attendant d'aller quérir le médecin aux premières lueurs du jour. Quand dame Rolnits vint ouvrir les volets à l'heure du réveil, elle les trouva tous deux profondément endormis sur le lit, comme si le sommeil les avait saisis d'un coup, sans leur laisser le temps de défaire les draps.

« Vous avez eu de la chance, renifla Hundin en examinant les blessures du capitaine à la lumière du matin. Vos bandages ont étanché l'hémorragie plutôt convenablement, et les plaies ne semblent pas infectées. Je vais néanmoins vous faire livrer un onguent de ma préparation pour permettre une cicatrisation rapide. Mais à présent, il faut tout me dire de votre aventure nocturne... »

Et tandis que, depuis son lit, Lifhort racontait comment, sous prétexte d'une battue improvisée avec son valet, il avait fait la rencontre des bêtes, Smaud alla chercher l'aubergiste pour lui demander un solide petit-déjeuner.

« Comprenez-vous que votre démarche était tout sauf raisonnable ? conclut le médecin avec une moue désapprobatrice. Vous auriez pu y perdre la vie ! Et si les bêtes vous avaient retrouvé par la suite ? Ne refaites plus jamais cela, je vous en conjure. Mais à présent, parlez-moi plus avant de ces créatures : qu'en pensez-vous ? Je veux dire : que pensez-vous de ma théorie concernant la lycanthropie, maintenant que vous les avez contemplées ? Car vous êtes à ma connaissance le seul à les avoir vues et à pouvoir en témoigner. À ce propos, je dois vous informer d'une autre terrible nouvelle : ce matin même, il... »

Mais Rolnits entra, chargé d'un plateau de pain, de beurre et de crème qu'il voulut déposer sur le coffre au pied du lit du capitaine. Ce faisant, il poussa un peu trop le sac qui s'y trouvait... et dont le contenu roula sur le sol de la chambre. Aussitôt l'aubergiste poussa un cri en découvrant la tête coupée – puis un second en la reconnaissant :

« Dieu du Ciel ! Gothar ! »

Lifhort en fut stupéfait.

« Comment ça, *Gothar* ? Ce n'est donc pas la tête de ce pauvre pope exorciste ? Ce... comment s'appelait-il, déjà ?

– Galistas, lui souffla Hundin. Mais si, car c'est bien sa tête, mon bon Rolnits. Vous faites erreur !

– Pas du tout, se fâcha l'aubergiste : je le reconnais bien, tout abîmé qu'il est. C'est Gothar, le maréchal-ferrant. Je vais aller faire chercher son apprenti, il vous le confirmera ! »

Alors le médecin s'approcha de la tête avec circonspection, puis finit par l'admettre :

« Je vous dois des excuses, mon cher. La barbe m'aura trompé... mais il s'agit bien de notre malheureux forgeron. Que veut donc dire toute cette histoire ? »

Un valet d'écurie employé par Rolnits alla chercher l'apprenti de Gothar, qui certifia que la tête retrouvée dans la forêt était effectivement celle de son maître, avant de retourner à la forge sans pouvoir retenir ses pleurs. Puis ce fut Anaon, le serviteur muet du médecin, qui se présenta au chevet du capitaine pour apporter l'onguent destiné à le soigner. Après quoi un émissaire du prévôt Holokern vint entendre son récit de la découverte de la tête de Gothar, qu'il emporta dans un sac de jute frappé des armes royales. Mais par prudence, Lifhort expliqua ses blessures à l'officier par une attaque de loups sauvages. Et quand enfin les deux hommes se retrouvèrent seuls dans la chambre, une fois Smaud renvoyé à sa paillasse, il reprit sa conversation avec Hundin :

« Nous voici donc avec deux étranges cadavres : d'une part un corps sans tête, d'autre part une tête sans corps. Comment comprendre ce nouveau mystère ?

– Je n'ai pas la réponse, grogna le médecin.

– Moi non plus... mais si la disparition du maréchal-ferrant est finalement élucidée, de la plus triste manière qui soit, cela fait donc une victime de plus.

– Hélas non : pas une, mais *deux* ! C'est ce dont je voulais vous entretenir avant l'arrivée de Rolnits. Ce matin même, il m'a été rapporté qu'un nouveau corps a été retrouvé aux abords de Dälmö.

– Maugrebleu ! fit Lifhort en se redressant sur son lit. De qui s'agit-il, cette fois ?

– Vous rappelez-vous les frères Zétök, dont je vous ai parlé quand vous êtes venu dîner chez moi ? Vous avez pu contempler leurs cadavres. Et je vous ai dit que j'étais en procès avec leur mère ; eh bien, c'est précisément leur mère dont on a retrouvé le corps déchiqueté !

– Çà, par exemple !

– Eh oui, Monseigneur Capitaine. Le complot se poursuit, et à chaque mort de plus le nœud de la potence se rapproche de ma gorge, dit Hundin en se grattant nerveusement sous la fraise blanche qui enserrait son cou épais. Vous devez donc agir vite ! »

Le capitaine posa un doigt sur ses moustaches, soudain songeur :

« Mais dites-moi, Maître Hundin, aviez-vous également un différend avec le maréchal-ferrant ?

– Avec Gothar ? fit le médecin, surpris. Ma foi... non. Non, pas que je sache. Lui et moi nous entendions fort bien.

– Sa disparition comme sa mort n'ont donc pas de rapport avec le complot dont vous voulez me persuader.

– Eh bien... Il est possible que non, en effet – mais probable que si, pour une raison que nous ignorons encore ? Allez savoir... »

Le médecin enchaîna immédiatement :

« Quoi qu'il en soit, avec la mort de la vieille Zétök, nous savons pourquoi les bêtes étaient de sortie cette nuit. La description que vous m'en avez faite est saisissante. En outre, elles étaient trois : n'avais-je pas raison en soupçonnant les filles du baron Ödrek ?

– Allons, allons, ce n'est peut-être qu'une coïncidence ! réagit vivement Lifhort. Rien ne prouve que les créatures *étaient* ces trois malheureuses jeunes femmes !

– Une coïncidence ? railla Hundin avec un sourire méchant. Vraiment ? Je vous avoue aussi, pour les connaître mieux que vous, que j'ai de la peine à les imaginer... malheureuses, comme vous dites. Prenez garde aux apparences. Je vois que vous éprouvez de la sympathie pour elles. Mais ces femmes sont cruelles. Ce complot suffit à le prouver.

– Peut-être, peut-être... soupira le capitaine, refusant de se rendre à l'évidence. Mais... Mais après tout, personne ne les a vues tuer toutes ces personnes !

– Non, sans doute – pourtant ne vous ont-elles pas attaqué cette nuit même ?

– Certes ! Mais enfin... eh bien, elles ne m'ont pas tué, en tout cas. Alors qu'elles auraient pu le faire avec facilité. N'est-ce pas ?

– J'en conviens, Monseigneur Capitaine, j'en conviens. Mais à mon humble avis elles ne vous ont pas épargné ; elles se sont simplement détournées de vous, pour une raison que nous ne connaissons pas. À l'évidence, pour tuer la vieille Zétök, qui sait ? Il vous faudra le découvrir – mais pas tout de suite.

– Ah non ?

– Non : tout d'abord, prenez le temps de vous reposer. Dormez un moment. Je vais faire chercher votre valet afin qu'il surveille votre sieste. »

Le médecin prit congé. Mais quand Smaud poussa la porte de la chambre, quelques instants plus tard, Lifhort comprit à la mine contrariée du garçon que son sommeil devrait attendre encore un peu...

CHAPITRE XXXIII

MONSIEUR SMAUD SE POSE DES QUESTIONS

Malgré la fatigue qui retombait sur son corps meurtri, Lifhort sourit en voyant Smaud s'asseoir machinalement sur la chaise à côté de son lit, l'esprit tracassé par des pensées visiblement complexes. Le capitaine imagina un instant le cerveau de son valet comme une inextricable pelote de corde épaisse aux nœuds impossibles à défaire. Tirant les draps jusque sous son menton, il ferma les yeux pour sa sieste... mais décida d'aider le garçon en prenant l'initiative de la conversation.

« Eh bien, eh bien, Monsieur Smaud, dit-il d'une voix lasse mais paisible, par quelles tortueuses réflexions votre esprit est-il agité si fort ?

– Ah... comment...? s'étonna le valet.

– Comment je peux le savoir ? Même les yeux clos je peux entendre d'ici ta cervelle qui bouillonne ! Alors dis-moi ce qui te préoccupe. Je cèderai sans doute au sommeil dans peu de temps, et tu voudras bien me le pardonner, mais avant de soulager mon corps, tâchons de soulager un peu ton esprit... »

Smaud se tortilla sur sa chaise. Les mots avaient toujours autant de mal à franchir ses lèvres.

« C'est que... Je... »

Puis enfin il se lança :

« Pourquoi ?! »

Lifhort faillit en rire à faire résonner l'auberge. Tout son valet tenait dans cette seule question. Il inspira profondément et tâcha de l'aider de son mieux.

« Pourquoi quoi, mon bon ami ?

– Eh bien... vous.

– Moi ? Qu'y a-t-il à mon sujet qui te préoccupe ?

– Vos réticences.

– Ah bon ? Mais à quel sujet ?

– Les trois sœurs.

– Ah, là, je peine à te suivre ! Quand je montre que je m'intéresse à elles, je surprends tes regards pleins de sous-entendus, et maintenant tu penses que je suis trop timoré à leur égard ?

– Mais non !

– Alors quoi donc ? Que soupçonnes-tu en elles que je refuserais de voir ?

– Eh, les... bêtes !

– C'est donc cela... Mais je te comprends, mon garçon. Après ce que nous avons vécu cette nuit, il serait effectivement inconcevable de nier que ces trois créatures démoniaques soient... ou plutôt ne soient pas... Ah ! même ici et maintenant, je ne parviens pas à le dire ! Hélas, mon cœur me souffle que les filles d'Ödrek sont bien ce que tu penses ; et pourtant, même en les imaginant comme des victimes de la maladie lycanthropique dont parle Hundin, ma raison se refuse à admettre pareille chose : ce serait accorder foi à... à toutes ces légendes, ces superstitions, ces sornettes que j'ai passé ma vie à railler ! Il me faudra donc du temps pour le reconnaître – mais je crains vraiment, aujourd'hui, que le médecin n'ait raison, et donc que tu n'aies raison toi aussi.

C'est si affreux, si... injuste ! Car contrairement à ce que prétend Hundin, je ne ressens aucune malignité en elles. Pas en Ulrika, en tout cas. Non. À mon avis, malgré tous ces crimes étranges, cette vengeance improbable, elles sont bien davantage à plaindre qu'à blâmer. »

Smaud soupira sur sa chaise, comme satisfait.

« D'autres questions ? interrogea Lifhort, espérant pouvoir profiter de sa sieste sans plus tarder.

– Mmmmhhh... non.

– Merci... souffla le capitaine avec soulagement.

– Ah, si !

– Allons bon ! fit Lifhort, résigné. Alors quoi ?

– L'étranger.

– Quel étranger ?

– Celui d'hier.

– Hier ? Je ne... ah, le fuyard avec qui nous avons échangé quelques mots, se remémora le capitaine avec contrariété. Cet homme aux cheveux ébouriffés ? Oui, eh bien ?

– Beh... bizarre, non ?

– Ah, je te l'accorde très volontiers ! Je l'avais oublié à cause de tous les événements de la nuit, mais à présent je suis persuadé qu'il n'était pas ce dont il voulait nous persuader.

– Un... espion ? demanda le garçon d'une voix timide.

– C'est ce que je crains, lâcha le capitaine entre ses dents.

– De... l'armée ?

– De quoi d'autre, d'après toi ? »

Mais ce qui troublait le plus Lifhort, c'était de savoir quelle armée. L'homme agissait-il pour le compte des Eklendais, par exemple à la recherche de ces déserteurs qui manquaient si cruellement à la troupe dans ses batailles successives contre l'envahisseur ? Ou pour les Suédois, à la façon d'un éclaireur cherchant à faciliter leur approche ? Mais un pressentiment désagréable l'amena à une pensée nouvelle, qu'il refusait de s'expliquer :

« Pour le compte des Suédois... ou d'un Suédois, en particulier ? »

« Et maintenant ? demanda le capitaine, chassant de son esprit le visage terrible du commandant Huggorm. Est-ce tout ? En as-tu enfin terminé avec tes interrogations ?

– Heu... oui.

– J'en suis fort aise ! sourit Lifhort, en bâillant de fatigue.

– Ah non, reprit Smaud après un bref silence.

– Hein ? Sacrebleu ! Encore une question ?... Mais ce sera la dernière, veux-tu ? Allons, dis-moi ce qui te préoccupe, cette fois.

– Vous.

– Moi ? Encore ? Qu'y a-t-il d'autre qui te dérange ?

– Votre silence.

– Hein ? Quand ça ? Avec qui ?

– L'officier.

– L'officier... marmonna le capitaine, luttant de plus en plus contre le sommeil. Ah oui, l'homme du prévôt Holokern. Eh bien, que ne lui ai-je pas dit ?

– La vérité.

– Ah, je vois : tu ne comprends pas pourquoi je ne lui ai pas parlé des bêtes, mais simplement d'une attaque de loups ?

– Oui, dit le valet en hochant le menton.

– Oui, c'est vrai. Vois-tu, mon bon Smaud, vu la mollesse avec laquelle le prévôt du roi semble avoir mené sa battue dans la forêt, je ne suis pas certain qu'il aurait apprécié mon récit concernant trois loups-garous à ses portes. Il refuserait certainement de l'entendre, tout capitaine que je sois. Et surtout... Surtout, il y a encore quelque chose dans toute cette affaire qui me dérange. J'ignore précisément quoi mais...

– Mais...?

– Admettons que les trois malheureuses filles du baron – j'ai bien dit *admettons,* comme une simple hypothèse – soient en effet les bêtes qui nous ont attaqués cette nuit, alors tout révéler à Holokern serait faire porter sur elles des soupçons peut-être trop rapidement.

– Comment ça ?

– Ah, réfléchis un peu, mon garçon ! Dans cette histoire, les choses ne sont pas toujours ce qu'elles semblent être.

– Comment ça ?

– Bien évidemment ! C'est une idée qui m'est venue cette nuit tandis que nous rentrions à Dälmö, et qui paraît frappée au sceau du bon sens : et si la tête que tu as retrouvée dans ton arbre était bien celle qui manquait au cadavre décapité découvert hier matin ?

– Hein ? Pas possible !

– Pas possible... parce qu'il s'agissait du corps du pope exorciste, et de la tête du forgeron ? Mais penses-y un moment. Rappelle-toi comment les choses se sont passées. Ce n'est là encore qu'une hypothèse, une pure hypothèse que nous devrons vérifier, mais essaie de concevoir cette éventualité : et si ce pauvre exorciste n'était pas mort ? »

Smaud resta sans voix. Gardant les yeux fermés sous ses paupières de plus en plus lourdes, Lifhort l'imagina se grattant la tête, ses traits trahissant une profonde incompréhension.

« Quant à l'autre hypothèse, reprit le capitaine, celle concernant les trois sœurs : celle-là au moins, nous pourrons la vérifier le plus simplement du monde.

– Ah bon ?

– Mais oui, gros benêt : pour savoir si, oui ou non, elles sont bien les créatures en question, il nous suffira tout simplement de retourner au château dès que j'aurai terminé ma sieste !

– Oh noooooon ! » geignit le garçon, tandis que son maître s'abandonnait enfin au sommeil.

Mais ce repos fut de courte durée. Lifhort ignorait depuis combien de temps il dormait quand Mira ouvrit sans prévenir la porte de la chambre et vint le secouer par le bras :

« Monseigneur Capitaine ! Monseigneur Capitaine ! Réveillez-vous, je vous en prie !

– Hé, quoi ? Que se passe-t-il ? sursauta Lifhort, cherchant de la main sa rapière avant de reconnaître le joli visage de la fille de Rolnits.

– Vite, Monseigneur Capitaine ! Il n'y a que vous pour faire quelque chose ! Les gens de Dälmö sont devenus fous : ils vont tuer des innocents ! »

CHAPITRE XXXIV

LA JUSTICE DU PEUPLE

La paisible cité de Dälmö n'avait pas connu pareille agitation depuis le jour où, choisissant de combattre la terreur par la rébellion et la violence, sa population s'était soulevée contre le baron Ödrek, le conduisant à sa triste fin. Cédant de nouveau à la peur, après que l'on avait découvert le corps de la vieille Zétök, les petites gens du bourg avaient attrapé fourches, masses, gourdins, couteaux, haches, fléaux à grain, pioches, faux, pinces et tout ce qui pouvait faire office d'arme, pour rendre la justice – en l'occurrence *leur* justice, nourrie par les plus incroyables rumeurs.

D'aucuns assuraient que cette accumulation de morts était liée à l'invasion suédoise, et qu'elle était due à des traîtres qui, de la sorte, cherchaient à affaiblir le moral du peuple et faciliter l'avancée de l'ennemi en frappant au cœur des villes pendant que les armées de Gustave Adolphe l'emportaient sur les champs de bataille. Pour d'autres, il fallait plutôt y voir les présages de la fin des temps prochaine : nulle créature, animale ou humaine, n'aurait pu mutiler à ce point tous ces malheureux sans être dotée de pouvoirs surnaturels, et il était facile d'y lire la Volonté divine, avec la mise à l'épreuve de la communauté dälmienne par le Rédempteur dans les derniers jours précédant l'Apocalypse, selon ces Saintes Écritures qu'aucun des habitants en colère n'avait vraiment lues. Tout aussi nombreux étaient ceux qui se persuadaient d'une emprise maléfique sur la cité, tramée par des puissances occultes qui conspiraient à sa perte, entretenue par une malveillance aussi puissante qu'inconnue, mais assurément dirigée contre les bons chrétiens.

Or toutes ces croyances colportées au fil des rues depuis plusieurs jours se rejoignaient sur un point commun : le besoin de trouver des responsables sur qui se défouler de la crainte et de la fureur accumulées à mesure que l'on retrouvait des victimes aux abords de la ville. Et ce jour-là, enfin, des responsables avaient été trouvés.

« Qu'on les pende ! Qu'on les brûle sur le parvis de la basilique ! criait la foule en s'abandonnant à ses pulsions meurtrières. À mort ! À mort, tous ces monstres ! »

Dans la bousculade qui avait accompagné l'attaque matinale du campement des forains hongrois, la vieille Erzsébet avait été la première à périr, piétinée par une populace possédée par la haine. En quelques instants, les habitants en colère avaient séparé de leurs compagnons de voyage tous ceux de la troupe que la Nature avait cruellement affublés d'une difformité, pour les livrer à leur fureur assassine. Sous les huées, ces malheureux subirent des violences dont les témoins, des années après, se rappelleraient avec autant de honte que de tristesse.

Armé de lourdes pinces, un charpentier entreprit de couper les doigts surnuméraires du gros garçon qu'immobilisaient de solides matrones aidées par leurs enfants. Éructant des insultes et des accusations infondées, des gens de toutes conditions fracassèrent à coups de bâton les bulbes de l'homme au visage violacé, ainsi que le dos du petit bossu. Des femmes hystériques arrachaient à pleine poignées la barbe de la femme hommasse ; celle-ci avait bien essayé de se défendre, repoussant dans un premier temps les assauts grâce à sa forte constitution, jusqu'au moment où un coup de hache porté dans le dos l'avait jetée à terre. Tandis que l'on jetait des sacs sur la tête des nains pour les étouffer, le cul-de-jatte affolé tentait de se protéger derrière ses grands bras maigres, mais on les lui saisit avec avidité afin de lui broyer les mains à l'aide d'un grand marteau de forge. Quant aux sœurs aux corps conjoints, leur sort fut pire encore : des assaillants excités comme des bêtes arrachèrent leurs vêtements pour révéler à tous leur monstruosité, et firent venir une grande scie avec laquelle ils entreprirent de séparer l'un des deux torses de leur bassin commun. Pendant ce temps, ceux qui agrippaient par les bras les deux malheureuses pariaient joyeusement sur celle qui en mourrait la première.

Restait Zolta. La moustache en bataille, il proférait en hongrois des imprécations assez terrifiantes pour tenir à distance les plus furieux des gens de Dälmö ; sa nature diabolique ne faisait donc plus de doute pour personne. Mais comment se saisir de lui et lui faire expier ses fautes criminelles ? La réponse vint d'un gamin qui, tout d'un coup, eut l'idée de ramasser une pierre pour la lui lancer. Les adultes l'imitèrent. Ne pouvant se protéger des projectiles, le manchot tenta une manœuvre désespérée, se précipitant vers l'un de ses agresseurs pour le bousculer d'un coup d'épaule, afin de briser leur cercle toujours plus resserré. Mais un gros caillou l'atteignit à la tête et le stoppa net. S'écroulant sans connaissance, il disparut sous la masse des assaillants qui se jetèrent sur son corps comme des rats sur un berceau.

Et quand enfin la foule fut rassasiée de sang et de violence, elle se tourna vers la victime expiatoire qu'elle convoitait depuis le début, et qu'avait tenté de protéger le malheureux Zolta jusqu'à son dernier souffle : Előd l'homme sauvage, réfugié derrière les barreaux de sa petite cage de cirque pendue à l'arrière d'une roulotte, ce simplet trop velu qui ouvrait de grands yeux, terrorisé par cette haine qu'il ne comprenait pas.

C'est quand la populace jeta la cage au sol pour la briser, afin d'en extraire le monstre, que Lifhort arriva sur les lieux du massacre. Au spectacle des corps gisant partout sur la place, il ne put réprimer un hoquet horrifié. Mais aussitôt, sans réfléchir aux risques qu'il prenait, il tenta de s'interposer pour épargner la vie du pauvre Előd.

« C'est lui ! hurlaient des femmes hystériques en désignant l'homme sauvage. C'est lui qui a dévoré tous ces pauvres gens ! Tuez-le ! Tuez-le tout de suite ! »

De nouveau les cailloux se mirent à voler. Le malheureux, une fois arraché à sa cage, s'était débattu comme un beau diable pour se défendre, mordant et griffant tout ce qui approchait de lui avec des gestes et des visages hostiles. À présent il se recroquevillait sur lui-même en espérant peut-être échapper ainsi à la lapidation. Les pierres rebondissaient avec des bruits mats et des grincements atroces sur sa peau velue, ses poils finissant par se teindre de sang.

« Mais cessez donc, pauvres fous ! intervint Lifhort en retenant les bras des uns et des autres. Arrêtez ! Cette pauvre créature n'est pour rien dans les crimes qui affligent votre ville ! Ah, mais cessez, bon sang ! Je puis vous le prouver ! Il n'était pas encore là quand... »

Un coup de poing en plein visage l'interrompit brutalement, l'envoyant rouler au sol. Immédiatement les jets de pierres reprirent. Sans autre solution pour sauver sa vie, l'infortuné Elõd bondit alors vers l'assaillant le plus proche et le saisit à la gorge. Sa poigne était aussi puissante que sa nature était douce en temps normal, et l'homme s'effondra, l'entraînant dans sa chute. Aussitôt la foule s'écarta en poussant des cris d'effroi :

« Au secours ! C'est un démon ! Il nous attaque ! Au secours, au secours ! »

Comme pris de folie, l'homme velu se mit à mordre son adversaire avec sauvagerie, lui arrachant des lambeaux de visage et, en dernier recours, lui déchirant la gorge. Une détonation retentit, figeant tous les témoins de la scène. Elõd s'effondra d'un coup sur le corps de sa victime, tandis qu'un soldat du prévôt redressait son mousquet fumant.

Se relevant avec l'aide de Smaud, le capitaine découvrit à son tour la petite troupe de mousquetaires royaux dépêchée par Holokern pour mettre un terme rapide à l'émeute. L'officier qui les commandait s'avança, l'épée à la main, s'adressant à la foule d'une voix forte :

« À présent rentrez tous chez vous ! Je ne le répéterai pas ! Ce qui s'est passé ici ce matin est indigne de vous tous, quelles qu'aient été vos motivations ! Si je dois intervenir une nouvelle fois, vous en répondrez devant la Justice du Roi ! Me suis-je bien fait comprendre ? »

Lifhort reconnut l'homme qui avait recueilli son témoignage quelques heures plus tôt dans sa chambre. Puis l'officier se pencha sur le cadavre d'Elõd.

« Rentrez chez vous, et ne craignez plus rien ! dit-il encore. Car selon toute vraisemblance, la bête qui a tué tant des nôtres est désormais morte. Vous n'avez donc plus aucune raison de vous livrer à de pareils égarements. Dans le cas contraire, le prévôt se montrera impitoyable. Allez ! Partez, tous ! »

Sans un mot, le capitaine alla le rejoindre auprès du corps de l'homme sauvage.

« Je sais ce que vous pensez, Monseigneur, lui glissa l'officier, et moi-même je n'y crois pas davantage que vous. Mais c'est le prix pour restaurer le calme en ville – au moins jusqu'à la prochaine victime de cet ours, ou de quoi que ce puisse être. »

Puis il ordonna à ses hommes d'emporter les cadavres des malheureux Hongrois et de les jeter à la fosse commune.

Alors que les participants à l'attaque des comédiens avaient filé sans demander leur reste, les badauds s'amassaient sur la scène du drame, chacun y allant de son commentaire. Puis les murmures se turent : le rebouteux venait d'arriver en clopinant sur ses béquilles tordues. Lui aussi vint jeter un regard au cadavre d'Előd.

« C'était un monstre contrefait, s'écria-t-il. Un banni de Dieu ! Il n'a fait que connaître le sort des mécréants ! »

Lifhort frémit de rage à ces paroles profondément injustes. Mais un badaud crut bon de confirmer au vieil infirme :

« Et c'était lui, la bête sauvage qui tuait nos parents et nos amis !

– Lui ?! s'esclaffa le rebouteux d'un rire aigre et incrédule. Lui ?! Ah, si ils veulent le penser... »

Mais il n'eut pas le loisir de s'en expliquer : Hektor Deemenas venait de faire son apparition.

« C'est toi, le monstre contrefait ! cria le jeune homme. Infâme vieillard ! Épouvantail cruel, tu as ruiné ma nuit de noces ! Disparais de ma vue, avant que je ne te plante mon couteau dans le cœur ! »

Avec un grand sourire satisfait, le rebouteux s'éloigna en ricanant. De nouveau, il mima avec son doigt noueux le membre impotent du pauvre Hektor. Celui-ci ramassa une pierre pour la lui lancer – mais s'en retint à la dernière seconde.

« Toute cette histoire va vraiment très mal finir, murmura Lifhort à Smaud. Viens, partons. Nous avons encore beaucoup à faire aujourd'hui. »

CHAPITRE XXXV

LA RÉVÉLATION

De nouveau, Smaud tambourina à la porte du *burg*. Mais pas plus cette fois que la précédente le vieux portail ne s'ouvrit. Il se retourna vers son maître, resté en selle.

« Alors ? »

Lifhort demeura un moment silencieux. Il espérait encore que l'on viendrait leur ouvrir – ou à tout le moins qu'Ulrika braverait l'interdit probable de ses sœurs et se montrerait d'une manière ou d'une autre, à une fenêtre de l'aile sud ou par l'embrasure d'une meurtrière jouxtant le pont-levis. Mais il n'en était rien : les domestiques avaient entendu frapper, indubitablement, et en avaient fait état à leurs maîtresses... qui gardaient porte close. Il soupira, se rendant finalement à la raison.

« Alors, Monsieur Smaud, répondit-il d'une voix forte qui surprit le garçon, nous rentrons à Dälmö. Ce n'est pas la peine d'insister. En route ! »

Et tandis que son valet remontait sur son mulet, il fit claquer sa langue pour ordonner à Woldomir de reprendre la direction de la ville, sans jeter un regard en arrière.

En raison de ses blessures, le capitaine avait préféré retourner au château à cheval, en suivant la route tortueuse. Smaud avait approuvé vivement, pas mécontent de s'éviter tout ce chemin à pied. En outre, Lifhort estimait que, de jour, il y aurait peu de risque de se retrouver face aux trois bêtes ; et si le cas se présentait malgré tout, avoir une monture leur permettrait peut-être de prendre la fuite sans dommage.

Sa tentative de vérification de son hypothèse avait échoué, mais pouvait-il en aller autrement ? Si Ulrika, Eleana et Yseldys étaient bien ces créatures affreuses, quelles chance avait-il, après cette nuit d'épouvante, qu'elles voulussent le recevoir ? En son for intérieur, même s'il regimbait toujours à cette éventualité, il se disait aussi que, si elles avaient accepté de l'accueillir comme si de rien n'était, prouvant par-là même leur innocence, il en aurait éprouvé des doutes encore davantage. Car plus son destrier s'était rapproché du *burg*, plus il avait redouté de ne pas obtenir la confirmation de ses craintes. Après avoir tant refusé de se rendre à l'impensable évidence, il n'admettait plus désormais de se tromper dans cette pire des hypothèses – en un mot : il se sentait un peu perdu.

Néanmoins, à peine parvenu sous le couvert de la forêt, Lifhort quitta la route et descendit de cheval. Smaud leva les yeux au ciel, comprenant que leur retour à l'auberge devrait attendre encore une fois.

« Approche, mon garçon ! dit le capitaine en attrapant la bride du mulet. Je vais avoir besoin de tes talents.

– Hein ?

– Bien sûr. Pourquoi crois-tu que j'aie parlé si fort tout à l'heure ? Je voulais convaincre les trois sœurs, ou leurs domestiques, de ce que nous quittions les lieux. Mais je veux savoir. Il ne peut en être autrement ; j'en perdrais la raison si je n'obtenais pas la réponse aujourd'hui.

– Mais... comment ?

– Grâce à toi, mon ami. Mes plaies sont à peine cicatrisées, elles m'empêchent de faire les choses moi-même. Mais tu as pour toi la souplesse et l'agilité de la jeunesse : tu y parviendras sans problème.

– À... quoi ?! » s'étrangla Smaud, comprenant où son maître voulait en venir.

C'est ainsi que, vingt minutes plus tard, débarrassé du fagot de branchages grossièrement assemblé sous lequel il était revenu au *burg* sans se faire voir, le valet s'agrippait de son mieux aux briques effritées des murs extérieurs de la cour du château.

« La muraille de l'aile sud, celle des appartements d'Ulrika et de ses sœurs, est impossible à gravir, lui avait expliqué Lifhort. Mais si tu atteins une certaine embrasure de la façade voisine du portail – une façade bien dégradée, tu l'auras sans doute remarqué –, tu devrais pouvoir te glisser dans un couloir, une salle ou un poste de guet, peu importe ce que c'est, et te débrouiller pour trouver une vue sur les fenêtres de ces dames. Tu seras mes yeux, mon cher

Smaud, et tu me rendras compte de tout ce que tu verras. Haut les cœurs ! Prends le temps qu'il faudra. Je te donne une heure. »

La peur qui lui serrait les entrailles se révéla la meilleure alliée du garçon : grâce à elle, il se hissa jusqu'à l'embrasure en bien moins de temps qu'il ne l'aurait jugé possible. L'ouverture, fissurée par les années, n'était plus protégée par aucun volet, mais restait suffisamment large pour lui permettre de s'y faufiler. Intérieurement, il se demanda comment il pourrait trouver des prises sur le mur au moment de redescendre – mieux valait donc éluder cette question.

Smaud se retrouva dans une sorte de chemin de ronde couvert, un couloir permettant de surveiller tant les abords immédiats du château que, de l'autre côté, la cour intérieure. En face, par des ouvertures découpées à intervalles réguliers dans la paroi du corridor, il pouvait également porter son regard en direction de plusieurs fenêtres à meneaux de l'aile sud. Trouvant le bon poste d'observation, il se tapit de son mieux dans l'ombre du couloir et attendit. À présent, l'incrédulité le disputait en lui à la peur : comment pourrait-il rapporter à son maître les preuves que ce dernier exigeait de lui ? Comme si les trois sœurs allaient se transformer en garous juste sous ses yeux, pour lui faire plaisir...

Au bout de quelques minutes, il repéra les appartements des maîtresses des lieux, presque à sa hauteur. La vue était moins bonne que pour les croisées des étages inférieurs, mais encore suffisante. Et soudain, il les vit : une chevelure blonde passa devant une fenêtre. Le garçon s'aplatit contre le mur, de peur d'être découvert. Quand enfin il se décida à glisser de nouveau sa tête par l'embrasure, il eut confirmation qu'il s'agissait bien d'Yseldys, rejointe par ses sœurs. Au fond de ce qui s'apparentait à un grand salon, Eleana s'approchait lentement, comme si elle éprouvait des difficultés à marcher. Smaud se frappa le front :

« Sa jambe !... Blessée ! »

Tremblant d'excitation, il tenta de trouver un meilleur angle de vue mais n'y parvint pas. Revenant à son premier poste d'observation, il craignit d'avoir laissé passer d'autres éléments de preuve. Yseldys n'était plus là. Mais Eleana, plus loin dans la pièce, était en partie masquée par une troisième silhouette, dont le valet reconnut sans hésitation la chevelure rousse juste derrière la fenêtre. Et enfin Ulrika se retourna, plongeant son regard triste dans la cour : elle portait le bras droit en écharpe, dans un grand linge blanc qui enveloppait également son épaule. Smaud trépigna, se retenant à peine de crier de joie : il avait enfin une réponse pour son maître.

« Je le savais ! s'écria Lifhort après avoir mis bout à bout les bribes de phrases du garçon, revenu de sa périlleuse exploration. Ou plus exactement : nous le savions, Hundin, toi et moi. Enfin... Hundin et toi le saviez, et tu viens de m'en convaincre. Ces blessures ne souffrent aucune contradiction. Mon coup d'épée sur la cuisse d'une bête, la balle de pistolet dans la patte de l'autre, et maintenant leurs effets sur Eleana et Ulrika. Le médecin sera satisfait, nous avons les preuves qu'il attendait. Même si... »

Le capitaine se prit la tête à deux mains, le visage exprimant une profonde détresse :

« Ulrika ! La pauvre Ulrika ! Je lui ai brisé le bras avec ce maudit pistolet ! J'aurais pu la tuer ! Ah, je ne me le pardonnerais jamais si elle ne s'en remettait pas... Quel misérable je fais ! Une si douce personne – la victime d'un sort injuste et funeste !

– Victime, victime... tempéra Smaud.

– Mais bien sûr ! Elle ne mérite pas ce qui lui arrive. Elle n'est pas un monstre ; seulement la victime d'une maladie horrible et cruelle. »

Le valet postillonna d'écœurement, ce que fort heureusement son maître n'entendit pas, tout à ses tourments :

« Ah, que dois-je faire, mon bon Smaud ? Si je parle, si je confirme l'affreuse vérité, on voudra lui faire du mal, la jeter en prison, voire pis... Quel dilemme !

– Affaire résolue, glissa le garçon pour mettre un terme à la discussion.

– Que dis-tu ? Ah, vertubleu, pas du tout ! Il nous reste encore bien des mystères à éclaircir dans cette histoire... et d'ailleurs je te remercie : j'allais oublier ce pourquoi nous sommes revenus au *burg* !

– Hein ?

– Mais bien évidemment ! Vérifier que ces trois malheureuses étaient effectivement atteintes de lycanthropie était la première des raisons ; la seconde, l'aurais-tu oubliée ? Oui ? Ah, gros étourdi que tu es ! Souviens-toi : la pièce secrète de l'aile est, voyons ! Nous ne savons toujours pas ce qu'elle cache. »

Après tout, si Lifhort y était bien parvenu de nuit, Smaud se dit pour s'encourager que lui-même y parviendrait sans doute plus facilement de jour... mais escalader la muraille de l'aile orientale du château se révéla pour le valet une entreprise plus que périlleuse. Le capitaine avait déployé une énergie folle pour le convaincre d'accepter cette nouvelle mission, allant jusqu'à lui promettre en récompense un festin arrosé par la meilleure bière de maître Rolnits – mais aussi le menacer de le dénoncer aux trois sœurs pour qu'elles vinssent le dévorer pendant son sommeil. Le garçon finit par céder ; la peur qui ne lâchait pas son ventre l'aida une fois encore.

Arrivé à la hauteur des fenêtres de la galerie, Smaud sentait sa tête lui tourner sous l'effet du vertige. Courageusement, il agrippa les aspérités de la muraille de toutes ses forces et se glissa jusqu'à la pièce secrète où son maître avait échoué. Et cette fois, le volet était ouvert.

Des nombreuses choses qu'il découvrit par la fenêtre, la plus étonnante fut aussi la plus proche de lui : sur une table massive couverte d'épaisses coulures de bougie se trouvait un petit mortier de pierre. Il apercevait, dépassant du bord, le manche du pilon. Mais sur le tout était posée une paire de gants noircie par un usage inconnu, faite d'un cuir étonnamment épais. Et juste à côté du mortier, un petit bouquet de plantes séchées, portant encore des grappes de fleurs en forme de cloche, étroites et longues, d'un jaune très pâle. Smaud n'en crut pas ses yeux :

« Ça alors !... »

CHAPITRE XXXVI

LE CAPITAINE LIFHORT SE POSE DES QUESTIONS

« Alors, mon garçon, demanda Lifhort avec impatience, dis-moi ce que tu as vu d'autre sur cette table, à côté du mortier, et dans cette salle que, moi, je n'ai pas eu la chance de découvrir l'autre nuit...

– Des choses... curieuses, répondit Smaud en frottant sur son pantalon ses mains endolories par l'escalade.

– Mais encore ? Allons, je veux tout savoir ! »

Et tandis qu'ils reprenaient ensemble le chemin de Dälmö sur leurs montures, le capitaine finit par arracher à son valet assez de mots pour comprendre que la pièce occupée secrètement par les trois sœurs était une sorte de laboratoire. Smaud y avait observé de nombreux récipients, de toutes tailles et de toutes formes, sans pouvoir lire leurs étiquettes à cause de l'épaisseur du verre de la fenêtre en vitrail, mais aussi bien des livres, ouvrages épais reliés de peau et parfois renforcés de ferrures, une sorte de petit four à bois étrange et des cornues diverses que le garçon, ignorant tout de leur nature comme de leur utilité, eut bien du mal à décrire. Et partout sur les tables, des bougies plus ou moins consumées, de tailles et de couleurs différentes, et de nombreuses plantes connues ou inconnues.

« Mais tu en es bien certain ? continua Lifhort. Tu es sûr d'avoir reconnu ces fleurs ?

– Sûr !

– Tu peux être catégorique sur ce point ?

– Heu... oui, fit Smaud, pour qui *catégorique* était sans doute un mot trop long.

– Alors vraiment, vraiment, soupira son maître, je ne comprends plus rien... »

Fatigué par ses explorations périlleuses, le valet, lui, appréciait surtout de faire la route sur le dos de son mulet plutôt qu'à pied – et plus encore à la lumière du jour, en cette fin d'après-midi. Ces éléments contradictoires qui embarrassaient de nouveau leur enquête, il laissait le capitaine les démêler pour lui.

« Ces longues clochettes jaune pâle... marmonnait Lifhort. Non, tu as certainement raison, il y a peu de risque de se tromper. Mais alors *pourquoi* ? Pourquoi précisément cette plante, chez elles, maintenant que nous sommes sûrs de ce que nous savons ? »

Le garçon prit un air perplexe pour faire plaisir à son maître. Mais ce dernier ne le vit même pas, poursuivant sa réflexion à voix haute :

« Il faut vraiment que je parvienne à avoir la preuve de la lycanthropie d'Ulrika et de ses sœurs, que je m'en convainque enfin, juste aujourd'hui, pour qu'une heure plus tard ce que tu me racontes de cette salle secrète vienne tout remettre en question ?! Car si je veux bien te croire – et je te crois, mon bon ami, et te remercie encore pour tes efforts et ton courage de tout à l'heure –, alors peux-tu m'expliquer pourquoi ces malheureuses qu'un sort inique oblige à se changer en loups-garous conservent chez elles... de l'aconit ?! »

Ne sachant quoi répondre, le valet se contenta de soupirer d'un air compatissant.

« De l'aconit ! s'écria le capitaine en se redressant sur sa selle. De l'aconit ! Précisément la seule plante que ne supportent pas les loups-garous, si l'on en croit les récits populaires ! C'est proprement impensable !... Et ce qui est encore plus impensable, c'est que moi, Ernö Lifhort, esprit fort pour ne pas dire profondément mécréant, contempteur de toutes les superstitions et autres fariboles religieuses, j'en vienne à concevoir que trois jeunes femmes belles comme des anges puissent prendre l'apparence de bêtes démoniaques, et que j'en sois tout autant réduit à m'en remettre aux vertus miraculeuses de certaines plantes dans les histoires de bonne femme ! Je ne me reconnais plus !

« Mais cela ne compte plus, désormais, fit-il en se retournant vivement vers Smaud. Je règlerai plus tard ce différend entre mes doutes et ma raison. Pour l'instant, ce que je veux comprendre, c'est pourquoi Ulrika et ses sœurs conservent sous leur toit, et manipulent peut-être, cet aconit qui devrait être pour elles le plus violent des poisons !

– *Tue-loup*, confirma sobrement le garçon.

– Car enfin, si nous n'avions pas vécu cette nuit ce que nous avons dû vivre, ces fleurs seraient la plus grande preuve de l'innocence de ces infortunées damoiselles ! Ce que je ne conçois pas non plus, c'est pourquoi elles cachent l'aconit dans cette salle : même si elles sont vraiment victimes de lycanthropie – et toi et moi savons désormais qu'elles le sont –, elles pourraient disposer la plante en évidence dans leurs appartements, et laisser leurs domestiques le raconter à tous les visiteurs, ce qui suffirait à les innocenter. Ah, mais non, j'oubliais : si elles faisaient cela, le risque pour elles d'être tuées ou blessées par l'aconit serait par trop important. Donc elles ne pourraient pas en conserver chez elles... et pourtant elles le font... donc elles ne sont pas des loups-garous... or elles le sont bien ! Ah, par la caboche de bois du roi Zoltin, ma tête va éclater, maugrebleu ! »

Il se plongea un long moment dans le silence, laissant Woldomir le conduire dans les nombreux virages qui les ramenaient à la ville. De son côté, Smaud se demandait comment rappeler à son maître sa promesse du festin arrosé de bière destiné à le récompenser.

« Ce que je ne comprends pas non plus, reprit soudainement le capitaine, comme si ses raisonnements ne s'étaient pas interrompus, c'est pourquoi nous sommes encore en vie.

– Hein ?

– Bien évidemment, grand dadais ! Cette nuit, si nous avons survécu à l'assaut des bêtes, c'est bien parce qu'elles nous ont épargnés. Alors pourquoi ? »

Le visage de Smaud trahit son absence totale d'explication.

« Elles allaient nous tailler en lambeaux, et soudain... plus rien. Te souviens-tu comme elles se sont figées d'un coup ?

– Oui. Eh bien ?

– Eh bien, mon garçon, cela non plus, je ne parviens pas à le rendre cohérent. En effet, vois-tu, même si nous, cette nuit, nous ignorions qui étaient vraiment ces créatures, je me dis qu'elles, peut-être, savaient qui nous étions – à moins d'une abolition complète de leur jugement dans leur état bestial. Si tel était le cas, pourquoi s'interrompre au moment de réduire deux inconnus en charpie ? Te rappelles-tu la façon dont l'une d'elles cherchait à couvrir ses oreilles ? Elles ont semblé répondre à un appel, à ce qu'il me semble à présent, ou à un ordre... Mais un appel de qui ? Et pourquoi ? Qui donc pourrait détenir un tel pouvoir sur elles ?

– Beh...

– Toi non plus, tu ne réussis pas à le deviner, pas vrai ? Or plus j'y réfléchis et plus je m'en persuade : il manque un maillon dans cette chaîne horrible. Quelque chose ou quelqu'un que nous ne connaissons pas encore, mais dont l'importance est capitale !

– Ah bon ? »

De nouveau, Lifhort observa un profond silence, poursuivant ce débat au fond de lui-même. Smaud le vit agiter les mains nerveusement, tirer ses moustaches dans un sens puis dans l'autre, remuer les lèvres en prononçant des mots confus ou inaudibles.

« Parce que non, l'autre éventualité ne tient pas, murmura enfin le capitaine. Si elles avaient conservé tout leur jugement... Alors... alors cela voudrait dire que, même en nous ayant reconnus... Même en m'ayant reconnu, Ulrika n'aurait pas hésité... à m'attaquer ? Malgré tous les signes d'affection qu'elle m'a portés, et... Et moi qui me disais que, peut-être... peut-être, elle... Non, cela ne se peut. Il doit y avoir... Il *faut* qu'il y ait quelque chose ou quelqu'un d'autre, et alors cela expliquerait leur attaque. Qu'elles n'aient pas eu le choix. Que malgré son... affection pour moi, Ulrika ait... Des victimes ! Ah oui, oui, je le pressens chaque instant davantage, ces malheureuses sont avant tout des victimes. De la maladie – et d'autre chose encore ! Oui ! Cela ne saurait s'expliquer autrement ! Mais de quoi ? »

Le valet avait poussé son mulet jusqu'à sa hauteur, rendu presque inquiet par ce monologue qui ressemblait si peu à son maître, et le dévisageait avec insistance. Lifhort s'en aperçut.

« Ah ! sursauta-t-il. Eh bien, Monsieur Smaud, avez-vous réfléchi vous aussi à cette ténébreuse affaire ? Pour ma part, je n'avance pas mais, pourrait-on dire, j'ai le sentiment d'être sur la bonne voie. Pas toi, mon garçon ? Alors je vais te laisser réfléchir encore – avant ton gros repas de ce soir, car je n'ai pas oublié ce que je t'ai promis ! »

Le visage du valet s'illumina. Le capitaine poursuivit avec un regard malicieux :

« Et naturellement, je te laisse méditer sur le cas de l'exorciste disparu...

– Mais retrouvé, corrigea Smaud.

– Si c'est ce que tu penses, mon jeune ami, soit. Pourtant rappelle-toi ce que je t'ai demandé ce matin : et si cet exorciste n'était pas mort ? Dans ce cas, pourquoi aurait-il disparu ? Ne l'aurait-on pas... enlevé ? Et si oui, pourquoi ?

– Mais...

– Oui, pourquoi ? Ne serait-ce pas parce qu'un tel homme est doté de bien des pouvoirs, comme en sont persuadés tous ces gens crédules adeptes de bondieuseries ?

– Mais...

– Et parmi ces prétendus pouvoirs, ne lui prête-t-on pas avant tout celui de chasser les démons ? Or à l'exception de notre ami le médecin Hundin, tout le monde à Dälmö te dira que les loups-garous sont de pauvres hommes possédés par des démons.

– Mais...

– Alors réfléchis-y : et si l'on avait fait disparaître ce malheureux pope dans le seul dessein de l'empêcher de délivrer Ulrika et ses sœurs de leur lycanthropie ? »

Smaud en béa de surprise. Il se reprit enfin :

« Mais... il est...

– Mort ? termina Lifhort. C'est bien ce qu'il semble en effet. Ce qu'il semble, et que nous sommes tous portés à croire un peu trop facilement. Rappelle-toi comment les choses se sont passées, je te le répète. Et prépare-toi pour cette nuit : après ton festin chez ce bon Rolnits, tu devras m'accompagner, en prenant soin d'emporter deux choses.

– Ah bon ? Quoi ?

– Deux pelles, dit le capitaine d'un ton léger. Je te laisse le soin d'en trouver avant ce soir. »

CHAPITRE XXXVII

« PAUVRE, PAUVRE LENA ! »

L'homme maigre et âgé qui attendait Lifhort devant l'auberge portait une livrée particulièrement défraîchie, malgré ses nombreux motifs cousus au fil d'or. En le voyant se lever avec raideur du banc de pierre à son arrivée, le capitaine se dit qu'il avait déjà croisé récemment ce type de vêture : fort riche et cependant datant d'un temps déjà ancien. Mais où cela ? Le laquais ôta son bonnet de velours à la plume de paon fanée pour l'aborder, découvrant un crâne chauve bordé de touffes éparses de cheveux d'un gris sale :

« Monseigneur Capitaine, dit l'homme en s'inclinant autant que le lui permettaient ses vieilles vertèbres, mon maître le chevalier de Blotsigys me prie de vous faire savoir qu'il serait particulièrement honoré si, ce soir, vous acceptiez de partager son souper, à dix heures précises. »

C'était donc cela : ces habits riches mais dignes des canons de son trisaïeul, il les avait vus portés par le vieux chevalier au repas chez Deemenas. Ce singulier gentilhomme était-il donc pingre au point de pas avoir changé sa garderobe ni celle de ses serviteurs depuis un demi-siècle, ou bien accordait-il si peu d'importance aux conventions du monde, en excentrique qu'il était sans doute, pour se moquer de porter des tenues aussi surannées ? À moins qu'il ne fût devenu gâteux, en vérité ? Au contraire, il avait intrigué le capitaine par l'acuité de son regard et son air de profonde intelligence. Cependant Lifhort se demanda si, chez Blotsigys, tout le mobilier serait aussi ancien et si, par inadvertance, il ne risquerait pas faire tomber une tenture ou même sa chaise en poussière à l'occasion d'un mouvement trop brusque. Quant à l'heure de son souper, elle était fort tardive pour les usages provinciaux de Dälmö – assurément un héritage de mœurs révolues, là aussi – mais il répondit au laquais qu'il acceptait l'invitation avec joie et que tout l'honneur serait pour lui.

« En un sens, dit-il à Smaud quand le serviteur fut reparti d'un petit pas traînant, cela m'arrange pour ce que nous avons à faire ce soir. Notre sortie n'en sera que plus discrète. Après le repas que je t'ai promis, tu me rejoindras chez Blotsigys... sans oublier les pelles, que tu auras emportées dans un grand sac, c'est entendu ? »

Ce disant, Lifhort avait machinalement ouvert la porte de l'auberge ; il se retrouva devant un client qui voulait sortir : le commis Métusek. Ce dernier ne put cacher son exaspération à le voir revenir chez Rolnits, et son expression hostile figea le capitaine. Ils restèrent un instant face à face, en silence. Finalement le jeune homme avança, bousculant Lifhort au passage. Mais n'était-ce pas un vrai coup d'épaule qu'il venait de lui donner en faisant mine de partir ? À Serdekinn, le capitaine aurait aussitôt souffleté le malotru et tiré son épée pour en découdre sur-le-champ ; pas cette fois, car l'affaire qui le retenait à Dälmö était devenue bien trop sérieuse. En outre, il ne savait que penser de ce pauvre garçon qui le jalousait, à cause de la jolie Mira.

« D'ailleurs, songea-t-il, a-t-il raison d'être jaloux ? Moi-même, en toute honnêteté, que sais-je vraiment de ce que j'éprouve pour cette jeune fille délicieuse ? Mon cœur est toujours si indécis – et puis, surtout, s'il se trouve qu'Ulrika... »

Le capitaine n'acheva pas sa phrase. Métusek venait de grommeler quelque chose à son propos en s'éloignant :

« Ces gens de la grande ville, pour qui se prennent-ils, avec leurs airs supérieurs et leurs fanfreluches ? Ils n'ont qu'à convoiter les dames de leur rang et laisser nos filles tranquilles ! »

Pourtant, dès que Lifhort entra dans l'auberge, il ne fut plus question de Mira mais de sa sœur Lena. S'activant derrière le comptoir, dame Rolnits reniflait abondamment, passant souvent la main sur ses yeux pochés par les larmes. Les serviteurs avaient eux aussi l'air abattu, et le maître de maison préférait rester en cuisine, sous prétexte de s'affairer à la préparation du repas du soir. Seule Mira se consacrait à son service en tâchant de présenter aux hôtes un visage avenant et souriant, mais la plus profonde tristesse se lisait dans son regard.

Le capitaine lui fit signe d'approcher de sa table et commanda pour Smaud de quoi faire bombance ce soir-là.

« C'est un très brave garçon, qui a bien mérité sa récompense, dit-il. Que Maître Rolnits ne lésine pas pour lui servir sa meilleure bière ! »

Le valet rosit de bonheur à cette savoureuse perspective, mais aussi parce que la jolie Mira écoutait. Néanmoins, elle ne posa aucune question sur les raisons de ce festin ; en d'autres circonstances, sa nature espiègle et curieuse l'aurait poussée à interroger Lifhort abondamment, nourrissant une agréable conversation.

« Il vous arrive un malheur, n'est-ce pas ? lui demanda le capitaine avec sérieux.

– Ah, soupira Mira en sentant les larmes lui monter aux yeux, c'est ma sœur. Pauvre, pauvre Lena ! Elle est au plus mal.

– Vraiment ? Je pensais pourtant qu'elle se portait un peu mieux. Que lui arrive-t-il donc ?

– Si seulement nous le savions ! s'exclama la malheureuse jeune fille, cachant ses pleurs derrière ses mains. Il faut croire que nos prières ne sont d'aucun secours ! Lena s'est de nouveau alitée peu de temps après son réveil, ce matin. Si j'ai bien compris ce qu'on m'a dit, avec vos propres tracas vous n'en avez rien su, et c'est normal. Mais voilà ce qui arrive : ma sœur est la proie d'une très grande faiblesse, elle est pâle comme la lune et trop épuisée pour pouvoir parler. Jamais son état ne nous a fait aussi peur. Ah ! pauvre, pauvre Lena !

– Mais le médecin, qu'en dit-il ?

– Ah, lui... fit froidement Mira, le visage soudain devenu sévère. Lui... Le voici justement qui revient. Il sort de la chambre de ma sœur. Je dois vous laisser. »

Et elle s'éclipsa vivement, tandis que Hundin se présentait à la table de Lifhort.

« Alors, Monseigneur Capitaine, comment vous portez-vous depuis ce matin ? Mieux ? Je l'espère de tout cœur ! »

Un sourire grimaça sur son visage ingrat. Intrigué par l'étrange défiance affichée par Mira, Lifhort choisit de rester sur sa réserve.

« Je retrouve un peu de ma souplesse mais la fatigue pèse lourdement sur mes épaules, prétexta-t-il. Ce soir j'irai me coucher tôt.

– Fort bien, fort bien... Je ne vous retarderai donc pas. Cependant, ajouta-t-il en sortant un petit pot de sa sacoche, j'ai préparé pour vous cette nouvelle fomentation, que votre valet pourra appliquer sur vos plaies avant votre coucher. Étalez abondamment. Cela devrait pouvoir réparer les dommages causés par les plus grandes des bêtes sauvages, si vous me comprenez... Vous m'en direz des nouvelles, c'est une de mes préparations parmi les plus efficaces. Et comme je devais repasser par l'auberge pour soigner la fille de Rolnits, je me suis dit que je pourrais vous la déposer au passage.

– C'est bien aimable à vous, intervint Lifhort, en profitant pour faire dévier la conversation : et cette pauvre Lena, justement ? Que lui arrive-t-il au juste ? »

Hundin renifla, contrarié :

« Ah... si seulement je le savais ! Toute ma science ne m'est d'aucun secours. J'étais à son chevet à l'instant, et ma foi, je n'ai rien pu faire de plus pour elle. Son état ne lui permettrait pas de subir un nouveau lavement, il l'emporterait en même temps que le mal qui l'habite, je le crains. Quant à une saignée...

– Vous m'avez dit la dernière fois qu'elle ne le supporterait pas non plus...

– Bonne mémoire ! ricana le médecin. Et je vous le confirme : elle est si anémiée que j'aurais toutes les peines du monde à trouver ses veines. Mais ce qui me surprend le plus, c'est que tout ce sang qui lui manque, elle semble ne l'avoir perdu nulle part. Aucune hémorragie ! J'ai même insisté auprès de sa mère pour examiner ses draps – aucune trace, rien ! C'est comme si son corps dévorait son propre sang. Jamais je n'ai rien lu ou vu sur une telle maladie.

– Un dérèglement de ses humeurs, alors ?

– Sans doute trop de phlegme, oui. Mais cette forte proportion en apparence n'est-elle pas plutôt le résultat de son manque de sang par ailleurs ? Quant à sa mélancolie, avérée, elle n'en avait jamais souffert de manière importante auparavant, à ma connaissance. Non, vraiment, je dois admettre mon incompétence dans son cas. Cela arrive. Rarement, mais cela arrive malgré tout. Allons, je vous laisse vous reposer. Passez une bonne nuit, Monseigneur Capitaine. Et... reparlons-nous très bientôt de ce que vous savez, si vos investigations avancent. »

À peine Hundin parti, Mira revint trouver Lifhort.

« Il n'a pas de remède pour ma Lena, n'est-ce pas ? dit-elle d'un ton acerbe.

– Non, en effet. Vous m'en voyez désolé.

– Oh, vous n'y êtes pour rien, Monseigneur, se radoucit-elle, en se laissant de nouveau envahir par le chagrin. De toute façon, je n'avais pas à espérer davantage de sa part.

– Pourtant... l'autre jour, vous sembliez très heureuse et soulagée de le voir au chevet de votre sœur. Ou me suis-je mépris ?

– Non, pas du tout, répondit la jeune fille avec un regard peiné. Vous avez raison. Mais c'est que j'avais tant de craintes pour Lena... J'avais placé tous mes espoirs en lui. Après tout, c'est un médecin, alors... Mais je n'aurais pas dû. Je le savais bien.

– Que saviez-vous donc, mon enfant ? demanda le capitaine en entortillant sa moustache, intrigué par ces paroles inattendues.

– Cet homme-là, dit-elle en plantant ses yeux dans les siens, cet homme est... méchant, et cupide. C'est une mauvaise personne.

– Vraiment ? Hundin ? Pourquoi pensez-vous cela ?

– Ah, c'est que... Mais vous avez rencontré les trois sœurs au château, n'est-ce pas ? Vous les connaissez. Eh bien, ce Hundin... Il a fait des choses qui ne se font pas avec des dames.

– Pardon ?!

– Mais oui. Certains le savent, à Dälmö : il a refusé d'épouser Eleana ! »

CHAPITRE XXXVIII

LES FIANÇAILLES ROMPUES

Lifhort était prêt à entendre bien des choses, après tous les événements surprenants qu'il venait de vivre à Dälmö, mais cette nouvelle révélation le laissa abasourdi. Se reprenant, il fit comprendre à son valet, d'un geste impérieux, qu'il devrait immédiatement céder sa chaise à Mira.

« Prenez place, mon enfant, lui dit-il. Et narrez-moi tout cela par le détail.

– Mais, Monseigneur Capitaine, répondit-elle, j'ai mon service qui m'attend et...

– Votre service attendra. D'ailleurs... »

Il sortit de sa poche une pièce d'argent qu'il fit claquer sur la table.

« À présent, reprit Lifhort, Maître Rolnits peut être tranquille : vous travaillez, mais pour moi exclusivement, le temps de cette conversation. »

À son tour, Mira parut prise au dépourvu. Elle s'assit devant son hôte et rougit, ne sachant plus quoi dire.

« Fort bien, ma chère amie, dit Lifhort en lui adressant un sourire rassurant. Vous pouvez parler sans crainte. Car rien dans cette histoire n'est un secret, n'est-ce pas ? Si vous-même êtes au courant... Allons, venons-en au fait : il m'a été dit, à moi, que c'est Eleana qui a éconduit le médecin, ou plus exactement ses sœurs. N'est-ce pas la vérité, en définitive ?

– Eh bien... pas à ce qui m'a été rapporté, en tout cas, dit timidement Mira. Mais c'était il y a de cela des années, maintenant. Je peux me tromper.

– Non, non, non, je vous en prie : racontez-moi les choses telles que vous les connaissez. Et prenez tout votre temps. C'est important.

– Ah bon, fit la jeune fille sans oser demander pourquoi. Alors voilà... »

Lifhort alluma sa longue pipe sans la quitter du regard, tandis que le pauvre Smaud allait se chercher un tabouret.

« Les trois filles d'Ödrek, pour ma part je ne les ai jamais rencontrées, commença Mira. À ce qu'on m'a dit, ce sont trois très belles jeunes femmes, ou du moins on les trouvait très jolies voilà quelques années. En tout cas, elles n'ont pas hérité de la laideur de leur horrible père, dont on me parlait encore comme d'un terrible croquemitaine quand j'étais enfant. Mais la chute du baron a jeté l'opprobre sur leur famille, et donc injustement sur elles, si bien qu'elles étaient condamnées à vivre seules, sans jamais pouvoir se marier.

– Pourquoi donc ? demanda le capitaine.

– Eh bien, il faut le comprendre : pour les habitants de Dälmö, le prestige lié à la possession du château est encore très fort, mais plus personne ne voudrait épouser l'une des filles du baron. C'est sans doute de la superstition, mais on craindrait d'être rattrapé par sa malédiction. Vous pourrez en sourire, vous qui venez d'une grande ville, mais ici, on y croit toujours dur comme fer.

– Je veux bien l'entendre, et je pense pouvoir être en mesure de le comprendre, maintenant que je côtoie sérieusement les gens de ce vallon. Mais il pourrait se présenter de l'extérieur un autre beau parti pour elles, j'imagine. Pas vrai ?

– Ah, vous l'ignorez sans doute, Monseigneur, mais la baronnie d'Ödrek n'existe plus. Pour les autres prétendants issus de la noblesse, aujourd'hui, les filles du baron ne représentent donc plus rien. Ce serait une... mésalliance, si c'est bien le mot qui convient.

– Et il ne se trouve plus de noblesse à Dälmö pour relever le titre ou le fief, désormais, par un mariage avec l'une ou l'autre sœur ?

– Eh non... À part le chevalier de Blotsigys, bien sûr, mais on raconte que celui-là est si vieux qu'il en mourrait pendant sa nuit de noces ! ajouta Mira en riant aux éclats. Pardon. Mais comme je le disais, aucun habitant de la cité ne voudrait d'un tel mariage. »

Sur ces entrefaites, intriguée par le rire de sa fille alors que toute la famille se faisait autant de souci pour la pauvre Lena, dame Rolnits s'approcha de la table du capitaine, la mine aussi mécontente que soupçonneuse. Mais Lifhort brandit aussitôt la pièce d'argent ; la mère de Mira lâcha un « Oh... », hocha la tête et retourna au comptoir sans insister. Il reprit :

« Bon, il serait temps à présent de me parler un peu plus du médecin Hundin, mon enfant.

– Oui, c'est vrai. Mais je voulais que vous compreniez bien les choses, reprit Mira. Parce que ce Hundin, lui, eh bien il n'est pas de Dälmö, justement.

– Vous sous-entendez donc que...

– Que la malédiction, lui, il s'en moquait bien en arrivant ici. Ce qu'il faisait avant, pourquoi il a quitté Borghavan, ça, je n'en sais rien, à dire vrai. Tous ces gens qui viennent des grandes villes peuvent avoir leurs raisons, leurs gros secrets honteux, tout ce qu'on veut, après tout on s'en moque... dit la jeune fille avant de s'interrompre, rougissant d'un coup jusqu'aux oreilles. Oh, je suis désolée, Monseigneur Capitaine, je ne parlais pas pour vous, bien évidemment, et...

– Allons, allons, fit Lifhort avec un geste d'apaisement et un sourire magnanime, poursuivez, je vous en prie.

– Donc ce Hundin est arrivé à Dälmö, et comme il ne savait encore rien du baron Ödrek, il a tout de suite accepté de se rendre au château pour soigner ses filles. Il venait de s'installer en ville, alors je pense que les trois sœurs étaient bien contentes d'avoir la chance de trouver un médecin qui accepterait de bon gré de s'occuper d'elles, et lui, à mon avis, il était encore plus content de pousser la porte du château !

– Vous le soupçonnez d'avoir recherché dès le départ une situation au-dessus de sa condition ?

– Ah, ça me paraît une évidence. Mais attendez la suite, vous allez comprendre. Alors le voilà qui monte au château pour y soigner une des filles. Je vais dire Eleana pour simplifier ; ce n'était peut-être pas elle mais le résultat a été le même. Cette Eleana devait être encore toute jeune, et sans doute naïve. Elle ne devait pas avoir l'habitude qu'un homme s'intéresse à elle, même aussi disgracieux et renfrogné que celui-là. Moi, je pense qu'il a vu en elle une proie facile, et il s'est mis à lui faire la cour.

– Certes, dit le capitaine. Cela, je l'ai appris aussi. Mais il était peut-être sincère dans ses sentiments, après tout ? Car Eleana est en effet une bien jolie personne.

– Si vous le dites... concéda Mira avec une moue boudeuse.

– Et donc, Yseldys et Ulrika se sont finalement opposées au mariage parce qu'il était un roturier... C'est bien cela ?

– Mais non, pas du tout ! Saviez-vous que le médecin et Eleana se sont fiancés en présence de témoins ? Les autres sœurs étaient d'accord. À mon avis, du fond de leur terrible isolement, elles devaient même voir d'un bon œil une alliance avec ce petit bourgeois plutôt savant, qui ne manquerait pas de faire fortune à Dälmö. Et Hundin passait le plus clair de son temps au château, à entretenir sa cour à Eleana, jusqu'au jour où la conversation a porté sur le baron.

– Aurait-il pris peur ?

– Pas du tout. Je crois que, depuis quelque temps déjà, il avait nécessairement appris les choses, même cette histoire de malédiction. Non, à ce qui m'a été rapporté, il était plutôt question de quartiers de noblesse, de titres, et tout ça. Et c'est là que ce méchant homme a fini par comprendre qu'Eleana n'était pas l'aînée des trois sœurs – et tout a changé. En l'épousant, il ne deviendrait pas le propriétaire légitime du château ni l'héritier de la baronnie. Alors c'est lui qui a rompu ses fiançailles avec Eleana. »

« Vertubleu ! souffla Lifhort, décontenancé. Mais... Vous m'avez pourtant confirmé que cette seigneurie n'existait plus depuis la chute d'Ödrek. Pourquoi Hundin aurait-il convoité un titre disparu ?

– Ah, ça, Monseigneur Capitaine, rappelez-vous ce que je vous ai dit des gens de Dälmö : ici, malgré la malédiction, le prestige lié à la possession du château reste fort, avec ou sans baronnie. Aux yeux des autres notables, s'il épousait l'héritière du baron et s'installait là-haut, sur la crête, Hundin prenait l'ascendant sur toute la bourgeoisie de la ville.

– Cet homme chafouin serait en vérité un ambitieux prétentieux ?

– Je ne sais pas. Ce que je sais, c'est qu'il est cruel. Parce qu'on m'a dit, aussi, que la pauvre Eleana en avait beaucoup pleuré, et que depuis elle était d'une humeur toujours... étrange. Je n'ai pas les mots pour l'expliquer, il faut m'en excuser.

– Et après ces fiançailles rompues, Hundin est donc revenu faire sa fortune à Dälmö...

– Non, pas tout de suite. Il faut que je vous dise le plus terrible dans l'histoire : comme Eleana n'était pas l'aînée des trois, cet homme sans vergogne a commencé à faire la cour à Yseldys !

– Par la barbe de Miskol ! Que me dites-vous là ?!

– Mais oui ! Oh, à ce qu'il paraît, il a expliqué que juste après ses fiançailles, comme il connaissait mieux la famille, il a compris que ses goûts le portaient plutôt vers Yseldys. Mais celle-ci a sûrement vu clair dans son sale petit manège, et elle l'a fait chasser du château une bonne fois pour toutes.

– Ça alors... murmura Lifhort.

– Et voilà le fin mot de l'histoire, conclut Mira avec un sourire désolé. Tout cela, je l'ai entendu de gens qui en parlaient à l'auberge, de temps à autre. Et d'expérience, tout me porte à croire que c'est vrai. Vous comprenez pourquoi je n'aime pas cet homme, maintenant ?

– Ça alors... répéta le capitaine, l'air absent.

– En tout cas, poursuivit la jeune fille avec des regards appuyés, j'espère que moi, quand un jour j'aurai un amoureux, il ne me délaissera pas pour une autre dame parce qu'elle est plus fortunée que moi... »

Lifhort saisit aussitôt l'allusion. En d'autres circonstances, il en aurait été flatté et aurait aussitôt joué les jolis cœurs, comme avec toutes ses conquêtes précédentes. Mais ce soir-là, l'heure n'était plus aux amourettes ni aux séductions faciles. Mira ne méritait pas cela, songea-t-il en se surprenant lui-même de cette idée. Et Ulrika ne quittait pas non plus ses pensées. Ulrika, blessée, qui se trouvait sans doute en danger...

« Merci pour tout, ma chère Mira, lui dit-il en se levant de table. Cela me sera certainement utile. Mais il est temps que j'aille prendre un peu de repos. Monsieur Smaud ? Avant de vous attabler pour votre festin, veuillez me suivre dans ma chambre pour m'appliquer ce nouveau badigeon du médecin, et veillez bien à me réveiller une demi-heure avant dix heures, pour mon invitation à souper. »

Mais le capitaine se demanda s'il réussirait à fermer l'œil après ce qu'il venait d'apprendre.

CHAPITRE XXXIX

LE MAÎTRE DE GUERRE JOUE SON VA-TOUT

Le lieutenant Ryning prit une profonde inspiration avant de soulever le voile de la tente de son chef. Il avait enfin une bonne nouvelle à annoncer au commandant. À la lumière des bougies, Huggorm était encore plus effrayant. Ryning se demanda s'il avait dormi ces derniers jours ou si, comme il le redoutait, le sommeil le fuyait toujours. Auquel cas son humeur n'en serait que plus massacrante. Penché sur les cartes déroulées sur sa table de campagne, le commandant prêtait l'oreille au rapport de son second lieutenant, le jeune Grubbe. Voyant Ryning entrer, il lui fit signe d'approcher d'un regard, gardant la mâchoire crispée. Sur sa joue, la cicatrice se teintait encore de pourpre : un autre mauvais présage.

« La rencontre s'est tenue hier, dans les faubourgs de Borghavan, racontait Grubbe. Les ambassadeurs y avaient travaillé avec acharnement, surtout les Eklendais, naturellement, et...

– Qui ont-ils envoyé, en définitive ? l'interrompit Huggorm d'un ton sec.

– Eh bien... le prince Polen, mon commandant.

– Qui est...?

– Le... le propre cousin du roi, bredouilla le jeune lieutenant en cherchant dans ses souvenirs. Le chef de la maison Polen est prince du sang depuis... un siècle environ, sauf erreur de ma part. Ce Polen dirige personnellement les armées eklendaises pour la campagne actuelle.

– Je vois, sourit méchamment le commandant. Un fin stratège...

– Tout à fait, reprit Grubbe sans savoir s'il devait ou non

rire aux railleries de son supérieur. Mais il a obtenu un entretien à la hauteur de son rang, avec le maréchal Horn.

– Horn a été trop généreux. Il aurait mieux fait d'envoyer l'un de ses aides de camp pour nous représenter. Mais enfin, de la sorte notre pitoyable ennemi aura pu voir un vrai chef, au moins une fois dans sa vie. Et alors, qu'en est-il ressorti de ces pourparlers ? Ce que je veux savoir, moi, c'est dans quelle mesure j'aurai les mains libres pour ce qui nous intéresse. »

En quelques mots, Grubbe expliqua la façon dont les Eklendais avaient admis leur défaite, ou plus exactement leurs défaites à répétition, et accédaient aux demandes de l'envahisseur suédois. Le traité qui ne manquerait pas d'être signé se traduirait ainsi par une diminution des taxes eklendaises.

« En revanche, il n'a pas été question d'une quelconque perte territoriale, ajouta Grubbe avec étonnement.

– Horn n'est pas un imbécile, intervint le lieutenant Ryning : il sait qu'une annexion d'Eklendys, même partielle, nous exposerait à la colère des Français.

– Tout juste, confirma le commandant. D'ailleurs, pour de tels pourparlers, Horn aura pris ses ordres directement auprès du roi Gustave. Ce petit pays crotté ne nous intéresse pas. Il est trop éloigné des terres impériales.

– Justement, dit Grubbe, nous ne devrions pas tarder à recevoir l'ordre de nous mettre en marche vers l'ouest. Pour la Poméranie, si ce qui m'a été confié par un membre de l'état-major est exact.

– Cela paraît cohérent, approuva Ryning. Et notre corps expéditionnaire en Eklendys devrait pouvoir y retrouver le gros de l'armée suédoise.

– Peu me chaut ! trancha Huggorm. Ce qui m'intéresse, moi, c'est de savoir de combien de temps nous disposons, *nous*, pour parvenir à nos fins. Chaque heure qui passe est une heure perdue ! Rappelez-vous, messieurs, rappelez-vous bien : cet objet que nous recherchons est plus précieux que votre âme ! »

La question du talisman détenu par le commandant avait

fait plusieurs fois l'objet de débats tendus entre ses deux lieutenants. Franchement sceptique, Grubbe se demandait si les pouvoirs prêtés à ce bijou étrange étaient réels – de même que toute cette fable abracadabrante sur les Kobolds – alors que Ryning préférait s'en remettre à l'intelligence et aux certitudes de Huggorm. De même, le plus jeune était persuadé que l'objet ne pourrait protéger que son seul propriétaire, tandis que le plus âgé voulait croire que le commandant serait en mesure d'étendre cette protection à tous ses proches.

Pour l'heure, en revanche, leurs convictions importaient peu : il fallait retrouver le talisman le plus rapidement possible, avant de perdre sa trace à jamais. Et dans l'esprit de Huggorm, ce précieux objet prenait toujours davantage de place, devenant une obsession autant qu'un motif de terreur depuis qu'il avait été volé, tandis que dans le même temps, à quelques lieues de là, le bijou s'effaçait des pensées du capitaine Lifhort, préoccupé par des questions bien plus urgentes.

« Le problème, en effet, admit Grubbe, c'est que la possibilité de rester en arrière de nos troupes me paraît désormais bien mince.

– Les arguments que vous avez inventés pour Banér ont pourtant suffi à le convaincre, s'emporta le commandant, alors pourquoi pas une nouvelle fois ?!

– Eh bien... puisque nous quittons ce pays, le général aura du mal à comprendre que vous continuiez de rechercher ces cartes qui seraient si utiles à notre campagne en Eklendys...

– Je le crains moi aussi, glissa Ryning. Il faut imaginer autre chose.

– Fichaises ! tonna Huggorm, dardant sur eux ses yeux injectés de sang et de fatigue. Nous n'avons plus le temps pour cette comédie ! »

Les lieutenants baissèrent les yeux, cherchant dans les cartes sur la table une solution rapide et satisfaisante. Sans succès.

« Non, non, non... soupira le commandant en suivant leurs regards et posant ses mains à plat sur les rouleaux de papier étalés devant lui. Nous n'avons plus le choix. Banér va se mettre en route depuis ici, avec le gros de la cavalerie, il va faire sa connexion avec Horn dans cette région, là, et tous deux feront marche vers l'ouest. Torstenson devrait suivre sans tarder pour garder la haute main sur l'artillerie – ce que je comprends, car lui au moins sait y faire. Il devrait donc passer par ici, ici puis... ici. Ah, tonnerre ! »

Son poing s'abattit violemment sur les cartes. Grubbe sursauta.

« Nous serons donc, quoi qu'il arrive, à l'écart des troupes et en retard, résuma Ryning.

– Est-ce si grave, en vérité ? reprit Huggorm après un très long silence. Que nous importe, au fond, de ne pas suivre les autres régiments ? Ce que nous avons en tête n'est-il pas plus urgent que la suite de cet interminable conflit continental ? La guerre décisive qui nous attend tous pourra se livrer où elle voudra ; elle renversera tous ces rois et ces empereurs éphémères, et alors il nous faudra profiter de la protection du talisman pour ne pas être balayés. Donc à quoi bon ? À quoi bon suivre le reste de l'armée en Poméranie ?

– Mon commandant, pâlit Grubbe, ce serait considéré comme une désertion !

– Certes. Et alors ?

– Mais... »

Un regard acéré de Huggorm bloqua ses mots dans sa gorge. Ryning y lut les effets de la peur autant que de la fureur. Il comprit que leur commandant, ce maître de guerre impitoyable, était sur le point de basculer dans la folie, à cause d'un vol sous sa tente et d'une vision après une chute dans un marais de Livonie. Hélas, plus rien ne pourrait le faire changer d'avis, et son sort serait le leur. Le lieutenant décida néanmoins de venir en aide à son cadet :

« Grubbe a raison, mon commandant. Même s'il l'exprime mal, je comprends ce qu'il veut dire. Si vous faites défection, le haut commandement, Horn, Banér et tous les autres ne l'interpréteront que d'une seule façon : vous trahissez. Jamais la pensée que vous puissiez poursuivre un but personnel ne leur viendra en tête ; ils seront persuadés que vous cherchez à rejoindre les rangs des armées impériales. De fait, un chef comme Tilly vous accueillerait à bras ouverts, compte tenu de votre réputation sur les champs de bataille...

– Et alors ? répéta Huggorm, insensible à la flatterie.

– Eh alors... Alors Banér pourrait bien dépêcher ses cavaliers pour vous écraser avant que vous n'ayez fait beaucoup de chemin. Avant que nous n'ayons retrouvé le talisman, en vérité. »

L'argument porta. Le commandant se redressa de toute sa hauteur et toisa son lieutenant, l'œil torve mais intéressé.

« Que me conseilleriez-vous donc, dans la situation qui est la nôtre ? siffla-t-il.

– Ma foi... Je... Je pense, tenta Ryning en sentant la sueur perler sur ses reins, que le lieutenant Grubbe pourrait conduire, en votre nom, le plus gros de nos hommes à la suite de l'armée, par exemple au niveau de l'arrière-garde. De façon que votre absence, et plus encore celle de votre régiment, ne soit pas remarquée, ou du moins pas tout de suite.

– Et moi, où serais-je ?

– Vous, mon commandant, vous dirigeriez un petit détachement pour mener les recherches, le temps nécessaire. Pas trop de soldats, afin de ne pas être remarqué, mais suffisamment pour ne pas courir de risque en cas de mauvaise rencontre. Je pense qu'une centaine d'hommes à pied devraient faire l'affaire. Ce sera moins rapide qu'avec des cavaliers, certes, mais plus discret. Et bien sûr, nous n'arborerions aucun drapeau. »

Huggorm réfléchit un moment. De son côté, le lieutenant Grubbe espérait qu'il approuverait cette solution qui le mettrait, lui, à l'abri d'une accusation de désertion.

« C'est une idée séduisante, dit enfin le commandant, au grand soulagement de ses officiers. Mais le risque est grand, surtout avec des fantassins : ce serait me couper de l'appui de mes troupes et de nos lignes logistiques. En outre le problème reste entier : nous ne savons pas où se terre ce maudit voleur...

– Justement, je pense pouvoir vous annoncer une bonne nouvelle, sourit Ryning : j'ai une piste. Une piste sérieuse, même.

– Comment ?!

– Oui, mon commandant. Selon vos ordres, j'ai envoyé dans les environs de Kolmärn plusieurs de nos éclaireurs parlant parfaitement l'eklendais. Sans succès jusqu'à aujourd'hui, mais ce soir l'un d'eux vient de revenir, sur un cheval qu'il avait volé pour aller plus vite.

– Eh bien ? Faites plus vite, vous aussi !

– Oui, monsieur. Voici : après s'être fait passer pour un fugitif chassé par la guerre, notre homme s'est aventuré dans un vallon à l'écart des routes, et il pense avoir retrouvé le détrousseur. Il l'affirme même, sachant pourtant qu'il le paiera de sa tête en cas d'erreur. Le voleur cherche surtout à se cacher, semble-t-il, si bien qu'il sera vraisemblablement encore là quand nous arriverons, même avec des troupes à pied. Alors le temps de mettre en place le subterfuge qui sera conduit par Grubbe, je veux croire que nous, dans trois jours, nous aurons retrouvé le talisman. »

CHAPITRE XL

UN BIEN ÉTRANGE REPAS

La demeure du chevalier de Blotsigys était une ancienne maison-forte érigée sur un flanc de la vallée, à un tir d'arquebuse de ce qu'il restait des modestes fortifications de Dälmö, au fond d'un grand parc ceint de murs de pierre éboulés. Malgré leur toiture pointue, les quatre tours d'angle, larges et trapues, conféraient à la bâtisse un aspect massif dans l'obscurité. Quant à son état délabré, le capitaine n'en fut pas surpris : c'était tout à fait ce qu'il imaginait, compte tenu de la personnalité de son hôte. Ainsi qu'à l'entrée du domaine, deux flambeaux de fer forgé éclairaient le porche du manoir. Le vieux domestique chauve ouvrit la porte aussitôt que Lifhort eut reposé le heurtoir en forme de diablotin, comme s'il attendait, juste derrière, la venue du visiteur. Mais ce n'est qu'une fois la serrure refermée à clé derrière lui que l'invité vit s'avancer le chevalier, portant sur un plateau d'argent patiné une miche de pain, du sel et une aiguière d'un autre âge.

« Soyez le bienvenu sous mon toit, Monseigneur Capitaine, dit solennellement Blotsigys en s'inclinant avec raideur. Ce soir, considérez ma maison comme la vôtre.

– Je vous remercie, répondit Lifhort selon l'usage, en s'inclinant à son tour. Que le Ciel accorde ses grâces à l'hôte hospitalier. »

Un sourire moqueur sembla passer sur le visage parcheminé du chevalier.

Après avoir rempli de potage l'assiette de Lifhort, le vieux laquais alla s'asseoir devant le clavier de l'épinette disposée dans un angle de la grande salle à manger, pour accompagner le souper d'airs de cour anciens. Installé à l'extrémité d'une longue table, le capitaine donna un coup d'œil à sa cuiller d'argent, richement travaillée mais jaunie par le temps. Il remarqua aussi, avec surprise, que le couvert de son hôte n'était pas dressé : ce soir encore, comme chez Deemenas, le chevalier ne mangerait ni ne boirait rien.

« Veuillez me pardonner si je ne partage pas votre repas, expliqua Blotsigys d'un air amusé, mais il arrive un âge où l'on se dispenserait presque de toute nourriture terrestre... et malgré mon cœur d'*éternel jeune homme*[7] j'ai déjà dû passer cet âge plusieurs fois. »

Quel âge pouvait-il bien avoir, d'ailleurs ? L'observant à la lueur des bougies, Lifhort se dit que, s'il devait un jour croiser un centenaire, il aurait sans aucun doute la physionomie du chevalier. Une figure émaciée, quoiqu'un peu moins cadavérique que lors du dîner chez le bourgmestre, flétrie et pâle comme la lune, des mains longues aux doigts paraissant griffus tant ils étaient maigres, et naturellement des atours d'une époque depuis longtemps révolue. Autour du cou décharné de son hôte, la fraise de dentelle était grise et fanée, de même que le velours de ses habits devenus informes avec le temps. Mais ses yeux noirs, profondément enfoncés, conservaient cette acuité troublante, presque fascinante, sous ses immenses sourcils en bataille.

Après le potage de betterave, au demeurant délicieux, le

7. En français dans le texte (NdT).

domestique interrompit sa musique pour aller chercher un faisan rôti accompagné de navets savoureux. De quoi régaler le capitaine... et pourtant celui-ci se délectait bien davantage de la conversation du chevalier, qui en dépit de sa vieillesse semblait au fait de bien des choses, tant en Eklendys que dans le reste du monde. Mais Lifhort se rappela qu'il voyageait encore, bien que ce fût absolument déraisonnable pour un homme aussi âgé, et qu'il rentrait tout juste de France.

« J'en parlais à un duc de la cour du roi Louis pas plus tard qu'il y a deux mois, racontait justement Blotsigys, sans savoir que l'invasion des Suédois me donnerait raison – et c'est certainement ce qui explique notre déroute actuelle : après le règne du roi Zoltin, notre malheureux pays a connu pendant plusieurs décennies une prospérité nouvelle dont il n'avait jamais été familier. Et c'est ainsi que chaque nobliau, jusqu'aux *petits chevaliers*[8] dans mon genre, s'est acheté son propre régiment, avec de trop nombreux officiers, souvent incompétents, et surtout de jolis uniformes et des cuirasses brillantes, avant tout pour en remontrer aux grands seigneurs... »

Lifhort eut une pensée pour son père, qui avait tenu à lui acheter un grade et la petite soldatesque indispensable. Il le savait bien : le capitaine ne devait ses galons et sa position enviable qu'à la seule richesse paternelle ; quant à ses hommes, que pouvaient-ils bien devenir, emportés sans lui dans le tumulte de la guerre ? Il préféra s'intéresser à son hôte :

« Mais vous, Messire Chevalier, il me semble pourtant que vous n'avez pas levé de troupes pour porter vos armoiries ?

– Allons, allons, fit Blotsigys avec un rire râpeux, je suis bien trop vieux pour ce genre de vanité. Et il faut croire que si le destin m'a conduit au cours de ma longue vie à des fortunes bien inattendues, la guerre n'en aura jamais fait partie. Car quoi que prétendent nos amis bien-pensants de Dälmö, la guerre est une odieuse calamité. Jamais un peuple ne sera heureux d'aller combattre, et aucun roi, même vainqueur, n'en sortira jamais glorieux. Verser tout ce sang est avant

8. En français dans le texte (NdT).

tout un immense gâchis. Bien sûr, Monseigneur Capitaine, votre ardente jeunesse aura sans doute un avis différent du mien... »

Lifhort s'impliqua de son mieux dans cette conversation, en éludant les sujets embarrassants pour lui, comme il en avait désormais l'habitude. Blotsigys réagissait avec intérêt à ses réponses, approuvant souvent, trouvant toujours de nouveaux sujets de discussion... À son grand étonnement, le capitaine y prenait lui aussi un réel plaisir, même bien après qu'une succulente tourte au miel avait conclu le souper. Son hôte savourait leur échange à la façon d'une gourmandise, qu'il prenait tout son temps pour déguster en sa compagnie, le tenant constamment sous son regard acéré. Était-ce pour lui une façon de tromper sa solitude ? Puis enfin le capitaine comprit :

« Blotsigys va bien au-delà de cet usage pour tout notable de province d'inviter le voyageur de marque qui fait étape dans sa ville, se dit-il soudain avec un frisson désagréable. Non, c'est autre chose : il m'observe, il me sonde, m'étudie, comme ferait une araignée avec un moucheron. Oui, une vieille araignée... En vérité, je crois qu'il s'amuse avec moi. Que suis-je vraiment pour lui ? Une distraction ? Ou davantage ? Mais quoi ? »

Lifhort se sentit un instant comme un enfant perdu dans la forêt, qu'une ogresse aurait charmé de ses paroles et engraissé avant de le dévorer. Mais le chevalier, lui, ne mangeait rien.

Vers la fin de la soirée, le valet s'était endormi sur son épinette et un début de torpeur commençait à s'immiscer dans l'esprit du capitaine ; mais Blotsigys paraissait insensible au passage des heures et poursuivait la conversation, sans se préoccuper des réponses de plus en plus courtes de son invité.

« Il doit dormir tout le jour et ne vivre que la nuit, comme tant d'autres de sa caste, songea Lifhort en retenant un bâillement. Il paraît aussi que l'on a d'autant moins besoin de sommeil que l'on est plus âgé... Et mon bon Smaud, m'attend-il toujours à l'entrée du domaine du chevalier ? Il doit commencer à s'impatienter, le pauvre. »

Pourtant, son intérêt se réveilla quand Blotsigys en vint à évoquer la lamentable histoire du baron Ödrek, confirmant ce qu'il en savait déjà, et le sort réservé à ses malheureuses filles :

« Elles ont dû bien grandir depuis que je les ai vues pour la dernière fois... Je me demande à quoi elles peuvent ressembler, aujourd'hui. Plus personne à Dälmö ne les a vues depuis des lustres, car elles vivent cloitrées dans leur grand château solitaire...

– J'ai pourtant eu cette chance, Messire Chevalier, ne put se retenir Lifhort. Et je puis vous confirmer qu'elles sont devenues de fort belles damoiselles.

– Voyez-vous cela ! s'exclama le vieillard, comme moqueur. Vous auraient-elles fait l'honneur de vous recevoir ? Oui ? Ah, alors j'imagine qu'elles vous ont raconté toutes les légendes que l'on associe à leurs vieilles pierres ?

– Une partie au moins, acquiesça le capitaine.

– Mais alors... oui, oui, je suis certain qu'elles vous ont dit, pour la hache sanglante du baron ? N'est-ce pas ? Et cette histoire insensée d'un voleur envolé par la fenêtre ? Oui ? Eh bien, voyez-vous, mon jeune ami, je puis vous confirmer que cette hache a bien existé, et qu'elle maculait de sang la cheminée sur laquelle elle se trouvait, la dernière fois que les filles d'Ödrek ont accepté de m'ouvrir leur porte. Un sang noir comme l'âme de leur père... Fascinant, vraiment... fascinant. »

Le chevalier passa une langue ressemblant à une éponge sèche sur ses lèvres décolorées.

« Il sait quelque chose, se dit Lifhort. Sur la hache, ou sur son vol, je suis persuadé qu'il sait quelque chose. »

Mais Blotsigys se leva, marquant la fin de la soirée.

« Et c'est sur ces plaisantes histoires que je vais vous laisser prendre congé, dit-il avec une puissante malice dans le regard. Votre conversation m'aura diverti comme peu d'autres depuis longtemps, Monseigneur Capitaine, et je vous en suis très reconnaissant.

– Tout le plaisir et l'honneur étaient pour moi, Messire Chevalier. Mais si vous me permettez encore un mot, puisque nous parlons de récits amusants, il m'a été rapporté que le bon docteur Hundin avait fait la cour à l'une des filles du baron, et...

– Et qu'il avait finalement rompu les fiançailles, termina Blotsigys en souriant. C'est aussi ce que l'on m'a raconté. Bien entendu, c'est l'un de ces petits secrets honteux mais connus de tous dont on ne parle pas entre notables de Dälmö, naturellement – ce en quoi je ne vous apprends rien sur ces gens ridicules. Voilà, je vous souhaite une bonne nuit, mon ami, et vous dis à bientôt. À très bientôt. »

Pour Lifhort, il n'était plus question de dormir, bien au contraire. Alors que la lune passait dans le ciel nocturne avec son indifférence coutumière, il regagna d'un pas rapide le portail du domaine, en tâchant de mettre de l'ordre dans ses pensées après cette étrange soirée. Il retrouva Smaud adossé à l'un des piliers, sous un grand flambeau sur le point de s'éteindre. Le valet s'était assoupi. Le capitaine le réveilla d'une grande tape sur l'épaule :

« Debout, mon garçon ! Allons, ce n'est que moi ! Lève-toi donc, sacré paresseux ! As-tu bien emporté deux pelles ? Oui ? Alors c'est parfait. Viens, suis-moi.

– Mais... où ? demanda Smaud, affolé par ce réveil brutal.

– Cette question ! As-tu donc dormi tous ces jours ? Nous allons au cimetière, bien sûr ! »

CHAPITRE XLI

LA VÉRITÉ CACHÉE AU FOND D'UNE TOMBE

Esquiver les hommes du guet s'était révélé étonnamment facile, à croire que l'invasion suédoise n'avait pas exacerbé le besoin de surveillance de Dälmö après le coucher du soleil mais au contraire abattu, défaite après défaite, ce qu'il restait de la vaillance eklendaise : à quoi bon renforcer la garde si la guerre était perdue ?

« Et malgré la rumeur d'une bête sauvage rôdant dans la forêt voisine, Holokern laisse ouverts les accès à la ville, songea Lifhort en passant la Grande Porte de Dälmö. Je veux bien que les murailles soient depuis longtemps écroulées par endroits, le prévôt pourrait malgré tout maintenir une présence symbolique. Or je rentre dans la cité aussi facilement que j'en suis sorti tout à l'heure. Je me demande ce qu'en pense le bourgmestre... Mais enfin, je ne vais pas m'en plaindre cette nuit, bien au contraire ! »

Le capitaine et son valet se faufilèrent au fil des rues, se cachant dans un recoin obscur la fois où ils aperçurent les lanternes de la ronde de nuit, en suivant le chemin le plus court possible jusqu'au cimetière, aménagé à l'écart, en bordure des champs de l'autre côté de Dälmö. Une fois sur place, ils trouvèrent très vite ce qu'ils cherchaient : la partie réservée au clergé.

« Sauf erreur de ma part, dit Lifhort, le corps de l'exorciste vient tout juste d'être inhumé. Il nous sera donc facile de trouver la tombe dont la terre a été fraîchement remuée – ce qui est aussi une chance pour nous en cela que, après notre passage, personne ne verra la différence.

– Mais... bredouilla Smaud.

– Mais quoi, mon garçon ? Tu te demandes si j'ai véritablement l'intention de profaner une tombe, et celle d'un pope, qui plus est ?

– Euh... oui.

– Eh bien donne-moi l'une de ces pelles, tu auras immédiatement la réponse ! »

Et tandis que le valet sortait les outils de son sac en se répétant maints « Misère ! » ou « Malheur ! », le capitaine posa son chapeau sur une croix voisine, ôta sa veste et se cracha dans les mains. C'était à se demander s'il n'allait pas se mettre à siffloter une ritournelle insouciante. Mais le besoin de discrétion impliqué par leur odieuse besogne l'en dissuada finalement ; il n'en avait peut-être pas le cœur non plus, en vérité. Soudain, un mouvement dans l'obscurité l'arrêta net :

« As-tu vu quelque chose ? souffla-t-il au garçon. Par là-bas. Ne bouge plus, reste silencieux... et attends-moi ici ! »

Laissant derrière lui un Smaud tétanisé par la peur, Lifhort tira son épée en avançant prudemment dans les allées du cimetière. La lumière de la lune était trop faible cependant pour qu'il pût identifier ce qui l'avait troublé, si bien qu'il fit demi-tour.

« C'était peut-être mon imagination, ou une manifestation de ma culpabilité. Mais je ne peux plus reculer à présent. Je dois connaître la vérité. »

Retrouvant son valet, il lui assura que c'était une simple fausse alerte et qu'ils ne risquaient rien, avant de l'enjoindre à identifier la bonne tombe. Ce fut chose facile, même dans la nuit. Sur la croix fraîchement plantée, le capitaine en obtint également la confirmation en déchiffrant le nom du malheureux Galistas à la lueur de son briquet.

« Arrête de te signer sans arrêt, glissa-t-il à Smaud : non seulement c'est horripilant, mais en outre tu vas avoir besoin de tes deux mains pour te servir de ta pelle !

– Pauvre de nous ! gémit le garçon en se mettant au travail.

– Pourquoi dis-tu donc cela ?

– Nous sommes condamnés...

– Quoi ?

– Pire : damnés !

– Allons bon, pourquoi dis-tu *nous* ? En ce qui me concerne, c'est une évidence, bien sûr. Compte tenu de mon existence passée, de ma vie de profond mécréant, il est clair que je serai jeté tout droit en enfer. Mais pas toi, mon bon Smaud. Pas toi...

– Ah non ? fit le valet avec espoir.

– Eh non... pas toi, sourit Lifhort en se faisant désirer.

– Mais... pourquoi ? voulut savoir le valet.

– Parce que c'est proclamé en toutes lettres dans les Saintes Écritures, voyons ! N'as-tu jamais écouté le pope de ton église ? Il est pourtant dit : *Bienheureux les pauvres d'esprit, car le Royaume des Cieux leur appartient* !

– Pffff... » souffla le garçon en finissant par comprendre, tandis que son maître pouffait dans sa moustache.

Le capitaine se remit à creuser, tout content de sa plaisanterie – certes au prix d'un travestissement de la parole sacrée, mais son bon mot le valait bien, lui semblait-il. C'est alors que la pelle de Smaud heurta quelque chose : une planche de bois, solide. Le couvercle d'un cercueil neuf.

Le garçon osait à peine baisser les yeux sur le corps exhumé par son maître. À la lumière de son briquet, Lifhort reconnut le torse puissant et sans tête découvert la veille en lisière de la forêt. Mais il ne s'attarda pas sur les blessures qu'il avait déjà examinées, préférant soulever le cadavre pour le faire pivoter et retomber sur le ventre. Alors il déchira les vêtements du mort pour révéler ses bras et son dos, les examinant avec attention.

« Et c'est ainsi qu'apparaît la vérité... murmura-t-il au bout d'un long moment. Qu'en penses-tu, mon garçon ?

– Rien ! geignit le valet en se cachant les yeux des deux mains.

– Tu ne veux pas regarder... Ma foi, je te comprends. C'est loin d'être un spectacle agréable. Mais ce faisant, tu ne pourras donc pas voir toutes ces marques étranges...

– Des marques ? fit Smaud en risquant un œil entre ses doigts.

– Et pas n'importe quelles marques, poursuivit Lifhort : des tatouages. Surtout sur les bras et les épaules, et ici et là dans le dos. Plutôt anciens et grossiers... et tout de même assez curieux sur le corps d'un pope, tu ne trouves pas ? Enfin, surtout, que penses-tu de... celui-ci ? »

Sous le briquet du capitaine, le garçon aperçut une grande croix tatouée dans le bas du dos.

« Qui peut donc bien porter un tel tatouage, précisément à cet endroit, à ton avis ?

– Bah... un prêtre.

– C'est une réponse logique, en effet, sourit le capitaine, encore que je conçois mal qu'un pope, tout exorciste qu'il soit, ose ce genre d'ornement. Et si ce que l'on a essayé de m'inculquer dans mes jeunes années est exact, la Bible interdit formellement les tatouages. Alors ? Non, mon bon ami, les dessins de ce genre sont bien plus souvent portés par d'autres individus : les marins. Et tout particulièrement ce type de croix, au bas des reins. Tu l'ignores peut-être, mais à bord d'un navire la punition des hommes d'équipage est généralement le fouet ; or l'exécuteur de la sentence aura toujours scrupule à fouetter cette partie très sensible du dos s'il y voit un crucifix. Ce serait sacrilège, et les marins le savent bien.

– Mais alors...?

– Oui mon garçon, tu viens d'en avoir la preuve, comme moi : ce corps n'est pas celui du pope disparu. Ceci est le cadavre d'un marin. Et qui, parmi tous les gens de Dälmö dont nous avons entendu parler, a eu un passé de marin ?

– Eh bien...

– Tu ne te souviens pas ? C'est Gothar, le maréchal-ferrant ! Selon le chevalier de Blotsigys, c'est même un ancien galérien. Ah, mais c'est vrai que tu n'assistais pas à ce repas chez Deemenas.

– Mais alors... répéta Smaud.

– Alors, cela veut dire que le pope Galistas est peut-être encore vivant. Mais cela nous donne surtout une autre certitude : nous savons désormais qui se trouve derrière toute cette affaire. Viens, aide-moi à replacer le couvercle du cercueil et à reboucher la tombe, je t'expliquerai pendant ce temps-là. »

« Allons, mon bon Smaud, je sais bien que la nuit se fait vieille, mais sollicite encore un peu ta cervelle : qui a formellement identifié le cadavre que nous venons d'examiner comme étant celui du pope exorciste ?

– Le médecin ? lâcha le valet après un temps de réflexion.

– Exactement : le médecin Hundin. Hundin, qui voulait me persuader que la tête que tu as retrouvée dans un arbre était bien celle du pope également, ce qu'il serait parvenu à faire aisément si Maître Rolnits ne s'en était pas mêlé. Hundin, dont nous savons désormais qu'il m'a menti au sujet de ses fiançailles rompues avec Eleana. Hundin, qui se prétend néanmoins la victime par destination des meurtres commis par les trois bêtes que nous avons vues.

– Ah, mais... fit Smaud en relevant la contradiction. Mais...?

– C'est là que la machination devient horriblement odieuse, mon garçon. En effet. Mais réfléchis : au fond, à qui profitent toutes ces morts ? Qui voit ainsi disparaître ses ennemis ?

– Ben... Hundin ?

– Bravo ! Eh oui. Son habileté aura consisté à me persuader que, malgré les apparences, il n'y est pour rien. C'était d'autant plus facile avec un étranger comme moi, ignorant du passé de Dälmö. Et c'est sans doute très risqué de sa part, mais aussi très ingénieux : en se débrouillant pour faire accuser les trois sœurs au bout du compte, il élimine au passage ceux qui sont en conflit avec lui.

– Les sœurs ? Pourquoi ?

– Pour se venger d'elles, sans doute, après qu'elles l'ont chassé, détruisant ses rêves de grandeur. Or il sait d'une manière ou d'une autre qu'elles sont malades de lycanthropie, et donc des coupables idéales. De fait, elles *sont* coupables, comme nous le savons. Mais je suis persuadé qu'il les manipule, ou qu'il les fait manipuler. Car le choix des victimes ne doit rien au hasard, c'est maintenant évident. Tout dans cette histoire sert ses intérêts. Tout ! Mais comment s'y prend-il ? Comment peut-il avoir prise sur les transformations des sœurs en bêtes ? Et comment prouver tout cela ? Je... »

Le capitaine s'interrompit brusquement. Cette fois, il en était certain : ce n'était plus un mouvement dans le noir, ni même une fausse impression. Quelqu'un était là, qui les observait.

CHAPITRE XLII

UNE PEINE QUE RIEN NE POURRA JAMAIS SOULAGER

De retour à l'auberge, deux heures avant l'aube, Lifhort et son valet étaient soucieux : ils n'avaient pas réussi à mettre la main sur l'individu qui les avait espionnés au cimetière, pas plus qu'à l'identifier. Le capitaine pensait avoir distingué un homme de petite taille, qui s'était enfui à son approche pour se fondre dans les ombres de la nuit. Était-ce Hundin ? Sans doute pas, à la réflexion, car il ne jugeait pas le médecin capable de courir aussi vite. Son valet muet, alors ? Possible. Mais cela aurait pu être n'importe qui d'autre, Lifhort le savait bien. Partagé entre la peur et la contrariété, il retrouva sa chambre... dont la fenêtre était ouverte. Il découvrit ainsi que le volet, consciencieusement fermé par la femme de Rolnits ou ses filles, comme tous les soirs, avait été forcé ! Pourtant, rien ne semblait manquer dans ses affaires, et la pièce n'était pas plus en désordre que lorsqu'il l'avait quittée. Trop fatigué pour chercher à comprendre, il referma la fenêtre et s'effondra sur son lit.

Quand le soleil se leva sur la sixième journée du capitaine Lifhort à Dälmö, celui-ci ronflait avec ardeur. Pour autant, ses rêves étaient tourmentés par des pensées angoissantes qu'il fut incapable de se rappeler à son réveil. Et pour cause : les pleurs de la jolie Mira le firent tressaillir dans son lit avant même qu'elle eût ouvert sa porte, entrant vivement, sans frapper. Incapable de remplir son office et d'ouvrir le volet, elle s'effondra sur un tabouret où elle laissa libre cours à sa douleur, la tête plongée dans ses mains.

Le capitaine en profita pour se glisser discrètement dans ses hauts-de-chausses, boucler sa ceinture et enfiler une chemise. Puis il passa un bras consolateur sur les épaules de la jeune fille :

« Que se passe-t-il donc, ma chère Mira ?

– Ah, Monseigneur... hoqueta-t-elle entre deux sanglots. C'est... Lena... Elle est... morte... cette nuit. »

Lifhort fut parcouru par un frisson glacé.

« Soyez courageuse, mon amie, souffla-t-il à Mira en sentant lui aussi son cœur lâcher. Reposez-vous ici tant que vous le souhaiterez. Pour ma part, je vais apporter mon aide à vos parents. »

Quand son hôte vint le saluer, Rolnits le serra contre lui, à la façon d'un proche. Le pauvre homme était tout aussi bouleversé que sa fille cadette, et bien que la santé de l'aînée laissât craindre le pire depuis quelque temps, sa disparition l'avait profondément ébranlé. Il gardait la voix basse, parlait tout aussi peu que Smaud, et ses paroles étaient souvent confuses. Pour la première fois, Lifhort prêta attention aux cheveux de l'aubergiste, ce matin-là en désordre sous son petit bonnet de toile, se demandant s'ils n'avaient pas blanchi d'un coup.

Dans la chambre de la malheureuse jeune fille, il découvrit le cadavre encore dans son lit, dans l'attente du cercueil. Cette vision le laissa désemparé. La pauvre Léna gardait les yeux ouverts ; comme il avait été impossible de les lui fermer, on avait envoyé chercher un ruban de tissu de qualité. La malheureuse était encore plus maigre que les jours précédents. Lifhort crut même discerner les os sous sa peau livide tant elle était devenue fine. Ses lèvres décolorées s'étaient rétractées sur ses gencives trop pâles. On eût dit que son corps frêle était totalement desséché. À son poignet, le pansement avait glissé, révélant deux piqûres étranges aux bords violacés, contrastant avec la blancheur mortelle de sa peau. Tout son corps était d'une effrayante raideur, tendu comme un arc, figé dans une effroyable crispation.

Vivante, le capitaine l'avait toujours trouvée belle, encore que d'une beauté différente de celle de sa sœur. Ce matin-là, dans la mort, Lena lui fit penser à une fleur fanée trop vite, une rose blanche séchée. Mais plus que tout, ses grands yeux ouverts le bouleversèrent. Ce que Lifhort crut y lire lui fit verser des larmes abondantes, qu'il ne chercha pas à dissimuler : la jeune fille était morte dans la peur, dans une intense souffrance et dans le plus profond désespoir. Quand Smaud se présenta à son tour dans la chambre, à la recherche de son maître, ce dernier lui posa la main sur l'épaule, avec dans le regard une immense tristesse.

« Cette perte me point le cœur comme je ne l'aurais jamais cru possible, avoua-t-il. Ce n'est qu'à présent qu'elle est partie que je me rends compte, bien trop tard, à quel point cette gentille personne m'était chère. »

Le valet ne sut quoi répondre. Apercevant le terrible cadavre, il détourna brusquement les yeux et se signa, comme à son habitude. Puis il tendit le doigt :

« La fenêtre... »

Lifhort vit que celle-ci était entrebâillée, comme le matin où l'on avait trouvé Lena au plus mal. Elle qui avait si froid, pourquoi l'avait-elle ouverte pendant la nuit ? Le capitaine songea alors à sa propre chambre, à son volet que l'on avait forcé avant son retour... mais ses pensées furent interrompues par l'arrivée du cercueil. Smaud et lui sortirent dans le couloir pour ne pas déranger la mise en bière par les femmes du voisinage. Avant de rejoindre la salle commune, Lifhort lança cependant un regard en arrière : le corps de Lena, impossible à plier sous peine de le briser, était soulevé comme s'il ne pesait rien. Il lui fit penser à ces petites carcasses d'insectes vidées de toute leur substance par une araignée.

Les Rolnits n'étant pas en état de s'occuper seuls des formalités à remplir suite au décès, le capitaine leur apporta toute son aide, le plus naturellement du monde. Ces pauvres gens méritaient bien de recevoir quelque soutien dans leur épreuve. En conséquence de quoi la journée passa très vite, ne laissant pas à Lifhort le temps de se consacrer à son enquête. Il n'eut pas l'opportunité de croiser le médecin Hundin, d'ailleurs, et pourtant celui-ci s'était présenté à l'auberge aux aurores pour constater la mort de Lena et ordonner sa mise en terre au plus vite, afin d'éviter tout risque contagieux car on ignorait quelle maladie l'avait emportée : à ce moment-là, le capitaine tâchait de consoler Mira, venue le réveiller. Il se chargea donc de trouver un pope à l'église la plus proche pour la petite cérémonie qui aurait lieu le soir même, de recevoir les proches de la famille et de les conduire aux maîtres de maison, d'expliquer aux clients qui se présentaient pourquoi l'auberge resterait fermée ce jour-là, et ainsi de suite. En milieu d'après-midi, se retrouvant seul un instant dans la salle commune, il décida de s'accorder une chope de bière pour reprendre des forces.

« Nous vous devrons beaucoup pour tout ce que vous faites aujourd'hui, Monseigneur Capitaine, dit une voix triste dans son dos. C'est si généreux de votre part. »

Lifhort se retourna : c'était Mira, le visage défait par le chagrin mais les yeux brillant comme jamais.

« Allons, allons, c'est bien la moindre des choses, dit-il, ému par cette apparition. Je... J'avais beaucoup d'affection pour votre sœur, vous savez.

– Oui, je sais. Elle-même vous aimait beaucoup également. Elle ne le disait pas, c'était une fille trop discrète, ma Lena, mais je l'avais bien compris. Certains regards ne trompent pas.

– Vraiment ?... Je... ne m'en étais pas aperçu.

– Comme tous les hommes bien faits, qui font rêver les filles malgré eux, dit-elle en se rapprochant lentement de lui. Qui pourrait vous en vouloir ? Vous ne logez pas chez nous depuis une semaine que déjà vous nous semblez un familier. Car vous êtes un homme bon, Monseigneur. Vous êtes gentil. Vous...

– Je...? demanda Lifhort, toujours plus troublé, comme elle ne terminait pas sa phrase.

– Ah... Vous pourrez bien vous moquer, je ne suis qu'une fille d'auberge, je ne sais pas comment dire tout cela mais... Monseigneur, je vous en prie, souffla-t-elle en se serrant d'un coup contre lui, je vous en prie : emmenez-moi avec vous ! Je vous serai loyale, fidèle, obéissante, je vous le promets. Emmenez-moi ! Je vous aimerai pour le reste de mes jours. Mais par pitié, emmenez-moi. Loin ! Loin de cette ville sinistre où il ne règne que le malheur, et où s'abattra un malheur encore plus grand, j'en ai le pressentiment ! S'il vous plaît ! »

En d'autres circonstances, Lifhort se serait délecté d'un tel abandon et s'en serait frotté les moustaches avec gourmandise. Mais pas ce jour-là, pas ainsi. Serrant Mira dans ses bras pour la réconforter, il s'abstint de toute parole, déposant un baiser tendre mais respectueux sur son abondante chevelure blonde.

Fatalement, la porte de l'auberge s'ouvrit précisément à ce moment, et c'est dans cette posture que les surprit le jeune Métusek, venu présenter ses condoléances à Mira et à ses parents. Le commis en resta interdit. Lifhort relâcha immédiatement son étreinte mais le mal était fait. Le jeune homme le foudroya d'un regard où les larmes se mêlaient à la haine, puis sortit en claquant la porte.

« Il faut que j'aide ma mère à se préparer pour l'enterrement, dit Mira précipitamment, détournant les yeux. À tout à l'heure. »

Pendant qu'elle lui parlait, sa petite main serrait la sienne avec force. Le capitaine la regarda s'éloigner, puis revint à sa bière, le cœur empli de tristesse. Pourtant, dans les sombres pensées qu'il rumina, aux visages de Lena et Mira s'ajouta de manière persistante celui d'Ulrika.

Au cimetière, la cérémonie eut le bon goût d'être brève. Dans l'assistance, Hektor représentait son père le bourgmestre. Lifhort, lui, se demandait si, un peu plus loin, les traces de son travail nocturne avec Smaud étaient visibles malgré le soin qu'ils avaient apporté à reboucher la tombe du malheureux forgeron.

« Pauvre Gothar, pensa-t-il : condamné à être oublié dans la sépulture d'un autre... À moins que je ne révèle la chose. Mais comment ? Et avec quelles preuves ? »

Il s'interrompit en sentant la main de Mira se poser sur son bras. Elle s'appuyait contre lui, en pleurs, et cherchait son soutien. Comme le matin même dans sa chambre, le capitaine posa un bras aimant et protecteur sur ses épaules tandis que la terre recouvrait le cercueil de Lena.

Le soir, Rolnits les invita, lui et Smaud, à partager le repas funèbre de la famille à l'auberge. Après cette journée plus qu'éprouvante tous se restauraient en silence, quand on frappa vivement à la porte de la salle commune. L'aubergiste envoya le garçon d'écurie :

« C'est une dame qui cherche à voir de toute urgence le Monseigneur Capitaine qui est là, rapporta-t-il à son retour en désignant Lifhort. Elle dit que c'est très grave ! »

CHAPITRE XLIII

BATTUE NOCTURNE

Abandonnant à regrets sa potée aux choux, Lifhort se rendit dans la salle commune en se demandant qui pouvait bien le réclamer à pareille heure. Une dame ? Le garçon d'écurie n'avait pas parlé de *femme* ni de *fille*, mais bien de *dame* : la nuance avait son importance. Un bref instant, il imagina que l'une des trois sœurs avait fait le chemin depuis le château pour venir le trouver – peut-être même

Ulrika ? Mais le capitaine fut déconcerté en découvrant qui l'attendait, debout, au milieu des tablées désertes : Gertrod, la jeune épousée d'Hektor Deemenas.

Cette belle femme qu'il n'avait côtoyée que le jour de son mariage était-elle poursuivie par le malheur, comme tant d'autres gens de Dälmö ? En effet, le capitaine vit à ses paupières gonflées qu'elle venait de pleurer abondamment. Au plus profond de lui-même, une petite voix moqueuse, surgie de son passé paillard, demanda si la mariée avait enfin pu jouir de sa nuit de noces – pensée que Lifhort chassa aussitôt. Il se reprit :

« Vous avez demandé à me voir, Madame ?

– En effet, Monseigneur Capitaine, répondit-elle, aussi éplorée que confuse. Pardonnez mon intrusion ! Mais ce qui me motive ne saurait attendre jusqu'à demain. Il s'agit de... mon mari Hektor. Hektor Deemenas.

– Oui, je le connais bien, la rassura Lifhort, en redoutant qu'il ne fût vraiment question de son aiguillette nouée par le rebouteux. A-t-il des ennuis ?

– Ah, Monseigneur, c'est important ! fit Gertrod en joignant les mains. Il faut que vous me le disiez : que s'est-il passé, tout à l'heure, à la sortie du cimetière ? »

Le capitaine avait déjà oublié cet incident, naturellement contrariant mais sans importance : une fois inhumée la pauvre Lena, le rebouteux – encore lui – attendait à la grille du cimetière en brandissant un crucifix de fer blanc. Il l'agitait à la face de chaque passant, en grognant « Le Seigneur Dieu te jugera, toi comme les autres ! », et tous baissaient la tête pour ne pas croiser son œil empli de méchanceté.

« Et bien sûr, raconta Lifhort, Hektor a lui aussi eu droit à ces menaces foncièrement déplacées. Mais il a été le seul à tendre le poing vers l'odieux vieillard et à soutenir son regard. Naturellement, nous l'avons retenu.

– Et...? demanda son épouse.

– Et... rien de plus, à ce qu'il me semble. Pourquoi cette question ? Lui serait-il arrivé quelque chose par la suite ?

– Je l'ignore, Monseigneur Capitaine, dit Gertrod en prenant une profonde inspiration pour maîtriser ses larmes. L'un de ses amis m'a raconté que, cette fois, Hektor était vraiment très en colère. Car voyez-vous, le sort que lui a jeté le rebouteux, eh bien... il... enfin, il en est toujours victime. Et malgré tous les conseils de ses proches, qui lui ont pourtant rappelé combien cet affreux bonhomme était dangereux malgré ses béquilles, Hektor... Hektor a tenu à lui infliger une rossée, pour se débarrasser de lui et de ses sortilèges. Il parlait aussi de lui tendre une embuscade. Et depuis... plus personne ne l'a revu. Il n'est pas rentré ce soir. Son père l'a fait chercher partout, en vain. Personne ne sait où il se trouve en ce moment – et moi, j'ai horriblement peur.

– Mais quelqu'un n'est-il pas allé chez le rebouteux, pour l'interroger ?

– Si... mais comme personne dans la maison de Maître Deemenas n'avait le courage de se rendre à sa cabane, mon beau-père a fait appel à son ami le prévôt, qui a fini par accepter de dépêcher trois soldats. Sans succès : ils n'ont trouvé personne d'autre chez lui, et il s'est bien moqué de nous tous, paraît-il. Alors comme j'ai compris à mon mariage que vous étiez un homme de qualité, je suis venue vous trouver.

– Moi ? Mais pourquoi ?

– Pour nous aider à retrouver Hektor, bien sûr. Le prévôt a ordonné une battue dans les bois autour de la ville. Mais avec la guerre il lui reste peu d'hommes à disposition. Alors je me suis dit qu'un officier aguerri comme vous nous serait indispensable. Je vous en prie, accordez-moi cette immense faveur ! »

Et elle se jeta à ses genoux. Lifhort l'aida aussitôt à se relever. Il était perplexe : en quoi tout cela le concernait-il, au fond ? N'avait-il pas déjà suffisamment à faire, avec la supposée malédiction d'Ödrek, les trois sœurs atteintes de lycanthropie et les meurtres d'innocents ? À moins que...? À la réflexion, il se demanda si Hektor n'avait pas disparu pour être livré aux bêtes et retrouvé au petit matin à l'orée de la forêt. Sa question surprit la jeune femme :

« Dites-moi, Madame, votre époux a-t-il jamais eu maille à partir avec le médecin Hundin ?

– Ma foi... non, pas que je sache, répondit-elle, ne comprenant pas. Pourquoi cela ?

– Oh, juste une idée stupide qui m'a traversé l'esprit, bredouilla-t-il. Mais c'est... très bien ainsi. Oui, très bien. C'est rassurant, en vérité. Ne cherchez pas à comprendre : je suis assez fatigué en ce moment, et mes propos peuvent souvent paraître obscurs.

– Ah, fit-elle, un rien dubitative. Mais viendrez-vous à la battue ? Les hommes se rassemblent devant la Grande Porte.

– Soit, dit-il avec résignation. Qu'on me laisse me préparer, et je me mets en route. »

Tandis que le capitaine chargeait en hâte ses pistolets, Smaud lui appliquait de son mieux une nouvelle couche de l'onguent préparé par Hundin.

« On pourra penser de lui ce que l'on veut pour tout le reste, cet homme sait y faire en matière de guérison, dit-il tout content. Mes plaies cicatrisent correctement, et surtout mon bras et mon épaule retrouvent toute leur souplesse. Avec une telle rapidité, c'est même inespéré. Mais diantre, quand donc pourrai-je profiter d'une nuit paisible, ou tout simplement allumer ma pipe sans être dérangé, un soir au coin du feu ? Eh-eh, si nous continuons à mener cette vie nocturne, mon garçon, nous allons finir par nous transformer en hiboux !

– Boh... lâcha le valet sans sourire ni s'émouvoir.

– On dirait que cette perspective ne t'effraie pas, persévéra le capitaine sur le même ton amusé. Or te rends-tu compte ? En quoi pourrions-nous être changés de pire qu'en vilains hiboux ? Hou-hou ! Hou-hou !...

– En loups-garous » répondit Smaud du tac au tac.

Le visage de Lifhort se ferma d'un coup.

« Allons, dit-il, nous sommes pressés. Donne-moi ma chemise et mon pourpoint. »

Les torches et les lanternes éclairaient puissamment la Grande Porte quand le capitaine et son valet y parvinrent : on venait de former trois petits groupes d'hommes en armes, prêts à battre les alentours de la ville pour retrouver le fils du bourgmestre. Avec amertume, Lifhort songea qu'un tel déploiement n'aurait jamais été possible pour une personne de rang moindre. Il se joignit au dernier groupe à partir, un pistolet à la main, l'autre porté par Smaud, sans vraiment se préoccuper de la direction qui serait prise.

« Peut-être retrouverons-nous Hektor, peut-être pas. Bah, à mon avis, cela n'a rien à voir avec l'affaire qui m'occupe. Si ce garçon n'est pas en conflit avec Hundin, alors il n'a sans doute rien à craindre des bêtes – pour autant que mon hypothèse soit juste. Et dans ce cas, il est fort peu probable que nous croisions ces créatures... Mais à voir les visages de mes compagnons de battue, se retrouver face à l'ours monstrueux qui tue leurs voisins reste ce qui les effraie le plus cette nuit. Je les comprends. Et que penseraient-ils en ce moment, s'ils savaient ne serait-ce que le peu que je sais sur ces trois cas de lycanthropie ? Auraient-ils encore le courage de s'aventurer, comme nous le faisons, dans ces bois remplis de ténèbres ? Peut-être, peut-être pas. Après tout, nous sommes en nombre : en cas d'attaque, nous pourrions nous défendre. Oui, mais... Serais-je capable de courir ce risque, si nous devions nous aventurer à nouveau seuls dans cette forêt une nuit prochaine ? Ah, si j'étais Smaud, je me signerais à tour de bras ! *Lui* est bien courageux, cela dit. Je le vois : il tremble de peur – mais il avance à mon côté. Je n'ose imaginer ce qui peut bien passer par sa tête en ce moment... Brave gosse, il ne mérite pas toutes ces horreurs où je l'entraîne depuis qu'il m'a été confié. »

De son côté, Smaud ne pensait à rien ; il était bien trop terrorisé pour cela et préférait s'en remettre à son ouïe et à sa vue. Tous sens aux aguets, il tâchait de percevoir le moindre bruit suspect, le moindre mouvement furtif qui légitimerait sa fuite à toutes jambes. Le groupe qu'il accompagnait comptait quelques mousquetaires du prévôt et ne s'enfonçait pas si loin que cela sous le couvert des arbres, mais il en aurait fallu bien davantage pour qu'il se sentît en sécurité : il savait bien, lui, de quoi étaient capables les trois bêtes venues du *burg*.

Les recherches ne donnant rien au bout de deux heures, elles furent suspendues. Les hommes de la battue rebroussèrent chemin, pour la plupart avec soulagement. Pas de trace d'Hektor, certes, mais au moins, pas d'attaque du monstre qui rôdait dans les bois. Pourtant, c'est sur Smaud que le sort s'acharna : une fois encore, ce furent ses jeunes yeux qui firent la découverte. Là où les hommes étaient passés avant lui sans rien voir, il vit. Dans la lueur mouvante des lanternes et des torches, le garçon comprit qu'il ne rêvait pas malgré sa fatigue. À son cri perçant, la troupe s'arrêta.

« Que se passe-t-il, mon ami ? dit Lifhort en se penchant sur lui.

– Là ! Làààààà ! s'écria le valet en désignant un grand orme sur le bord du sentier qu'ils suivaient, à un petit lancer de flèche de la lisière de la forêt.

– Quoi donc ? fit Lifhort en suivant son regard. Oh, maugrebleu ! »

C'était là, sous ses yeux. Si évident et cependant si éprouvant à concevoir. La chose était même impossible, à moins de croire à tous ces sortilèges et ces maléfices dont de vieilles folles avaient bourré le crâne de Smaud, et pourtant elle était bien réelle. Cette fois, il n'était plus question d'une maladie mi-légendaire, mi-véritable comme la lycanthropie ; Lifhort dut admettre qu'il venait de basculer dans un conte de fées cauchemardesque. Le rebouteux était-il responsable de cette atrocité, comme lui en vint l'idée aussitôt ? Après tout, si les gens de Dälmö le prétendaient si dangereux... Mais alors, quels abominables pouvoirs il devait avoir !

Approchant une torche, le capitaine osa enfin s'avancer vers l'arbre. Son tronc était massif et ancien, bosselé par la nature, craquelé par les ans, et partout recouvert d'une fine mousse verte. Mais deux branches curieuses en émergeaient à cet endroit, à la semblance de deux bras tordus. Et surtout, entre ces branches, l'écorce avait pris la forme très nette d'un visage, jeune, masculin, étrangement familier, sa bouche grande ouverte pour un cri désormais inaudible.

« Par les sabots du roi Zoltin : Hektor ! »

CHAPITRE XLIV

LES NERFS LÂCHENT

Une fois de plus, le capitaine revint dans sa chambre après la mi-nuit. Et cette fois encore sa fenêtre et son volet avaient été ouverts, mais il les referma sans y prendre garde tant son esprit était troublé : dans son crâne fatigué résonnaient encore les cris de désespoir de la malheureuse Gertrod. Elle avait tenu à rester éveillée pour attendre le retour des hommes partis à la battue en forêt, trompant son impatience comme elle le pouvait avec un ouvrage de broderie dans le poste de guet de la Grande Porte, sous la protection de trois serviteurs du bourgmestre. La voyant se précipiter vers ses compagnons et lui à leur retour en ville, Lifhort avait redouté le pire – et le pire s'était bien produit.

À l'annonce de la stupéfiante découverte de Smaud, la jeune femme s'était évanouie de douleur. Puis, ses sens lui revenant, elle avait crié, crié avec une force que le capitaine n'aurait jamais cru possible chez un être humain. Dans sa douleur, Gertrod avait alors commencé à se griffer le visage jusqu'au sang, hurlant toujours les mêmes paroles entre ses gémissements :

« Rendez-moi mon époux !... Rendez-moi mon époux !... »

Lifhort pensa un moment que, dans sa souffrance, elle allait se crever les yeux. Sa folie l'entraînait dans les pires égarements, elle agrippait les hommes de la battue et les secouait avec violence, elle en frappait quelques-uns, crachait au visage de plusieurs autres, maudissait le ciel et sa mauvaise fortune. Enfin les gens de Deemenas se saisirent d'elle, sans ménagement, pour la ramener sous le toit du bourgmestre ; le capitaine choisit alors de prendre le chemin de l'auberge. Bien que son corps fût las comme jamais, son esprit buttait sans cesse sur la vision effroyable du corps supposé d'Hektor. Comment un tel maléfice était-il imaginable ? Cet horrible spectacle bousculait de la plus méchante façon ses certitudes et son bon sens.

Le malheureux avait été comme happé par l'arbre, son corps tout entier se fondant dans l'écorce rugueuse de l'orme. Mais comment la mousse avait-elle pu le recouvrir aussitôt ? Tout cela était clairement *impossible*. En outre, Hektor – puisqu'il ne pouvait s'agir que de lui – n'avait pas été plaqué contre l'arbre, mais plus vraisemblablement projeté contre lui, car ses pieds dépassaient du tronc à environ trois coudées du sol : tenant à peine sur ses béquilles, le rebouteux avait-il donc assez de force pour soulever ainsi un solide gaillard comme le fils du bourgmestre ? Assurément pas. Mais avait-il le pouvoir de le faire, ou plutôt certains pouvoirs le lui permettant ? Lifhort ne parvenait pas à formuler de réponse satisfaisante. Se jetant tout habillé sur son lit, il demeura longtemps incapable de trouver le sommeil.

Au petit matin, il fut réveillé par dame Rolnits et ses reniflements : elle fit entrer la lumière du jour dans sa chambre et lui apporta un broc d'eau chaude, comme l'exigeait son travail, mais elle pleurait toujours abondamment. De fait, ce jour-là encore, l'auberge resterait fermée. Lifhort se rasa lentement et retrouva Smaud dans la salle commune. Visiblement, cette nouvelle nuit dans le dortoir réservé aux domestiques, au-dessus de l'écurie, n'avait pas non plus apporté tout le repos nécessaire au garçon. Le service fut assuré, en silence, par le maître de maison, aussi triste que sa femme ; Mira devait sans doute se remettre dans sa chambre. Le capitaine prit conscience de ce que la présence des deux sœurs, l'une si discrète, l'autre si vive, lui manquait.

Une demi-heure plus tard, il avait repris sa place sur le banc de pierre devant l'auberge, tirant pensivement sur sa longue pipe tandis qu'à son côté son valet bâillait comme une fosse. Tous deux paraissaient bien moroses et ne semblaient rien voir des passants. Mais un grand homme sec, en pourpoint de velours rouge, vint se poster devant Lifhort et le salua : nul autre que Jonas Holokern. Le capitaine aperçut derrière lui plusieurs mousquetaires transportant une civière chargée d'un corps recouvert d'un drap gris.

« Quelles nouvelles, Monseigneur Prévôt ? demanda-t-il en se levant pour lui rendre son salut. Serait-ce le cadavre du pauvre Hektor Deemenas que vos hommes transportent là ?

– Hélas, Monseigneur Capitaine, dit Holokern, j'ignore

comment il pourrait être possible d'extraire son corps de l'arbre sans abattre celui-ci... La chose devra donc attendre encore un peu. Non, poursuivit-il de sa voix monocorde, ce que vous voyez n'est autre que la nouvelle victime du monstre qui rôde autour de Dälmö. Vous l'ignoriez ? Eh bien, il semble que nos battues de cette nuit aient échappé de peu au désastre, ou à tout le moins à une confrontation périlleuse.

– Et qui est cette nouvelle... victime ? interrogea Lifhort, devenu très pâle.

– Oh, je ne pense pas que vous l'ayez connu : Sorgher, un médecin fort apprécié ici. Il exerçait depuis des années à Dälmö.

– Mais était-il... comment dire ? Savez-vous s'il avait des différends avec Maître Hundin ?

– Pourquoi cette question ? Ils ne s'appréciaient guère, c'est un fait, mais... Je ne comprends pas ce que vous me demandez.

– Aucune importance, Monseigneur, éluda le capitaine. Or donc, la créature des bois a frappé une nouvelle fois... »

Holokern afficha aussitôt une mine soucieuse :

« C'est ce que je crains, dit-il à voix basse, et cela m'embarrasse au plus haut point. Avec ce nouveau cadavre, je n'ai vraiment plus le choix : il faut que j'alerte le pouvoir royal. Mais envoyer un émissaire à Borghavan, ces temps-ci, me paraît hasardeux. Ici nous sommes un peu coupés du monde, et même si les Suédois s'en vont, après toutes ces batailles désastreuses je doute de recevoir avant longtemps une aide pour l'affaire qui m'occupe. »

Sur quoi Holokern prit congé rapidement. Lifhort se rassit lourdement sur le banc.

« Hundin a bien joué, marmonna-t-il en lissant ses moustaches. Il sait que la guerre fera passer les morts de Dälmö après tout le reste. Il sait que le prévôt n'est pas à la hauteur de sa tâche. Il sait aussi, si c'est bien son serviteur qui nous espionnait l'autre nuit au cimetière, que je ne peux me servir de la seule preuve en ma possession. Alors il en profite pour éliminer au plus vite ses derniers adversaires, comme ce médecin, pour une raison que j'ignore mais qui n'a plus guère d'importance. Cependant... »

Comme d'habitude quand il s'interrompait de la sorte, Smaud releva la tête. Cette fois, pourtant, le valet ne dit rien. Sa bonne figure ronde était devenue sévère.

« Cependant, reprit Lifhort en lui jetant un regard en coin, si mes hypothèses concernant l'exorciste disparu sont justes, toi et moi nous pourrions...

« Ah, ça suffit ! s'écria vivement le garçon sans prévenir. Ça suffit ! »

De surprise, le capitaine faillit lâcher sa pipe.

« C'est assez ! explosa Smaud. Qu'on arrête avec tout ça ! Je n'en peux plus ! Je ne veux plus rien entendre ! Toute cette affaire commence à me sortir par les oreilles ! Ce n'est pas que j'aime tant dormir, mais cette fois je manque terriblement de sommeil, et franchement je sens que je pourrais m'allonger toute une semaine sans me réveiller ! Au moins je pourrais oublier toutes ces horreurs, ces cadavres tous les matins, ces créatures et ces sortilèges toutes les nuits ! Et d'abord, hein, pourquoi est-ce que c'est toujours sur moi que ça tombe, ces saletés ? Pourquoi ? Pourquoi, cette bête démoniaque qui me sautait après dans l'arbre ? Pourquoi cette tête tranchée juste devant mes yeux, alors qu'elle était clairement cachée là pour que personne ne la retrouve jamais ? Pourquoi cette abomination dans le tronc de l'orme ? Et comme si ça ne suffisait pas, il faut en plus que j'aille déterrer un mort, mais oui, rien que ça, que je risque de me rompre le cou en escaladant une muraille sur le point de s'effondrer, que je me retrouve face à un cirque de monstres dans la forêt, que j'assiste à leur lapidation par une populace en furie, que je monte et remonte sans cesse jusqu'à ce fichu château, à pied ou à dos de mulet !... Et puis quel château, en plus : de quoi faire des cauchemars toutes les nuits jusqu'à ma mort, dans ces couloirs hantés par des gémissements sortis des murs et par des chauves-souris dégoûtantes ! Sans parler de ce laboratoire secret où doivent se dérouler des choses horribles – et bien sûr ces transformations de jolies dames en bêtes sataniques ! Alors parlons-en, tiens, de toutes ces jolies damoiselles ! Elles sont aussi belles le jour qu'elles peuvent être dangereuses la nuit ! Et quand elles ne sont pas dangereuses, elles sont de toute façon trop jolies pour les simples valets, et soit elles n'en ont que pour les *monsieurs*, soit elles meurent dans de grandes souffrances – ce qui n'empêche pas que, de toute manière, elles ne regardent pas non plus les serviteurs insignifiants ! Dans ce monde injuste, on s'attache plus aux chiens qu'aux gens de maison ! Même les domestiques n'ont que mépris pour les autres domestiques. Alors il ne faut pas s'en étonner ! Quand tu es né pauvre et petit tu finiras pauvre et petit, c'est comme ça. Et certainement malheureux, en plus ! De toute façon, j'aurais bien dû me méfier des belles paroles d'Elvina. C'était pourtant évident ! Cette histoire ne pouvait pas bien se terminer. Elle ne le peut pas ! Parce qu'après tout, quelle autre destinée pourrait avoir un garçon simple comme moi, hein ? Vas-y, Draxen, vas-y, tu verras, tu vas voir du pays, mon ami va t'emmener dans ses aventures et tu en reviendras riche et grandi ! Quelle blague ! Mes aventures, à moi, jusqu'à présent, c'est dans un sinistre vallon qu'elles ont abouti, et encore je ne parle pas de tout ce qui a précédé – parce que ce château, c'est juste pour se distraire, hein, quand on sait par quoi j'ai dû passer auparavant : cette bataille affreuse, cette boucherie dont je me demande encore comment j'ai pu m'échapper alors que les Suédois ont taillé tout le monde en pièces avec leurs canons et leur cavalerie ! Et tout ça pour quoi ? Pour replonger aussi sec dans la bagarre, avec une expédition complètement folle dans le camp des vainqueurs afin de retrouver deux fichus pistolets et une fois de plus échapper à la mort de justesse ! Et recevoir en prime une satanée histoire de Kobolds et de fin du monde pour que, décidément, je sois incapable de fermer l'œil tellement c'est effrayant ! Alors non ! Non ! Je ne veux plus rien savoir du tout ! Qu'on me laisse tranquille au moins ce matin avec tout ça ! Flûte ! »

Lifhort en demeura bouche bée, sans rien trouver d'autre à murmurer que « Vertubleu ». Le garçon replongea dans son mutisme habituel. Le capitaine, lui, se perdit dans la contemplation absente des passants autour de la fontaine.

De la sorte, il ne vit que trop tard le jeune homme qui

vint se planter devant lui. Levant les yeux, il reconnut le commis Métusek. Celui-ci le dévisageait avec une colère froide, dans un silence gênant. Lifhort allait lui demander ce qu'il lui voulait quand l'autre, sans prévenir, lui asséna un soufflet retentissant. La joue brûlante, le capitaine se leva d'un bond.

« S'il vous reste encore un peu d'honneur, lança Métusek en le défiant du regard, vous savez ce que j'attends de vous. Maintenant. »

CHAPITRE XLV

LE DUEL

Métusek, découvrit Lifhort, était armé d'une épée, obtenue il ne savait comment. Faute d'avoir le droit de la porter au côté, il la tenait à la main, tout simplement, par le haut de la lame. Ce jeune écervelé ne s'était jamais servi d'une rapière, le capitaine en aurait mis sa tête à couper, et ce qu'il faisait en le défiant relevait de la sottise absolue ; pour autant Lifhort ne fanfaronnait pas, car il avait plus d'une fois entendu ces racontars sur des novices à l'épée qui, par chance, tuaient leur adversaire dès le premier duel.

« Vous m'avez offensé, gravement, poursuivit le commis sur le même ton sérieux. Vous avez séduit celle que j'aime par vos belles manières, alors qu'auparavant elle n'avait d'yeux que pour moi, et j'exige réparation. Sur-le-champ. »

Le capitaine se demanda s'il devait rire de ces paroles naïves ; la flamme qui brûlait dans les yeux de Métusek le persuada finalement du contraire. Il se rembrunit d'un coup, portant la main à sa propre épée.

« Soit ! grogna-t-il. Si c'est ce que tu veux vraiment, malheureux imbécile, je suis ton homme. Où veux-tu en découdre ? Ici, devant la fontaine ?

– Non, répondit le commis. Les hommes du prévôt pourraient nous voir et nous interrompre. Allons plutôt derrière l'auberge. Il y a une grande cour entre trois maisons, à l'écart des passants. Personne ne viendra nous déranger. »

Ils se mirent en route en silence, aussitôt suivis par Smaud qui, malgré ses longues protestations un instant auparavant, tenait impérativement à accompagner son maître. En chemin, le capitaine songea aux liens nouveaux et inattendus qui l'unissaient à la jolie Mira, principalement de son fait à elle, et plus largement à ces jeunes femmes qu'il avait découvertes en venant se cacher à Dälmö. Mira, mais aussi la pauvre Lena, bien sûr ; et les trois sœurs, si mystérieuses : Yseldys, si intelligente, si intouchable ; Eleana, si absente, si blessée ; et surtout Ulrika, l'espiègle, gentille et belle Ulrika... Qu'elles étaient loin, toutes ces femmes dont il s'était amusé à faire la conquête lors de ses jeunes années à Serdekinn !

« C'est ici, dit Métusek quand ils furent arrivés dans la cour, le ramenant à la réalité. Cela vous convient-il ?

– Ce sera très bien, répondit le capitaine, encore troublé par ses réflexions. Parfait. »

Il tâcha de reprendre ses esprits et fouetta l'air de sa lame, afin de redonner toute la souplesse voulue à son poignet. De l'autre côté de la cour, le commis tâchait de se donner la contenance nécessaire en levant son épée. Smaud alla s'asseoir dans un coin, hochant vigoureusement la tête : ce duel était à ses yeux un immense gâchis, et peut-être même un danger pour son maître. Enfin, les deux adversaires se rapprochèrent suffisamment pour pouvoir croiser le fer.

« En garde ! » lança Métusek, reculant d'un pas pour préparer son assaut.

Lifhort, levant son épée, lui rendit son salut. Il voyait combien le commis était inexpérimenté. Ce combat s'annonçait comme une odieuse curée ; au moins, il serait bref. Prenant une profonde inspiration, il se mit en position. Mal assuré malgré sa colère, et comprenant peut-être enfin la folie de son défi, le jeune homme jugea bon d'attendre le premier assaut du capitaine. Mais celui-ci ne vint pas.

« Tu as raison, dit soudain Lifhort en abaissant sa lame. Tu as raison !

– Pardon ? fit le commis, incrédule.

– Mais oui, mon garçon. Je me suis montré trop stupide jusqu'à présent : je me suis abandonné à ma conduite de naguère en ne repoussant pas Mira comme je l'aurais dû.

– C'est trop tard ! s'écria Métusek. Battez-vous, espèce de lâche !

– Dis de moi ce que tu voudras, je m'en moque et tu auras raison. Tu as gagné. »

Le capitaine laissa tomber son épée. Le commis, intérieurement tout heureux de ce dénouement inespéré, baissa son arme à son tour.

« Tu as fait une folie en me défiant, mais au moins tu es un garçon courageux, personne ne pourra plus prétendre le contraire. Tu viens de le prouver devant témoin, ajouta Lifhort en désignant Smaud.

– Mais alors... Mira ?

– Elle est à toi ! Depuis le début. Je n'avais pas les idées claires, mais enfin tu viens de me dessiller les yeux. À présent je comprends que ce n'est pas Mira que j'aime vraiment, mais une autre. Bien plus inaccessible, hélas. Allons, rangeons là notre colère, oublions ce différend, et embrassons-nous, mon ami ! »

En trois pas, le capitaine alla serrer contre lui son adversaire qui ne comprenait plus ce qui lui arrivait. Quelques instants plus tard, les duellistes et leur témoin étaient attablés dans la salle commune de l'auberge des Rolnits, autour d'un jambon à l'os, déniché dans la cuisine, et d'un pichet de bière fraîche, que Lifhort était allé tirer lui-même dans le cellier.

« Et si Mira nous surprenait ici ? demanda Métusek en retrouvant son visage timide.

– Que pourrait-elle nous dire, sinon nous souhaiter le bonjour ? rétorqua le capitaine avec un grand sourire. L'auberge est fermée, certes, mais tu n'es pas un client : tu es juste l'ami d'un client, et mon invité. Si ce n'est un ami de la famille. N'était-ce pas en ami, d'ailleurs, que tu es venu hier quand tu nous as surpris, elle et moi ?

– Si. Mais justement, quand je vous ai trouvés, enlacés de la sorte...

– Les apparences sont souvent trompeuses, dit Lifhort en relevant le nez de sa chope. Pour tout le monde – même pour moi. C'est ainsi. Mais nous avions surtout du chagrin, elle et moi. Un immense chagrin. Et sache, mon cher... Quel est ton prénom ?

– Heu... Vasle. Vasle Métusek.

– Alors sache, mon cher Vasle, que malgré toutes les apparences, la douce Mira ne m'aime pas. Elle-même se trompe. Pour elle, je ne suis qu'un rêve aux contours indistincts, l'espoir d'une fuite, d'un autre destin, loin de Dälmö. J'ai trop tardé à le comprendre, c'est là ma faiblesse. Mais si elle et toi vous entendiez si bien avant ma venue, alors elle te reviendra très vite. Je ne serai plus un obstacle pour vous quand je serai reparti. Car un jour prochain je vais enfin quitter cette maison : voilà une semaine que je suis dans cette ville ; il est grand temps que je m'en aille. Et que j'aille sauver celle que j'aime vraiment.

– Et qui est-ce donc ? demanda le commis en s'enhardissant.

– Tu la connais peut-être, ou tu as déjà entendu parler d'elle, à tout le moins. C'est... »

Deux coups à la porte l'interrompirent. Sans attendre que l'on vienne lui ouvrir, un homme entra d'un pas rapide, sa silhouette râblée se découpant dans le contre-jour. Lifhort reconnut aussitôt Hundin. Son sang se figea.

« Je suis heureux de vous trouver ici, Monseigneur Capitaine, dit le médecin en lui adressant la grimace qui lui servait de sourire. La situation est grave. »

Il lança un regard soupçonneux en direction de Métusek, qu'il ne s'attendait pas à trouver là, mais jugea bon de poursuivre, en pesant ses mots :

« Le décès constaté par le prévôt Holokern ce matin, si vous me comprenez, est devenu on ne peut plus embarrassant pour moi. Trop de soupçons vont naître, et peser sur ma personne. J'ignore où vous en êtes dans vos... recherches, mais enfin il est vraiment urgent de mettre un terme à cette affaire. Vous savez ce que j'en pense. Vous savez qui je soupçonne depuis le début. Nous ne pouvons plus attendre, Monseigneur : vous devez aller trouver les coupables, et les confondre. Maintenant ! Je vous en ai dit assez sur leur... maladie, et vous-même avez éprouvé d'assez près leur pouvoir destructeur, pour que cela suffise à les faire avouer. Alors vous pourrez soit les ramener ici avec vous pour les livrer au prévôt, soit faire appel à ses hommes pour qu'ils aillent les arrêter... là-haut. M'avez-vous bien compris ? Et le ferez-vous ? »

Le capitaine garda le silence un instant, puis il se leva : « Soyez sans crainte, Maître Hundin. J'ai bien saisi le sens de vos paroles. L'affaire sera réglée ce soir, vous pouvez en être assuré. Rentrez chez vous à présent : je vous tiendrai informé de tout. Bonsoir ! »

Le médecin ne put que lui rendre son bonsoir et quitter l'auberge. Mais Smaud s'étonna :

« C'est bizarre !

– Quoi donc, mon garçon ?

– Son... empressement.

– Oui, en effet. Mais à mon avis, tout cela n'est qu'un grand jeu de dupes entre lui et moi. Il sait peut-être que j'ai éventé son complot. Dans ce cas, il me presse pour que je sois contraint de neutraliser les trois sœurs avant d'avoir pu me retourner contre lui. Ou bien il ne sait pas que je sais, mais il a compris que désormais le temps allait jouer contre lui : il tient à abattre Ulrika et ses sœurs pour accomplir sa vengeance. Et peut-être la victime de ce matin était-elle, en outre, la dernière sur sa liste de crimes à leur imputer.

– Mais de quoi parlez-vous ? fit Métusek, abasourdi par leur échange.

– Ah, c'est une longue histoire, très complexe, dit Lifhort en se rasseyant face à lui. Mais puisque tu es un homme courageux, mon ami, la voici en quelques mots. »

Pour le commis, le quart d'heure d'explications qui suivit fut aussi plein que toute sa vie avant cela, et autrement plus riche en surprises et en coups de théâtre.

« Ça alors ! souffla-t-il à la fin du récit. C'est incroyable...

– J'en conviens, dit le capitaine. Notre ami Smaud ici présent ne s'en est toujours pas remis, et je dois avouer que, moi-même, j'en reste quelque peu ébranlé. À présent Hundin nous pousse à retourner au *burg* ; c'est suspect, en effet, et il a certainement une idée derrière la tête. Mais nous allons le faire de toute façon. Car de mon côté, je souhaitais aussi m'y rendre.

– Encore ! geignit le valet. Pourquoi ?

– C'est ce dont je voulais te parler ce matin, au sujet de l'exorciste disparu : ce n'est qu'une pure conjecture, mais ne pourrait-il pas y avoir un rapport entre lui, peut-être retenu prisonnier quelque part, et ces affreux mugissements que l'on entend dans le château d'Ödrek ? »

CHAPITRE XLVI

UNE DÉCLARATION

Rolnits avait préparé un déjeuner simple mais roboratif aux trois occupants de la salle commune, sans poser de question. Quant à Mira, elle n'y avait fait qu'une très brève apparition, pour leur apporter deux pichets ; intriguée par la présence de Métusek au côté de Lifhort, elle n'avait pas cherché à entamer la conversation, néanmoins. Ses yeux étaient toujours rougis par la peine. Quant au commis, mis dans de bonnes dispositions par la bière servie en abondance, il ne fut pas difficile pour le capitaine de le convaincre de les accompagner, Smaud et lui, en insistant sur le prestige qu'il gagnerait assurément aux yeux de sa belle s'il aidait à innocenter trois pauvres femmes, injustement poursuivies par un redoutable criminel. Car pour pouvoir pénétrer dans le vieux *burg* sans être vu, Lifhort avait besoin de lui.

« Mais à présent, mon ami, dit-il, j'ai besoin de retrouver mes forces après cette nouvelle nuit agitée, de même que Monsieur Smaud ici présent, et nous allons donc nous retirer pour une bonne sieste. Viens nous réveiller dans deux heures. »

La montée jusqu'au château se fit à pied, une nouvelle fois. Son épée au côté, Lifhort avait pris soin de nettoyer et charger ses précieux pistolets, rangés dans une sacoche qu'il portait à l'épaule, Smaud gardait sur lui son grand couteau et sa fronde, tandis que Métusek emportait sa rapière dans le grand sac qui avait servi à transporter les pelles jusqu'au cimetière. Ils passèrent par la forêt, dont les chemins leur devenaient chaque fois plus familiers, jusqu'à parvenir en vue de la cabane de l'ermite.

« Un vieux moine solitaire, confirma le commis. Il se raconte à Dälmö qu'il vit là depuis des années, sans doute même avant ma naissance, et ne mange que des champignons et de l'eau de pluie. Mais pourquoi il vit ici, dans l'ombre du château, personne ne le sait vraiment.

– Ma foi, nous ne chercherons pas à le découvrir aujourd'hui, dit le capitaine. Allons, la journée est déjà très avancée, ne tardons pas – et restons bien à l'abri des arbres. »

Ils mirent alors à exécution le plan qu'ils avaient conçu en cours de route. Smaud se posta un peu en retrait, pour avoir une vue dégagée sur le portail du *burg*. Si quelqu'un se postait à une fenêtre pour surveiller l'accès, il devrait immédiatement imiter le coucou, en l'occurrence le seul chant d'oiseau qu'il était capable de contrefaire. De leur côté, Lifhort et Métusek coururent jusqu'au pont-levis sans se faire voir, en rasant les murailles le plus possible. Se postant dans ce qu'il espérait être un angle mort sur le côté de la vieille porte, le capitaine fit un signe au jeune homme, qui prit une grande inspiration.

« Holà, du château ! s'écria Métusek en prenant un ton autoritaire. Venez ouvrir ! »

Il dut répéter son appel. Mais enfin, la porte s'écarta sur le vieux domestique des trois sœurs.

« Qu'est-ce que vous voulez ? demanda-t-il en examinant avec suspicion la tenue modeste du visiteur. Mes maîtresses ne reçoivent pas.

– Je ne cherche pas à les voir, répondit le commis. Ce ne sera pas nécessaire. En vérité, je suis envoyé par Maître Salnas, notaire à Dälmö, pour constater une possible infraction.

– Une... quoi ? Qu'est-ce que vous voulez dire, au juste ?

– Eh bien, il semble que les dimensions réelles de la cour du château, juste derrière vous, ne correspondent pas avec ce que mentionnent les plans déposés à l'office de Maître Salnas, ce qui pourrait être préjudiciable en cas de vente de cette propriété par vos maîtresses.

– Comment ? Elles voudraient... vendre le château ?

– Vous ne le saviez pas ? rebondit habilement Métusek. Ah, il ne m'appartient pas de vous l'apprendre. Mais ne perdons pas de temps, je tiens à rentrer en ville avant la nuit. Venez donc m'aider ! Vous me servirez de témoin : je vais arpenter chacun des murs de cette cour et c'est vous qui compterez mes pas. Voilà, laissez-moi entrer, ajouta-t-il en franchissant le seuil et en prenant d'autorité le vieil homme par le bras, et ne quittez pas mes pieds des yeux. »

Le domestique n'avait pas eu la possibilité de refermer la porte derrière eux : c'était ce qu'espérait le capitaine. Il patienta encore quelques instants, se glissa jusqu'à l'ouverture et vérifia que le vieillard lui tournait le dos, tout occupé à compter les pas du commis, pour entrer furtivement et se faufiler dans un couloir.

« Le compte y est, conclut Métusek, tout heureux de la crédulité du domestique, quand ils eurent terminé leur tour complet de la cour : Maître Salnas sera rassuré. Merci pour votre aide, mon ami. Je vous souhaite le bonsoir ! »

Il repartit sans traîner, sa mission accomplie, allant rejoindre Smaud dans les fourrés.

De son côté, Lifhort avait rapidement retrouvé son chemin dans les couloirs et les escaliers déserts, jusqu'aux appartements des trois sœurs dans l'aile sud. Étaient-elles à leur ouvrage dans le grand salon, à un étage inférieur ? Ou occupées dans leur mystérieux laboratoire ? Si la fortune était toujours de son côté, il ne les croiserait pas avant d'avoir trouvé ce qu'il cherchait : la chambre d'Ulrika. Car c'était la seule des trois avec laquelle il pouvait espérer avoir une chance de parvenir à ses fins... mais aussi la seule qu'il souhaitait vraiment rencontrer ce soir-là. Poussant une porte puis une autre, sans faire de bruit, il explora les appartements jusqu'à entrer dans une pièce tendue de tapisseries plus claires, de la même couleur passée que les voileries du lit à baldaquin. Sous un miroir, à côté de l'unique fenêtre, se dressait une petite table couverte de flacons et d'objets divers : en y découvrant plusieurs cheveux d'un blond vénitien sur une brosse, le capitaine sut qu'il touchait au but. Il s'assit sur le lit, espérant qu'Ulrika repasserait bientôt par sa chambre.

Très vite, le parfum des draps lui fit tourner la tête. Quand il fermait les yeux, c'était comme si la jolie cadette était à son côté, et alors il se laissait envahir par bien des pensées tendres. Combien de temps il resta perdu dans ces rêveries ? Il l'ignorait ; un cri de frayeur l'en tira brutalement : Ulrika, le bras toujours en écharpe, venait d'entrer dans la pièce.

« Madame, dit-il en se levant aussitôt pour la saluer d'un grand geste avec son chapeau, pardonnez-moi cette intrusion. Je puis vous promettre que mes intentions sont aussi pures que le jour, et que vous ne risquez rien. M'accorderez-vous quelques secondes de votre temps, pour entendre ce que j'ai à vous dire ? »

Désormais, tout dépendait de sa réaction. Elle pourrait appeler ses sœurs à l'aide et c'en serait fini de sa tentative, ou bien le laisser s'exprimer. La jeune femme choisit de refermer la porte de sa chambre :

« Parlez, Monseigneur Capitaine, dit-elle d'une voix calme. Je veux bien vous écouter.

– Merci, chère Ulrika ! dit-il en tâchant de ne pas trop laisser transparaître sa joie – avant de perdre tout contrôle de lui-même et de se jeter à ses genoux. Ah, Ulrika, j'aurais tant de choses à vous dire, en plus de la question urgente qui m'amène ce soir, mais... mais j'en suis à présent incapable ! Voyez dans quels transports vous me plongez : mes sens défaillent et je ne sais plus comment m'adresser à vous !

– Monseigneur ! se récria-t-elle, le rouge aux joues. Reprenez-vous, je vous en prie.

– Mais c'est impossible, Ulrika, chère Ulrika ! Car désormais je le sais, je le ressens au plus profond de moi-même, c'est devenu pour moi une absolue certitude : je vous aime, Ulrika. De tout mon être ! Je ne puis plus vivre que pour vous, et s'il me fallait mourir aujourd'hui, ce ne serait que pour vous, en ne pensant qu'à vous. Ulrika, Ulrika, je vous aime passionnément, et plus rien au monde ne pourra me détourner de vous. Je vous aime ! Je vous aime et j'ai la folie de croire que, peut-être, vous pourriez m'aimer aussi, un peu... »

Allait-elle s'enfuir et le dénoncer à ses sœurs ? Le cœur du capitaine était sur le point d'exploser dans sa poitrine. Il attendait sa réponse, le souffle court et le sang battant comme jamais à ses tempes. Mais elle passa à côté de lui pour se poster devant la fenêtre, comme agitée de sanglots qu'elle essayait tant bien que mal de contenir.

« C'est impossible, murmura-t-elle en fixant la forêt en contrebas. Impossible... »

Lifhort se redressa pour s'approcher d'elle, se risquant même à poser doucement ses mains sur ses épaules. Elle frissonna mais ne chercha à pas se dégager de cette étreinte.

« Pourquoi ? demanda-t-il à voix basse. Pourquoi serait-ce impossible ?

– Ah, dit-elle sans plus pouvoir retenir ses larmes, je ne peux répondre comme je le voudrais. Il y a... bien trop de choses que vous ignorez. Je ne suis pas celle que vous pensez.

– Que puis-je ignorer de vous, douce Ulrika ? Essayez-vous de me parler des... bêtes sauvages qui hantent ces bois ? »

Elle se retourna vers lui brusquement, de la terreur dans ses grands yeux mouillés.

« Oui, je le sais, Ulrika, et je sais que vous le savez. Jamais je ne me pardonnerai ceci, dit-il en désignant son bras blessé, même si cette nuit-là il y allait de ma vie et de celle de mon valet. Mais je sais que vous n'étiez pas vous-même, que vous ne vouliez pas ce qui s'est passé. Et si je suis revenu ce soir, c'est aussi pour vous aider à vous délivrer de ce mal.

– Oh, souffla-t-elle, j'étouffe. J'étouffe entre ces vieux murs !...

– Alors venez avec moi, suivez-moi loin de ce château, et je vous promets de tout faire pour vous libérer du mal cruel qui vous afflige.

– Il est trop tard, je le crains ! dit-elle avec un sourire malheureux. Et... je ne peux pas vous suivre ainsi. Pas maintenant. Pas comme cela. J'ai... besoin de temps.

– Allons, Ulrika, je vous en prie, venez avec moi.

– Mais où voudriez-vous aller ? renifla-t-elle tristement,

reprenant peu à peu le contrôle d'elle-même. Avez-vous songé à mes sœurs ? Aux conséquences de votre venue ce soir ? Et d'abord, quelle était cette question urgente qui vous amenait ici ?

– C'est vrai, dit-il en se reprenant à son tour. Mais cela pourra peut-être nous aider – *vous* aider, Ulrika. Aidez-moi à trouver d'où proviennent les gémissements qui résonnent dans ce château : s'il est bien celui que je pense, celui qui se plaint ainsi est un pope exorciste disparu récemment, qui pourrait peut-être vous libérer de votre mal, vous et vos sœurs également !

– Ces lamentations ? Ah, mon pauvre ami, j'en doute vraiment, hélas, dit-elle en ruinant ses espoirs : elles se font entendre dans ces murs depuis toujours, car c'est là un mystère qui m'effraie, moi, depuis que je suis toute petite. Je suis donc au regret de vous dire que ce n'est pas ce pope dont vous parlez. Mais de toute façon, je l'ai compris depuis un moment déjà : plus rien ne me sauvera. Votre peine est inutile. Vous devez m'oublier, cher Capitaine. M'oublier pour toujours. Et si vous ne partez pas *maintenant*... ajouta-t-elle en versant des larmes nouvelles, vous allez mourir. »

CHAPITRE XLVII

L'HOMME EN NOIR

Une fois Lifhort entré en secret dans le château, Métusek s'était empressé de rejoindre Smaud dans les fourrés un peu à l'écart du *burg*.

« Parfait, dit-il tout sourire au valet, la première partie du plan a fonctionné à merveille ! Qu'est-il prévu pour la suite ?

– Quelle suite ?

– Comment ça ? Est-ce que le capitaine n'a pas laissé des consignes ? Pour savoir si nous devons l'attendre, ou bien le rejoindre d'une manière ou d'une autre ?

– Heu... non, soupira le garçon.

– Mais alors...? Il va donc tenter d'éclaircir ce mystère

des lamentations tout seul ?!
– Possible. »
Le commis en resta coi. Smaud haussa les épaules avec un sourire entendu, et tapota le sol à côté de lui pour inviter son compagnon à s'asseoir. Perplexe, Métusek ne pouvait masquer sa déception : tout bien pesé, il ne s'était pas engagé dans cette expédition pour demeurer passif. Mais l'attitude résignée du valet finit de le convaincre qu'il n'avait d'autre choix qu'attendre.
« Le capitaine agit-il toujours ainsi ?
– Souvent, fit Smaud.
– Très bien... Alors nous pourrions peut-être discuter de quelque chose, pour passer le temps ? J'ai encore pas mal de questions sur cette incroyable histoire de loups-garous et de vengeance. Par quoi commencer ? »
Le valet soupira longuement. La seule perspective de devoir répondre à des questions l'épuisait, tout sympathique que lui parût le commis – enfin quelqu'un dans cette horrible aventure qui n'était pas un *monsieur* ! Mais comme à son habitude, il lui échappa rarement davantage que des réponses en un mot ou deux, tant que possible monosyllabiques, voire de brefs borborygmes, toujours à la limite de l'impolitesse.

Très vite ils se retrouvèrent dans l'ombre du château, le soir venant, et avec lui le silence le plus complet dans la forêt. Faute d'avoir appris de Smaud tout ce qu'il aurait souhaité savoir, Métusek entreprit de lui raconter la naissance de sa passion pour Mira, faisant comme si le valet lui accordait quelque attention : non qu'il y tînt plus que cela, mais il éprouvait le besoin d'entendre au moins sa propre voix dans les bois devenus silencieux et l'obscurité toujours plus pesante.
« J'ignore si Mira voudra reprendre l'auberge de son père, poursuivait-il, car à présent, hélas, elle sera la seule à en hériter, et dans ce cas elle aura besoin de mon aide. Bien entendu nous ne tarderons pas à nous marier, et dans ce cas, en tant que son mari, quand elle voudra tenir l'auberge, je quitterai l'office de Maître Salnas pour aller travailler avec

elle. Mais ce qui est sûr, c'est que nous aurons plein d'enfants, parce que... »

Un écho sinistre l'interrompit : comme portée par le vent coulis qui descendait du château, une douloureuse lamentation s'éleva et se propagea sous les arbres, semblant ne jamais devoir s'éteindre.

« Le gémissement ?! » s'exclama Métusek.

Smaud opina du chef. Aussitôt ils bondirent sur leurs pieds, aux aguets. Le valet porta la main à son grand couteau en même temps que son compagnon sortait sa rapière de son sac, puis tous deux contemplèrent les deux pistolets que leur avait laissés Lifhort, ne sachant pas s'ils oseraient en faire usage le moment venu. Après une très courte pause, le mugissement reprit.

« Et le capitaine, que manigance-t-il donc ? s'inquiéta le commis. Ah, si seulement il nous avait dit quoi faire... Mais peut-être attendait-il le retour des lamentations pour mieux en localiser l'origine ? Je voudrais tant qu'il réussisse... et les fasse taire ! J'en ai la chair de poule ! »

À côté de lui, le visage blême et fermé, le garçon venait de se signer par trois fois : pas vraiment rassurant. Mais Métusek refusa de laisser la peur le dominer.

« Allons, ne restons pas sans rien faire, dit-il. Essayons au moins de prendre notre part dans cette affaire, et d'aider le capitaine de notre mieux ! Je suis d'avis de remonter vers le *burg* et de tenter de trouver, nous aussi, d'où viennent ces cris de désespoir. »

Et de se mettre en route immédiatement ; Smaud ne put rien objecter, n'ayant d'autre choix que de le suivre, tant bien que mal dans la nuit qui s'épaississait, en geignant pour la forme. Il maudit alors sa bêtise, comprenant qu'il avait oublié d'emporter une lanterne.

Mais ses jeunes yeux furent une fois encore les plus réceptifs : le valet s'arrêta brusquement, attrapant Métusek par la manche.

« Là-bas ! »

Tournant la tête dans la direction qu'il lui indiquait, sur le côté, tout d'abord le commis ne vit rien. Puis il entendit un déplacement dans les fourrés. Et enfin il l'aperçut : obscure dans l'obscurité, une silhouette encapuchonnée de noir qui, elle aussi, se déplaçait en direction du château. Sans doute un homme, à sa haute taille ; mais les avait-il vus ? Les deux compagnons s'accroupirent d'un même geste. L'autre s'éloigna comme s'ils n'étaient pas là.

« L'homme en noir, finit par murmurer Smaud.

– Tu l'as déjà vu ? demanda Métusek à voix basse.

– Oui.

– Quand ? »

À force de questions, il finit par apprendre dans quelles circonstances le valet avait déjà été surpris par cette inquiétante apparition, tandis qu'il attendait son maître au pied de la muraille, sous la fenêtre du laboratoire.

« Mais alors, se dit-il, c'est tout de même intrigant : cet homme en noir semble apparaître en même temps que les gémissements. Ce n'est visiblement pas lui qui les pousse, mais on dirait bien qu'il les entend... et qu'il y réagit. Quel lien existe-t-il entre eux ? »

Sans réponse, Smaud haussa les épaules.

« Il n'y a qu'une façon de le savoir, conclut Métusek : suivons cet homme ! »

Rattraper la silhouette dans l'obscurité de la forêt ne fut pas chose facile, mais elle et eux se rendaient manifestement au même endroit : le château. Sortant des bois, les deux compagnons virent avec soulagement qu'il restait un peu de clarté sous le ciel, grâce à la lune. Les contours abîmés des vieux murs s'élevaient de façon menaçante, masse énorme, sombre et infranchissable, hérissée de toits pointus et de crénelures irrégulières. Devant eux, cependant, l'homme en noir avait disparu.

« Par la barbe de Miskol ! pesta le commis. Rien ne semble bouger sur le chemin du pont-levis. Par où a-t-il bien pu passer ?

– Sais pas.

– Bon, bon, bon, tâchons de réfléchir... De quel côté du château as-tu vu cet homme la dernière fois ?

– Par-là... dit Smaud en tendant le doigt vers la façade de l'aile est.

– Qui sait ? Essayons donc de ce côté. Après tout, nous n'avons plus guère de choix que de tenter notre chance de cette manière. »

Néanmoins le sort se montra clément : à quelque distance, ils aperçurent la capuche noire qui progressait péniblement dans les ronciers au pied de la muraille.

« Le voici ! s'exclama Métusek. Dépêchons-nous ! »

Intérieurement, le valet se fit la remarque que son compagnon, par ses paroles et ses décisions, lui rappelait assez Lifhort ; finalement, il ne savait pas s'il devait s'en réjouir ou non. Ainsi, que feraient-ils si l'homme en noir était armé, ou doté de pouvoirs dangereux ? La vision atroce du corps d'Hektor fondu dans une écore d'orme lui traversa l'esprit dans un frisson, alors que de nouveaux mugissements résonnaient alentour, toujours plus proches.

Mais leur poursuite tourna court : la silhouette à capuche disparut, masquée par un petit houx poussant au pied du haut mur, et ne reparut pas. Métusek jura, s'efforçant de combler son retard malgré les broussailles et le terrain irrégulier. Quand enfin les deux jeunes gens contournèrent l'arbuste, l'homme en noir n'était plus visible nulle part.

« Mais qui est-il donc, pour pouvoir s'évanouir ainsi ? se demanda le commis, dépité.

– Un... fantôme ? risqua le valet.

– Ah non ! Il y a déjà bien assez des loups-garous, si ce que vous m'avez raconté est vrai. Non, il doit y avoir une explication. Quelque chose, quelque part. Mais quoi ? Et où ? »

Ils restèrent un moment à sonder les ténèbres toujours plus épaisses ; en vain. Mais à cet endroit, les lamentations faisaient vibrer les pierres avec une force peu commune.

« On dirait qu'elles sortent d'ici, des fondations de cette muraille, dit Métusek en s'appuyant sur les briques rongées par les ans. Comme si elles provenaient de l'autre côté de ce mur. »

Et soudain, de manière inquiétante, le gémissement cessa. Il ne se perdit pas longuement dans le silence, comme les fois précédentes, mais s'interrompit d'un coup.

« On dirait qu'il s'est passé quelque chose, mon gars. Ou

plutôt, il se passe quelque chose. Qu'en penses-tu ?

– Bah... commença Smaud.

– Ce n'est pas normal, reprit Métusek. Il faut... Il faut prévenir le capitaine : il est peut-être en danger, puisqu'il se trouve à l'intérieur.

– Mais comment ?

– Eh bien... en entrant nous aussi ! Viens, suis-moi vite : retournons frapper à la porte du château ! »

CHAPITRE XLVIII

LES OUBLIETTES

Qu'étaient-ils encore capables de se dire de sensé ? Plus grand-chose, en vérité. Mais ils devaient bien s'en moquer. Ne se lâchant pas du regard, Lifhort et Ulrika rechignaient même à battre des paupières, tant ils ne pensaient plus qu'à se perdre dans les yeux de l'autre. Le danger mortel qui menaçait le capitaine ? Lui s'en moquait ; elle ne voulait plus y songer, de peur de rompre le charme. Voilà pourquoi l'idée saugrenue de vouloir à tout prix, en cet instant dramatique, découvrir enfin l'origine des lamentations qui hantaient le *burg*, ne leur sembla pas si incongrue. Ils s'y raccrochèrent comme à une branche salvatrice, un prétexte insensé leur permettant de rester ensemble encore un peu.

« Mais mes sœurs ne doivent rien savoir, insista Ulrika.

– Elles n'en sauront rien, assura Lifhort. À présent conduisez-moi jusqu'aux fondations du château : je suis persuadé que c'est de là que proviennent les plaintes.

– Je le pense aussi.

– Vraiment ? Alors pourquoi n'avez-vous jamais cherché à y aller voir ?

– Parce que depuis que nous sommes nées, mes sœurs et moi, nous n'en avons jamais eu le droit. Les domestiques nous l'ont toujours interdit : c'était un ordre de notre père. Et depuis, nous n'avons jamais cherché à passer outre. Ce que nous avons pu être sottes !

– Ne soyez pas trop dure avec vous-même, chère Ulrika.

Venez, donnez-moi votre main. »

Ce disant, il s'aperçut qu'elle lui tenait déjà la main, la serrant d'ailleurs avec force, et ce sans doute depuis un moment déjà.

Le grand escalier qui assurait, étage après étage, la jonction entre les ailes est et sud leur semblait ne pas avoir de fin. Le capitaine crut un instant qu'il les amènerait jusqu'au centre de la terre, ou plus bas encore, dans un enfer qu'il n'osait pas se représenter. Il ouvrait désormais la marche, un grand flambeau à la main, tandis que derrière lui, s'appuyant de son mieux contre le mur pour maintenir son équilibre en raison de son bras en écharpe, à chaque nouveau palier Ulrika lui soufflait « Encore plus bas ». Dans leur excitation et leur folie, la tête commençait à leur tourner. Ils devaient se trouver bien loin sous la cour du château, peut-être même sous le niveau des fondations. Lifhort se dit que leur descente les conduisait assurément au pied des contreforts de la muraille.

« Nous voici dans une partie du château que je ne connais pas, dit enfin la jeune femme en arrivant à la dernière marche de l'escalier. Je ne l'aurais pas cru possible... et cela m'effraie.

– Mais nous touchons au but, tenta de la rassurer le capitaine : écoutez. »

Une nouvelle lamentation déchirante s'éleva. Mais cette fois, elle ne résonnait plus contre les murs partout alentour ; elle provenait très clairement du fond du couloir qui s'ouvrait devant eux. Lifhort avança son flambeau pour percer les ténèbres qui les environnaient, scrutant tout particulièrement le sol à la recherche d'une possible chausse-trape. Ulrika se serra contre lui, sans lâcher sa main.

Ils avancèrent ainsi, à pas prudents, dans une galerie très ancienne, basse et voûtée, tantôt creusée dans le rocher, tantôt étayée de pierres, trop étroite pour leur permettre de progresser de front. Le capitaine se demanda si aucun homme, aucun animal, s'y était risqué depuis des décennies. Pas trace de rats ni d'araignées, tout au plus çà et là des lambeaux de toiles couvertes d'une épaisse poussière ; seuls quelques cafards détalèrent devant sa grande torche. Mais à chaque pas qu'ils faisaient, les lugubres gémissements devenaient plus sonores.

Tout à coup, Lifhort pivota sur le côté, lâchant vivement la main de sa compagne pour la porter à son épée : une grande anfractuosité obscure venait de s'ouvrir sur sa gauche, auparavant masquée par un léger recoin du couloir. Mais rien n'y vivait : en y portant sa lumière, il comprit qu'il ne s'agissait que d'une niche creusée pour y entreposer des objets divers, gris de poussière accumulée, oubliés là depuis bien longtemps. Le capitaine crut reconnaître les formes d'une barrique, de caisses renversées, d'une auge de maçon, d'une grande masse, de briques, de barres de fer et d'une pelle au manche brisé.

« Rien d'intéressant, souffla-t-il à Ulrika en reprenant sa main. Continuons. »

Il s'avéra que, de part et d'autre, la galerie comportait plusieurs de ces niches abandonnées, le plus souvent vides, parfois recouvertes de mousse par endroits car suintant d'humidité. En les examinant de plus près, le capitaine découvrit à l'entrée de certaines des restes de charnières ou de gonds brisés. Une fois même, il put s'attarder sur les vestiges d'une porte vermoulue.

« Ce sont des cellules, comprit Ulrika, avec un geste d'effroi. Nous sommes dans les oubliettes du *burg* ! J'ignorais qu'elles existaient autrement que dans les vieilles histoires de notre nourrice. Comme c'est affreux...

– Tous les châteaux ont des oubliettes, dit Lifhort pour la rasséréner, car tout seigneur rendant la justice a nécessairement besoin de prisons. Et celles-ci sont très anciennes...

– Non, mon ami, comprenez-moi : ce qui est affreux, ce n'est pas la présence de ces cachots. C'est que, dans l'une de ces cellules, un malheureux se lamente depuis que je suis enfant !

– Vertubleu, vous avez raison. Tâchons de le retrouver au plus vite ! »

Au bout du couloir, ils parvinrent devant une dernière niche. Et celle-là était fermée. Non par une porte mais par un mur de briques, cimenté de manière grossière mais efficace, ne laissant qu'un mince espace entre son sommet et la roche du couloir voûté : une femme aurait peut-être pu y glisser la main ; celle de Lifhort était en tout cas trop épaisse. Soudain, le gémissement affreux qui avait fini par se perdre dans le silence s'éleva de nouveau, les faisant tressaillir. Ulrika dut s'appuyer contre la paroi opposée tant le cœur lui manqua. La réponse que cherchait le capitaine se trouvait derrière ces briques, il en avait désormais la certitude.

Lifhort passa la main sur la construction, à la recherche d'une faiblesse, d'une prise quelconque qui lui permettrait d'en abattre les éléments ; sans succès. Alors il se rappela la première niche qu'ils avaient passée, et le matériel qui s'y trouvait.

« Je retourne chercher la masse, souffla-t-il à Ulrika tandis que la lamentation se prolongeait. Pensez-vous pouvoir rester ici, dans le noir, en m'attendant ? »

À sa grande surprise, elle répondit par l'affirmative.

« Je ferai vite ! » promit-il en s'éloignant.

La jeune femme était courageuse, manifestement. Il dut se l'avouer, lui-même aurait facilement cédé à la peur, voire à la panique, dans ces circonstances. Être plongé dans l'obscurité sans pouvoir rien voir lui avait toujours paru extrêmement pénible. Pressant le pas, il se saisit de la vieille masse et courut dans la galerie pour retrouver Ulrika sans traîner.

« Morbleu !... »

Elle était toujours là, à l'attendre ; mais juste avant de discerner les contours de sa robe et de sa silhouette à la lueur de son flambeau, le capitaine avait aperçu, l'espace d'un instant, deux points rouges dans les ténèbres : les yeux d'Ulrika. Comme ceux d'Yseldys, qui avaient terrorisé Smaud devant le laboratoire secret. Et aussitôt lui revint, dans un frisson désagréable, la pensée des bêtes horribles qui les avaient attaqués dans la forêt.

Il se ressaisit, tendant sa torche à la jeune femme et l'invitant à s'écarter tandis qu'il prenait la masse à deux mains. Le fracas du choc contre les briques leur parut épouvantable ; de l'autre côté, les lamentations s'interrompirent aussitôt.

« C'est plus solide que je ne le pensais, grommela Lifhort. Il doit y avoir deux rangées, l'une derrière l'autre. »

De fait, les briques fracassées par l'impact de la masse en laissaient voir d'autres. Celui qui avait muré le cachot, même aussi grossièrement, l'avait fait pour très longtemps. Mais l'obstination du capitaine finit par payer : ajustant ses coups, il parvint à percer la construction sur le haut, puis à faire tomber ses éléments suffisamment pour aménager un passage vertical étroit.

« J'espère que je ne suis pas en train de tuer le prisonnier qui se trouve derrière en l'assommant avec des éclats de brique, se dit-il. Mais si cette niche est aussi profonde que les autres, il devrait pouvoir s'écarter suffisamment. »

L'autre pensée qui le troublait tenait à la minuscule ouverture laissée en haut de la cloison :

« Assurément parce qu'il n'y avait plus de place pour une rangée de briques de plus. On ne pouvait rien faire passer par cet interstice, et surtout pas de la nourriture. Alors dans ces conditions, comment le malheureux enfermé derrière a-t-il bien pu survivre ? »

Enfin il reposa sa masse, les bras et les épaules fourbus, et reprit le flambeau des mains d'Ulrika, échangeant avec elle un regard déterminé. Il était temps de se faufiler par le passage et de découvrir qui se lamentait ainsi depuis si longtemps.

« Restez en arrière, lui conseilla-t-il. On ne sait pas ce que cette geôle nous réserve. Après tout, si quelqu'un y a été retenu prisonnier de manière aussi définitive, ce n'était peut-être pas sans raison. »

La lueur jaune de la torche éclaira la cellule, révélant des murs humides recouverts d'une moisissure blanchâtre, grattée par endroits. D'une infiltration au plafond s'égouttait un minuscule filet d'eau. L'air était fétide, évoquant celui d'un chenil où des dizaines de mâtins auraient été enfermés pendant un siècle.

Enfin, recroquevillée dans le coin le plus éloigné, une petite silhouette d'une extrême maigreur, couverte de haillons horriblement crasseux, agitait compulsivement ses bras squelettiques devant son visage, comme pour protéger ses yeux de la lumière. Ses traits étaient perdus derrière une barbe et des cheveux d'un blanc sale et souillé, incroyablement longs.

« Le pauvre homme... souffla la jeune femme avec compassion. Qui cela peut-il bien être ? »

Dans leur dos, les faisant sursauter, une voix grave et enrouée lui répondit :

« Votre père, Ulrika. »

CHAPITRE XLIX

LA FIN DU SILENCE

L'homme qui se dressait devant le passage de la cellule était grand et maigre et portait une longue robe noire. À son crâne chauve et sa barbe grise, Lifhort le reconnut enfin :

« Vous êtes l'ermite ! Ce moine solitaire dont la cabane se trouve dans la forêt, non loin de la muraille du château !

– C'est exact » répondit l'homme d'une voix sourde mais calme.

Il se racla la gorge longuement. Toujours plus étonné, le capitaine ouvrit de grands yeux.

« Mais... dit-il, n'avez-vous pas fait vœu de silence ?

– Si, en effet. Mais ce soir, mon vœu a pris fin. Après tant d'années...

– Pourquoi cela ? »

Pour toute réponse, l'ermite pointa un doigt sec en direction du prisonnier. Quand il entra dans la cellule, Lifhort et Ulrika firent un pas en arrière, craintivement. Le moine vint s'accroupir devant le mystérieux captif avec un triste sourire sur le visage. Le malheureux continuait de s'abriter désespérément derrière ses bras décharnés, en proférant des paroles plus que confuses. Hochant la tête d'un air résigné, l'ermite se releva et, d'un geste doux, fit pivoter le capitaine sur lui-même : ainsi, leur corps fit écran à la lumière directe du flambeau, et le prisonnier se calma un peu. Ulrika put enfin voir son visage : l'homme n'avait plus que la peau sur les os, il n'en avait même plus assez pour avoir des rides. Sous ses sourcils blancs extrêmement longs et ses yeux pâles, qui roulaient encore follement dans leurs orbites, il gardait la bouche grande ouverte, dévoilant quelques dernières dents ébréchées. Ses mains griffues se pressaient désormais sur sa poitrine creuse.

« C'est un bien lamentable spectacle, hélas conforme à ce que je m'imaginais, reprit le moine. Le lent passage des années n'a fait que conforter sa démence, et mes prières continuelles à son côté n'y ont malheureusement rien changé.

– À son côté ? s'étonna la jeune femme. Mais comment ? Je ne vous ai jamais vu auparavant dans le *burg*.

– Ah, si, je puis vous l'affirmer. Mais c'était il y a si longtemps que vous ne pouvez en conserver la mémoire. Mon nom est Ambrosius ; et cela ne vous dira sans doute plus rien. Mon souvenir a été banni en même temps que moi. Mais je ne suis pas parti très loin : comme vous l'avez dit, Monseigneur, ajouta-t-il en se tournant vers Lifhort, je me suis établi dans les bois à l'ombre du château. Assez près pour ne pas quitter ce malheureux. Assez pour lui tenir compagnie dans ses moments de désespoir et de lucidité, et même après. Surtout après.

– Comment faisiez-vous ? demanda le capitaine avec un regard soupçonneux.

– Comme je l'ai fait ce soir : en empruntant un passage dérobé dont j'avais connaissance. Il permet de passer du pied des murailles au fond d'une geôle voisine, et inversement. Chaque soir pendant toutes ces années, à la tombée de la nuit, quand l'angoisse étreignait cet homme privé de lumière, je me suis faufilé jusqu'à ce mur de briques et j'ai prié pour lui, avec lui, dit-il en contemplant le prisonnier. Au commencement, nous parlions, nous échangions à voix basse. Il avait encore tous ses esprits, même s'il était rongé par la douleur et le chagrin. Mais la folie est arrivée très vite, en quelques jours. Je pensais qu'il mourrait de faim rapidement, ce qui mettrait un terme à ses tourments épouvantables – il a pourtant survécu.

– Tout ce temps ? s'écria Ulrika. Comment est-ce possible ?

– Ah, je l'ignore. Notre Seigneur a parfois d'étranges desseins... Ou bien était-ce pour le punir de ses fautes passées qu'Il a ainsi prolongé ses souffrances ?

– En ce qui me concerne, intervint Lifhort en examinant les murs et le sol de la cellule, je me dis que ce malheureux a bu l'eau qui s'écoule depuis le plafond, et mangé tout ce qu'il pouvait : des cafards, des escargots ou des bestioles comme ce mille-pattes, là-bas dans le coin, et ces moisissures un peu partout. Quel horrible supplice !

– C'est possible, je vous l'accorde, acquiesça l'ermite. Cependant je me console en pensant que sa folie l'en a protégé : elle a fait de lui cet animal incapable de prononcer une parole sensée. Je veux croire qu'il n'avait plus conscience de ce qu'il devait endurer, malgré ses longs gémissements le soir. Mais il semble que nous arrivions à la fin. »

Son corps biscornu adossé à un mur de la cellule, le vieil homme fou semblait avoir de la peine à respirer. Il contracta son visage en ce qui pouvait être un sourire effrayant et, gardant une main crispée sur son cœur, il tendit l'autre vers la torche du capitaine. Un rire sec et douloureux le secoua ; se réjouissait-il de sa libération ? Mais quand ils se posèrent sur Ulrika, ses yeux se voilèrent, s'emplissant de larmes. Était-ce de la joie ou de la peine ? Surmontant sa répugnance pour ce cadavre vivant qui avait été son père, la jeune femme s'approcha de lui et lui sourit. Le vieil homme approcha d'elle une main dégoûtante aux ongles longs. Ulrika frémit.

« Acceptez, lui glissa Ambrosius. Je vous en prie. »

Le jeune femme inspira et prit la main de son père dans la sienne. À ce contact, le malheureux poussa de nouvelles plaintes, bien plus faibles que lorsqu'il était privé de lumière.

« Je suis encore étonné de la force de ses lamentations passées, dit Lifhort à l'ermite. Elles résonnaient dans tout le château, jusqu'aux derniers étages ! Et même au-dehors, à la lisière de la forêt.

– Je les entendais depuis ma cabane, confirma le moine. C'était pour moi un appel auquel je devais répondre. Vous m'aurez peut-être aperçu me glisser furtivement dans les bois jusqu'à la muraille, puisque vous êtes passé plusieurs fois dans ces parages – je vous ai entendu, vous aussi. Je me devais d'aller l'assister devant sa cellule, même s'il n'était plus en mesure de me comprendre ni de prier avec moi. Tous les soirs, toutes ces années ! Son châtiment était aussi devenu le mien. Il est possible que cela ait été ma punition, pour mes propres fautes...

– Vos fautes ?

– Oui, dit Ambrosius en soutenant son regard. Et je puis même dire que tout ce qui est arrivé alors est le fait de mes erreurs coupables. Je ne pensais pas mal agir, et pourtant... pourtant, eh bien, nous savons ce qui est arrivé, n'est-ce pas ?

– Sans doute, dit le capitaine avec embarras. On m'a raconté certaines choses sur lui, mais à présent je ne suis pas certain d'avoir tout compris : je ne suis arrivé à Dälmö que depuis une semaine, et jamais on ne m'a parlé de vous en rapport avec sa punition à lui. Ce qu'on m'a expliqué de son châtiment n'a même rien à voir, et...

– Comment le pourrait-on ? le coupa Ambrosius. C'était un secret ! Mais... je ne suis pas sûr que nous parlions de la même chose : je ne faisais allusion qu'à ses gémissements du soir, que la vieille pierre teutonique a fait se répercuter partout pendant des années. Non, cet homme-là, fit-il en désignant le prisonnier, vous ne pouvez en avoir entendu parler. À part moi et son geôlier, nul n'a jamais su ce qu'il était advenu de lui.

– Pourtant...

– Aidez-moi, vite ! » l'interrompit Ulrika.

Se tournant vers elle, les deux hommes découvrirent son visage horrifié, tandis que la main du captif agrippait convulsivement ses longs cheveux cuivrés dans la lumière du flambeau.

Sans ménagement, Lifhort attrapa la griffe du vieillard et l'éloigna de la jeune femme. Il était prêt à frapper, mais le moine posa une main ferme sur son épaule :

« Calmez-vous, Monseigneur ! Les apparences sont

trompeuses. Ce pauvre homme ne lui veut aucun mal. Il a simplement besoin d'elle au moment de mourir. Regardez. »

Le capitaine comprit : la poitrine du prisonnier se soulevait désormais de façon irrégulière, toujours plus lente, son souffle devint caverneux, ses yeux fous se fermèrent.

« Il trépasse, n'est-ce pas ?

– Oui, répondit l'ermite. Et j'aimerais croire que c'est de joie, après une interminable nuit. »

Ulrika pleurait. Que ressentait-elle en découvrant et en perdant dans le même instant cet homme qu'elle pensait mort depuis sa prime enfance ? Lifhort la prit dans ses bras et la berça doucement, tandis qu'Ambrosius se penchait sur le vieillard pour l'accompagner une dernière fois.

« C'est fini, dit-il. Le Seigneur Miséricordieux ait son âme. »

Le capitaine renifla :

« Et de la miséricorde, en effet. Celui-là en aura besoin.

– Pourquoi dites-vous cela ? demanda l'ermite, comme choqué par cette remarque.

– Mais oui : avec tout ce sang qu'il a sur les mains...

– Allons donc ! Lui ? Mais il était doux comme un agneau ! »

Décidément, ces deux-là ne parlaient toujours pas de la même chose. Séchant ses larmes, Ulrika intervint :

« Qu'il ait été mon géniteur ne doit pas vous faire adoucir la vérité, Père Ambrosius. Cet homme était fou et cruel, et dans ce vallon, tout le monde le sait parfaitement. À présent, ce qui me blesse le plus profondément, c'est le mensonge : cet affreux mensonge dans lequel on m'a élevée, cette histoire de révolte et de... décapitation. Peut-être était-ce pour nous protéger de la vérité, mes sœurs et moi, parce que savoir notre père en vie, même enfermé dans ces oubliettes, aurait pu nous terroriser, mais je ne parviens pas à le comprendre. Plus maintenant. J'ai l'âge de savoir, depuis un moment déjà. Et je veux bien vous pardonner votre inébranlable fidélité, mais de là à nier tout le mal que mon père, mon horrible père, a pu faire avant d'être enfermé ici, cela je ne puis plus l'accepter. »

Le moine la dévisagea longuement, comme s'il ne la

comprenait pas. Puis enfin la lumière se fit dans ses yeux :

« Ulrika, vous parlez bien du baron ?

– Oui. Le baron Ödrek, dit-elle avec colère.

– Alors je vous dois des excuses, mon enfant. Dans mon long silence et ma solitude, j'ai tant ruminé cette tragédie que je me suis persuadé que, le jour où la vérité serait révélée, le secret serait immédiatement compris. Je me trompais. À présent que je suis libéré de mon vœu et que je retrouve la parole, je vais vous raconter l'histoire de votre père. La véritable histoire. »

CHAPITRE L

LE RÉCIT D'AMBROSIUS

« Il sera possible d'adresser d'innombrables griefs au baron Ödrek, et à chaque fois ces plaintes seront justifiées, dit l'ermite. Mais s'il est une chose qui ne pourra être contestée, c'est le respect qu'il manifestait à son épouse. Aussi extraordinaire que cela puisse paraître aujourd'hui pour les habitants de Dälmö, jamais Ödrek n'a élevé la voix face à sa femme, ni encore moins levé la main sur elle. Moi qui les ai côtoyés de nombreuses années, je puis même témoigner qu'un jour, c'est elle qui l'a interrompu devant plusieurs de ses hommes, pour lui signifier qu'il était dans l'erreur, et le baron s'est contenté de baisser la tête, comme pour mâchonner sa barbe noire.

« Il faut dire, Ulrika, que votre mère n'était pas n'importe qui. Pour qui ne la connaissait pas assez, son regard était presque aussi difficile à soutenir que celui de son mari – mais pour des raisons différentes. Ses yeux vous perçaient jusqu'aux tréfonds de l'âme, lisant en vous comme dans un livre ouvert. Pour ma part, j'officiais comme chapelain au château, mais elle m'avait choisi comme confident... et bien souvent j'avais le sentiment, après nos entretiens, que des deux c'était moi qui m'étais le plus confié.

– Ah, comme ce que vous me dites me touche, soupira la jeune femme. Car je ne l'ai pas connue, ou si peu ! J'étais si jeune quand elle est morte... Et aucun portrait d'elle ne subsiste dans le *burg.* Pourriez-vous m'en dire davantage à son sujet ?

– Mon enfant, je pense que vos sœurs pourraient vous en apprendre autant que moi. Mais si je devais vous en dire davantage à son sujet, eh bien... ce serait que Dame Javina-Sofia était grande et belle, aussi claire de visage, d'yeux et de cheveux que son époux était sombre. Elle était issue d'une famille de la petite noblesse de Herdel, mais ses parents lui avaient donné une bonne éducation. Et surtout... elle tenait de sa propre mère des... connaissances, un certain savoir ancestral transmis de génération en génération, ou plus exactement de mère en fille, concernant les plantes, les astres, les potions médicinales, et bien d'autres choses encore, qui l'occupaient bien plus souvent que son ouvrage de tapisserie et auxquelles elle se consacrait pendant de longues heures dans une certaine pièce de ce château...

– Je sais tout cela, s'empressa de dire Ulrika. Mes sœurs m'en ont parlé. Ce n'est pas le plus important.

– Non, en effet, reprit Ambrosius avec un regard circonspect. Quoi qu'il en soit, comme elle me le jura à plusieurs reprises, rien de cela n'avait de quoi contrevenir aux enseignements de Notre Seigneur. Mais elle était docte et sage, et pour cela le baron Ödrek la craignait presque autant qu'il la respectait. Je pense même que cette femme que lui avait choisie son vieux père était ce qu'il aurait pu espérer de mieux, et qu'il avait fini par le comprendre.

– Fort bien, intervint Lifhort, mais comment en arrivons-nous à cette cellule condamnée par un mur de briques, et à ce récit sur la fin brutale du baron ?

– J'y viens, répondit le moine, même si cette partie de l'histoire est très douloureuse pour moi aussi. Et ne mélangeons pas tout. Mais enfin, comme vous l'avez dit, Ulrika, vous êtes en âge de connaître la vérité. Tout a changé le jour où Tobor est arrivé au château. »

« Ce Tobor était un lointain cousin par alliance du baron, mais sa propre maison s'était affaiblie considérablement lorsque les Teutoniques ont quitté Eklendys : alliée de longue date avec les chevaliers, sa famille a périclité quand elle n'a plus bénéficié de leur soutien. D'où arrivait ce Tobor ? Personne ne l'a jamais su exactement, même si des rumeurs coururent pour dire qu'il avait passé plusieurs années à Borghavan. Qu'avait-il fait dans la capitale avant de prendre le chemin de Dälmö ? Nul ne le sait non plus ; les mêmes rumeurs faisaient état d'activités probablement peu honnêtes, qui lui auraient valu un départ précipité pour notre vallon éloigné de tout.

« En le voyant frapper à sa porte sans autre richesse que sa belle allure, son cheval et son épée, le baron Ödrek l'aurait bien invité à passer son chemin. Mais il était tenu par les lois de l'hospitalité, ainsi que par les liens du sang une fois que Tobor l'eut persuadé de leur parenté. Comme le château ne manquait pas de chambres, il lui en donna une, espérant peut-être que cet intrus aurait le bon goût et la décence de repartir au bout de quelques jours, comme le veulent les usages. Il n'en fut rien, cependant, et le cousin finit par s'établir durablement.

« Au commencement, le baron en était agacé : il lui répugnait de donner asile à ce jeune homme agréable, certes, mais inutile. Dame Javina-Sofia lui demanda un peu de patience, persuadée que leur hôte pourrait leur être de quelque intérêt ; une fois de plus, le maître du château céda à la volonté de son épouse. Et il finit par s'en trouver bien, en vérité, car lui qui n'avait jamais aimé le commerce de ses semblables, accepta de faire de Tobor son émissaire pour de nombreuses affaires concernant le monde extérieur. Bien sûr, le baron gardait toujours le vallon sous sa coupe, continuant d'inspirer de la terreur à tous ses sujets, mais il s'était aperçu que, bien souvent, il obtenait davantage quand son cousin se chargeait de parlementer en son nom. Les gens de Dälmö et des environs appréciaient eux aussi, naturellement, de traiter avec cet homme doux dans ses paroles comme dans ses gestes, qui leur épargnait une confrontation directe avec leur impitoyable seigneur.

« Tobor, en dépit de la mauvaise réputation qui l'avait suivi, était en effet un homme bon, et ses années passées dans la capitale lui avaient donné des manières galantes. Le baron s'en moquait quelquefois, quand son cousin n'était pas là, en prétendant qu'un tel bougre n'était pas un homme digne de ce nom, et qu'aucune femme ne voudrait jamais de lui. Pourtant il tolérait sa présence et avait même fait de Tobor l'un de ses familiers : parce que c'était un homme intelligent qui savait le distraire, parce qu'il était l'un des très rares occupants du *burg* à ne pas être terrorisé par lui, mais aussi parce qu'il savait faire la conversation à Dame Javina-Sofia, qui s'en trouvait d'humeur plus riante.

« Il faut dire que, depuis son mariage et sa venue à Dälmö, la dame du château paraissait souvent triste ou mélancolique, dans la solitude de ses appartements. Grâce à la compagnie de Tobor, les choses changeaient, et le baron devait moins souvent supporter les critiques ou les reproches de son épouse. Son humeur s'en améliora tant, d'ailleurs, qu'elle finit par offrir à son mari ce dont elle avait été incapable jusque-là : concevoir un héritier.

– Ma sœur Yseldys ? demanda Ulrika.

– C'est exact. Cet héritier fut finalement une héritière, mais cela combla d'heur le baron Ödrek. Son caractère cruel et tyrannique ne s'en améliora nullement, certes, mais il savait désormais que sa lignée pourrait se perpétuer. Ce qui se confirma deux ans plus tard avec la naissance d'un deuxième enfant, votre sœur Eleana. Ce n'était toujours pas l'héritier mâle qu'attendait le baron, mais son épouse était encore jeune et saine, apte à lui fournir une descendance nombreuse qui compterait assurément un ou plusieurs fils. Il fallut pourtant attendre. Et trois ans après, ce fut à vous de naître, Ulrika.

– Il n'y a donc jamais eu de garçon, conclut Lifhort.

– Non, jamais, dit l'ermite. Mais quand il m'arrivait de m'en entretenir avec elle, Dame Javina-Sofia n'en manifestait aucun regret. Elle était heureuse, disait-elle, de donner naissance à des filles à qui elle confierait tout son savoir secret. Dans sa salle de travail, elle consignait d'ailleurs ses connaissances par écrit, à l'intention de vous et de vos sœurs, dans l'espoir qu'un jour vous pourriez les étudier avec elle. Ce qui n'a pas pu être, hélas...

– Nous avons retrouvé ses grimoires, dit Ulrika. Mais

poursuivez, je vous en prie.

– Ah... c'est ici que l'histoire s'assombrit – et par ma faute. Comme je le regrette ! Car votre mère me confiait certaines choses, et de mon côté j'en comprenais certaines autres, et malgré le tort que cela causait nécessairement aux enseignements de la Sainte Église j'en étais heureux pour elle, car c'était une femme précieuse. Et c'est là que j'ai fauté. Fauté comme je n'aurais jamais dû le faire...

– Mais encore ? le pressa Lifhort.

– Eh bien, Monseigneur, je n'étais déjà plus très jeune mais j'avais encore le cœur léger – et il le fallait pour supporter de vivre au côté du baron. Mais un cœur trop léger, un esprit trop insouciant, et un jour je me suis laissé aller à quelques allusions avec l'un des domestiques... sans savoir que notre maître était présent non loin de là et qu'il pouvait tout entendre. Or il a entendu, et surtout il a compris ce que mes paroles sous-entendaient.

« Alors il est retourné dans la grande salle pour y prendre sa hache, sa funeste hache, et il s'est jeté sur moi avec sa brutalité coutumière, mais une étrange flamme brûlait dans ses yeux exorbités, faite de douleur autant que de haine :

« – Jure devant Dieu que tu as bien dit ce que tu as dit ! m'a-t-il hurlé au visage en me plaquant la lame de sa hache sur le cou.

« Je n'ai pas eu d'autre choix que de le jurer, confirmant ses craintes.

« – Et toutes les trois, hein ? Toutes les trois ?!

« Le baron était comme fou. J'ai dû avouer ce que j'avais compris depuis longtemps déjà.

« – Trahi ! tonna-t-il encore. Trahi ! Toutes ces années ! Sous mon propre toit !

« Aussitôt il se précipita vers les appartements de Dame Javina-Sofia, la hache à la main. Il la trouva, justement, en pleine conversation avec son cousin Tobor. Par chance, vos sœurs et vous étiez dans une autre partie du château à ce moment-là. Le baron fit mettre Tobor à genoux, en lui disant qu'il devait bien savoir pourquoi. Son cousin accepta, sans autre parole que celle-ci :

« – Nous nous aimons.

« Ses regards étaient tournés vers Dame Javina. Alors elle intervint, plaidant pour que le baron épargnât un homme de son propre sang. Puis comme il brandissait sa hache pour décapiter son cousin, elle s'interposa pour le menacer d'une malédiction dont elle avait le secret : si Ödrek portait la main sur elle, sur son amant ou sur leurs filles, sa maison s'effondrerait à jamais.

« Il finit par céder. Mais s'il épargna leurs vies, il fit enfermer son épouse dans sa chambre. C'est là qu'elle prépara la potion d'herbes avec laquelle elle s'ôta la vie peu après. Avant cela, Ulrika, le baron avait enfermé votre vrai père ici pendant la nuit, scellant lui-même la prison avec ce mur de briques, le condamnant à la faim et à la folie. Plus personne ne saurait ce qu'il serait advenu de ce pauvre cousin. Puis il vous confia, vous et vos sœurs, à des nourrices, refusant de vous revoir. Pour lui, vous aviez le visage de sa honte et de la trahison. Un an plus tard, il tombait dans cette rivière puis allait connaître la fin horrible que nous savons tous. Quant à moi, mortifié par les conséquences effroyables de mes paroles trop légères, j'avais déjà quitté le *burg* et fait vœu de silence pour accompagner le malheureux Tobor dans ses tourments, jusqu'à sa mort ou à sa délivrance. Et voici que, ce soir, il a reçu les deux. »

Tous trois restèrent un long moment silencieux autour du corps de l'infortuné captif. Mais tout à coup, Lifhort porta la main à son épée : des pas précipités se faisaient entendre dans le couloir !

CHAPITRE LI

LA FIÈVRE

Ils avaient passé bien trop de temps dans cette cellule, le capitaine le comprenait à présent. La lame au clair, il se posta devant Ulrika et fit face aux arrivants, prêt à pourfendre la première silhouette franchissant le passage étroit dans le mur de brique – au moins, les assaillants ne pourraient se présenter qu'un par un, ce qui lui laissait une chance de l'emporter... sauf si les autres s'étaient munis d'armes à feu. Et justement, le jeune homme qui se présenta dans l'embrasure tenait un grand pistolet : c'est ce qui le sauva, car Lifhort eut une seconde d'hésitation en l'apercevant, et au lieu de lui porter l'estocade fatale il le dévisagea... reconnaissant alors Métusek !

« Par les moustaches de Zoltin ! s'exclama-t-il en baissant aussitôt sa garde. Tu m'as fait grand peur, mon garçon. Mais que fais-tu donc ici ? »

Smaud entra à sa suite, portant une torche et armé du second pistolet, avant d'être rejoint par le vieux serviteur du château qui, son propre flambeau à la main, clopinait de son mieux pour les rattraper dans le couloir souterrain.

« Nous vous cherchions, répondit le commis sans reprendre son souffle : il y a eu ces lamentations terribles, et puis l'homme en noir que vous aviez déjà aperçu, votre valet et vous, et cet homme en noir s'est approché des murailles et là, comme par magie, il a disparu sous nos yeux, et ensuite les gémissements se sont arrêtés, et alors nous avons craint l'arrivée d'un grand malheur alors nous avons décidé de venir vous prêter main forte, et...

– Tout doux, tout doux ! le calma le capitaine. Je vais bien, et il ne m'est rien arrivé de fâcheux. Mais comment avez-vous fait pour pénétrer dans le château ?

– Eh, cette question : en frappant à la porte ! Le domestique que voici est revenu nous ouvrir, nous lui avons dit en deux mots qu'un grand danger menaçait des innocents, quelque part dans les profondeurs du *burg*, et il nous a indiqué le chemin. En vérité, nous ne lui avons pas laissé le temps de réfléchir, ajouta Métusek avec un sourire malicieux. Mais je pense qu'il va très vite reprendre ses esprits... »

Derrière lui, Smaud arborait un sourire satisfait, pas mécontent d'entendre le jeune homme parler à sa place. Quant au serviteur, encore essoufflé, il les dévisageait tous avec anxiété, se demandant dans quelle situation délicate il s'était fourré ; mais la vision de sa jeune maîtresse dans la geôle le rassura – un peu.

« Ce brave homme va donc se montrer *très* gentil et *très* loyal envers Dame Ulrika, dit alors Lifhort d'un ton franchement menaçant en se rapprochant de lui, l'épée toujours sortie du fourreau. Il va rester avec nous, bien sagement, et ne va surtout rien dire à ses autres maîtresses tant que nous ne l'y aurons pas autorisé. Est-ce bien clair ?

– Oui, oui, Monseigneur... bredouilla le vieil homme, effrayé. C'est entendu. »

Dans le même temps, Métusek, Smaud et le moine Ambrosius se dévisageaient en silence. Les deux jeunes gens reconnurent en lui l'homme en noir qui leur avait échappé au pied de la haute façade du château. Comment était-il arrivé là avant eux ? Et que faisait-il dans cette prison, le flambeau en main, devant ce... cadavre ? En découvrant enfin le corps de Tobor, ils sursautèrent, et le capitaine, en revenant à eux, sourit de voir Smaud se signer plusieurs fois, comme à son habitude.

« Tout va bien, nous sommes entre amis, dit-il pour maintenir un semblant de calme dans la cellule, devenue bien trop petite pour eux tous. Cet homme est l'ermite qui vit tout près d'ici dans la forêt, et le malheureux qui gît à nos pieds est... Eh bien, disons que ce n'est pas celui que nous cherchions. Son histoire a son importance, mais nous n'avons pas le temps de l'entendre à nouveau pour le moment ; je vous la raconterai à notre retour à Dälmö. Ce que je peux vous dire en attendant, c'est que je m'étais trompé : le pope exorciste n'est pas retenu ici. Et à présent, je n'ai absolument aucune idée de l'endroit où il peut être. Cornebouc ! »

Ambrosius fit signe au domestique de le rejoindre :

« Mon ami, aide-moi à porter ce malheureux dans la chapelle du château, ou dans une pièce au calme si la chapelle n'est plus en état pour cela. Cet infortuné ne doit pas peser davantage qu'un enfant, cela ira vite. Et tu me reconnais, n'est-ce pas ? J'étais le chapelain de ton maître, voilà bien longtemps. Moi, je me souviens de toi. Tu peux me faire confiance. Puis tu m'aideras aussi à veiller le défunt, toute cette nuit. Pendant ce temps, toutes ces personnes ici présentes iront faire ce qu'elles ont à faire... »

Lifhort comprit que l'ermite avait bien perçu leur besoin de discrétion, et que de la sorte il retardait le moment où Eleana et Yseldys seraient informées de leur présence. Le capitaine lui adressa un regard reconnaissant.

« Comptez trois niches sur votre droite en sortant de celle-ci, lui murmura le moine en passant à sa hauteur : c'est là que vous trouverez le passage secret permettant de sortir du *burg*. Il vous suffira de pousser la bonne pierre. Même chose depuis l'extérieur. »

Puis enfin, quand les deux hommes portant le cadavre furent sortis, Lifhort se tourna vers Ulrika, qui n'avait plus rien dit depuis un moment. Elle était appuyée contre le mur de la geôle, immobile, la tête renversée légèrement en arrière, et d'une effrayante pâleur.

« Vertubleu ! s'exclama le capitaine. Chère Ulrika, êtes-vous souffrante ? »

Elle grimaça, semblant respirer avec peine. La révélation concernant son père véritable était-elle la cause de son état ?

« Allons, mon amie, reposez-vous sur moi, dit-il en lui tendant un bras sur lequel elle fit mine de vouloir s'appuyer, mais sa main tremblait trop pour cela, retombant sans force le long de son corps. Sapristi ! Aidez-moi, compagnons ! »

Ulrika était sur le point de défaillir. Le capitaine et Smaud se précipitèrent pour la soutenir au moment où, son corps lâchant en même temps que sa volonté, elle glissait lentement contre le mur couvert de moisissure. Un court instant, Lifhort regretta de ne pas pouvoir faire appel au médecin Hundin.

« Allons, assez de sottises, se reprit-il *in petto*. Cet homme n'est pas mon ami ; il est même le responsable de tout ceci ! Mais par tous les cieux, elle est brûlante de fièvre ! »

Ulrika tremblait de plus en plus. La sueur perlait de façon inquiétante sur son front, et dans la lumière du flambeau ses jolis yeux se teintaient de reflets rouges.

« Partez... souffla-t-elle. Je vous en conjure, mon bon ami, partez... Tout de suite !

– Mais non, chère Ulrika, c'est hors de question. Je reste à votre côté, je ne bougerai pas tant que vous n'irez pas mieux.

– Non ! Partez !... Un danger mortel approche, je le sens : il grandit... Il est imminent !...

– Eh bien voilà une raison de plus pour ne pas vous quitter, s'empressa d'ajouter le capitaine. Je reste là pour vous protéger.

– Vous... Vous ne comprenez pas ! Je vous l'ai pourtant dit, tout à l'heure : vous risquez la mort. Ce danger... c'est moi ! Il grandit en moi ! Il se rapproche et je ne parviens plus à le retenir. Vous savez ce que je veux dire... Fuyez, mon ami... Par amour pour moi, je vous en prie : fuyez ! »

Alors Lifhort comprit. Il se redressa et pressa ses compagnons vers le couloir :

« Ne traînons pas ! Sortez d'ici et suivez-moi ! Nous devons nous éloigner au plus vite !

– En abandonnant la belle dame derrière nous ? demanda Métusek, se précipitant à sa suite dans la galerie.

– Oh oui, assurément !

– Sans lumière ? fit Smaud en secouant sa torche.

– Mon jeune ami, dis-toi que dans un moment, Ulrika verra bien mieux dans l'obscurité que nous trois en plein jour. N'as-tu pas encore saisi ce qui lui arrive ?!

– Oh, misère ! » s'exclama le valet, comprenant enfin.

Dans la cellule indiquée par Ambrosius, le capitaine tâtonna quelques secondes avant de trouver la trappe qui les mena au-dehors, au pied des murailles, à l'abri du petit houx. La nuit était profonde. Aussitôt les trois compagnons se ruèrent vers la forêt.

« Le sentier le plus direct vers Dälmö ! » cria le capitaine, ouvrant la marche.

À la lueur des flambeaux, leur progression était rapide – mais le danger qui les menaçait l'était tout autant, sinon davantage : un hurlement animal, empli de rage et de douleur, se fit entendre depuis le château, pareil à celui d'un loup blessé.

« Mais un loup monstrueux, songea-t-il, tandis que sur tout son corps son poil se hérissait à ce cri. Malheur à moi ! Il faut que ma pauvre Ulrika connaisse cet accès de fièvre précisément maintenant ! »

Mais un second hurlement retentit dans le lointain, provenant d'une autre direction derrière eux, suivi d'un troisième, tout aussi déchirant et terrifiant.

« Trois cris, trois voix... trois sœurs ! Elles arrivent ! Courez, mes amis ! Courez ! »

Lifhort maudit sa mauvaise étoile, ainsi que la malchance qui les avait conduits au château au pire moment, en pleine crise de lycanthropie d'Ulrika et de ses aînées. Taillant de son mieux son chemin à travers la futaie, le capitaine se demanda si ces horribles transformations se produisaient toujours pour elles trois au même moment – et il se frappa soudain le front, s'arrêtant presque :

« Quel crétin !

– Qu'y a-t-il ? demanda Métusek, tous ses sens en alerte.

– Ah, quel imbécile je fais ! grogna Lifhort. Quel âne ! C'était un piège, naturellement. Depuis le début ! Si Hundin nous a tant poussés à nous rendre ce soir au *burg*, c'était pour que nous croisions les créatures. Je suis prêt à parier que c'était bien son valet qui nous observait au cimetière. Hundin sait que nous savons, c'est désormais une certitude. Et je fais aussi le pari que c'est lui, ou un autre de ses complices, qui a déclenché la fièvre d'Ulrika ce soir. Précisément ce soir. Parce qu'il sait, par un moyen ou par un autre, que nous sommes maintenant tout près du château. Oui : c'était un piège, aussi grand que moi. Et j'ai sauté dedans à pieds joints ! »

CHAPITRE LII

UNE NUIT D'ÉPOUVANTE

Malgré la peur qui les tenait au ventre et les pressait, les trois hommes commençaient à perdre leur souffle dans leur fuite éperdue. Smaud dut même s'arrêter à cause d'un point douloureux au côté.

« La guigne ! lâcha-t-il, courbé par la douleur, s'appuyant du bras contre un arbre.

– Jamais nous ne serons rentrés à Dälmö à temps, dit

Métusek en s'arrêtant à sa hauteur. Nous ferions mieux de nous poster quelque part pour attendre ces... bêtes et défendre nos vies sans leur tourner le dos. Pas vrai, Capitaine ?

– En tout cas c'est courageux de le penser, convint Lifhort en reprenant son souffle. Mais il est clair que nous n'irons pas beaucoup plus loin avant qu'elles ne nous trouvent. »

Un long hurlement s'éleva de nouveau derrière eux, bien plus proche cette fois. Le valet se signa en tâchant de retenir ses larmes : tout espoir l'avait abandonné.

« Mais bien sûr ! s'écria son maître en le voyant faire. Il nous reste peut-être une chance. Par ici ! Suivez-moi ! »

Lifhort quitta le sentier qu'ils suivaient depuis un moment, s'enfonçant dans les fourrés dans une direction inattendue.

« Mais cela nous ramène vers le château ! s'inquiéta le commis, s'élançant après lui.

– Pas tout à fait. L'abri que j'ai en tête est de toute manière bien plus proche que la ville... et puis, qu'avons-nous à perdre à essayer cette piste ? »

Le capitaine semblait chercher son chemin dans la forêt en même temps que dans ses souvenirs. Puis enfin il trouva : les trois compagnons reconnurent devant eux la cabane de l'ermite. À bout de forces, ils se précipitèrent à l'intérieur et se jetèrent sur le sol, complètement épuisés. Seul le plus jeune eut la présence d'esprit de repousser la porte du pied.

« Pas – de – serrure, ahana-t-il.

– Il faudra que tu la maintiennes en place, alors, souffla Métusek.

– Peut-être pas » dit Lifhort en se redressant.

Ses deux compagnons en restèrent pantois.

« Pour une fois, les bondieuseries de Monsieur Smaud auront été utiles, sourit le capitaine. En le voyant se signer tout à l'heure, je lui ai souhaité intérieurement de pouvoir trouver une protection divine... et j'ai songé à notre nouvel ami l'ermite. Ne trouvez-vous pas cela curieux ? Ce vieil homme vit presque à l'ombre du château, dans un secteur de la forêt qu'empruntent nécessairement les trois bêtes sauvages pour se livrer à leurs méfaits... et jamais il n'a été attaqué ! Or il est impensable que ces créatures n'aient pas connaissance de son existence. Donc je me suis dit que, peut-être, nous serions en sécurité dans sa cabane.

– Grâce à ses icônes ? dit Métusek en approchant son flambeau du petit autel d'Ambrosius. Parce qu'elles le protègent ?

– Je l'ignore. Mais... au point où nous en sommes, pourquoi ne pas l'imaginer ? concéda le capitaine. Ou peut-être les bêtes n'attaquent-elles pas les hommes de foi ? Parce qu'elles en sont incapables ou parce que celui qui les manipule le leur inter... »

Un grondement puissant à l'extérieur de la cabane l'interrompit.

« Nous allons le savoir très vite, conclut le commis. Elles nous ont retrouvés. Aux armes ! »

Smaud se pressa aussitôt contre la porte, pesant de tout son poids pour la maintenir fermée. Plein de bon sens, il savait que sa posture et sa résistance assureraient bien plus sa sécurité que le recours désespéré à son couteau et à sa fronde. Métusek avait empoigné les pistolets plutôt que sa rapière, prêt à les faire passer au capitaine qui saurait s'en servir bien mieux que lui. Mais Lifhort choisit de se poster à la fenêtre de la cabane : en plus d'être bien trop petite pour qu'une des bêtes pût s'y faufiler, elle n'était fermée par aucune vitre. Il passa la tête à l'extérieur.

« Où sont-elles passées ? demanda-t-il. Elles devraient être là, maintenant. Ah, la nuit est si sombre... »

Soudain, un mouvement rapide venu du bas le fit reculer d'instinct, tandis qu'une griffe énorme fouettait l'air là où il se tenait précédemment.

« Vertubleu ! souffla-t-il. Elles sont bien là ! »

Et aussitôt, un violent coup ébranla la porte. Smaud cria de peur mais tint bon. Et curieusement, cet assaut brutal fut suivi par un glapissement plaintif. Presque dans le même temps, deux griffes monstrueuses fouaillèrent l'encadrement de fenêtre, projetant des éclats de bois à l'intérieur de la cabane. Mais là encore, une plainte aiguë mit fin à l'attaque.

« La maison nous protège, se réjouit Métusek. Les icônes

vont nous sauver.

– Crois-tu vraiment ? répliqua Lifhort. Moi, je ne m'estimerai sauvé que quand ces créatures seront reparties. Or elles ne peuvent peut-être pas entrer, mais ce qui est sûr c'est que nous ne pouvons pas sortir. Bon, au moins nous pouvons garder nos torches allumées, puisqu'il n'y a plus lieu de se cacher. Alors autant en profiter... »

Approchant son flambeau de la fenêtre, le capitaine le jeta à quelques pas de la cabane puis risqua un nouveau regard au-dehors, avec une lenteur calculée. Puis il rentra prestement la tête et s'écarta ; une nouvelle fois des griffes volèrent par l'embrasure au bout d'un bras effroyablement long et puissant, puis disparurent dans le même geignement.

« Elles sont bien là, dit Lifhort. Toutes les trois. Mon ami, sais-tu recharger un pistolet ?

– Non, hélas, avoua Métusek.

– Alors il te reviendra de tirer, pendant que je rechargerai. Te sens-tu capable de le faire, en te servant de la lumière de la torche au-dehors pour guider ton tir ?

– Je... je peux essayer.

– Tu réussiras. D'ailleurs nous n'avons pas d'autre choix : leur tirer dessus rapidement, pour ne pas leur laisser le temps de s'en prendre de nouveau à la porte. La toucher peut les blesser, dirait-on, mais ces bêtes seront assez fortes pour s'y risquer si elles n'ont pas d'autre choix.

– Très bien, dit le commis en prenant une grande inspiration. Je réussirai. Combien avez-vous de balles en tout ?

– Deux chargées dans les pistolets, deux autres dans ma poche. En espérant que ma poire à poudre soit encore suffisamment pleine... »

Les monstres tournaient lentement autour de la cabane, cherchant une faille pour attaquer ses occupants. Domptant sa peur, Métusek regarda par la fenêtre. Ce qu'il découvrit lui glaça les sangs. Jamais il n'aurait imaginé que de telles créatures fussent autre chose que des cauchemars sans consistance. Mais les trois grandes silhouettes qui passaient à la lueur du flambeau, chacune avec un pelage différent, plus ou moins clair, étaient horriblement vraies. Leurs gueules ouvertes, leurs griffes interminables, leurs yeux brûlant d'une fureur démoniaque le tétanisèrent. Il ne remarqua même pas que la bête aux poils cuivrés restait en arrière des deux autres, une patte pendante.

« Je n'y parviendrai jamais ! se lamenta le commis en se plaquant contre le mur. Pardonnez-moi. Soyez bon, pardonnez-moi. »

Lifhort croisa son regard, étrangement fixe, et y lut une immense épouvante. Il se résigna :

« Passe-moi le second pistolet quand je te le demanderai. »

À présent que son compagnon se retirait de la partie, le capitaine comprit que ce serait à lui, et à lui seul, de faire feu sur Ulrika et ses sœurs. Il faillit flancher à son tour... avant de se ressaisir. Face à la fenêtre, il repéra ses cibles. Par chance, la bête rousse se tenait toujours en arrière. Mais lui pardonnerait-elle la mort de ses aînées ?

Lifhort tira au bon moment ; la bête la plus foncée, qui ne s'y attendait pas, reçut la balle au garrot. Elle s'effondra sous l'impact puis se redressa en couinant et s'enfuit.

« L'autre pistolet ! » dit le capitaine à Métusek.

La créature au pelage clair se fit plus méfiante et plus rapide dans ses rondes autour de la cabane. La deuxième balle de Lifhort se perdit dans les bois. Il entreprit de recharger ses armes au plus vite. Pour la seconde, finalement, la poudre manqua : tant pis, il essaierait de tirer avec le peu qu'il restait.

« Approche, carogne... murmura-t-il en reprenant son observation à la fenêtre, le cœur battant comme jamais dans sa poitrine. Approche donc... Mais où es-tu cachée, bon sang ? »

Enfin, n'y tenant plus, il se mit à crier, à fanfaronner, à insulter les monstres pour les provoquer. Devrait-il sortir sur le pas de la porte pour les faire venir ? Ce qu'il espérait se produisit néanmoins : la bête claire reparut et se précipita vers lui à une vitesse affolante. Il tira au jugé. Cette fois, le projectile frappa une hanche. La créature s'arrêta à trois pas de la fenêtre, en déséquilibre. Lifhort se saisit aussitôt du second pistolet et tenta sa chance : faute de poudre en suffisance, la balle partit mollement... mais elle érafla la tête du garou juste sous l'œil gauche et emporta un petit morceau de son oreille.

C'en fut trop : la bête rebroussa chemin en boitant et disparut dans l'obscurité. Cherchant du regard, le capitaine fut incapable de trouver trace de la dernière, celle qu'il pensait être Ulrika. Il en fut heureux car il avait bien compris que jamais il n'aurait le courage de la blesser à nouveau, même si sa vie en dépendait – mais il ne lui restait plus de munitions, de toute façon. Cela mettait donc un terme à son cruel débat intérieur. Lifhort se laissa tomber sur le sol, épuisé. Ses nerfs commençaient à le lâcher.

« Alors ? demanda Smaud, toujours pelotonné contre la porte.

– Enfuies. Mais c'est peut-être une ruse de leur part : toutes blessées qu'elles soient, elles pourraient encore nous tendre une embuscade, nous tomber dessus en ayant l'avantage de la surprise. Ce que je vous propose donc, c'est de passer les prochaines heures à dormir ici, si nous y parvenons, en profitant de la protection que nous offre cette cabane. »

Ses deux compagnons acceptèrent avec empressement.

Environ une heure avant l'aube, ils reprenaient prudemment le chemin de Dälmö dans les bois encore sombres. L'ermite n'avait pas reparu ; Lifhort espérait qu'il était toujours en train de veiller le corps du cousin Tobor au château et que les créatures ne lui avaient rien fait.

« Mais que sont devenues les trois sœurs ? songeait-il. Sont-elles rentrées dans leurs appartements, occupées à soigner leurs blessures ? Leur état lycanthropique les protège-t-il, ou leur permet-il de se remettre plus vite ? Car malgré son bras encore très faible, Ulrika semble avoir bien récupéré de la balle qu'elle a reçue. »

Perdu dans ses pensées, il oubliait aussi la rapidité avec laquelle ses propres plaies, infligées par les bêtes, s'étaient cicatrisées. Un cri le ramena à lui :

« Oh, pitié ! »

C'était Smaud. De nouveau le doigt tendu, le garçon désignait dans la pénombre un grand arbre familier. Dans le crépuscule du matin, sous le couvert de la forêt, il dressait son tronc énorme, grande ombre dans l'obscurité. Le capitaine le reconnut : c'était l'orme dans lequel ils avaient retrouvé le corps d'Hektor Deemenas. Le malheureux devait être encore là, figé sous l'écorce. Mais son regard se porta très vite sur autre chose. Juste à côté de l'arbre, à deux pieds au-dessus du sol, ondulait doucement une forme blanche qui luisait faiblement dans la pénombre, comme un grand voile surmonté d'une masse sombre.

« Un fantôme ! gémit le valet en se signant à toute force.

– Les fantômes n'existent pas, lui dit calmement Métusek pour le rassurer, même si lui-même paraissait tout aussi effrayé.

– Non, confirma Lifhort. Ce n'est pas un fantôme. C'est... c'est bien plus affreux. »

Il fit quelques pas en direction de la silhouette claire, qui flottait au-dessus d'une bûche renversée sur le sol. Le voile était un drap blanc comme en portent les femmes sous leurs jupes ou pour dormir, et dans la masse sombre il reconnut une chevelure défaite. Une corde la retenait à une branche basse.

« Ton couteau, Smaud, s'il te plaît... Allons, mes amis, aidez-moi à la descendre de là. Vous ne risquez rien. Mais nous arrivons trop tard, hélas. »

Ils déposèrent le corps de la pendue avec précaution. C'était Gertrod, l'épouse d'Hektor. La malheureuse avait choisi de mettre fin à son chagrin auprès de ce qu'il restait de son mari.

« Laissons-là ici, sur la mousse, proposa le capitaine. Le jour va se lever, nous sommes fatigués, mais nous nous trouvons tout près de la ville : son corps ne risque rien. Nous reviendrons la chercher très vite, avec l'aide de la famille du bourgmestre. »

Après cette nuit éprouvante de bout en bout, Lifhort avait hâte de retrouver Dälmö et sa sécurité. Il allait très vite déchanter.

TROISIÈME PARTIE

DANSE MACABRE

CHAPITRE LIII

CHASSE À L'HOMME

Les trois compagnons venaient de passer la cabane du rebouteux et arrivaient en vue des premières habitations de la ville quand, tout à coup, le capitaine se figea :

« Maugrebleu ! lâcha-t-il avec consternation. Ils sont là. »

Aussitôt il fit rebrousser chemin à Smaud et Métusek jusqu'à l'abri d'une vieille grange à moitié effondrée, d'où ils auraient tout loisir d'observer sans être vus. Même à cette heure très matinale, les allées et venues des habitants paraissaient curieusement réduites, et pour cause : Lifhort avait reconnu parmi ces gens les silhouettes d'hommes en uniforme, marchant par deux ou trois, l'épée au côté ou le mousquet à l'épaule.

« Quelle guigne, grommela-t-il d'une voix étrangement mal assurée : les Suédois !

– Mais... ne devaient-ils pas nous laisser en paix, après avoir signé un traité avec le roi ? s'inquiéta le commis. Ils devraient être loin, aujourd'hui, si j'ai bien compris ce qu'expliquait Maître Salnas l'autre jour.

– Sans doute. Cependant ceux-là sont restés en arrière.

– Mais pourquoi ? Que peuvent-ils bien chercher à Dälmö ?

– Eh bien... moi, possiblement » conclut sinistrement le capitaine.

Et portant la main à la poche de sa veste, il sentit sous ses doigts la forme ronde de l'étrange talisman dérobé au commandant Huggorm. Après toutes ces aventures à l'ombre du château d'Ödrek, il avait fini par oublier la guerre en Eklendys et surtout le regard terrible de cet officier dont il s'était attiré la haine féroce.

En quelques mots, le capitaine entreprit alors de raconter à Métusek ses mésaventures avec le malheureux Pelner dans le camp suédois, mais aussi cette histoire invraisemblable de Kobolds menaçant d'envahir le monde pour le réduire à néant ; une fable insensée qui, malgré son caractère extravagant, avait manifestement trouvé assez de résonnance dans le cerveau de son feu ami mercenaire comme dans celui du maître de guerre suédois.

« Car il est clair que le dessin formé par les ornementations de ce talisman le relie incontestablement à la description des petits monstres aquatiques évoqués par Pelner, dit Lifhort en révélant le curieux objet au jeune homme. Il serait assez extraordinaire que mon ami et ce Suédois aient partagé la même conviction au sujet de cette... vision délirante – or je ne vois pas d'autre explication à la présence de l'armée ennemie aujourd'hui à Dälmö.

– Si c'en est bien la raison, alors votre officier doit y accorder un prix immense, jugea Métusek. Pour lui, ce ne sera pas une fable de vieille femme.

– Mais comment pourrait-il avoir connaissance de ce cauchemar vécu par mon ami ?

– Qui sait ?... Peut-être est-il lui aussi tombé dans une mare ? Ce qui me rappelle...

– Quoi donc ? demanda Lifhort comme l'autre semblait s'être perdu dans ses souvenirs.

– C'est une histoire qu'aime raconter Maître Salnas : la fin du baron Ödrek. Peu auparavant, lui aussi aurait disparu près d'une rivière, et alors il semble être devenu encore plus fou, parlant de choses ou d'êtres terribles qui arrivaient pour nous faire connaître une mort atroce.

– En effet, cela me revient ! Il m'en a fait le récit à mon arrivée en ville. Ce serait pourtant extraordinaire si tout cela était lié...

– Tout ce que nous vivons en ce moment n'est-il pas extraordinaire ? » sourit tristement le commis.

Le capitaine dut se rendre à l'évidence. Mais il était troublé par un autre souvenir, longtemps oublié lui aussi, en l'occurrence les derniers mots de Pelner qui revenaient à présent à sa mémoire d'une façon déplaisante : *le lion sera vaincu par les loups*.

Peu après, Lifhort et Smaud s'étaient remis en route.

« Nous n'allions pas attendre le retour de Métusek sans rien faire, expliqua le capitaine. Et naturellement, tu te demandes où je peux bien t'emmener à présent.

– Au château... soupira le garçon d'un ton résigné.

– Eh non ! Ce serait sans doute encore trop dangereux, même en plein jour. Non, il se trouve que dans cette histoire surnaturelle que nous traversons, nous avons omis de prendre l'avis d'une certaine personne. Une personne qui s'y connaît sans doute mieux qu'aucune autre...

– Hein ? fit Smaud, soudainement effrayé. Qui ?

– Tu vas le savoir très vite. »

Pendant ce temps, le commis du notaire commençait à arpenter les rues de Dälmö, après avoir franchi un barrage de Suédois qui s'étaient assurés qu'il ne portait pas d'arme. Le capitaine lui avait confié la mission de vérifier pourquoi ces soldats se trouvaient en ville, et s'ils étaient bien sous les ordres du redoutable chef dont il lui avait décrit le visage, défiguré par une affreuse cicatrice.

En chemin, le jeune homme passa devant la grande maison du prévôt, gardée par une dizaine de soldats ennemis. Il choisit d'entrer dans la première auberge pour en savoir davantage. Aussitôt qu'il en franchit la porte, les conversations autour de la seule table occupée s'interrompirent. Les six clients attablés le dévisagèrent avec suspicion, jusqu'au moment où l'un d'eux le reconnut :

« C'est le fils au vieux Sevrin. Rien à craindre. »

Et leur conversation reprit. Métusek parvint à se joindre à eux pour obtenir des réponses à ses questions.

« Ils sont arrivés hier soir, juste avant la nuit, raconta l'ami de son père : sans prévenir, ils ont voulu franchir la Grande Porte. Une bonne centaine. Mais des hommes à Holokern qui commençaient leur ronde justement à cet endroit se sont interposés, naturellement. Alors un officier des Suédois a fait tirer sur eux, sans sommation. Il y en a qui sont morts, d'autres qui ont été blessés, et puis quand même un qui a pu se sauver pour donner l'alerte. Alors le prévôt, il a envoyé ses mousquetaires, et c'est là que les choses ont vraiment mal tourné.

– Une bataille ? interrogea le commis.

– Si on veut. Les nôtres se sont séparés en petits groupes, à ce qu'on m'a raconté, pour attaquer les Suédois par plusieurs endroits. C'était un plan qui en valait bien un autre. Les Suédois, eux, ils remontaient la grand-rue sans se quitter, en marchant au pas et tout ça. Mais ils étaient moins nombreux, parce qu'en fait, ils avaient envoyé des hommes à toutes les sorties de la ville, pour empêcher qu'on s'échappe. Et puis alors nos mousquetaires sont tombés sur le gros de la troupe, depuis plusieurs rues, et ils ont tiré. Mais c'est comme des taons sur un bœuf : ça pique de partout, mais ça fait pas beaucoup de mal au final. Les Suédois ont répondu, en se mettant à l'abri comme ils pouvaient. Mais les nôtres, ils n'avaient pas attaqué tous en même temps, alors l'ennemi a pu se regrouper à chaque fois, pour envoyer le plus de plomb possible sur l'endroit d'où venait chaque attaque. L'une après l'autre. Ils ont pas mis longtemps avant de tous nous écraser ou nous mettre en fuite...

– Et le prévôt ?

– Bah, il paraît qu'il est toujours vivant, retenu prisonnier quelque part à Dälmö. Peut-être bien dans son petit palais, d'ailleurs. Ce serait possible, vu le nombre de soldats suédois devant chez lui. Mais on m'a raconté aussi que c'est leur chef qui s'est installé là.

– Et que veulent-ils ? Pourquoi s'en prennent-ils à nous maintenant que la guerre est finie ?

– Ah ça, on dit qu'ils cherchent quelqu'un : un type qui... »

Mais la porte de l'auberge s'ouvrit avec fracas. Dix Suédois entrèrent et se mirent à fouiller toutes les pièces. L'un deux, qui parlait un eklendais sommaire, leur désigna l'objet de leurs recherches : « Un soldat de votre pays, sans doute un officier. Un homme arrivé depuis peu de jours dans la ville. » Métusek baissa les yeux et se tut, sortant aussitôt qu'il le lui fut permis.

À l'extérieur, le jeune homme décida de faire un détour : il avait une réponse à apporter à Lifhort, celle qu'ils redoutaient tous deux, mais il lui restait encore un peu de temps avant de retourner à la grange effondrée à l'heure prévue. Auparavant, il souhaitait donc se rendre chez les Rolnits, pour s'assurer qu'il n'était pas arrivé malheur à Mira ou à ses parents.

« Car ce sont eux qui ont hébergé le capitaine. Ils ne l'auront pas trahi, j'en suis certain, mais des clients de leur auberge pourraient les avoir dénoncés. Ou bien le bourgmestre, les notables ou même Maître Salnas. Je dois vérifier que tout va bien. »

Un mouvement des soldats ennemis attira son attention alors qu'il repassait devant la maison du prévôt : un officier d'un certain âge était sorti par la grande porte de l'hôtel d'Holokern et aboyait quelques ordres. Ses hommes formèrent les rangs avec empressement. Quelque peu étonné, Métusek perçut une sorte de peur dans leurs regards. Puis il comprit.

Les battants de la porte s'ouvrirent sur une haute silhouette, montée sur un cheval de guerre au torse puissant. Quand le cavalier apparut dans la lumière, l'officier subalterne se raidit à son tour et salua. Son chef lui rendit son salut d'un rapide regard, passant ses troupes en revue avec une mine peu amène. Ses yeux étaient perçants et cruels, et sa joue droite portait une balafre violacée qui ne laissa aucun doute au commis :

« C'est le commandant dont parlait Lifhort ! Il doit se mettre à l'abri au plus vite – il doit même fuir la ville, tout simplement. »

Pressant le pas, Métusek allait quitter les lieux quand un début de bousculade se produisit à l'angle de la maison : plusieurs soldats essayaient de barrer la route à un petit homme insistant.

« Laissez-moi passer, vous dis-je ! C'est extrêmement

important ! »

Le jeune homme s'arrêta en le reconnaissant. Gesticulant dans sa longue robe noire et maintenant de son mieux sur sa tête son chapeau pointu, c'était le médecin Hundin.

« Allons, écoutez-moi donc, bougres d'imbéciles ! tonnait-il. Ne comprenez-vous rien de ce que vous dis ? Je dois impérativement m'entretenir avec votre chef ! J'ai en ma possession des informations capitales à lui confier sur l'homme qu'il recherche ! »

CHAPITRE LIV

UN HOMME DE DIEU

Smaud eut un mouvement de recul en se retrouvant face à la cabane du rebouteux. Il avait remarqué que, d'ordinaire, son maître faisait un très léger détour quand il devait passer à proximité d'elle ; mais cette fois il en prenait le chemin le plus direct.

« Alors mon garçon, enfin compris ? lui lança le capitaine.

– Mais...

– Car malgré toute mon antipathie pour ce répugnant charlatan, force m'est de reconnaître qu'il doit disposer de certains talents liés à de possibles sciences occultes, certaines connaissances qui pourraient se révéler riches d'enseignements pour l'affaire qui nous occupe.

– Mais...

– Mais quoi, à la fin ?

– Mais... Hektor !

– Ah, oui, j'en conviens. Le rebouteux est sans doute le responsable de cette tragédie, d'une façon à laquelle je n'entends encore rien pour l'heure mais qui doit trouver son explication rationnelle quelque part dans un ancien savoir... et donc faisons d'autant plus attention : ne contrarions surtout pas ce vieux pouilleux. J'ai cru comprendre qu'il était assez susceptible. »

Le rebouteux ne mit pas longtemps pour répondre aux trois coups du capitaine à sa porte. Il apparut presque aussitôt sur son seuil, avachi sur ses béquilles et accompagné par la puanteur de son logis misérable, et ne put réprimer un hoquet de surprise en voyant qui se présentait à lui. Lifhort se demanda comment interpréter sa réaction, aussitôt suivie par un air de profond mécontentement. Mais le vieillard se reprit et afficha la mine moqueuse et méchante qu'on lui connaissait :

« Mais regardez donc qui est là ! C'est notre mécréant aveugle !

– Pas aveugle, à tout le moins ! s'exclama le capitaine.

– Oh que si ! Aveugle ! Aveugle à ce Signe au-dessus de sa tête, ce signe que moi je vois depuis le début, rétorqua l'autre en désignant l'œil d'un blanc laiteux qui tournait dans son orbite gauche. Même le gamin l'a vu ! Et que me veut-il donc, ce fou de mécréant ?

– Eh bien, mon cher ami... commença Lifhort.

– Je ne suis pas son cher ami !

– Fort bien, fort bien ! Cela m'arrange aussi. Venons-en au fait : vous avez la réputation d'être un homme versé dans certains savoirs en lien avec... l'Autre Monde, si c'est ainsi qu'on doit l'appeler. Avec certaines légendes, toutes ces histoires de bonne femme... »

Le rebouteux grinça un petit rire méprisant.

« Et je me demandais donc, reprit Lifhort toujours aussi peu à son aise, en passant d'une idée à une autre comme cela m'arrive parfois, surtout après tous ces événements survenus à Dälmö, si vous sauriez m'en apprendre davantage sur... certaines choses. Vous savez : ces... créatures dont on parle, ces monstres des bois des histoires pour petits enfants. Ainsi, par exemple, au sujet des... loups-garous...

– Ah, c'est donc là qu'il veut en venir ! renifla le vieil homme.

– En effet, oui. Selon vous, ces loups-garous existent-ils vraiment ?

– Et comment qu'ils existent, les garous ! Comme tout le reste ! Les revenants, les vampires, les goules, les basilics, les nixes, les trolls... Toutes ces bêtes que les crétins refusent de voir. On l'enseigne aux enfants afin de les mettre en garde, pour sûr, mais les imbéciles n'y croient plus aussitôt qu'ils grandissent ! Pas vrai ?

– Certes, certes... Mais pour autant, ne pensez-vous pas que, dans le cas des loups-garous, il puisse s'agir plutôt d'une maladie ?

– Nan, fit l'infirme d'un ton catégorique. Ça ne se passe pas comme ça.

– Mais d'où viennent ces créatures, alors ? Comment devient-on un loup-garou ?

– C'est une punition ! Oh oui ! Une punition du Ciel ! Un terrible châtiment divin, voilà ce que je sais.

– Mais... pourquoi ? De quoi serait-on ainsi puni ?

– Il ne s'en doute pas, vraiment ? Non ? Pourtant, il devrait bien s'en méfier, tout mécréant qu'il est. C'est le genre de chose qui arrive à tous les impies imbus de leur puissance, ou de leur bêtise. Et c'est bien fait.

– Drôle de façon d'enseigner l'humilité, marmonna le capitaine, qui goûtait de moins en moins les paroles du rebouteux. Et ce mal, ne peut-on pas en guérir à l'aide de quelque remède ?

– Nan.

– Pas même grâce à une potion, un philtre quelconque ?

– Nan, répéta le vieillard avec un sourire méchant.

– Alors... un... un sortilège, une prière ?

– Ah-ah ! il commencerait presque à comprendre ! C'est pourtant simple : ce que le Ciel a fait, seul le Ciel peut le défaire.

– Mais si le Ciel ne fait rien, est-ce qu'un rituel, une cérémonie, un enchaînement de prières ne pourraient pas faire l'affaire – pour intercéder, en quelque sorte ?

– Il a les peurs de ceux de son espèce, à ce que je vois : à la fois il n'ose pas le demander, et à la fois il aimerait bien pouvoir s'en remettre à un homme de Dieu.

– Un homme de Dieu ?

– Bien sûr. Si le monde respectait les hommes de Dieu, il souffrirait de bien moins de malheurs. On ne calomnie pas un homme de Dieu, on ne porte jamais la main sur lui. On le respecte plus que personne d'autre. Voilà la seule leçon à retenir.

– Et vous, vous respectez les hommes de Dieu...

– Je ne devrais pas ? grogna le vieil homme.

– Chacun est libre de ses actes et de ses choix, c'est certain. Et vous-même, enchaîna le capitaine, porté par une intuition subite, vous-même... vous êtes un homme de Dieu. N'est-ce pas ?

– Absolument. Il fait des progrès rapides, pour un mécréant ! Mais il a raison. Je suis un serviteur de ce dieu que tous adorent sous différents noms et qui est en vérité un seul et même dieu, peu importe le nom qu'on lui donne.

– Alors vous, comment l'appelez-vous ? continua Lifhort pour l'amadouer.

– Si je lui parle de Ziilvanas, le Prince des Serpents, des Neuf Ciels et du Monde d'En-Bas, est-ce qu'il comprendra mieux ? Nenni. Mais cela ne change rien, c'est un même dieu.

– Et dans ce cas... si vous étiez confronté à un loup-garou, en tant qu'homme de Dieu, auriez-vous le pouvoir de... défaire cette malédiction du Ciel ?

– Il y vient enfin ! Ah, il aura mis le temps pour le dire !... Moi, je suis capable de bien des choses, mais je ne contreviens jamais à ce que le Ciel a ordonné. La réponse est non.

– Mais... alors peut-être un autre homme de Dieu le pourrait-il, pas vrai ? Un pope ? »

Le rebouteux se rembrunit d'un coup.

« Certains le prétendent, finit-il par lâcher. Mais est-ce à raison ? Je ne veux pas m'en mêler ni poser la question. Ce serait leur manquer de respect. Et on ne manque pas de respect...

– ... à un homme de Dieu, j'ai bien compris. Il n'y a donc pas d'autre choix, conclut le capitaine en se demandant s'il pourrait retrouver un jour l'exorciste disparu.

– Ah, il y a bien une autre possibilité, grimaça le vieillard en se balançant avec une délectation malsaine sur ses béquilles. Mais elle n'est pas très heureuse : c'est la mort. »

Le capitaine fut parcouru d'un frisson glacé :

« Mais comment cela, *la mort* ?

– Il a peur de comprendre, hein ? Mais oui : la mort, la

mort de la bête elle-même, dans la violence la plupart des fois, ou bien la mort de quelqu'un d'autre pour libérer le garou. Une âme pour une âme. Il en a toujours été ainsi. Mais... le mécréant serait-il prêt à donner son âme pour sauver une autre âme pécheresse qu'il porte très haut dans son cœur malheureux ? »

Lifhort en resta coi.

« Fort bien, se reprit-il en forçant son sourire. Je n'ai pas besoin d'en savoir plus pour cette fois. De toute façon, ces curiosités ne me concernent en rien. Je vous remercie et vous souhaite une plaisante journée ! »

Puis il fit vivement demi-tour et fila sans se retourner jusqu'à la grange, son valet sur les talons. Derrière eux, le rebouteux siffla entre ce qu'il lui restait de dents pour une dernière moquerie gratuite – mais il les suivit longuement du regard.

« Pouah ! s'exclama Smaud quand ils furent revenus dans leur abri délabré, comme s'il s'était abstenu de respirer pendant une heure entière.

– Je suis bien d'accord, souffla le capitaine. Quelle odeur infecte dans cette cabane ! Comment fait-il pour y vivre ? Et encore, nous n'avons pas eu à pénétrer à l'intérieur... Ah, en cet instant je donnerais cher pour une bonne prise, d'un tabac bien fort, qui me nettoierait les naseaux de cette pestilence ! Mais il y a plus important : as-tu entendu, mon garçon, son allusion à une âme qui me serait chère ?

– Oui. Eh bien ?

– Eh bien ? Mais il sait quelque chose sur notre affaire, c'est évident ! Avec cet homme néfaste, il n'est pas de propos oiseux. Il sait pour les loups-garous du château. Il sait sans doute aussi pour... l'amitié qui me lie à Ulrika, encore que j'ignore comment il le sait. Il sait... bon sang ! Te rappelles-tu sa mine stupéfaite quand il a ouvert la porte de son taudis ? Ah, bougre de bougre, ne comprends-tu pas ? Il ne s'attendait pas à nous trouver devant chez lui : pour la bonne raison qu'il nous pensait morts ! Il savait pour l'attaque dont nous avons été les cibles cette nuit, c'est sûr. J'en ai désormais la ferme conviction. Mon instinct ne me trompe jamais.

– Vraiment ?... fit le valet avec une moue expressive.

– Pourquoi dis-tu...? Ah, l'exorciste ? En effet, pour cela je te le concède, il n'était pas retenu dans les oubliettes du *burg*. Mais c'est une bonne chose : je n'ai plus d'autre choix que de partir à la recherche de cet "homme de Dieu" et lui demander de libérer Ulrika et ses sœurs de leur maladie – ou de leur châtiment divin, s'il préfère. Je dois retrouver ce pope. Au plus vite.

– Mais comment ?

– J'ai... une idée déraisonnable. Cela ne vaut peut-être pas grand-chose, mais faute d'autre piste, je vais la tenter. De ton côté, retourne tout de suite en ville, retrouve ce bon Métusek et la jolie Mira et dis-leur de fuir le plus loin possible : plus j'y pense et plus je me dis que, avec l'arrivée des Suédois, ils risquent d'être considérés comme nos complices. Je crains pour leur vie. À cette heure, je crains pour nos vies à tous, en vérité. »

CHAPITRE LV

UNE DANGEREUSE ÉPIDÉMIE

Huggorm, dressé sur son cheval de guerre devant la maison du prévôt, se penchait vers son lieutenant, le visage toujours aussi sévère :

« Quelles nouvelles, Ryning ?

– Un message du bourgmestre, mon commandant : il veut vous faire savoir que sa belle-fille a disparu cette nuit, or il craint pour sa santé car elle semblait avoir perdu la raison, et requiert notre aide pour la retrouver.

– Mais qu'en ai-je à faire ?! rugit le Suédois. Qu'il se débrouille avec sa famille ! Le mari de sa belle-fille ne peut-il donc pas prendre soin de sa femme ?

– Eh bien, il semble que le mari soit mort, mon commandant.

– Quel pays de fous... Et notre voleur ?

– Les recherches se poursuivent. Le prévôt refuse de

nous parler, le bourgmestre ne pense qu'à cette histoire de disparition, et nous n'avons pas encore pris le temps d'interroger les autres notables de cette cité. Mais nous tenons toutes les entrées de la ville et fouillons maison par maison. Il ne pourra pas nous échapper longtemps.

– Je l'espère pour vous, rumina Huggorm. Et cet autre, là-bas, que veut-il ? »

Il désigna le médecin Hundin, sur le point d'en venir aux mains avec plusieurs de ses soldats. Ryning alla aux nouvelles, puis revint auprès de son chef.

« C'est un médecin de Dälmö, mon commandant. Il prétend qu'il est en possession d'informations qui nous seraient utiles.

– De son plein gré ? Et que demande-t-il en échange ?

– Eh bien... rien, à ce qu'il semble.

– Vraiment ? Allez le chercher. Vous me ferez traduire ses paroles. »

Le lieutenant fit signe d'approcher à l'un de ses hommes, manifestement son interprète, et ordonna aux soldats de faire avancer le médecin.

Assis sur une borne de pierre équipée d'un anneau à chevaux, à côté du porche du prévôt, Métusek était passé inaperçu. Prétextant un souci avec son soulier, il avait entrepris de se déchausser, de se masser longuement les orteils, puis d'examiner lentement, avec une attention exagérée, l'état de sa semelle, en affectant une profonde indifférence à la scène qui se déroulait juste à côté de lui. Mais il gardait les oreilles bien ouvertes et ne perdit rien de la conversation qui s'engagea.

« Monseigneur Commandant, dit Hundin avec empressement, son chapeau entre ses mains, c'est un honneur pour moi de pouvoir vous parler.

– Je suis pressé, traduisit l'interprète. Qu'avez-vous d'important à m'apprendre ? Est-ce en lien avec l'homme que nous recherchons ?

– C'est bien le cas, vous pouvez me faire confiance.

– Alors parlez !

– Voici, Monseigneur : il se trouve que notre bonne cité

de Dälmö est victime d'un mal terrible, à savoir une dangereuse épidémie de *lycanthropie...* »

L'interprète se révélant incapable de traduire ce mot savant qu'il ne connaissait pas, le médecin eut tout loisir d'expliquer qu'il s'agissait d'une maladie aussi rare que terrifiante, dont il put exposer les symptômes cliniques et les différents cas portés à sa connaissance, comme il l'avait fait naguère à Lifhort, jusqu'au moment où, comprenant enfin de quoi il retournait, le commandant tonna :

« *Varulvar* ![9] »

Hundin sut alors qu'il entrait dans la partie délicate de sa négociation ; au moins, il avait pu éveiller l'intérêt de l'officier et présenter le mal sans être interrompu trop tôt.

« Que venez-vous nous parler de loups-garous ?! aboya le traducteur, reprenant l'intonation cassante de son chef. Nous n'avons rien à faire de pareilles sornettes !

– Oh que si, Monseigneur Commandant, assura le médecin. Vous et vos hommes êtes concernés au premier chef : c'est une maladie extrêmement contagieuse, et si vous n'agissez pas comme la situation l'exige, vous êtes tous en grave danger.

– Vous essayez tout simplement de nous faire quitter la ville avec une ruse ridicule, rétorqua l'interprète tandis que Huggorm réfléchissait déjà au châtiment à infliger à ce cuistre en robe noire.

– Le Ciel me préserve de pareils desseins, Monseigneur, promit Hundin, une goutte de sueur perlant à sa tempe. Et la preuve en est que, bien au contraire, je souhaite que vous restiez encore un peu à Dälmö, car j'ai besoin de vous pour éradiquer cette épidémie.

– Comment le pourrions-nous ? Nous sommes des soldats, pas des guérisseurs de votre acabit. Allons, il suffit.

– Par pitié, Monseigneur, encore un peu de patience ! Car c'est là que votre intérêt rejoint le mien. Écoutez-moi, je vous en prie : l'origine du mal réside dans ce château qui menace ruine, au sommet du vallon. Oui, celui-là, juste là-bas, au-dessus de ce toit de tuiles vernissées, ajouta-t-il en désignant le vieux *burg*. Il est habité par trois sœurs qui,

9. *Loups-garous* en suédois (NdT).

en raison de pratiques obscures mais assurément condamnables, ont contracté la maladie et l'ont répandue ici et là dans la cité. Vos hommes sont donc en danger. Pour y échapper, il ne suffit que d'une chose : éliminer immédiatement les personnes infectées. Les tuer le plus rapidement, à coups de pique ou de mousquet, peu importe.

– Mais bon sang, allez-vous me dire où est mon intérêt ?

– Vous recherchez un homme, un certain déserteur... et je le connais bien.

– Ah, enfin ! Que savez-vous sur lui ?

– Ce prétendu capitaine s'appelle Lifhort. Or il fait également partie de cette abominable entreprise de contagion : lui aussi est atteint par la maladie, tout comme le reste de ses complices. Par exemple, il est hébergé depuis plus d'une semaine chez un aubergiste, un certain Rolnits, naturellement un loup-garou, comme toute sa famille. L'une de ses propres filles en est morte sans qu'il s'en émeuve, c'est dire. »

À ces mots, le pauvre Métusek se figea, le nez toujours collé à sa chaussure mais le cœur battant soudain plus vite dans sa poitrine. Mira et les siens étaient en danger !

« Est-ce dans cette auberge qu'il se cache ? demandèrent Huggorm et son traducteur.

– Non, dit Hundin, vous ne l'y trouverez plus. »

Le commis du notaire poussa un soupir de soulagement. Le danger s'éloignait pour un temps de sa belle amie. Mais il décida de rester assis sur sa borne et d'écouter ce qu'avait à dire le médecin.

« Où, alors ?

– Au château. C'est là-bas que vous le retrouverez. Je crois comprendre que ce fuyard vous est très précieux ; vous n'aurez pas de meilleure chance de le capturer, croyez-moi.

– Chez ces trois sœurs, elles aussi garous, au plus près du foyer de l'épidémie ?

– En effet, Monseigneur Commandant. Alors quand vous serez sur les lieux, je vous en conjure, tuez Lifhort sans attendre, mais également tuez ces femmes maudites. Et si vous me le permettez encore, je vais vous donner deux autres bonnes raisons de mener une attaque sur le *burg*. La première, c'est qu'en tuant les sœurs, vous pourrez mettre la main sur leur trésor : j'ai appris que depuis des années, elles accumulent des richesses dans les tours et les souterrains du château, et ainsi vous seriez largement dédommagés de vos efforts pour libérer Dälmö de cette affreuse maladie. Après quoi vous serez libres de passer votre chemin et de poursuivre la guerre là où le valeureux roi Gustave Adolphe, dans sa grande clairvoyance, le jugera bon. »

Métusek fronça les sourcils : jamais auparavant il n'avait entendu parler d'un trésor caché au château, même du temps du baron Ödrek. Hundin voulait simplement allécher les Suédois pour que fût mis un point final à sa vengeance contre les trois sœurs, c'était évident.

« Et la seconde raison ?

– C'est que vous ne risquerez rien dans cette attaque, Monseigneur Commandant : je viens de dépêcher l'un de mes serviteurs, et il ne tardera pas à revenir pour vous apporter un certain objet qui, j'en suis garant, vous protégera personnellement de la lycanthropie. Voilà ma proposition. À présent je vous en conjure une nouvelle fois : sauvez notre infortunée cité ! »

Huggorm adressa un regard interrogateur à son lieutenant, poursuivant la conversation en suédois :

« Votre avis, Ryning ?

– Cette histoire de prétendus loups-garous ne m'inspire pas confiance, mon commandant, mais il est vrai que nous n'avons pas pensé à fouiller ce château.

– Assurément. Mais ne prenez pas les légendes trop à la légère : repensez donc à ce que nous savons sur... cet objet qui nous a été dérobé, et tout ce dont il pourra nous prémunir. Alors même si je me méfie autant que vous de ce charlatan et de ses desseins véritables, je pense que son discours ne peut être totalement ignoré. Voici donc ce que nous allons faire : continuez à ratisser la ville, et si ce soir nous n'avons pas remis la main sur ce... Lifhort, et sur notre bien, nous ferons marche sur le *burg* et nous le viderons de tout ce qu'il contient. En attendant, commencez par conduire un détachement jusqu'à l'auberge évoquée par cet homme, et faites parler son propriétaire. S'il est effectivement un complice de notre voleur, il n'aura d'autre choix que de l'avouer. Je sais que je peux vous faire confiance pour cela. »

Pendant ce conciliabule qu'il ne comprenait pas, Hundin s'efforçait de garder un visage avenant et sincère, promenant ses regards ici et là pour manifester la parfaite innocence de ses intentions. Puis il se figea :

« Monseigneur Commandant ! s'écria-t-il en levant la main.

– Quoi encore ?!

– Cet homme, là, assis sur la borne à chevaux : je le connais. Il nous espionne. C'est un complice de Lifhort ! »

CHAPITRE LVI

LA CAGE DE L'OURS

Agacé, Lifhort réprima un bâillement – le troisième en bien trop peu de temps. Après une nuit aussi éprouvante, le sommeil retombait sur ses yeux et ses épaules avec insistance. Il avait le pressentiment que la journée serait longue et qu'il aurait beaucoup de peine à l'affronter.

« Et je me demande si je ne patiente pas pour rien, en perdant un temps précieux, songea-t-il. Par les sabots crottés de Zoltin, ne va-t-il donc pas sortir de chez lui aujourd'hui, ne serait-ce que pour le plaisir d'empoisonner la vie de ses prochains ? Ah, j'aurais mieux faire de rester bien tranquillement dans la grange, à nettoyer mes pistolets... »

Couché dans la prairie en lisière de la forêt, à l'abri d'un bouquet d'alisiers, le capitaine épiait la cabane du rebouteux, attendant désespérément une sortie du vieillard afin de s'y faufiler sans se faire voir.

« Car je suis persuadé que cet homme fait partie du complot contre Ulrika et ses sœurs, et donc que je pourrai peut-être trouver un semblant de preuve caché dans sa cabane. Et qui sait ? avec de la chance je pourrais aussi dénicher un indice qui me mettrait sur la piste du pope exorciste. Avec *beaucoup* de chance, en vérité. »

Le temps passait avec langueur. Mais vint enfin le moment où, perdu dans des pensées de plus en plus confuses où le sommeil le disputait à son inquiétude pour Métusek et Smaud qui ne revenaient pas, Lifhort entendit une mauvaise toux, crachée par une gorge glaireuse : le vieil homme sortait de chez lui et se soulageait les bronches au grand air. Puis il fouilla dans la poche de son pantalon, comme pour vérifier que s'y trouvait bien quelque chose, avant de clopiner sur ses béquilles en direction de la grange effondrée.

« J'ai bien fait de changer de cachette, souffla le capitaine. Nous aurions pu nous retrouver nez à nez – et alors, je me demande ce qu'il se serait passé. Ne perdons pas de temps ! »

Lifhort prit une profonde inspiration avant de pousser la porte de la crasseuse bicoque. Combien de temps tiendrait-il sans respirer ? Bien trop peu, naturellement, et il serait obligé de supporter la puanteur infecte dont, le matin même, il avait eu un redoutable avant-goût. Mais il n'était plus question de reculer.

L'intérieur fut à la mesure de ses craintes, aussi petit et biscornu qu'encombré de masses difficiles à définir, mélanges de lambeaux de tissu et de déchets qu'il valait mieux ne pas chercher à reconnaître. Dans un coin, la couche du vieil infirme semblait concentrer toute la saleté du monde, au point que Lifhort, même en s'astreignant à ne respirer que par la bouche, crut qu'il allait vomir. Et dans tout ce fatras innommable : rien.

« Je ne vais quand même pas repartir bredouille, maugrebleu ! C'est ma dernière piste. Je *dois* trouver quelque chose, c'est indispensable ! »

Mais non, il avait beau tourner, soulever de sa botte les empilements de détritus et de chiffon moisi et même y plonger ses gants de gentilhomme, ses recherches restaient vaines. Il se résolut à quitter les lieux, admettant son échec.

« Sapristi ! » lâcha-t-il en s'écroulant sur le plancher vermoulu.

Son pied s'était pris dans un obstacle qu'il n'avait pas vu : un morceau de corde grise... dont les extrémités disparaissaient par un trou percé dans une planche. C'était une trappe ! Son énergie lui revenant d'un coup, le capitaine dégagea des immondices le panneau de bois sur lequel il avait marché vingt fois sans le voir, et le souleva en tirant la corde.

« Çà, par exemple, se dit-il, si je m'attendais à une chose pareille... »

Sous ses yeux, un escalier de planchettes irrégulières s'enfonçait dans le noir, menant à ce qui devait être un couloir souterrain. Une cave ? Une chambre secrète ? Il lui fallait savoir. Lifhort descendit prudemment les marches jusqu'au sol de terre battue, se demandant comment le rebouteux y parvenait malgré ses béquilles, pour se pencher sur un cylindre blanchâtre renversé à ses pieds : une grosse bougie, qu'il alluma grâce à son briquet.

« C'est même un reste de cierge pascal, à en juger par son diamètre. Je dois presque le tenir à deux mains tant il est large. Dans quelle église notre répugnant homme de Dieu l'a-t-il volé ? »

Malgré tout la lumière de la flamme demeurait insuffisante pour lui permettre d'y voir à plus de trois pas : un couloir, de cinq pieds de haut seulement, qui semblait s'élargir un peu plus loin. Un moment, le capitaine se demanda s'il ne s'agissait pas d'un souterrain qui menait jusqu'au château. Il avança lentement. Quand les murs s'écartèrent sur les côtés, il se retrouva dans un espace plus vaste qu'il ne l'avait escompté, où son cierge n'éclairait plus grand-chose.

« Autant procéder méthodiquement. Je vais commencer par suivre le mur de ce côté-ci, à gauche... Quel endroit oppressant ! On dirait une grande chambre circulaire, avec un plafond bien plus haut. Et ces lueurs, par-là, qu'est-ce que c'est ? Ah, on dirait des champignons phosphorescents. Continuons par ici... »

Dans son dos, il perçut un mouvement brusque, accompagné par un bruit de chaîne ! De surprise, Lifhort lâcha la bougie. Se retournant, il eut encore le temps de discerner une impressionnante silhouette dressée sur ses deux pattes arrière et dotée d'épaules massives, hérissées de poil sombre. Puis un grand bras s'abattit sur lui de toute sa force, le frappant à la tête, et il tomba sans connaissance.

« Eh, mon garçon, tout va bien ? »

Quand il revint à lui, allongé sur le sol de la chambre souterraine, il sursauta en découvrant la grande ombre penchée au-dessus de lui, qui lui tapotait la joue pour le réveiller doucement : un homme à la carrure puissante, au visage mangé par une barbe courte et bouclée, au torse recouvert d'un poil noir, et ne portant qu'un pantalon sali par de la terre. Le cierge était toujours allumé, posé à côté d'eux.

« Je suis désolé, je ne connais pas ma force, dit la grosse voix de l'homme.

– J'ai... j'ai le sentiment d'avoir reçu une enclume sur le crâne, confirma péniblement Lifhort. Au début, j'ai pensé que vous étiez... une bête sauvage.

– Ah, c'est ce que je suis en train de devenir, à cause de ce maudit sorcier ! Depuis des jours et des jours il me retient prisonnier ici, attaché à cette chaîne ! Mes prières n'y changent rien, je suis sur le point de perdre la raison, à force de tourner entre ces murs comme un ours en cage.

– Mais alors... vous êtes...

– Je me nomme Galistas. Je suis pope. Du moins, je l'étais jusqu'à ce que le rebouteux me tende ce piège et m'enferme ici.

– Galistas ! L'exorciste ! Bon sang, cette fois je ne m'étais pas trompé ! Et en vous voyant, aussi solidement bâti, je comprends le choix du pauvre Gothar, le maréchal-ferrant, pour vous remplacer en tant que... cadavre.

– Que dites-vous là ?! »

Le capitaine lui expliqua en quelques phrases rapides tout ce qu'il comprenait de la machination ourdie contre les trois sœurs, et notamment le macabre subterfuge destiné à faire croire à sa disparition.

« Hundin et son complice vous auront dépouillé de votre robe noire pour la passer sur le corps du forgeron, auquel ils auront coupé la tête pour empêcher quiconque de le reconnaître, poursuivait Lifhort. Et ainsi, en vous gardant prisonnier, le rebouteux interdisait toute possibilité de libérer Ulrika, Eleana et Yseldys de leur maladie par un exorcisme... Les pièces de l'horloge se mettent en place petit à petit dans mon esprit, un peu dérangé par votre poing de granit cela dit, et j'ai bon espoir de pouvoir lire l'heure très bientôt – mais avant toute chose, j'ai une question à vous poser : comment se fait-il que, fort comme vous l'êtes, vous n'ayez pas réussi à vous libérer plus tôt de ce rebouteux infirme ? Vous m'avez assommé si facilement ! Ou bien son don de vision a-t-il déjoué vos tentatives ?

– Ses visions et ses prémonitions ne concernent que les faits en lien avec l'Au-Delà. Quant à ce monde... les apparences sont souvent trompeuses, soupira le pope. Pour commencer, sachez que cet homme diabolique n'a aucun besoin de ses béquilles : c'est une comédie de sa part, destinée à duper les gens de Dälmö. Mais la taie sur son œil est bien réelle – tout comme son don de double vue. Il est aussi doté d'autres pouvoirs, bien plus néfastes, que condamne notre Sainte Église. C'est un nécromant, un adepte de la magie la plus noire, un héritier des tribus païennes qui peuplaient Eklendys au temps jadis.

– Et lui qui se considère comme un homme de Dieu... sourit le capitaine en se relevant.

– C'est son œil mort, surtout, qui lui sert à obtenir ce qu'il veut, bien plus que ses amulettes, ses colliers sinistres ou ses poupées de paille. Quand il descend dans cette cave pour m'apporter à manger, il me fixe toujours de son œil mauvais, et croyez-le ou non, je suis alors incapable de m'en prendre à lui. En outre, il sait dans quel endroit de la pièce je me trouve, et il ne me tourne jamais le dos comme vous l'avez fait, justement pour me fixer de son œil.

– Alors quand vous m'avez vu de dos, vous n'avez pas hésité à frapper.

– C'est exact, et je m'en excuse encore humblement devant vous. Comme il m'avait privé du cierge pour me punir, je vous ai pris pour lui dans cette obscurité. C'était une chance unique, à saisir.

– Je vous comprends, dit Lifhort en se massant le crâne. Et je vous pardonne bien volontiers cette bosse horrible que je sens grossir sous mes doigts. Mais il est temps de réagir. Vous êtes attaché à la cheville par cette chaîne, qui semble solidement fixée au mur...

– Je vous le confirme. Toute ma force n'a pas suffi à la desceller.

– La question est donc de savoir où le rebouteux cache ses clés.

– À ma connaissance, il les garde sur lui en permanence, de même que... »

Un violent juron venu de la cabane au-dessus d'eux les interrompit.

« C'est lui ! murmura le capitaine. Il est revenu. Et il sait que quelqu'un vous a trouvé : j'ai laissé la trappe ouverte derrière moi ! Je n'ai que mon épée pour me battre. Croyez-vous qu'une simple lame pourra le vaincre ?

– Je l'ignore, dit Galistas. Mais quoi qu'il arrive, ne regardez pas son œil mort ! »

Déjà, des pas pressés par le doute et la colère faisaient grincer les planches de l'escalier de la cave.

CHAPITRE LVII

LES ROUAGES DE LA MACHINATION

« Ainsi donc c'est encore lui ! C'est toujours lui ! Mais j'aurais dû m'en douter, pesta le rebouteux en découvrant la silhouette du capitaine à la lumière du cierge dans la chambre souterraine. Il n'y a que des mécréants stupides comme lui pour se sortir des griffes des bêtes aussi facilement et pour revenir se fourrer aussi vite dans la gueule du loup ! Mais cette fois, c'est la forfanterie de trop... »

Lifhort sentit son cœur s'emballer. L'épée tirée, il dessinait dans l'air des moulinets ridicules en s'efforçant de rester là où il se trouvait, sans reculer, et de maintenir au mieux son équilibre : il gardait en effet les yeux fermés pour ne pas croiser le regard de son ennemi.

« Il est trop tard, vieil homme ! dit-il en feignant une assurance démentie par ses mouvements nerveux. À présent je sais tout de cette cruelle et odieuse machination, et il est l'heure pour toi de répondre de tes crimes.

– Peuh ! cracha le rebouteux en se plantant face à lui.

Vantardise ! Ici, il ne peut rien contre moi, même avec sa rapière dérisoire. Et ainsi, cet insouciant, il vient fouiller mes affaires, il met tout en désordre, il descend dans ma cave et il cherche à libérer mon prisonnier en s'imaginant que... Rhhhhhaaaa ! »

À ce cri sauvage et inattendu, le capitaine fut saisi de peur et, par réflexe, desserra les paupières – comme l'espérait le vieux sorcier. Lifhort découvrit alors son affreux visage tordu par un rictus malfaisant... et son œil blanc fixé sur lui. Trop tard : aussitôt des murmures incompréhensibles traversèrent son esprit, des chuchotements désagréables qui, en un instant, eurent raison de sa volonté. Il lâcha son épée, sentant ses forces l'abandonner. Il s'était fait berner comme un enfant. L'ennemi l'avait vaincu.

Mais en dépit de cette défaite personnelle, le stratagème mis précipitamment en place avec Galistas porta ses fruits : distrait par le capitaine, qui avait quand même tenu bon sa position, le rebouteux tournait le dos au grand pope et se trouvait juste à sa portée malgré la chaîne. D'un bond, l'exorciste attrapa le vieillard par derrière et ses mains énormes se refermèrent sur son cou à la façon d'un étau. Aussitôt les os craquèrent. La nuque se brisa. Le faux infirme s'effondra sur le sol comme un pantin de chiffon sale.

Le charme qui s'était emparé de Lifhort céda instantanément. Il papillonna des yeux et découvrit le religieux penché sur le corps du rebouteux, en train de fouiller ses poches ; il en sortit avec une joyeuse exclamation la petite clé qui fermait sa chaîne depuis tant de jours.

« Je me demande pourquoi il ne vous a pas tué, tout simplement, dit le capitaine en approchant le cierge pour aider Galistas à trouver la serrure sur l'anneau à sa cheville. Cela lui aurait évité d'avoir à enlever le forgeron Gothar et à le faire passer pour vous.

– Par superstition, répondit le pope tandis que son entrave tombait enfin : on ne tue pas un homme de Dieu, c'était l'un de ses refrains favoris. Car il était aussi un insupportable bavard, voyez-vous. Je ne sais combien de temps il m'a fallu l'endurer, quand il descendait ici avec l'idée de me faire ses sermons interminables. Mais cela lui ressemblait bien.

– Que voulez-vous dire ?

– Ah, dit Galistas en se frottant le pied, cet homme n'était personne et mourait d'envie d'être quelqu'un. Pour tous il était le rebouteux : je me demande si quiconque à Dälmö connaît encore son vrai nom. Pas moi, en tout cas. Et il me l'a suffisamment répété : en participant à ce complot sordide, il vengeait sa propre situation misérable. Personne ne l'aimait ? Eh bien, tous le craindraient. C'était déjà le cas, depuis qu'il pratiquait ses arts occultes. Mais avec les créatures démoniaques qu'il se vantait d'invoquer, il avait trouvé un moyen de faire courber la tête aux puissants, aux notables de la ville. Il disait leur apprendre l'humilité, leur faire payer le prix de leur orgueil et de leur impiété. Savez-vous que malgré ses grandes déclarations de censeur vertueux, il rêvait depuis des années d'épouser une certaine jeune fille de bonne famille ?

– Je l'ai appris. Mais je ne vous en ai pas encore parlé : l'histoire a connu une fin tragique. »

Et Lifhort de lui exposer les horribles découvertes faites par Smaud dans la forêt.

« Ce que vous m'apprenez me peine, dit le pope. Hektor était un bon garçon, malgré la fatuité héritée de son père. Quant à la malheureuse Gertrod... Ah ! que ce sale personnage brûle en enfer, avec son dieu-serpent !

– Quoi qu'il en soit, reprit le capitaine, je comprends mieux à présent le lien, ou à tout le moins la motivation qui pouvait unir le médecin Hundin et le rebouteux au point d'en faire des complices. Tous deux cherchaient à se venger d'une société qui n'avait pas répondu à leurs ambitions.

– Cependant Hundin est encore en liberté, et susceptible de causer bien du mal.

– Ne vous en inquiétez pas, sourit Lifhort en tordant sa moustache : à présent que son comparse est mort, il n'a sans doute plus aucun pouvoir sur les bêtes qui ont tué tous ces gens. Ah, mais j'étais loin de penser que son exécuteur des hautes œuvres était le rebouteux ! Et je me demande encore comment il faisait...

– Cela, il me l'a dit un jour. Tout content de lui, apparemment, il m'a appris comment, grâce à une amulette de bois mort, plongée dans une certaine fontaine souterraine découverte au plus profond du vallon, une nuit de pleine lune, il avait développé le pouvoir d'invoquer ces créatures surnaturelles et de les diriger à sa guise dans la forêt, les appelant, leur ordonnant d'attaquer ici ou là, et les renvoyant ensuite à leur sommeil.

– Une amulette ?

– Oui, un simple petit morceau de bois sculpté, qu'il n'est besoin d'aucune formule rituelle pour faire agir, mais juste des mots ordinaires comme nous en prononçons vous et moi en ce moment. N'importe qui pourrait s'en servir.

– J'en ai froid dans le dos, avoua le capitaine. Mais une chose m'échappe toujours : si toutes les victimes étaient désignées par Hundin, comme cela me semble évident, et que le rebouteux les faisait ensuite tuer par ses bêtes sauvages, pourquoi retrouvait-on toujours leurs corps en lisière de la forêt ?

– Eh bien... parce que les créatures ne pouvaient sans doute pas agir en pleine cité, je suppose. Cela aurait peut-être été trop compliqué : elles auraient pu ne pas réussir à s'introduire chez leurs cibles, ou bien elles auraient pu croiser des hommes du guet...

– Justement : aucune victime n'est morte chez elle. Pourquoi se rendaient-elles de nuit dans la forêt ou à l'orée des bois, surtout après les premiers meurtres ? »

L'exorciste se frappa le front :

« Un moment, mon ami : je pense que je viens de comprendre. Il me revient en mémoire cette autre confidence du rebouteux, un autre jour. Il semblait de nouveau tout content de lui. À l'en croire, les gens de Dälmö le craignaient tant, désormais, qu'ils n'osaient plus rien lui refuser, pas même quand il leur ordonnait de venir ici, à sa cabane, à la nuit tombée, donc hors de la ville et en vue de la forêt, pour une raison qu'il n'avait même plus besoin de leur signifier. Ce vieux démon ajoutait que, d'elles-mêmes, ces pauvres personnes gardaient le secret sur ces étranges convocations. Ah, je me souviens comme il exultait en me narrant tout cela...

– Quel affreux bonhomme !

– Oui, en effet. Et une fois les victimes arrivées chez lui, j'imagine qu'il trouvait un prétexte pour que, d'une manière ou d'une autre, elles devinssent des proies faciles pour ses... bêtes. Là encore, c'est une tragique histoire. »

Lifhort prit une mine soucieuse.

« Justement, puisque nous parlons de ces pauvres créatures à ses ordres... pensez-vous que... enfin, savez-vous si... Ah, vertubleu, je voudrais bien que vous me racontiez tout ce que vous savez à leur sujet. Car pour tout vous dire, j'attends désormais beaucoup de vous en ce qui les concerne.

– Vraiment ? fit Galistas en se grattant la barbe. Ma foi, à ce que vous m'avez raconté tout à l'heure, je pense que vous en savez déjà suffisamment sur ces abominations. Et même si vous n'avez pas dit les choses explicitement, je sais que vous savez ce que je sais : les bêtes sont les trois filles du baron Ödrek. Les bavardages du rebouteux me l'ont laissé entendre, aussi incroyable que cela puisse être – pour les gens ordinaires. Pour ma part... Mais maintenant que la lumière est faite sur les auteurs de cette machination, je comprends comment ces jeunes femmes sont tombées sous la coupe du sorcier : par l'entremise du médecin.

– Hundin ? Je veux bien l'entendre, et pourtant, à l'en croire, la lycanthropie est avant tout une maladie. Particulièrement rare, mais une maladie malgré tout, sans rien de magique.

– Croyez-vous ? C'est le discours qu'il vous aura servi pour vous convaincre, s'il a décelé en vous un esprit fort. Après tout, le rebouteux vous a bien qualifié de *mécréant*, tout à l'heure...

– J'en conviens – et je l'avoue, reconnut le capitaine, contrit pour la première fois de son existence.

– Vous n'êtes pas le seul dans ce cas, dit le pope d'un ton bienveillant, comme s'il pardonnait un péché véniel. Or vous conviendrez sans peine que de telles métamorphoses sont tout sauf le fruit d'une maladie, aussi grave soit-elle. Surtout si, à la différence de moi, vous avez vu ces monstres de vos propres yeux. Mais donc, le médecin y a pris un rôle à mon avis. Un jour, le rebouteux évoquait la naissance de ces créatures, et il a eu un drôle de geste, comme un coup de couteau dans la longueur de l'avant-bras.

– Comme pour une saignée...

– C'est exact. Il y a donc fort à parier que ce soit le médecin qui, voilà sans doute bien longtemps, quand il a compris qu'il ne pourrait jamais épouser la fille du baron qui assurerait son prestige, a profité d'une saignée bénigne pour inoculer le maléfice, ou quoi que ce soit qui pourrait le déclencher. Était-ce auprès du rebouteux qu'il l'avait obtenu ? Nous ne le saurons peut-être jamais... Dieu sait même si le vieux sorcier et lui n'avaient pas ce funeste projet en tête depuis de très longues années ?

– Mais... cette saignée : sur les trois sœurs à la fois ?

– C'est fort probable. Sous un prétexte quelconque. Par exemple pour que les humeurs dérangées de l'une ne troublent pas celles des deux autres ? On accepte tant de choses d'un homme qui parle le latin. Quoi qu'il en soit, le résultat est là : le moment venu, les trois dames se sont retrouvées sous la complète domination de ces deux hommes.

– Dans ce cas, se réjouit le capitaine, elles sont innocentes ! »

Galistas lui décocha un regard dur et perçant :

« Oh non, mon ami. Pas du tout. Elles sont coupables. Et même gravement coupables. »

CHAPITRE LVIII

LES PÉCHERESSES

Comprenant que le capitaine, désarçonné par ces paroles, ignorait encore bien des choses sur le compte véritable des filles d'Ödrek, l'exorciste se redressa de toute sa hauteur. À la lueur du cierge, il paraissait un colosse taillé dans le bronze. Quel âge pouvait-il avoir ? Mais Lifhort s'en moquait bien : ses espoirs ruinés par cette affirmation brutale, il béait stupidement.

« Eh, railla Galistas avec un triste sourire, je crois comprendre ce qui vous anime et ainsi la déception que vous éprouvez. Vous auriez préféré vous représenter ces trois jeunes femmes dans une parfaite innocence, douces comme des haquenées, belles comme l'aurore, bonnes comme l'été, encore enveloppées des charmes de leur candeur virginale, pas vrai ? Je l'aurais souhaité moi aussi. Mais il n'en est rien. Car sachez que, même si Hundin et le rebouteux ne s'étaient pas ligués contre elles, elles n'auraient pas moins encouru les foudres du Ciel.

– Comment pouvez-vous prétendre cela ? réagit enfin le capitaine. Avec quelles preuves pouvez-vous l'affirmer ? Au moins en ce qui concerne la jeune Ulrika, j'ai la certitude du contraire : croyez-moi, hormis ce sortilège infâme qui l'a possédée quand le rebouteux l'ordonnait, il n'y a jamais rien eu de mauvais en elle !

– Oh si : son sang. Le péché coule dans ses veines à un point que vous ne pouvez imaginer. Tant et si bien qu'elle n'aura aucun mal à se changer en loup-garou quand l'envie lui prendra, même après la mort du vieux sorcier, et ses sœurs pareillement, j'en jurerais. Mais vous ne savez pas tout sur elles, c'est une évidence. Il faut donc que je vous révèle certains faits, pour votre gouverne autant que pour votre salut. »

« Pour bien comprendre qui elles sont vraiment, vous devrez d'abord mieux savoir qui je suis, commença Galistas. Je ne suis arrivé à Dälmö que depuis une dizaine d'années. Auparavant, ma vie religieuse m'a vu passer par bien des villes, bien des églises. Partout je me suis confronté aux forces du Démon : souvent il a été plus fort que moi, hélas, mais avec l'âge j'ai fini par accumuler une certaine expérience de ses manifestations. J'ai aussi appris de mes échecs, si bien que mes talents d'exorciste se sont considérablement développés au cours des ans. Je dois être doué pour cela ; c'est en tout cas ce qu'ont estimé mes maîtres dès les premières années de mon noviciat.

« Il faut dire que j'étais à bonne école, sous la férule du Père Mithias de Soruspö. Ce nom vous sera probablement inconnu, mais il était considéré de son temps comme un des meilleurs démonologues de cette partie du monde.

Son grand âge lui avait permis de connaître l'inquisiteur Perkenn, qui lui-même avait directement reçu son immense savoir du plus grand connaisseur des Œuvres occultes : le moine Heinrich Kramer, ce même Henri Institoris à qui l'on doit avec Jacob Sprenger le *Malleus Maleficarum*, ce terrifiant ouvrage sur les sorcières et les signes à connaître pour les démasquer. Depuis, l'Église de Rome a préféré l'interdire, mais ce livre est aujourd'hui indispensable à connaître pour tous les exorcistes. J'ai moi-même longuement lu et relu l'exemplaire de mon maître Mithias. Il a même forgé ma vocation de combattant des stratagèmes du Malin.

« Or ce n'est pas un hasard si mes pas m'ont conduit, en fin de compte, à Dälmö. C'était là que je souhaitais me rendre depuis de nombreuses années – en vérité, depuis que le bon Mithias y avait trouvé la mort face à l'une des sorcières les plus redoutables de ce temps : nulle autre que la mère des trois sœurs qui nous intéressent.

– L'épouse du baron Ödrek ? s'étonna Lifhort. Je sais qu'elle s'intéressait aux plantes, aux traditions anciennes et à bien d'autres choses, et que c'était vraisemblablement une forte femme, mais de là à en faire une sorcière...

– Vous êtes bien naïf, mon ami, dit le pope. Cela faisait un moment déjà que mon maître se préoccupait d'elle. Avant même sa venue ici. Elle appartenait à une bonne famille de Herdel que, prenant soin des apparences, gouvernaient en réalité les femmes de la maison. De mère en fille, elles se transmettaient leurs dons innommables et...

– On me l'a dit également, objecta le capitaine, mais cela ne prouve rien, et d'ailleurs...

– Ce que l'on vous a dit n'était assurément qu'un vague écho de la vérité, reprit Galistas avec autorité. Le Père Mithias a recueilli bien des témoignages sur cette lignée funeste, qui a toujours su inspirer assez de terreur pour imposer le silence autour d'elle et de la sorte échapper au bras vengeur de la Sainte Église. C'est pour cela qu'il s'est rendu à Herdel, afin de consigner autant de faits que nécessaire pour la confondre et la juger.

« En l'occurrence, il s'intéressait à une certaine Javina-Sofia, dont la mère venait de trépasser en lui léguant son héritage diabolique. La jeune femme comprit très vite que mon maître était venu pour l'épier, aussi déploya-t-elle les ruses les plus habiles pour se livrer à ses crimes. Mais Mithias parvint à persuader des domestiques de la famille, des enfants du voisinage et même quelques paysans de lui révéler ce dont, à divers moments, ils avaient été les témoins. Il apparut que cette damoiselle Javina se levait parfois la nuit pour observer les étoiles, qu'elle cueillait certaines herbes réputées propices aux philtres et aux enchantements, ou encore qu'elle lisait des livres interdits. Les récits de son entourage pouvaient paraître innocents, mais mis bout à bout ils formaient un plaidoyer accablant.

– Ma foi, intervint le capitaine, pour ma part je ne trouve rien de bien répréhensible à lire, à se promener la nuit ou à faire de la cueillette médicinale.

– Ne vous moquez pas, imprudent que vous êtes ! L'un ou l'autre fait paraîtra innocent pris isolément, mais quand c'est une femme qui se livre à tout cela ensemble, alors les présomptions deviennent on ne peut plus sérieuses. Cette Javina-Sofia était une sorcière, le bon Mithias finit par ne plus avoir de doute à ce sujet. Cette femme avait une science des herbes telle que plus aucun poison ne lui était inconnu. Si bien qu'un jour, se sachant démasquée par mon maître, elle décida de le faire empoisonner : après un repas de tripes, le vieux moine fut pris de maux de ventre épouvantables, qu'il put évacuer par miracle. Mais à la suite de cet événement, il se résolut à saisir le métropolite de Borghavan pour réclamer un procès.

– Vraiment ? Cela, on ne m'en a pas parlé.

– Et pour cause : ce procès n'a jamais été tenu. Dans sa profonde malice, la sorcière se décida sur ces entrefaites à accepter un mariage avec le baron Ödrek, seigneur de Dälmö, et vint le rejoindre ici, échappant ainsi à la juridiction de Herdel. Elle n'aurait pu faire meilleur choix, car son époux était le Diable incarné.

– Qu'a fait le Père Mithias, alors ?

– Il a refusé de s'avouer vaincu. L'âge commençait peut-être à obscurcir sa raison, et en cherchant à recommencer son enquête auprès des gens de Dälmö, d'une manière moins discrète et moins prudente, il a éveillé la colère du baron. Celui-ci, certainement poussé par sa jeune épouse, a prétexté que le vieux moine cherchait à salir la réputation de sa maison et portait atteinte à son honneur : il l'a fait enlever pas ses sbires puis assassiner dans les ruines d'une ancienne commanderie teutonique entre ici et Kolmärn. C'est là, du moins, que son corps a été retrouvé. Dans sa sacoche se trouvaient encore les notes manuscrites, rédigées en latin, où il consignait les témoignages qu'il recueillait. C'est à moi qu'elles ont été transmises, ainsi que la charge morale de poursuivre son entreprise. Mais après la fin violente de Mithias, plus personne n'a accepté de me confirmer les écrits de mon malheureux maître. Et nul n'a osé accuser le baron de ce crime. »

« Fort bien, vous me voyez navré de cette conclusion pénible, dit Lifhort. Mais le fait que leur mère ait peut-être été une sorcière ne fait pas nécessairement d'Ulrika et ses sœurs des sorcières à leur tour.

– Détrompez-vous, mon jeune ami. Le sang de leur mère et de toutes leurs aïeules coule dans leurs veines : elles ne peuvent échapper à leur destin de pécheresses. Ces femmes sont damnées.

– C'est donc pour les faire rôtir sur un bûcher que vous êtes venu à Dälmö à votre tour ?

– J'avais appris avec un soulagement certain la mort prématurée de leur mère, empoisonnée par ses propres artifices, mais des voyageurs m'ont ensuite parlé de ses trois filles, et pour honorer la mémoire de Mithias j'ai souhaité en savoir davantage sur elles... cette fois en gardant mes distances et sans rien révéler de ma mission.

– Elles devaient être bien jeunes à votre arrivée : trop jeunes pour être des sorcières, non ?

– Certes, admit Galistas. Cependant elles ont grandi, et j'ai appris qu'elles ont depuis marché dans les pas de leur mère. Des domestiques et des habitants du vallon me l'ont finalement laissé entendre : elles aussi s'intéressent beaucoup à la conjonction des astres, elles se rendent régulièrement seules en forêt, sans aucun doute pour y pratiquer le sabbat, et surtout elles ont lu les ouvrages interdits que possédait leur mère.

– Conjectures ! s'écria le capitaine. Si même cela était, les apparences sont souvent trompeuses, comme vous-même me l'avez déclaré. Il n'y a peut-être rien de coupable dans leurs agissements. Et s'intéresser à l'héritage de leur mère n'implique pas qu'elles l'acceptent.

– Allons, votre sympathie pour elles vous aveugle. Sachez aussi que, de source sûre, elles ont l'habitude de s'enfermer de longues heures dans un laboratoire secret, aménagé dans une aile abandonnée du château, là même où leur mère pratiquait sa magie impie.

– Je connais ce laboratoire : mon valet l'a vu de ses propres yeux, dit Lifhort en levant la main afin d'imposer silence à l'exorciste. Et bien au contraire, cela ne peut qu'infirmer vos théories. Car savez-vous ce que l'on trouve dans cette pièce ? De l'aconit !

– De l'aconit ?

– Précisément ! Je suis catégorique à ce sujet : du *tue-loup* ! Des sorcières affligées de lycanthropie conserveraient-elles sous leur toit une plante aussi dangereuse pour elles ?

– Eh bien... je l'ignore, concéda le pope. Même si... à la réflexion, la présence d'aconit surprend seulement pour ce qui est de leur double nature de femme et de loup-garou, mais n'a rien d'incompatible avec leur activité de sorcellerie.

– Vertubleu, maugréa le capitaine, acceptant le raisonnement. Il n'en reste pas moins que là où un homme savant pourra pratiquer librement l'astrologie, l'herboristerie ou la... démonologie, si c'est bien le mot, une femme qui s'y risquerait passerait nécessairement pour une sorcière ?

– Vos sentiments pour ces jeunes personnes vous égarent, je le vois. Vous savez pourtant que la connaissance est néfaste pour les femmes, tous les enseignements de l'Église le confirment. Vous devez accepter la vérité, mon ami.

– Et moi qui espérais trouver en vous un allié... se lamenta Lifhort en détournant le regard. Mais au moins, puisque vous dites avoir un vrai talent pour faire fuir le Mal, croyez-vous que vous pourriez libérer Ulrika et ses sœurs de leur malédiction ?

– La lycanthropie ? C'est là un sortilège, un enchantement maléfique, pas la possession par un démon. Je ne crois donc pas pouvoir y parvenir. Vous m'en voyez désolé. Ce qu'il faudrait dans leur cas, en vérité, c'est un miracle. »

CHAPITRE LIX

LA CATASTROPHE

« Vous venez de me faire perdre mes derniers espoirs, avoua Lifhort en se passant la main sur le visage. Je ne peux donc plus rien faire pour aider mon amie ?

– Non, probablement pas, confirma l'exorciste. N'oubliez pas non plus que, toute amie qu'elle puisse se prétendre, elle demeure une réprouvée de Dieu, sa science de la sorcellerie représentant toujours un grand danger pour vous également, pour votre âme.

– Bah, mon âme ? Au point où elle en est ...

– En revanche, il nous reste un devoir à accomplir, ajouta Galistas en dressant l'index.

– Dites toujours.

– Retrouver l'amulette du rebouteux. Et la détruire, par la même occasion. Cela empêchera quiconque de prendre le contrôle des filles du baron et de les manipuler à de mauvaises fins. De même, ajouta-t-il avec un sourire moqueur, nous réduirions peut-être les risques de voir votre bonne amie se changer en loup-garou de son plein gré pour vous dévorer. »

À ces paroles, le capitaine sembla retrouver un peu de vigueur. Cela ne sauverait pas Ulrika, hélas, mais pourrait contribuer à améliorer son sort. Sans attendre, le pope avait entrepris de fouiller à nouveau le cadavre du vieillard.

« C'est curieux, dit-il. Je ne retrouve pas l'amulette. Il la gardait pourtant sur lui en permanence, dans la poche de son pantalon...

– Elle est peut-être tombée dans la cabane, suggéra

Lifhort. Allons voir !

– Je vous suis, approuva Galistas : je ne serai pas mécontent de retrouver la lumière du jour, et surtout de quitter cet endroit infect et cet horrible cadavre. Ah, ce vieux sorcier aura réussi à puer encore plus mort que vivant, et ce n'est pas peu dire. »

Mais dans le taudis misérable qui lui servait de toit, le rebouteux n'avait rien laissé derrière lui avant sa dernière descente à la cave, sinon une grande bourse de cuir. Le capitaine l'ouvrit avec empressement : il ne s'y trouvait aucune amulette. En revanche, il y découvrit une importante quantité de pièces d'argent.

« C'est une fort belle somme, estima l'exorciste en la soupesant. De qui a-t-il bien pu soutirer de telles richesses ?

– Je l'ignore autant que vous. Tout ce que je sais, c'est qu'à sa sortie ce matin, il a pris la direction de la grange effondrée aux abords de la cité.

– Allons-y, dans ce cas. Qui sait ? c'est peut-être là qu'il aura égaré l'amulette.

– Ou qu'il l'aura vendue, pour tout cet argent. Ce serait une catastrophe. Mais dans tous les cas, soyons prudents : il faut que je vous apprenne deux choses importantes en chemin, l'une concernant la paternité véritable des trois sœurs, et surtout l'autre, au sujet... eh bien, d'ennemis puissants et armés, arrivés à Dälmö et qui en ont après moi. »

Dans la grange, ils ne retrouvèrent pas l'amulette non plus. Mais ils eurent la joie de revoir Smaud qui patientait de son mieux, assis dans un coin sur un vieux seau retourné. Chose étrange, absolument pas dans ses habitudes : le garçon pleurait.

« Parbleu, que se passe-t-il donc ? demanda Lifhort.

– C'est... c'est... commença le valet, incapable de retenir ses énormes sanglots.

– Oui, eh bien ? »

Mais il fut impossible de lui soutirer la moindre explication avant un long moment. Puis enfin, à force de questions, les deux hommes réussirent à lui arracher les mots dont il était si avare et à reconstituer le drame qui s'était déroulé à

Dälmö en milieu de journée.

Après avoir marché au hasard des rues à la recherche de Métusek pendant un bon moment, en esquivant de son mieux les patrouilles suédoises, Smaud avait fini par renoncer. Ruminant sa contrariété en se demandant de quelle façon il serait grondé par son maître, il avait alors pris le chemin de l'auberge des Rolnits.

« Saperlipopette, se dit-il en y arrivant, mais qu'est-ce qui se passe ici ? »

Devant l'établissement était en effet regroupée une petite compagnie de soldats, sous les ordres d'un officier assez âgé, qui hurlait sans arrêt ses consignes à la troupe. Tandis que le valet se cachait derrière la fontaine en face de l'auberge, les Suédois enfonçaient la porte et se ruaient à l'intérieur, pendant que les autres encerclaient le bâtiment. Smaud se prit la tête à deux mains en comprenant ce qui se jouait.

« *Dehors ! Tous le monde ils dehors* ! » braillait le lieutenant Ryning dans un eklendais plus qu'approximatif qui le faisait presque rire lui-même.

Pour la suite, cependant, il eut recours à son interprète et retrouva son sérieux.

« Mettez-vous en rang ! signifia-t-il à tous ceux que l'on extrayait de l'auberge. Les hommes de ce côté, les femmes de l'autre ! »

En plus de Rolnits et du garçon d'écurie, quatre clients se retrouvaient ainsi alignés devant la façade blanche. Un peu plus loin, à côté d'une servante, Mira et sa mère se serraient l'une contre l'autre.

« Nous recherchons un fugitif appelé Lifhort ! poursuivit le traducteur. Nous savons qu'il a été logé ici, dans cette auberge. Qui peut nous dire où il se cache ? »

Personne ne répondit. Les prisonniers gardaient le regard tourné vers le sol.

« Très bien, brûlez-moi ça, ordonna Ryning à ses hommes. Dernier avertissement ! »

L'interprète traduisit. Maître Rolnits ne put se retenir :

« Oh non, par pitié ! Pitié ! Pas ma maison ! »

Mais il était trop tard. Déjà, des torches embrasaient les

chaumes du toit, et d'autres étaient balancées par la porte et les fenêtres brisées. En un rien de temps, tout le bâtiment se transforma en brasier. Dans le dos des otages des Suédois, la chaleur était cuisante. Dame Rolnits et sa fille pleuraient toutes les larmes de leur corps.

« Il n'y aura pas d'autre sommation, fit savoir le lieutenant. Dites-moi où se cache Lifhort ! Parlez ! Maintenant ! »

Les clients qui avaient eu le malheur de se trouver là au mauvais moment échangeaient des regards apeurés ; trois d'entre eux ignoraient totalement qui était le capitaine, et le dernier n'avait aucune idée de l'endroit où il pouvait bien se trouver. Rolnits, lui, fermait les yeux, autant pour contenir ses larmes amères que pour ne pas montrer, d'une façon ou d'une autre, qu'il avait une vague idée des allées et venues de son pensionnaire. Il espérait aussi que son valet ne le trahirait pas non plus.

« Personne ? grogna Ryning. Très bien. »

D'un geste, il fit avancer un piquier et désigna précisément le garçon d'écurie. Sans un mot ni une hésitation, le soldat lui ficha sa pertuisane dans le ventre. Le valet s'effondra, bouche ouverte, trop surpris par la mort pour avoir eu le temps de crier. Puis le lieutenant désigna l'un des clients, au hasard. Tous se jetèrent à genoux, implorant sa pitié. Mais le piquier frappa malgré tout la victime désignée, manquant lui décoller la tête.

« Alors ? Qui ensuite ? »

N'obtenant d'autre réponse que le silence, Ryning finit par se planter devant Rolnits, lui relevant le menton d'un geste brusque pour l'obliger à soutenir son regard :

« Toi, je *sais* que tu sais quelque chose. Je refuse de croire à cette histoire de lycanthropie : tu n'as pas l'air plus malade que moi. Mais je *sais* que tu vas parler. »

Son expression était telle que l'interprète n'eut pas besoin de traduire. En revanche, il fit entendre en eklendais la suite des ordres de son chef :

« Prenez l'une des filles, n'importe laquelle, et allez la violer là où vous voudrez. Non, à la réflexion, prenez-les toutes. Ensuite, vous les jetterez dans le feu. »

Au même moment, une poutre de l'auberge se brisa et

s'effondra dans les flammes du bâtiment. Les prisonnières poussèrent des cris stridents en voyant s'approcher plusieurs Suédois au sourire lubrique. Rolnits, qui allait se précipiter vers sa femme et sa fille, fut plaqué au sol par d'autres soldats ; mais ceux-ci lui maintinrent la tête levée, pour qu'il assistât à la scène. Le pauvre homme pleurait et hurlait :

« Pas ma famille ! Pas ma famille !... »

La servante tenta de se débattre, griffant ses agresseurs au visage et se démenant comme une lionne. Mais les soudards étaient trop forts pour elles. Ils en profitèrent même pour commencer à lui arracher ses vêtements en pleine rue. Puis l'un d'eux sortit le poignard qu'ils portaient tous à la ceinture et le plaça sous la gorge de la malheureuse : sa résistance fut brisée. Elle se laissa porter comme un sac de linge. Dame Rolnits, elle, avait déjà perdu connaissance ; indifférents à sa douleur, les soldats l'emportèrent dans une maison voisine pour leur sordide besogne.

Restait Mira. Tout espoir l'avait abandonnée. Se débattant pour la forme, elle préféra s'emparer du poignard du premier Suédois qui avait porté la main sur elle. D'un coup au jugé, elle le blessa. Tous s'écartèrent brusquement, puis revinrent vers elle lentement, prudemment. Certains avaient dégainé leur épée. Alors elle ferma les yeux et se planta la lame dans la poitrine.

Retenant un cri d'horreur depuis la fontaine, Smaud aperçut sa belle chevelure blonde tomber brutalement sur le sol. Au milieu de ce carnage indicible, il entendit même sa voix douce prononcer une dernière parole :

« Adieu, mon beau capitaine. »

Alors le garçon pleura, étouffant ses sanglots derrière ses mains. La mort cruelle de cette jolie et gentille personne lui avait brisé le cœur.

Les soldats avaient finalement libéré Rolnits. Ce dernier se précipita sur le cadavre de sa fille, poussant des hurlements de dément. À ce dénouement précipité, le lieutenant comprit que l'aubergiste ne parlerait plus. Dépité, il le fit jeter dans les flammes, le malheureux serrant toujours dans ses bras le corps de l'infortunée Mira.

« Carogne, je n'ai pas retrouvé le fuyard : j'espère que le

commandant sera clément, soupira Ryning. Tout dépendra de ce qu'il aura pu tirer de son prisonnier. »

CHAPITRE LX

UN EXEMPLE

Le maître de guerre suédois contempla le jeune homme garroté par ses soldats : vêtu simplement mais correctement, il gardait sa chaussure à la main et lançait des regards affolés tout autour de lui. Huggorm ne fut pas dupe. Il avait déjà rencontré bien des fois, même dans les rangs de son régiment, ces coupables affectant d'être des crétins pour échapper à leur punition. Ce garçon-là n'était pas un imbécile, comme le prouvait son comportement.

« Trop intelligent pour jouer le simplet, trop sage pour faire le fier, se dit le commandant. Et puis, le médecin l'a reconnu. En cela au moins, il ne me raconte pas des billevesées. »

Il descendit de cheval, fit attacher son prisonnier à un poteau de la halle couverte voisine et se posta devant lui. Ryning était parti à l'auberge évoquée par ce Hundin, cela lui laissait le temps d'interroger le jeune espion à sa guise – même sans interprète.

« Comment t'appelles-tu ? demanda-t-il en français.

– Il se nomme Métusek » intervint Hundin en se précipitant au côté du commandant.

Ce dernier lui décocha un regard glacial, qui figea le médecin.

« C'est moi qui interroge, c'est lui qui répond. Est-ce clair ? siffla Huggorm sur un ton qui ne souffrait aucune objection. Mais puisque vous comprenez le français et lui non, traduisez.

– Tout à fait, Monseigneur Commandant, s'empressa d'acquiescer Hundin, pris d'une suée subite. Allez, toi, dis ton nom ! »

Le commis foudroya lui aussi le médecin du regard, avant de planter ses yeux dans ceux du Suédois.

« Vasle Métusek, cracha-t-il.

– Et tu connais ce Lifhort, tu sais où il se trouve ? interrogea Huggorm.

– Je n'ai rien à en dire. C'est tout.

– Vraiment rien ?

– Non.

– Pas même où il est logé dans cette ville ?

– Non.

– C'est un menteur ! s'écria Hundin. Je les ai vus, Lifhort et lui, en train de boire ensemble dans l'auberge de Rolnits ! Pas plus tard qu'hier ! »

De nouveau, le commandant dévisagea le médecin comme s'il était un lapin à écorcher. L'autre bredouilla des excuses confuses.

« Selon toi, reprit Huggorm, toujours en français, Lifhort est-il toujours caché dans cette auberge ?

– Non.

– Et pourquoi n'y serait-il pas ?

– Parce qu'il est parti.

– Parti, vraiment ?

– Oui.

– Comment le sais-tu ?

– Je le sais, c'est tout. »

Métusek gardait la tête haute, soutenant avec courage le regard perçant de son ennemi. Mais le meilleur inquisiteur n'a pas besoin de poser de question ; il lui suffit de fixer sa proie dans les yeux et d'attendre jusqu'à ce que le silence devienne insupportable.

« Je l'ai vu partir, finit par lâcher le jeune homme.

– Partir où ça ?

– Je ne sais pas. En tout cas, loin de la ville.

– Au château ?

– Non ! J'ai dit loin. Sans doute chez lui, ou à Borghavan. Je sais seulement qu'il avait peur pour sa vie.

– N'en croyez rien ! intervint de nouveau Hundin. Cet homme-là n'a peur de rien. Il s'est réfugié au château d'Ödrek, chez ses complices ! Croyez-moi, Monseigneur Commandant... »

D'un geste rapide, Huggorm sortit une dague de sa

ceinture et en planta la pointe dans le double menton du médecin. Une goutte de sang perla.

« Je vous avais prévenu, lui dit-il sans desserrer les dents. À présent faites cinq pas en arrière et ne me dérangez plus, ou vous subirez le même sort que lui. »

Hundin s'inclina, la figure blême, et battit rapidement en retraite au milieu des soldats. Quant au commandant, il examina Métusek quelques instants d'un air perplexe, passant un doigt sur sa cicatrice.

« Tu as du courage, c'est un fait, reprit-il en suédois sans se soucier de ce que son prisonnier ne le comprenait pas. Tu es même téméraire, et ton jeune âge l'explique certainement. Alors je pense que, malgré les efforts ridicules de ce charlatan à la robe noire, tu ne me seras d'aucune utilité. Parce que tu ne veux pas parler. Et donc, tu ne parleras pas. Il est même possible que tu me mentes sur ton ami. Oui. Possible. Mais... je m'en moque. Tu me serviras autrement. »

Il se retourna vers un sergent, lui ordonna d'apporter un linge propre.

« Car vois-tu, dit-il en revenant à Métusek, je n'aime pas vraiment les interrogatoires. L'un de mes lieutenants s'en charge bien plus volontiers – mais il est occupé ailleurs dans cette ville. Non, toi tu me serviras pour autre chose, une chose bien plus digne de mon rang, et bien plus utile à ma cause, afin que tous les gens de cette cité comprennent bien qui je suis, ce que je veux et comment je le veux : grâce à toi, je vais faire un *exemple*. »

Huggorm leva sa dague et la plaça devant les yeux du commis :

« As-tu remarqué le serpent d'acier qui s'enroule autour de la poignée ? Et ses yeux de jais, sur le pommeau ? Un magnifique travail, n'est-ce pas ? Eh bien, sache qu'il y a encore peu de temps, cette lame avait une sœur jumelle. Mais hélas, je l'ai plantée dans le dos d'un voleur qui s'enfuyait, et je ne pense pas qu'il ait survécu à sa morsure. Il ne me l'a donc pas rendue. Mais son complice non plus. Or ce complice, tu le connais : c'est ce Lifhort ! Et ainsi, aujourd'hui, tu vas endurer le martyre à cause d'un misérable voleur, un scélérat sans vergogne, un triste sire qui t'aura abandonné à ton triste sort... »

Et tout en poursuivant son monologue, le commandant s'était mis à faire sauter avec sa dague les boutons de la veste et de la chemise du commis et à lacérer le tissu, là où ses liens le permettaient : au-dessous de la poitrine et sur les avant-bras.

« Tu sais ce que certains font aux voleurs, n'est-ce pas ? Ils leur coupent la main. Moi, je trouve cette pratique barbare. Elle est trop rapide et manque de raffinement. Je préfère m'y prendre différemment. Et naturellement, je considère que les complices d'un crime méritent le même châtiment que son auteur... »

Se penchant sur le bras gauche du commis, il entailla sa chair un peu en dessous du coude, sur tout le tour de l'avant-bras. Puis il fourragea avec sa dague sous la peau, pour la décoller. Métusek ouvrit la bouche mais retint son cri.

« Tu es courageux, cela se confirme, dit le commandant. Tu as mon respect. »

Saisissant la peau des deux côtés de l'avant-bras, il la tira brutalement vers le bas afin de l'arracher, s'aidant ici et là de sa lame quand le besoin s'en faisait sentir. Cette fois, le commis hurla de douleur, longuement.

« Difficile de se tailler de vrais gants de cette manière, grimaça le Suédois en examinant le lambeau sanguinolent : la peau de la main se décolle souvent avec facilité, mais curieusement il manque presque toujours un doigt ou deux. Tant pis. Recommençons de l'autre côté ! »

Sans attendre, il entreprit de lui écorcher la main droite de la même manière.

« Je te tuerai ! cria Métusek. Je te promets que je te tuerai ! »

Huggorm se fit traduire ces paroles, qu'il commenta sobrement :

« J'en serais surpris. »

Et de retourner sans douceur à son office de pelletier.

« Mais enfin, tout cela n'est qu'une simple punition, fit le commandant en jetant le deuxième gant de chair vive. Ce n'est pas encore un exemple. Il faut que les gens voient, il faut qu'ils comprennent. »

Alors il poussa la tête de Métusek en arrière contre le pilier de la halle, la pressant d'une main tandis que de l'autre, avec sa dague effilée, il entaillait la peau du malheureux à la limite des cheveux, faisant délicatement le tour de chaque oreille et s'arrêtant juste aux coins de la mâchoire inférieure.

« Je ne voudrais quand même pas t'égorger par inadvertance... »

Puis il tira de nouveau, avec application, déchirant les chairs de haut en bas pour lui arracher le visage à la façon d'un masque. Le commis poussa un dernier hurlement :

« Miraaaaaaaaaaaaa ! »

Huggorm examina lentement son œuvre, ces muscles sanglants, ces yeux révulsés de douleur, ce grand lambeau de peau retournée pendant lamentablement sous le menton. Tout le corps de Métusek tremblait, mais le jeune homme respirait encore.

« Allons, finissons-en » dit le commandant en lui ouvrant le ventre d'un coup sec.

Il s'écarta comme les viscères se répandaient sur le sol, et tendit le bras de côté : le sergent lui remit le linge propre avec lequel, méticuleusement, il essuya ses mains et son poignard.

« Voilà, sourit-il à sa victime. Viens donc me tuer, mon garçon. Je t'attends. »

Puis il revint vers Hundin, qui tremblait de peur, en le dominant de toute sa haute taille :

« Et maintenant, lui dit-il d'une voix doucereuse, où est donc le précieux cadeau que vous m'aviez promis ce matin ? »

CHAPITRE LXI

LES AVEUX

« Cela ne peut plus durer. Nous courons à notre ruine. Ces blessures s'effaceront avec le temps, bien sûr, mais un jour nous finirons par nous heurter à quelque maître du savoir qui saura trouver les armes adéquates et nous portera des coups mortels.

– Au moins, alors, nous serons en repos, soupira Eleana. Je suis du même avis que toi, ma chère Yseldys, mais enfin... oublies-tu que tout dans cette histoire ne dépend pas de nous ?

– Non, je ne l'oublie pas. Ni ce soir ni jamais. Et je ne me résignerai jamais non plus. Ni à nos métamorphoses ni au mal que nous infligeons.

– Au mal que nous infligeons... *peut-être*. As-tu réussi à conserver ne serait-ce qu'un seul souvenir de ce qui se passe quand nous ne sommes plus nous-mêmes ?

– Les faits sont les faits, Eleana ! Les nouvelles qui nous sont rapportées de la ville ne laissent aucun doute. Tout cela doit donc cesser – le plus vite possible. Où en es-tu, Ulrika ?

– Je poursuis mon étude, répondit la cadette. Toujours sans résultat, hélas.

– Ah, je suis lasse de ces errements inutiles, s'impatienta Eleana. Ulrika, ne voudras-tu donc jamais essayer autre chose ? Cette... autre voie, par exemple ? C'est bien plus prometteur.

– Es-tu folle ?! Mais tu as donc poursuivi tes recherches dans cette direction ! C'est terrible !

– Au point où nous en sommes... murmura Yseldys.

– Ah non ! s'emporta Ulrika. Pas toi ! Ne lui apporte pas ton soutien : si nous nous abaissions à cela, ce serait un choix profondément... »

La porte du grand salon s'ouvrit d'un coup. Lifhort entra d'un pas décidé, suivi de Smaud. Chacun tenait à deux mains un grand pistolet. Fermait la marche un colosse simplement vêtu de son pantalon et de la cape du capitaine : en guise d'armes, Galistas serrait ses poings énormes, une lueur hostile et méfiante dans le regard.

« Que tout le monde reste calme ! ordonna Lifhort. Nos intentions ne sont pas belliqueuses, nous venons parlementer en amis... mais nous n'hésiterons pas à tirer s'il le faut. Avez-vous bien compris, Mesdames ?

– Comment êtes-vous entrés ? se contenta de répondre

Yseldys.

– Par un certain passage secret au pied des remparts. Près des geôles, dans les oubliettes. Ne leur avez-vous pas raconté, Ulrika ?

– Non, pas encore, Monseigneur Capitaine, dit-elle en rougissant. Les événements de la nuit ne me l'ont pas permis, et depuis ce matin nous avons eu tant à faire pour...

– Silence ! lui ordonna Eleana, avec un regard insistant. Ne dis rien de plus, je t'en prie ! »

Lifhort les observa un court moment. Le bras de sa bien-aimée n'était plus retenu que par une légère écharpe mais il n'était pas complètement remis. De son côté, assise dans un petit fauteuil et couverte d'un châle épais, Eleana avait dû faire pivoter son torse pour faire face aux intrus : le capitaine comprit que, blessée à l'épaule ou au cou, elle ne pouvait plus tourner la tête à sa guise. Quant à Yseldys, debout mais le corps désaxé, elle s'appuyait sur une canne pour marcher. Sa pommette gauche était bleuie par une profonde éraflure ; le capitaine devina que, sous sa magnifique chevelure blonde, était cachée une oreille en partie arrachée.

« Allons, dit-il, cessons cette hypocrite comédie. La nuit va tomber, le temps nous presse. Vous savez que nous savons tout à votre sujet. En outre, vous portez dans votre chair les meurtrissures que nous vous avons infligées cette nuit – à mon plus grand regret, croyez-le bien, mais il s'agissait pour nous de sauver nos vies. Et surtout, ajouta-t-il avec un coup d'œil en direction du pope, si nous ne sommes pas tous ici persuadés que vous êtes vous aussi des victimes de cette horrible machination, au moins moi, je le crois.

– De quoi voulez-vous parler ? s'obstina l'aînée.

– Ne niez pas l'évidence, chère Yseldys. Je parle du maléfice qui vous oblige à vous changer en loups-garous et tuer des innocents.

– Balivernes !

– Assez ! intervint Eleana. Il sait, Yseldys : à quoi bon continuer à mentir ?

– Un grand merci, approuva le capitaine en relevant son pistolet.

– Mais alors, désormais, qu'allez-vous faire de nous ? s'inquiéta Ulrika.

– Je l'ignore, ma chère et douce amie. Mais soyez toutes trois certaines que je ne vous dénoncerai à personne pour cela. Comme je vous l'annonçais, nos intentions sont amicales. Et pour commencer... peut-être le Père Galistas, ici présent, pourrait-il tenter, en sa qualité d'exorciste, de dissiper l'enchantement qui vous asservit ? »

Le pope se gratta la barbe d'une mine sombre :

« C'est inutile ! Je vous l'ai expliqué, et vous l'ai redit en chemin : même les prières les plus puissantes sont sans effet sur certaines personnes volontairement endurcies au péché.

– Ce mal qui nous afflige, nous ne l'avons pas choisi, plaida Ulrika.

– Je ne parlais pas de cela, trancha le religieux.

– J'ai au moins une bonne nouvelle à vous apprendre, glissa le capitaine en préférant changer de sujet : l'ignoble rebouteux qui vous obligeait à vous métamorphoser ne vous nuira jamais plus, nous y avons remédié.

– Le Ciel soit loué, soupira Yseldys.

– Mais cela ne résout pas tout, objecta Eleana. Nous le savons toutes.

– Naturellement, reprit Lifhort en se méprenant sur ses paroles. Car le vrai responsable de ce complot court toujours, même s'il ne peut plus vous faire de mal : c'est le médecin Hundin, mais sa vengeance contre vous ne pourra plus vous atteindre. Nous allons y mettre bon ordre.

– Hundin ! s'écria Eleana. J'aurais dû m'en douter !

– Et quand comptez-vous le mettre hors d'état de nous nuire ? demanda Yseldys.

– Et bien... grimaça le capitaine, fort bientôt, mais il se trouve que nous avons en ce moment un petit contretemps...

– Un gros ! corrigea Smaud.

– Oui, je l'avoue : un *gros* contretemps. En l'occurrence, un bataillon suédois s'est emparé de Dälmö et, pour une raison qui n'a pas d'importance, a mis ma tête à prix. Hundin est donc à l'abri – pour le moment. Il nous suffit simplement d'attendre le départ des soldats. Même s'ils ont déjà commis bien des crimes en ville.

– Comment ? dit Ulrika. Qu'ont-ils donc fait ?

– Mon bon Smaud m'a appris tantôt qu'ils avaient incendié l'auberge des Rolnits et tué toute la famille, par exemple. Et malgré quelques longues heures passées à l'attendre aujourd'hui, je reste sans nouvelles du jeune ami qui nous a rejoints dans les oubliettes cette nuit... »

Un ange passa. Eleana et Yseldys lancèrent à leur cadette des regards inquisiteurs.

« Hum... Eh bien, ma chère Ulrika, bredouilla le capitaine, je... je pense qu'il est temps de raconter à vos sœurs qui nous avons sorti de sa prison hier soir. »

Au récit qu'elle leur fit de la découverte de leur père véritable, les aînées se mirent à pleurer abondamment. Ulrika pleurait elle aussi, en leur prenant les mains. Même Galistas, pour renfrogné qu'il était en leur présence, parut un moment s'adoucir, comme ému à son tour.

« Et où est-il ? demanda Yseldys. Où son corps a-t-il été déposé ?

– Pour autant que je sache, dans la chapelle du château, dit Lifhort. Le brave Ambrosius est peut-être même encore en train de le veiller, ne serait-ce que pour retenir votre domestique !

– Viens, Eleana, nous devons nous recueillir un instant auprès de lui. »

Les trois compagnons se retrouvèrent seuls dans le salon avec Ulrika. Le capitaine avait tenu à la garder près de lui, et Yseldys, toujours bouleversée, n'avait pas eu l'idée de s'y opposer.

« Encore un moment, s'il vous plaît, ma douce amie ! Je voudrais vous poser deux questions.

– Je vous en prie, dit-elle en serrant ses mains dans les siennes.

– Voyez-vous, je savais en me présentant à vous trois ce soir que vous porteriez inévitablement les marques du combat de cette nuit – et je m'en excuse encore !

– Soyez sans crainte, mon bon ami : nous-mêmes, quand nous sommes dans cet état, nous n'avons plus conscience de ce qui nous arrive... ou de ce que nous faisons, hélas.

– Certes, et c'est sans doute tant mieux. Mais je suis pourtant surpris de la rapidité avec laquelle vos blessures, et en l'occurrence celles de vos sœurs, semblent se guérir !

– Oh, dit Ulrika en détournant le regard, nous avons passé toute cette journée à les soigner. Sachez cependant que c'est notre seule chance dans tout ce malheur : c'est désormais dans notre nature car si l'on en croit les légendes au sujet des loups-garous, il n'est aucune arme qui puisse nous blesser de manière irréversible. Aucune, à l'exception des armes d'argent. Et vos pistolets ne tirent pas de balles d'argent, n'est-ce pas ?

– En effet. Ils ne tirent même plus : je n'ai plus de munitions ni de poudre. Je ne les ai apportés ce soir que pour vous tenir en respect, en espérant que je n'aurais pas à m'en servir. »

La jeune femme en rit de bon cœur ; Lifhort fut heureux de l'entendre. Ce rire sincère suffit à éloigner de lui bien des pensées sinistres.

« Ce qui pourra m'amener à ma seconde question, mon amie : je sais qu'il est autre chose que l'argent pour vous blesser gravement. Or j'ai connaissance d'une certaine pièce de ce château... Un laboratoire, sur lequel il a été possible pour mon valeureux Smaud de lancer un bref regard un jour, par une fenêtre, après avoir escaladé la muraille...

– Quelle folie ! Il aurait pu se briser les os en tombant !

– Je vous l'accorde, dit le capitaine en préférant taire sa propre escalade. Mais nous devions savoir, pardonnez-moi. Et dans cette pièce, sur une table, il a vu ce qui ressemblait fortement à de l'aconit : comment se fait-il que vous conserviez au château ce qui est pour vous un poison mortel ? »

L'exorciste se rapprocha, tout ouïes.

« C'est en effet un danger pour nous, dit Ulrika. Mais n'avez-vous pas remarqué, juste à côté, une grosse paire de gants ? Je m'en sers pour manipuler la plante. J'ai passé bien des journées à étudier les grimoires hérités de ma mère pour concevoir un antidote à base d'aconit, à la façon de certains contre-poisons obtenus à partir du venin même des serpents.

– Sorcellerie ! souffla Galistas.

– Magie ! rétorqua la jeune femme. Mais de la magie blanche. Je me refuse à quoi que ce soit d'autre. Nous n'avons hérité ces dons de notre mère que pour des causes nobles !

– Ulrika ! tonna Yseldys qui, s'étant ravisée, était revenue sur ses pas. Malheureuse, es-tu folle ? Que viens-tu de leur dire ? Ils vont nous dénoncer comme des sorcières ! Nous devons les faire taire... à jamais ! »

Lifhort pâlit en croisant son regard : la fureur y avait allumé une effrayante flamme rouge.

CHAPITRE LXII

LE PRIX À PAYER

Ruprecht Hundin respirait à nouveau : les soldats suédois l'avaient libéré de ses liens et surtout ne s'occupaient plus de lui. Leur maître était remonté en selle et surveillait le rassemblement de ses troupes, sous les ordres du lieutenant qui avait incendié l'auberge des Rolnits. Un incident fâcheux, bien sûr, mais après tout, si ces gens s'étaient faits les complices de Lifhort, tant pis pour eux ; et surtout, les plans du médecin ne devaient plus échouer, encore moins si près du but.

« Tout cela m'aura coûté fort cher, songeait Hundin en assistant aux manœuvres de la soldatesque, mais il est trop tard pour reculer. Ce dernier coup est un pari, un immense pari. Un pari déraisonnable, évidemment. Mais l'enjeu le mérite. Et après tous les risques que j'ai pris, celui-ci sera le dernier. »

Les Suédois avaient reformé leurs rangs, prêts à quitter la cité. Nombre d'entre eux allumaient des torches pour s'éclairer dans le soir qui s'étendait silencieusement sur Dälmö.

« Je risque de tout perdre. Je *vais* tout perdre... »

À son tour, Ryning se posa sur son cheval. Il n'attendait plus que le commandement de son chef pour ordonner le départ. Au coin des rues de la grande place, craintivement, des habitants commençaient à se masser pour s'assurer que l'ennemi s'en allait pour de bon.

« Mais j'ai aussi une chance de gagner, se reprit le médecin. Une bonne chance, même. Je *vais* gagner. Il est quasiment certain que ces trois maudites pucelles connaîtront cette nuit une fin tragique. Ma vengeance sera ainsi accomplie. Quant à ce bretteur fanfaron, s'il se trouve effectivement au *burg*, son cas sera réglé pareillement. Mais s'il n'y est pas... Ah, que pourrait-il faire de plus contre moi, en vérité ? Le rebouteux pourra toujours s'occuper de lui. Quant aux Suédois, ils seront bien obligés de repartir. »

Mais Huggorm restait silencieux. Il finit par conduire son cheval de guerre devant Hundin, et leva sa main droite, toujours sans rien dire, en brandissant un petit morceau de bois mort, curieusement tordu : que ce fût par un caprice de la nature ou par le travail d'une main malhabile, l'objet ressemblait vaguement à une croix orthodoxe.

« Vous avez ma parole, Monseigneur Commandant, déclara le médecin avec obséquiosité : cette amulette vous protégera de tout mal. Les trois bêtes sauvages tapies dans leur château ne pourront rien contre vous – et ainsi vous aurez tout loisir de vous emparer des richesses qui vous reviennent. Puis de mettre la main sur le fieffé voleur que vous recherchez.

– Je l'espère... pour vous », répondit sombrement le Suédois en piquant des deux et revenant à la tête de ses troupes, pour donner enfin l'ordre du départ.

« Et moi donc ! souffla Hundin. Cet objet m'aura bien trop coûté pour ne pas être efficient. Anaon, approche ! »

Aussitôt son valet se posta devant lui, affichant un visage servile.

« Le rebouteux t'a-t-il dit quand je devrai lui payer le reste ? »

Le petit homme fronça ses sourcils roux et compta sur ses doigts jusqu'à quatre.

« Quatre jours seulement !? Ah oui, vraiment, j'y aurai mis le prix, à cette revanche. Mais si c'est ce qu'il veut, je ne vais pas discuter. Je passerai dès demain chez le notaire, voilà tout. À présent, Anaon, écoute-moi bien : tu vas suivre les Suédois jusqu'au château, en conservant tes distances pour ne pas te faire remarquer, puis tu me rapporteras tout ce que tu auras vu. Assure-toi que les filles d'Ödrek seront bien mortes une fois les soldats partis, mais aussi Lifhort si tu le peux, cela me soulagera de l'entendre. Va – et cette fois ne tarde pas à revenir ! »

Le valet opina plusieurs fois de la tête et s'élança dans l'obscurité de la nuit naissante.

« Je n'aime pas que l'on me fasse faux bond, grommela le médecin en prenant le chemin de sa maison. Il s'en est fallu de peu, aujourd'hui. »

Intérieurement, il savait que son domestique avait fait son possible pour lui rapporter l'amulette au plus vite ; mais il avait eu si peur quand, voyant qu'il n'avait pas ce qu'il lui avait promis, le commandant Huggorm l'avait fait lier, à son tour, sur un pilier de la halle couverte. Pendant de longues minutes, Hundin s'était demandé s'il connaîtrait le même sort que Métusek, dont le cadavre sanglant restait attaché au poteau voisin. En attendant le retour de son lieutenant et des dernières patrouilles chargées de trouver Lifhort, le maître de guerre était passé et repassé devant le médecin, parfois en examinant ostensiblement sa dague sous son nez. Mais enfin Anaon était arrivé, porteur de la précieuse amulette.

Choisir un valet muet quand on tient à garder ses secrets : l'idée peut paraître ingénieuse. Elle l'est moins quand il s'agit de lui arracher des informations dans l'urgence. Hundin parvint néanmoins à comprendre que le rebouteux, contrairement à ce qui avait été convenu, n'accepterait pas si aisément de se séparer de son morceau de bois enchanté, et le rendez-vous arrangé dans la grange effondrée avait failli très mal tourner. Le vieillard expliquait qu'il encourrait de grands dangers à se séparer de l'amulette. Anaon, lui, se retrouvait dans l'obligation de gérer une négociation que son maître n'avait pas prévue. Mais après bien des hésitations et des tergiversations, il avait finalement cédé, en laissant au sorcier tout le contenu de la bourse du médecin, et en prenant l'engagement de payer le double sous quatre jours.

« Ce nabot craignait de se prendre une volée de bois à

son retour, et il l'aurait bien méritée, pesta Hundin. Mais s'il avait refusé ce marché, à cette heure je serais sans doute en train d'attirer les mouches sur ma peau écorchée, moi aussi. Tant pis, plaie d'argent n'est pas mortelle. Je m'en remettrai. Et à présent, Dälmö ne pourra plus compter sans moi ! »

Vautré dans son plus grand fauteuil, le médecin finissait de se remettre à l'aide d'un quatrième verre de liqueur, près de son poêle de faïence. Pour autant, il n'était pas serein. Il ignorait quoi, mais quelque chose dans son salon le dérangeait. Il se sentait observé.

« Mais qui cela peut-il bien être ? se dit-il pour se rassurer. Anaon est au château, en train d'assister à la mort de tous mes ennemis, et à cette heure tardive la bonne est partie se coucher. »

Pourtant le sentiment désagréable ne le quittait pas. Il se resservit un verre.

« Fichtre, fichtre, fichtre ! Un oiseau ? »

Quelque chose s'agitait dans la grande cheminée. En se penchant un peu, il vit des cendres tomber dans l'âtre éteint. Et sursauta : une forme apparut brusquement, se plaquant sur le large manteau de pierre.

« Ah ! Une main ! »

D'effroi, il faillit basculer en arrière. La suite le tétanisa autant qu'elle le fascina : cette main noire de suie se mit à palper le linteau de la cheminée, suivie par une autre. Et enfin, une forme sombre descendit lentement du conduit, se glissant par l'ouverture la tête en bas, en contradiction avec toutes les lois de la physique. Puis la forme se ramassa sur elle-même dans l'âtre et en sortit en rampant comme une araignée aveugle.

Avec horreur, Hundin comprit qu'il s'agissait d'un être humain. Une personne à peine plus grande que lui, aux longs cheveux noirs et couverts de cendre : une femme ! Elle était habillée d'une grande robe décorée de riches dentelles, passée de mode, autrefois blanche sans doute, à présent grise de poussière, de suie et de vieillerie. Enfin la silhouette se redressa, frottant négligemment la saleté de ses vêtements.

Son visage était encore caché par sa chevelure.

« Je perds la raison ! glapit le médecin en écartant vivement son verre à liqueur. Mais ce n'est pas possible ! Je... Je te connais ! Je sais... qui tu es. Et ce n'est... pas... possible. »

À deux mains, calmement, la femme dévoila son visage livide, disposant ses cheveux sur ses épaules et le contemplant de ses immenses yeux noirs, brillants de haine.

« Tu es... tu es... sanglotait Hundin. C'est bien toi : la fille... de Rolnits ! »

À ce nom, Lena ne put retenir un rictus d'une abominable méchanceté.

« Exact, dit-elle simplement.

– Mais... tu es... morte ! »

Pour toute réponse, elle examina ses mains fines et longues, ses bras pâles et maigres, ses grands atours défraîchis, avec une moue cruellement moqueuse :

« Vraiment ? »

Pris de terreur, le médecin glissa de son fauteuil, se retrouvant accroupi dans une posture ridicule.

« Mais soit, poursuivit Lena. Puisqu'il en est ainsi, assez joué : il est temps pour moi d'assouvir ma vengeance...

– Pas sur moi ! Je t'en prie, sois raisonnable, mon enfant : je ne suis pour rien dans la façon dont tu es morte !

– C'est vrai. Cependant, tout guérisseur que tu te prétendes, tu ne m'as pas sauvée non plus ; en vérité personne ne l'aurait pu, je le sais désormais. Mais la mort ne m'a pas rendue sourde ni aveugle. Le Maître m'a tout raconté, ce soir, de ce qui est arrivé aujourd'hui à ma pauvre famille. Et de *cela*, tu es responsable. Tu as tué ceux que j'aimais !

– Non ! Pitié ! Pitié ! couina Hundin. Ce n'est pas moi qui les ai... Je ne le voulais pas ! Mais je n'avais pas le choix : les Suédois...

– Menteur ! trancha la jeune femme d'une voix étonnamment puissante. Tais-toi ! Car à présent, *chien*[10], tu vas payer. Pour tous les miens, morts à cause de tes manigances, tu vas payer. Le prix du sang. Le sang pour le sang. Oui... tu vas payer. »

Elle s'avança vers lui lentement, sans grincement du par-

10. En eklendais, *hundin* désigne un mâtin (NdT).

quet sous ses pieds, sans froufrou de sa grande robe fanée, tel un spectre.

« À moi ! Au secours ! » s'écria le médecin en s'élançant à quatre pattes vers la porte du salon.

Lena ne s'en inquiéta d'aucune façon. Au contraire, son visage décoloré se fendit d'un large sourire qui découvrit deux crocs étonnamment longs et luisants.

CHAPITRE LXIII

MAGIE NOIRE

Yseldys était transportée par une colère violente, totale. D'un coup, sa respiration parut suspendue, comme par un hoquet sans fin, et son beau visage s'empourpra : elle s'étouffait. Les autres la dévisageaient avec une crainte grandissante. Puis enfin, un souffle sortit de sa gorge, sous la forme d'un cri strident, exprimant une vive douleur.

« Oh non, gémit Ulrika. Pas maintenant !

– Que se passe-t-il ? interrogea Lifhort, inquiet de sa détresse.

– Ne voyez-vous pas ? Elle se transforme ! »

Tombée à genoux, Yseldys raclait les tapis élimés du salon de ses doigts crispés, tendus comme des griffes ; de fait, ses ongles s'allongeaient à vue d'œil. Son dos s'arrondit, de puissantes vertèbres soulevèrent sa robe, tandis que sa chevelure se hérissait sur sa nuque. Tous percevaient sa souffrance, la douleur de son corps soumis à une atroce déformation, mais aucun n'avait le cœur de lui venir en aide tant la scène était répugnante.

« Mais comment est-ce possible ? s'écria le capitaine. Nous avons éliminé le rebouteux, il ne peut donc plus vous torturer de la sorte !

– Il pouvait ordonner ou contrôler nos métamorphoses, expliqua Ulrika, mais cela ne nous empêche pas de devenir ces monstres indépendamment de lui. Par exemple sous le coup d'une émotion violente, comme la peur ou la colère. Vite ! Faites quelque chose pour l'empêcher de nuire ! »

Mais déjà Yseldys n'était plus là : elle avait pris l'apparence de cette créature au pelage clair que Lifhort ne connaissait que trop bien. La bête efflanquée aux membres allongés se dégageait violemment de sa robe quand, enfin, surmontant son effroi, le pope se rua sur elle et la ceintura par derrière, refermant ses bras puissants autour du torse de l'animal.

« Frappez ! criait Galistas. Maintenant ! C'est notre seule chance !

– Non ! s'interposa Ulrika comme le capitaine tirait sa rapière et Smaud son gros couteau. Ne lui faites pas de mal ! Je vous en conjure, tâchez seulement de la maîtriser, jusqu'à ce que la crise passe et qu'elle redevienne qui elle est vraiment.

– Pas question ! tonnait l'exorciste Il faut la tuer ! Maintenant ! »

En son for le plus intérieur, Lifhort était bien tenté d'obéir à son compagnon. Le mufle horrible qui avait déformé les traits d'Yseldys l'épouvantait, de même ses griffes qui fouaillaient l'air et ses crocs claquant dès qu'ils approchaient de quelqu'un. Cette créature allait les réduire en charpie dès que le pope n'aurait plus les moyens de la contenir. Comme si elle lisait dans ses pensées, sa bien-aimée se jeta à ses genoux :

« Je vous en supplie ! Épargnez-la ! C'est ma sœur et je l'aime ! »

C'est dans cet instant de profonde indécision qu'Eleana, intriguée par l'absence de son aînée, reparut à son tour à la porte du salon. Ce qu'elle découvrit du danger qui menaçait sa sœur la plongea immédiatement dans une rage folle.

« Comment osez-vous ?! hurla-t-elle. Laissez-la immédiatement ! »

Et aussitôt, elle se mit à psalmodier des paroles incompréhensibles avec une voix qui n'était plus la sienne, déformée par son invocation impie.

« Ah non ! s'écria Smaud en songeant enfin à se signer.

– Elle se transforme elle aussi... constata Lifhort. Mais c'est... différent !

– Oh non, pleura Ulrika : pas ça, pas ça ! Arrête tout de suite ! Ah, Eleana, pourquoi ? Pourquoi n'as-tu pas renoncé à ces folies ?

– Mais de quoi parlez-vous, ma douce amie ?

– De ses travaux sur la magie – la magie *noire*, puisque les miens ne donnaient pas de résultat. Elle était si désespérée ! Malheur à nous ! »

Sous leurs yeux consternés, Eleana se changeait à son tour en loup-garou, mais cette fois la créature n'était plus aussi maigre. Elle semblait s'élargir en même temps qu'elle s'allongeait, son poitrail puissant fit craquer sa robe et ses membres couverts d'une fourrure abondante et sombre développèrent une musculature affolante. Tétanisés par cette scène, Ulrika et ses trois compagnons virent le visage d'Eleana passer par des stades de difformité épouvantables ; puis à la fin il ne resta qu'un monstre énorme, haut de près de huit pieds, au museau hérissé de soies coupantes, déchiré par une gueule plus grande que celle d'aucun autre fauve connu, sous des yeux rougeoyant comme la braise, brûlant de vraies flammes.

Mais le monstre ne se jeta pas sur eux. Une intelligence démoniaque se lisait sur ses traits animaux. Ce qui avait été Eleana se mit à genoux et grogna d'autres paroles impossibles à comprendre, dans une transe extatique. Il émanait de la bête tant de force brute et de profonde malignité que tous en reculèrent de quelques pas. Mais Galistas observa un changement :

« Yseldys se calme ! cria-t-il. Elle ne bouge plus ! On dirait... Oh non, non, c'est pire encore ! Regardez : son poil s'épaissit à son tour ! Ses membres se développent !

– Eleana est en train de transformer sa sœur comme elle l'a fait pour elle ! comprit le capitaine. C'est affreux !

– Je ne vais plus pouvoir la maîtriser ! s'alarma l'exorciste.

– Alors fuyons, tout de suite ! réagit Ulrika. C'est le seul choix possible ! Par le petit couloir de l'autre côté du salon, juste derrière cette tenture ! Suivez-moi ! »

Le pope lâcha sa prisonnière, qui elle aussi se mit à genoux, pantelante, et poursuivit sa transformation grâce au sortilège de sa sœur. Quittant la pièce en courant, Lifhort jeta un regard en arrière, irrépressiblement attiré par le spectacle des deux monstres se faisant face, et fut pris d'un doute qui lui poignit le cœur.

« Ulrika, dit-il en se pressant à sa suite dans le couloir, par pitié, ne me dites pas que votre sœur a aussi le pouvoir de provoquer votre transformation.

– De grâce, ne parlez pas de ça, s'il vous plaît ! Prions le Ciel que cette idée ne lui vienne pas à l'esprit !

– Ou à ce qu'il lui en reste, glissa le pope en courant derrière eux : ce ne sont plus vos sœurs ni des loups-garous, désormais, mais des démons. Je parle d'expérience. Et d'expérience, je comprends que ceux-là sont au-delà de mes capacités.

– Alors filons, dit le capitaine. Filons !

– Mais où ? demanda Smaud, qui ouvrait la marche et ne savait dans quelle direction aller.

– Tout à gauche, au fond, répondit Ulrika. Jusqu'à un escalier. Faites attention car il va s'ouvrir d'un coup devant vous, et dans cette obscurité vous risquez de vous rompre le cou dans les marches.

– Et ensuite ? demanda Lifhort en sortant son briquet de sa poche pour tâcher de donner un peu de lumière dans cette coursive exiguë.

– Ensuite, nous devons descendre jusqu'au niveau de la cour et sortir du château par l'entrée principale. C'est le chemin le plus court.

– Mais après ? songea le capitaine, pessimiste. Je me demande si, cette fois, nous serons assez rapides pour arriver jusqu'à la cabane de l'ermite... si elle peut encore nous protéger d'un maléfice comme celui-ci ! »

Le petit escalier, jadis réservé aux domestiques, était si étroit que Galistas faillit ne pas pouvoir l'emprunter. Toute cette partie du *burg* semblait à l'abandon depuis des années. Même Ulrika, qui s'y était souvent cachée quand elle était une petite fille, n'y venait plus depuis longtemps.

« Au moins, espéra le capitaine, les monstres que nous fuyons ne pourront certainement pas emprunter le même chemin que nous. Ces bêtes sont bien trop grosses. Mais elles connaissent le château mieux que moi ; elles sauront trouver un autre passage. »

Au bas de l'escalier, Ulrika désigna un nouveau couloir, cette fois bien plus large, qui bifurquait jusqu'à une petite porte couverte de poussière et de toiles d'araignées.

« La cour est juste derrière » annonça-t-elle.

Ses compagnons se précipitèrent en avant, impatients de sortir. Mais la jeune femme les arrêta d'un cri :

« N'avancez plus ! Voyez-vous cette forme sombre, juste au pied de la porte ? À présent cela me revient : c'est un piège ! Je pouvais passer dessus quand j'étais petite, toujours en secret, mais à présent ce serait trop dangereux.

– Qu'y a-t-il sous cette trappe ? demanda Lifhort.

– Une fosse profonde hérissée de pieux de fer, si ce que l'on racontait est exact. Une idée du baron pour briser l'élan d'éventuels intrus cherchant à emprunter ce passage secondaire.

– Comment faire, alors ? paniqua l'exorciste. Devons-nous rebrousser chemin ?

– Faut sauter, dit le garçon en haussant les épaules.

– Ah oui, bougre d'imbécile ? s'agaça le pope. Et après ? As-tu bien vu que la porte est fermée ? Si je saute, je vais d'abord me briser les dents et le nez contre elle, avant de retomber en arrière... dans la fosse !

– Je suis d'accord, concéda le capitaine. Mais notre jeune ami est souple et leste. Il devrait pouvoir sauter, s'agripper à la porte, et la pousser pour sortir. Pas vrai, Monsieur Smaud ? De plus, nous n'avons pas d'autre choix. Ulrika, ma mie, savez-vous si cette porte est verrouillée ?

– Je l'ignore... dit-elle en baissant les yeux.

– Croisons les doigts ! »

Le valet ne prit pas le temps de réfléchir : d'un bond, il avait passé la chausse-trape et s'accrochait au cadre de la porte, sans s'inquiéter, pour une fois, des toiles d'araignées. Par chance, il restait sur le seuil un tout petit espace sur lequel il pouvait poser la pointe des pieds : il y prit appui pour peser de tout son poids sur la porte, une fois soulevé le loquet rouillé. L'huis s'ouvrait sur l'extérieur, là encore pour ralentir les intrus, et à la troisième tentative de Smaud il en tomba suffisamment de poussière pour qu'il cédât. Lifhort suivit.

« Ulrika, sautez dans mes bras ! », dit-il de l'autre côté du piège, avant de rattraper au vol la jeune femme qui n'avait pas hésité une seconde, malgré sa robe, pour franchir l'obstacle.

Ils étaient enfin dans la cour du *burg*, pressés de passer le pont-levis, vers un destin encore plus qu'incertain. Mais à ce moment la vénérable porte du château résonna d'un grand choc sourd porté depuis l'extérieur, puis d'un second : on l'attaquait à coups de bélier !

CHAPITRE LXIV

L'ASSAUT DU VIEUX *BURG*

Difficile de dire où les Suédois avaient trouvé ce madrier ; peut-être était-ce dans la grange non loin de la cabane du rebouteux. Mais ce qui est certain, c'est qu'ils en faisaient usage avec l'adresse d'hommes expérimentés : au quatrième coup, la vieille porte du *burg* s'effondra dans un fracas de tonnerre, et tous se ruèrent dans la cour intérieure en poussant des cris de guerre et brandissant épées, lances et mousquets. Sur leurs visages se lisait la faim de l'or, éveillée par la harangue de leur commandant avant l'assaut :

« Soldats ! J'exige de vous un dernier effort, et il sera récompensé à sa juste valeur. Vous le savez, je suis toujours à la recherche de cet homme : jeune, belles moustaches, l'air fanfaron. Vous devrez le trouver pour moi. Mais je le veux toujours vivant ! Il m'a volé un bien qui m'est cher, et je dois savoir ce qu'il en a fait. Quant aux autres, tuez-les à votre guise.

« Mais sachez aussi qu'à vous, mes braves, je laisse toutes les richesses cachées dans ce château, et si l'on ne m'a pas menti, elles sont nombreuses. Cherchez bien, et vous finirez par les trouver ! »

Ces trésors accumulés par les trois filles du baron,

Huggorm ne s'en souciait pas plus qu'il n'y croyait, en vérité. Le discours trop empressé du médecin ne l'avait pas convaincu, pas davantage que cette histoire abracadabrante de lycanthropes. Pour autant, il pouvait s'y cacher un semblant de vérité. Et certes, la peur que lui inspiraient les Kobolds restait tout à fait irrationnelle, sa recherche éperdue du talisman volé avait tout de la quête d'un fou, le commandant en avait parfaitement conscience. C'est pourquoi il gardait contre son sein, par prudence, l'amulette reçue de Hundin. Mais il était hors de question d'effrayer ses hommes en leur parlant de loups-garous ; mieux valait exciter leur convoitise et leur cupidité au sujet de richesses imaginaires...

Très vite, les torches des assaillants illuminèrent la cour : celle-ci était déserte. Comprenant ce qui allait se passer, Lifhort et ses compagnons avaient aussitôt cherché une cachette. Guidés par Ulrika, ils empruntèrent un autre passage de l'aile sud pour gagner l'abri d'une remise encombrée de barriques inutilisées. Mais Smaud, qui aurait dû fermer la marche, n'avait pas suivi. Pris de panique à l'idée de devoir affronter les Suédois, car encore traumatisé par leurs exactions à l'auberge des Rolnits, il s'était trouvé la première protection venue, en l'occurrence la porte qu'il avait débloquée après avoir sauté par-dessus la fosse à pieux. Elle était restée ouverte contre le mur de la cour, et le valet se glissa derrière elle en retenant sa respiration le plus possible. Il avait désormais si peur qu'il ne pensait même plus à se signer.

Les soldats les plus proches ne manquèrent pas de s'intéresser à ce couloir qui, peut-être, les conduirait jusqu'au trésor promis par leur chef. Mais le premier à s'y ruer poussa un cri de surprise en tombant, tête la première, dans la trappe qui céda aussitôt sous son poids. Un cri sèchement interrompu : les pieux n'étaient pas une légende. Mais la soif de richesses était la plus forte – si bien que ses comparses, grimaçant en essayant de discerner son cadavre dans les profondeurs de la fosse, à la lueur de leurs flambeaux, songèrent plus à la manière de franchir le piège qu'à condamner le passage en refermant la porte... ce qui sauva un temps le pauvre Smaud.

Il arriva aussi qu'une servante, bravant le danger, fît son apparition à cet instant du côté opposé de la cour : les autres Suédois sur précipitèrent sur elle, la tuant sans prendre la peine de lui poser la moindre question. Puis ils continuèrent sur leur élan, s'engouffrant dans le couloir dont elle était sortie. Quant aux officiers, ils descendirent de cheval. Ryning se posta dans la cour pour garder un semblant de contrôle sur l'assaut, tandis que le commandant, après une rapide observation des lieux, choisit de prendre l'escalier qui desservait un chemin de ronde couvert au-dessus du porche d'entrée, et donnant sur les deux côtés : celui-là même d'où Smaud, quelques jours auparavant, avait pu observer les trois sœurs sans être vu.

Défonçant porte après porte, fouillant salle après salle, montant étage après étage, les hommes de Huggorm procédaient à une inspection hâtive mais systématique de toutes les pièces du *burg* dans un impressionnant vacarme. Cela ne suffit pas, néanmoins, à réveiller le vieux domestique du château, épuisé par sa longue veillée funèbre auprès de l'ermite, qui sans cesse avait inventé de nouveaux prétextes pour le garder à son côté. Le vieillard était ensuite remonté dans son minuscule logement pour s'écrouler aussitôt sur sa paillasse, trop exténué pour rapporter les événements de la nuit à ses maîtresses. C'est à peine s'il sursauta quand les Suédois firent irruption dans sa chambre ; c'est à peine s'ils remarquèrent sa présence. Tandis que l'un retournait le coffre dans lequel le serviteur conservait ses maigres biens, deux autres soulevaient brutalement son matelas de paille en quête de richesses cachées en dessous, plaquant le dormeur contre le mur. Quand ils laissèrent sa couche retomber, un faible gémissement attira leur attention : ce n'est qu'alors qu'ils s'interrogèrent sur le sort à lui réserver.

« Où est l'or ? aboya un soldat.

– Hein ? fit le domestique, sans comprendre et se pelotonnant sous l'effet de la peur.

– Le trésor ! Ton or ! *Or*, ajouta l'homme en retrouvant le mot eklendais.

– De l'or ? Mais... bredouilla le vieillard, mais il n'y a pas d'or, ici. »

Le bonhomme paraissait aussi sincère qu'inoffensif – alors pas besoin de tergiverser, un simple coup de dague bien placé suffit à régler la question.

Dans le même temps, d'autres soudards faisaient leur entrée dans la chapelle, à la jonction des deux ailes du château. Ils eurent la surprise d'y découvrir un vieil homme agenouillé en prières auprès d'un cadavre squelettique, à la lueur de nombreuses bougies craquelées, disposées un peu partout dans la pièce sur des chandeliers de fer forgé. Faute d'être percée d'un vitrail ou même d'une simple fenêtre, la salle était tendue de tapisseries anciennes dont le temps avait presque effacé les couleurs. De même, de grands tapis usés recouvraient la majeure partie du dallage de pierre. Au plafond, les poutres grises disparaissaient sous les toiles d'araignée couvertes de poussière.

« Il n'est pas séant de troubler le repos des morts, dit calmement l'ermite en se relevant pour faire face aux Suédois, un doigt posé sur la bouche pour se faire comprendre. Veuillez donc quitter ces lieux.

– Qu'est-ce qu'il dit ? demanda un soldat aux autres.

– Aucune idée, répondit l'un des pillards. De toute façon, on s'en fiche : c'est un schismatique.

– Qu'est-ce que tu parles bien ! ricana le premier. Allez, on fouille ! »

Ils renversèrent le moine et entreprirent d'arracher les tentures, à la recherche du trésor au cas où il serait caché par-derrière. Ceux qui entrèrent après eux, armés de piques, découvrirent l'ermite en train de se relever au milieu de leurs camarades : ils le lardèrent de coups. Mais dans sa précipitation, l'un des soldats arracha trop violemment une tapisserie, qui s'effondra sur plusieurs chandeliers. Les bougies roulèrent sur les tapis et contre les autres tentures, mettant immédiatement le feu aux étoffes décaties. En un instant, la chapelle se transforma en brasier, les flammes commençant même à mordre le bois desséché de la poutraison. Abandonnant les deux cadavres à l'incendie, les Suédois sortirent en courant.

De l'autre côté de la cour, des soldats entreprirent de prospecter dans les entrepôts du *burg*. Ils finirent par trouver la remise où se dissimulaient le capitaine et ses compagnons. Par chance, seuls trois Suédois entrèrent dans la salle, donnant de petits coups de la poignée de leur dague sur les barriques pour deviner leur contenu. Quand Lifhort se redressa devant eux, l'épée en main, ils se figèrent de surprise. Le capitaine transperça le premier d'un mouvement rapide de sa lame. Galistas, qui avait fait le tour des tonneaux, les attaqua à revers : il saisit de ses deux énormes mains la tête du troisième, la faisant pivoter contre nature pour lui rompre le cou. Le dernier Suédois, ne sachant de quel côté faire face, préféra se laisser tomber à genoux. En vérité, il n'espérait aucune merci ; la rapière de Lifhort confirma ses craintes dans l'instant.

« Et maintenant ? demanda l'exorciste. On retourne se cacher en attendant les suivants ?

– C'est une idée, dit le capitaine en tordant sa moustache. Mais... En y réfléchissant bien, nous sommes coincés dans une trappe. Cette salle est un cul-de-sac. Si les prochains sont trop nombreux pour notre petite embuscade, nous serons pris comme des rats.

– Que proposez-vous, alors ?

– De sortir d'ici sans traîner ! Prenons les manteaux et les chapeaux de ces hommes, déguisons-nous, retournons dans la cour et passons le pont-levis.

– Mais... et moi ? demanda Ulrika en sortant à son tour de sa cachette. Aussi larges que soient ces chapeaux, ma robe restera visible.

– Dans ce cas, mon amie, dit Lifhort avec un sourire rassurant, nous vous prendrons chacun le bras pour vous faire passer pour notre prisonnière. Vite ! »

Le capitaine échangea son couvre-chef contre celui d'un des Suédois, avant d'enfiler son manteau. Mais même l'ennemi le mieux bâti des trois n'était pas assez charpenté pour que Galistas pût passer ses vêtements.

« Je me contenterai du chapeau, dit-il. Pour le reste, je garde votre cape.

– C'est entendu, acquiesça Lifhort. Je marcherai devant pour que vous soyez moins visible. Et nous ne prendrons donc pas leurs torches non plus. Venez, Ulrika. »

Ils firent attention à ne pas croiser d'autres soldats dans leur avancée vers la cour. Quand ils y parvinrent, il y régnait toutefois une agitation différente : ce qu'ils perçurent en voyant les hommes qui couraient ici et là n'était plus leur excitation, leur appétit de richesses, mais plutôt de l'affolement, presque de la panique.

« Entendez-vous ces cris, provenant des appartements ? s'inquiéta Lifhort.

– Et sentez-vous cette odeur ? renchérit Ulrika. Quelque chose brûle ! »

Les Suédois semblaient hésiter. Ils comprenaient bien que les hurlements qu'ils percevaient étaient poussés par leurs camarades entrés dans le château : des cris d'horreur, parfois même des braillements trahissant une agonie violente. Les envahisseurs venaient de rencontrer une résistance aussi brutale qu'inattendue. Un soldat finit par revenir dans la cour en courant :

« Des monstres ! Il y a des monstres ! Fuyez tous ! »

Il fut rattrapé par un épouvantable rugissement.

CHAPITRE LXV

LA MORT FAIT SA MOISSON

Les premiers Suédois à s'aventurer dans les appartements des filles du baron n'accordèrent pas vraiment d'importance à la curieuse odeur de soufre qui en émanait. Dans le grand salon en désordre, deux étages en dessous dans l'aile sud, ils avaient espéré mettre la main sur le trésor que le commandant leur avait fait miroiter. Mais ils avaient eu beau ouvrir les coffres et les buffets, soulever les bancs, arracher les tapisseries, inspecter l'âtre et le conduit de la grande cheminée, ils n'avaient rien découvert qu'une cassette métallique contenant quelques pièces d'or et d'argent : ce qui, à défaut de les satisfaire, les avait persuadés qu'ils approchaient des richesses promises et de leur cachette.

À présent, pénétrant dans les chambres des trois sœurs, bien mieux aménagées que le reste des habitations, ils étaient une quinzaine, certains de toucher au but. Une fois encore, pourtant, à part quelques bijoux ils ne trouvèrent rien de satisfaisant. La colère se mêlait désormais à leur convoitise, et il n'était plus certain que, s'ils le trouvaient sur leur chemin, ils épargneraient la vie du capitaine tant leur excitation tournait à la fureur. Mais la suite les calma immédiatement – du moins ceux qui survécurent au premier choc.

« Seigneur Dieu !... » lâcha le soldat qui se trouvait devant les autres.

Comme ils reprenaient le chemin du grand escalier afin de poursuivre leurs recherches, une ombre immense se dressa devant eux, prenant toute la largeur du couloir. Deux flammes rougeoyantes s'allumèrent à la façon d'yeux qui s'ouvrent. Un grondement sourd et bestial leur fit dresser le poil sur l'échine. Puis d'un coup, sans prévenir, la chose se mit en branle et bondit vers eux. On eût dit qu'elle courait à quatre pattes, comme si elle était trop grande pour pouvoir se tenir debout dans le passage.

Le premier coup de griffes coupa l'homme de tête en deux dans une gerbe de sang. Le second suffit à éventrer le suivant et arracher un bras à celui qui se tenait à son côté. Les autres soldats détalèrent vers les chambres. À la lumière des torches qu'ils avaient abandonnées derrière eux, les plus courageux découvrirent la créature : un être abominable, mélange de loup, d'ours et de femme, recouvert d'une abondante fourrure hérissée çà et là de piquants mortels, avec une gueule disproportionnée dont les crocs recourbés étaient presque aussi longs que ses griffes. De sa langue s'égouttait un mucus verdâtre et corrosif. Et de tout son corps émanait une puanteur de soufre. Mais ce qui en fit défaillir plus d'un, c'était le spectacle de ses yeux enflammés : les hommes y lisaient la mort et la damnation éternelle.

Après avoir déchiqueté avec hargne ses premières victimes, le démon s'élança très vite à l'assaut des survivants. Une chambre après l'autre, il fit voler la porte en éclats et déchira les chairs vives de ses griffes autant que de ses crocs. Ceux qui tentaient de se cacher connurent une fin aussi atroce que leurs camarades ayant tiré l'épée pour se défendre ; certains parvinrent à planter leur pique dans la créature mais moururent tout aussi rapidement, leur arme n'ayant fait que l'égratigner. Dans la dernière chambre, deux Suédois choisirent de sauter par la fenêtre quand le monstre apparut, jugeant cette mort préférable à celle qu'il leur réservait.

« Rassemblement ! tonnait le lieutenant Ryning dans la cour. Rassemblement ! »

L'officier avait bien compris qu'il se passait quelque chose de grave dans le *burg*. En un instant, il retrouva ses habitudes d'homme de guerre, son besoin d'ordre et de discipline. Et comme rassurés par son attitude, les soldats se regroupèrent pour lui obéir.

« Formez les rangs ! Les piquiers devant ! Les mousquetaires derrière ! D'autres tireurs sur le chemin de ronde, avec le commandant ! »

Disposée dans la cour comme sur le champ de bataille, tournée en arc de cercle vers les deux grandes ailes du château, la troupe faisait face à l'ennemi, attendant sa venue avec fébrilité.

« Allons-y, souffla l'exorciste à ses compagnons tapis à la porte des entrepôts. Ils nous tournent le dos : profitons-en pour nous glisser derrière eux et fuir.

– Mais où est Smaud ? demanda Lifhort en jetant des regards inquiets autour de lui.

– Je n'en sais rien et je m'en moque ! grogna Galistas. Mais nous n'aurons certainement pas d'autre occasion de filer. Et puis le gamin est peut-être déjà parti sans nous, qu'est-ce que j'en sais ? Et il aura eu raison !

– Oh, mon Dieu ! » s'écria Ulrika.

Elle désignait l'aile est du *burg* : à toutes les fenêtres, progressant toujours plus haut étage après étage, des flammes dansaient en produisant une fumée noire. L'incendie parti de la chapelle se propageait désormais à tout le bâtiment abandonné. Déjà, des craquements de mauvais augure se faisaient entendre depuis les fondations jusqu'aux tourelles, chassant les corneilles affolées. La vénérable brique teutonique éclatait ici et là sous l'effet de la chaleur.

Mais dans la cour, une autre menace l'emporta. Surgissant du château par l'accès principal avec un cri de bête sauvage, l'un des monstres s'élança sur les Suédois. Était-ce Yseldys ou Eleana ? Désormais, Lifhort n'était plus en mesure de faire la différence.

« Ah, trop tard ! » pesta le moine.

Car il n'était plus question de fuir, à présent. Le démon avait mis en déroute une partie des soldats, qui s'égaillaient dans tous les sens, certains cherchant à passer le pont-levis. Mais des tirs de mousquet abattirent deux fuyards et dissuadèrent les autres de les imiter : depuis le chemin de ronde, Huggorm et ses tireurs leur interdisaient toute désertion.

« Tenez bon ! criait Ryning avec vigueur malgré son visage blême. Sus à la bête ! »

Mais la créature poursuivait son carnage, fauchant dans les rangs suédois, s'abattant sur eux comme un orage sur les blés. Occupée à sa sanglante moisson, elle semblait ignorer les blessures que lui infligeaient les piques, pertuisanes, lances et hallebardes de ses adversaires.

Depuis son poste d'observation, au-dessus de la grande porte du château, le commandant serrait les dents. Ainsi donc, le médecin avait dit vrai : des loups-garous se dissimulaient bel et bien entre les murs du *burg* – si de tels monstres pouvaient encore être qualifiés de loups-garous. Il aurait dû se méfier davantage, accorder plus d'attention aux mauvais pressentiments éprouvés en quittant Dälmö. Sans s'en rendre compte, Huggorm plaquait l'amulette contre sa poitrine ; à présent il ne doutait plus de son pouvoir de protection.

« Ah, si je pouvais trouver un moyen de me débarrasser de cette créature démoniaque ! songeait-il. Mais aucun de mes hommes n'a de balles en argent. Pas plus que moi... »

Malheureusement pour lui, Hundin ne lui avait rien dit du pouvoir coercitif de l'amulette sur les trois garous. Mais les sœurs étant désormais passées à une autre nature, qui sait si la petite croix de bois mort aurait encore eu quelque effet sur elles ?

« Et surtout, à cause de ce carnage, ce Lifhort risque de m'échapper ! Mon seul espoir est qu'il ait été tué par cette abomination et que je réussisse retrouver le Talisman sur son cadavre – si je survis. »

Quant à Ryning, il continuait d'encourager ses hommes malgré la débâcle des piquiers, mais lui-même s'était mis à l'écart, se repliant vers le passage donnant sur la fosse à pieux, et se rapprochant de fait de l'entrée des réserves.

« Ah, cornebleu, jura Lifhort en le voyant approcher. Perdus pour perdus, nous ne pouvons plus rester cachés ici. Cet homme va finir par nous découvrir. Dès qu'il se retournera de nouveau vers les siens, nous, nous courrons vers le porche. D'accord ?

– Amen ! soupira le moine. Enfin un peu de bon sens ! »

Mais au moment où le lieutenant ordonnait à ses mousquetaires de se regrouper pour faire feu tous ensemble sur la bête, donnant aux trois fugitifs l'occasion de s'élancer dans la cour, une seconde créature fit irruption dans la mêlée. À la lueur de l'aile du château en flammes, elle paraissait encore plus démoniaque et plus puissante que la première, et ses rugissements se répercutaient sur les murs comme un tonnerre venu du monde souterrain.

« Visez plutôt celle-ci ! hurla le lieutenant ! Tirez sur la plus grosse ! Feu ! Feu à volonté ! »

Ce commandement n'était pas encore exécuté que le nouveau monstre fauchait à son tour les soldats, en massacrant près d'une dizaine. Enfin les mousquets crachèrent leur tonnerre ; d'instinct, les tireurs avaient presque tous visé la tête horrible et ses yeux brûlants, même les hommes postés sur le chemin de ronde avec Huggorm. Quand la fumée des armes se dissipa, une grande partie de la gueule du monstre avait été emportée par les balles et son œil gauche était crevé, mais surtout le côté droit de son crâne difforme béait, révélant des os fracassés fichés dans sa cervelle dégoulinante. Le démon tituba, eut un hoquet, s'effondra.

« Ce ne sont plus des lycanthropes, comprit Lifhort tandis que les Suédois poussaient un hourra de soulagement. Leur force nouvelle est devenue leur faiblesse : il n'est plus besoin d'argent ou d'aconit pour les tuer. Mais encore faut-il réunir une puissance de feu suffisante ! »

Puis ses yeux se portèrent sur l'autre démon, blessé par les coups des piquiers et par des tirs de mousquet épars – mais toujours en vie. Par malheur la créature croisa son regard au même instant et le vit. Et surtout, elle vit Ulrika. D'un bond, la bête se précipita sur eux, dispersant les Suédois qui se retournaient contre elle.

« Elle nous attaque ! cria le capitaine. Replions-nous !

– Mais non, sauvez-vous donc, imbéciles ! lança le moine, décidant brusquement de s'interposer entre le monstre et ses compagnons. À moi, Dieu Tout-Puissant ! »

Agitant les bras pour attirer le démon, Galistas partit sur le côté, n'hésitant pas à se rapprocher de Ryning. Mais ce dernier semblait tétanisé par l'approche du monstre.

« Tremble ! déclama l'exorciste en se plaçant ostensiblement à l'entrée du couloir piégé. Va-t'en, démon impur et maudit, trompeur et difforme, qui as pris l'apparence d'un monstre ! »

La créature avait reconnu un homme de Dieu. Un dernier bond lui suffit pour le transpercer de ses griffes ; mais le moine s'agrippa à elle de ses dernières forces et, profitant de l'élan qu'elle avait pris, laissa tomber toute sa masse en arrière pour l'entraîner dans sa chute.

« Je t'exorcise, esprit impur, continuait Galistas, au Nom du Dieu des Armées, Adonaï, Elohim, Dieu Tout-Puissant, et de toute l'Armée des Anges de Dieu ! »

Il bascula dans la fosse au moment où la bête lui arrachait la tête d'un coup de gueule. Elle disparut avec lui. Suivirent un bruit de chairs transpercées, un couinement rauque, et le silence.

CHAPITRE LXVI

LA PETITE VENGEANCE D'UN GARÇON SIMPLE

La disparition du second démon laissa presque incrédules les témoins de la scène. Ils furent nombreux à se demander si, d'un moment à l'autre, la créature n'allait pas se relever de la fosse pour s'en prendre à eux. Mais personne n'eut le courage de s'approcher du piège pour aller vérifier. Les soldats préférèrent revenir au cadavre du monstre tué à coups de mousquet pour se venger de lui en lui plantant leurs lames dans le corps. Certains le firent de trop près, si bien que le sang encore brûlant du démon les éclaboussa : ils en furent blessés comme par du vitriol, et même atrocement défigurés pour les moins chanceux.

Entre-temps, l'incendie qui ravageait le château s'était étendu à une bonne partie de l'aile sud, et les flammes léchaient en les noircissant les façades austères de l'édifice. Les Suédois comprirent qu'il était trop tard pour espérer retrouver le trésor qu'ils convoitaient ; mais après les horreurs qu'ils venaient de connaître, la plupart souhaitaient quitter au plus tôt cet endroit maudit. Quant à l'aile est, entièrement détruite par le feu, elle n'était plus qu'une coque vide et fragile. Un pan de muraille, tout au sommet, finit par s'écrouler dans la cour, ajoutant à la confusion générale.

Mais tous les envahisseurs n'étaient pas aussi désorientés. Reprenant rapidement ses esprits, le lieutenant Ryning se demanda pourquoi il ne comprenait pas tout de ce qui s'était déroulé sous ses yeux. Un homme venait de se sacrifier pour faire mourir la créature... mais encore ? Il réfléchit – et comprit enfin ce qui n'allait pas. Ce soldat à la carrure massive, qu'il n'avait jamais remarqué jusqu'à présent, portait bien le chapeau de l'armée suédoise... mais une cape non réglementaire en lieu et place de sa veste d'uniforme. En outre, ses dernières imprécations, même déformées par la douleur, ne ressemblaient pas du tout à du suédois mais sonnaient clairement comme de l'eklendais !

Son attention se porta donc aussitôt sur les compagnons du mystérieux imposteur : cet autre soldat qui se remettait là-bas en marche, d'un pas rapide, en tenant fermement par le bras une femme inconnue aux cheveux flamboyants.

« Nom de Dieu, c'est Lifhort ! » jura le lieutenant, qui n'espérait plus le retrouver – si tant est qu'il l'eût jamais vraiment pensé réfugié dans le *burg*.

Se passant une main sur le visage, il regarda autour de

lui pour faire accourir les soldats les plus proches. Mais une présence l'arrêta net : c'était un garçon aux habits sales qui le fixait avec un regard mauvais, rendu plus intense par le reflet des flammes qui détruisaient le château.

« Mais qui es-tu donc, toi ? » fit Ryning en sursautant.

C'était Smaud. Il ne dit rien : non seulement il ne comprenait pas la langue de l'officier, mais de plus il n'avait aucune envie de lui répondre.

Une fois la bataille contre les démons terminée, le valet s'était enfin décidé à sortir de sa cachette, repoussant doucement la porte derrière laquelle il s'était glissé depuis l'arrivée des Suédois. Hélas, le lieutenant se dressait devant lui, et même s'il lui tournait le dos, il serait difficile de détaler sans attirer son attention.

Par ailleurs, deux autres choses poussaient le garçon à ne pas s'enfuir. L'une, c'était le nom de son maître lâché par cet ennemi : le capitaine était repéré, cet homme allait donner l'alerte. Il fallait l'en empêcher. L'autre, c'était le visage même de Ryning, avec ce profil de guerrier qui se découpait devant les flammes de l'aile est, ce même profil qu'il avait contemplé avec effroi dans la journée devant le brasier de l'auberge. Une bouffée de haine le submergea.

« Eh, attends un peu, reprit Ryning, tu ne serais pas un complice de... »

La fin de sa question resta dans sa gorge, coincée par la large lame du couteau que venait d'y planter Smaud. Un geste simple, de bas en haut, exécuté sans peur ni précipitation.

« Pourriture ! » cracha le valet.

Les yeux du lieutenant se révulsèrent, un gargouillis désagréable s'échappa de sa bouche comme le sang ruisselait de son cou. Il s'affaissa sur ses genoux.

« Mira Rolnits » lui glissa Smaud à l'oreille.

Puis il repoussa sa tête pour le faire tomber en arrière. Le lieutenant mourut dans une dernière convulsion.

C'est alors que la muraille extérieure de l'aile est s'effondra, entraînant avec elle dans la forêt en contrebas une masse gigantesque de brique et de mortier. Le laboratoire des trois sœurs fut emporté dans l'éboulement, et ainsi disparurent les savoirs secrets transmis de mère en fille dans leur maison depuis plusieurs siècles. Les geôles et le souvenir des oubliettes du baron Ödrek furent ensevelis dans le même temps.

Dans la cour, cet effondrement souleva une nouvelle vague de stupeur. Les hommes en armes se tournèrent vers le vide immense laissé par le bâtiment disparu, perdant leurs regards dans le vaste pan de ciel étoilé révélé par la chute de l'édifice. Sous peu l'aile sud, quoique mieux conservée, allait assurément connaître le même sort, mais ils ne s'en préoccupaient pas, comme assommés par les événements de la nuit.

Smaud non plus ne réagissait pas. À présent qu'il avait vengé la gentille fille de l'aubergiste, il se sentait vide et inutile. Mais il finit par se détourner du cadavre de Ryning ; après tout, son maître pouvait encore avoir besoin de lui. Son maître ? Mais où était-il passé ? Avec la dame Ulrika, sans doute. Le garçon se rappela enfin qu'il avait aussi tué le Suédois pour protéger leur fuite. Oui, c'était cela : le capitaine se dirigeait vers le pont-levis la dernière fois qu'il l'avait vu. Il devait maintenant le retrouver.

Mais s'il se mit en marche, ce fut à pas lents, comme perdu dans un brouillard. Les cris de peur ou de colère échangés par les soldats dans la cour se perdaient dans un indistinct brouhaha. Quelle importance ? Ils ne s'intéressaient pas à lui. Sans doute parce qu'il les avait privés de leur chef et que, faute d'ordres et de commandement, ils couraient en tous sens comme des fourmis affolées par un pied posé sur leur fourmilière.

Curieusement, Smaud se découvrit d'un coup incapable d'avancer davantage. Ses jambes n'obéissaient plus à sa volonté. Un coup de tonnerre lointain auquel il n'avait pas prêté attention finit de résonner à ses oreilles. Le garçon sentit un grand poids peser sur sa poitrine. Il baissa les yeux : sa chemise était éclaboussée de sang.

« Hein ? »

Quand il leva le regard, il ne perçut pas grand-chose sinon, sur le chemin de ronde au-dessus du grand porche, le mouvement d'un soldat qui relevait son mousquet fumant. Il comprit :

« Ah, flûte. »

Ce furent ses derniers mots, bien dans sa manière. Il tomba face contre terre et ne se releva plus.

D'autres coups de feu résonnaient contre ce qu'il restait de murailles du château, tirés d'une part par des soldats que le souvenir de leur combat contre les deux démons avait rendus fous, d'autre part par les mousquetaires de Huggorm qui tâchaient de neutraliser ces hommes devenus trop dangereux. Combien resterait-il de Suédois, finalement ? À peine une vingtaine. Les créatures s'étaient livrées sur le petit régiment à un incroyable carnage, tant dans les appartements que dans la cour principale, tuant avec une impétuosité inouïe. Le contrecoup de ces scènes cauchemardesques se faisait désormais sentir, privant tous les combattants d'une part plus ou moins importante de leur entendement.

C'est ce moment chaotique dont voulut profiter Lifhort pour, enfin, s'échapper du *burg* en flammes. Depuis leur sortie des entrepôts, Ulrika et lui n'avaient pu faire plus de deux pas de suite sans devoir s'accroupir et tenter de disparaître en s'immobilisant. Rajustant son chapeau, le capitaine estima que, cette fois, ils pourraient s'enfuir sans plus rien avoir à craindre, à condition de faire vite et de baisser la tête pour éviter une balle perdue.

« Mais où est Smaud, bon sang ?! répéta-t-il en arrivant sous l'arche et la vieille herse rouillée. Je ne l'ai pas vu dans la cour...

– Il est peut-être déjà parti ? suggéra sa compagne.

– Mais s'il était resté coincé quelque part ? »

Il se retourna, scrutant hâtivement les silhouettes des vivants et des morts à travers la fumée de l'incendie et des mousquets, sans réussir à reconnaître son valet. Puis il aperçut le petit corps allongé sur le ventre, non loin du cadavre du lieutenant.

« Là-bas ! Il est blessé ! s'écria le capitaine, se demandant *in petto* s'il ne se berçait pas de faux espoirs. Ulrika, ma mie, partez tout de suite et ne m'attendez pas. Je cours au secours de Smaud et je vous rejoins aussitôt avec lui. Retrouvons-nous... à la cabane de l'ermite – ou bien n'importe où à Dälmö. Fuyez, et à très vite ! »

Comprenant qu'il avait raison, elle lui adressa un dernier regard et s'élança sur le pont-levis. Lifhort allait se précipiter au côté de son valet quand un nouveau coup de mousquet l'arrêta : car la détonation ne provenait pas de la cour du château. On venait de tirer depuis le chemin de ronde, audessus de lui, mais du côté extérieur.

Envahi par un affreux pressentiment, il se retourna vers le pont-levis : Ulrika ne courait plus. Elle fit un pas hésitant, puis encore un autre, de travers, et s'écroula sur le côté.

CHAPITRE LXVII

L'HEURE DE RENDRE DES COMPTES

« Nous nous retrouvons enfin, maudit voleur ! »

Depuis le chemin de ronde, le commandant exultait. Non seulement il avait survécu à l'apparition des deux créatures démoniaques, mais il avait à présent la chance de tenir à sa merci celui qu'il recherchait depuis tant de jours.

« Tu m'auras donné bien de la peine, en vérité. Mais comme tu peux le constater, je suis un homme patient et tenace. »

Lifhort ne réagissait pas. Agenouillé à l'extrémité du pont-levis, il avait délicatement posé la tête d'Ulrika sur ses cuisses et caressait doucement ses cheveux cuivrés. Son joli visage avait une pâleur mortelle.

« Eh bien ? N'as-tu rien à me dire, voleur ? »

Levant les yeux au-dessus du porche du château, il distingua les fentes des meurtrières et les canons des mousquets qui restaient braqués sur lui. Au milieu, plaqué contre une ouverture, le visage balafré de Huggorm grimaçait un sourire mauvais.

« Je ne comprends rien à ce que tu me racontes, maugréa le capitaine, et d'ailleurs je me moque de tout ce que tu pourras me dire. »

Le Suédois hocha la tête :

« Suis-je bête, dit-il avant de tenter sa chance en français : *c'est donc toi, voleur !*[11] »

À ces paroles, Lifhort fut parcouru par un frisson venu du temps jadis, celui où son père avait recruté à grands frais un précepteur arrivé du royaume de France pour qu'il lui enseignât les subtilités de sa langue. Le garçon, rétif à l'étude, s'était d'abord contenté d'en apprendre les rudiments les plus élémentaires. Puis l'âge venant, il s'était mis plus sérieusement à l'ouvrage : le jeune homme qu'il était alors avait compris que parler français l'aiderait à séduire bien plus d'une damoiselle. Il eut honte de sa bêtise passée. Le remords de son ingratitude envers son père le gagna également. Mais il ne versa pas de larme ; en cet instant, sa peine pour la perte d'Ulrika lui avait asséché le cœur.

« C'est donc toi, boucher horrible ? » rétorqua-t-il en le foudroyant du regard.

Son vocabulaire lui revenait petit à petit. L'autre continua de sourire :

« Bien ! Je suis heureux que nous nous comprenions ! Allons, tu sais pourquoi je te recherche depuis tout ce temps.

– Pour ce médaillon ridicule ?

– Pour mon Talisman ! rugit le commandant.

– Pour ce médaillon ridicule, persista Lifhort.

– Penses-en ce que tu veux. Il est à moi. Je le veux.

– Tu penses qu'il te portera chance, c'est ça ?

– Il me sauvera. Mais tout cela ne te regarde en rien. Tu seras châtié comme tu le mérites, c'est tout. Auparavant, rends-moi mon bien.

– Viens le chercher.

– Rends-le-moi !

– Allons, viens le chercher, si tu sais te battre.

– Il suffit que j'en donne l'ordre, et mes hommes t'abattront comme un chien.

– Qu'ils tirent ! Et ainsi, tu ne sauras jamais où je l'ai caché.

– Tu n'es pas qu'un voleur, tu es aussi un menteur : je sais que tu l'as avec toi !

11. En français dans le texte (NdT).

– Ah oui ? Serais-tu prêt à courir le risque ?

– Tu ne serais pas aussi sûr de toi si tu ne l'avais pas. Je sais reconnaître les menteurs.

– Je ne suis pas un menteur, sourit le capitaine avec la légèreté du désespoir, je suis seulement joueur. J'ai toujours aimé faire des paris déraisonnables... Pas toi ?

– Assez de bavardage ! tonna Huggorm. Rends-moi ce que tu m'as volé !

– Jamais.

– Dernier avertissement !

– Qu'ai-je à perdre à te dire non ? Toi, tu m'as déjà tout pris.

– Tout ? Il te reste la vie... pour le moment.

– Peuh ! Que vaut-elle donc, ma vie, à présent ? Alors sache que je ne te rendrai jamais ton précieux hochet. À moins que tu ne puisses me rendre ce que, toi, tu viens de me voler. »

Lifhort baissa tristement les yeux sur le corps de sa bien-aimée.

« Ne sois pas ridicule, grinça le commandant : les morts ne reviennent pas à la vie. »

Un souffle glacé lui parcourut l'échine comme une voix s'élevait dans son dos :

« Ah non, crois-tu ? »

Huggorm pivota sur ses talons. Debout devant l'une des grandes ouvertures du chemin de ronde, un jeune homme lui faisait face, le visage triste et bizarrement familier.

« Qui es-tu ?!

– Tu ne te souviens donc pas ? »

Le commandant chercha le soutien de ses hommes, à droite et à gauche, mais aucun ne semblait avoir remarqué la présence de l'intrus. En vérité, tenant toujours Lifhort en joue avec leur mousquet, ils se demandaient à qui pouvait bien parler leur chef.

« Qu'est-ce que c'est que cette histoire ? dit le Suédois, pris d'une suée soudaine. Tu n'es pas ce que tu prétends être... »

Il venait de s'apercevoir que les lueurs du *burg* en flammes se voyaient à travers la silhouette de l'inconnu.

« Qui suis-je, dans ce cas ?

– Eh là, vous autres ! s'écria Huggorm avec panique, à l'intention de ses hommes. Emparez-vous de lui ! »

En contrebas, Lifhort eut la surprise de voir les canons des mousquets rentrer dans les meurtrières. Il en fut soulagé, mais ne comprenait pas pourquoi son ennemi se désintéressait de lui aussi soudainement. Sur le chemin de ronde, les soldats étaient tout aussi troublés.

« Nous emparer de qui, mon commandant ?

– Mais... de lui ! s'égosilla leur chef en pointant le doigt vers l'ouverture donnant sur la cour. Cet homme, juste là, devant moi ! Vous ne le voyez donc pas ?! »

Les mousquetaires échangèrent des regards perplexes.

« La peste soit de vos cervelles imbéciles ! »

Et il dégaina sa dague à manche de serpent, la plongeant avec célérité dans le ventre du jeune homme. Ce dernier sourit tristement.

« Cela, tu l'as déjà fait, dit-il. Tu pourras recommencer autant de fois que tu le voudras, tu ne me feras plus aucun mal.

– Tu ne peux pas être lui, souffla Huggorm en le reconnaissant enfin. Tu es cet espion que j'ai interrogé devant la maison du prévôt ?

– Rappelle-toi : tu ne m'as pas interrogé, tu as fait un exemple.

– Mais qu'es-tu donc ? Un spectre ?

– Souviens-toi aussi que je t'ai fait une promesse. »

Le commandant tituba en arrière. Ses hommes s'écartèrent, effrayés par son brusque accès de folie. Plusieurs préférèrent s'éloigner en courant.

« J'ai promis que je te tuerais. »

Alors le jeune homme s'avança et saisit le Suédois par les épaules. L'autre le frappait à coups répétés, mais la lame de son poignard restait sans effet. Huggorm poussa de grands cris, appelant à l'aide. Pour les deux derniers soldats restés à côté de lui, il semblait se battre seul, presque contre lui-même. Puis il pivota brusquement sur ses talons, emporté par une force inconnue, comme soulevé, le dos penché en arrière par l'ouverture, sans cesser de se débattre.

« Lâche-moi ! hurla-t-il. Lâche-moi, te dis-je ! »

Son assaillant invisible obtempéra : d'une dernière poussée, il le fit basculer dans la cour.

Depuis le pont-levis, Lifhort ouvrit des yeux ébahis en voyant le commandant s'écraser la tête la première sur les pavés. Si c'était un accident, il tenait du miracle. Le pauvre Smaud se serait certainement signé s'il l'avait vu. Smaud : le capitaine l'avait presque oublié, l'abandonnant à son sort funeste.

« Mais je ne peux pas quitter Ulrika, ma chère Ulrika, ma tendre Ulrika... »

L'incendie décida à sa place : les murs de l'aile sud et de ses tours aux toits embrasés finirent par s'effondrer pareillement, d'un coup, dans un fracas d'apocalypse. Lifhort crut même que le sol allait s'ouvrir sous ses pieds tant la secousse provoquée par l'éboulement fut vive. Plus personne ne retrouverait le corps de son malheureux valet, pas plus que les restes de ces démons épouvantables qui, un jour, avaient été deux magnifiques jeunes femmes.

Une nuée de poussière passa sous l'arche du château, d'où s'échappèrent en courant les derniers Suédois, toussant, blancs comme des fantômes. Ils passèrent à côté du capitaine sans se soucier de lui, fuyant dans la forêt pour ne plus jamais revenir dans ce vallon funeste.

Au-dessus du mur qui surplombait encore le chemin de ronde, le capitaine vit des gerbes d'étincelles monter vers les cieux obscurs. Les grandes flammes s'étaient éteintes, étouffées dans l'effondrement. Puis à son tour le fronton du *burg* vacilla, les briques se fendirent bruyamment autour du portail, et la herse mangée par la rouille se fracassa au sol.

Lifhort comprit qu'il devait s'éloigner au plus vite, sous peine d'être enseveli par la chute du mur qui le surplombait. Néanmoins, il souleva le corps de sa bien-aimée avec une infinie délicatesse et se tourna vers la forêt. À peine avait-il fait quelques pas que s'écroulait derrière lui le dernier pan du château d'Ödrek.

Un gémissement se fit alors entendre entre ses bras, très faible.

Ulrika était vivante !

CHAPITRE LXVIII

« SI RIEN DE CELA N'ÉTAIT ARRIVÉ »

Lifhort avait trouvé une petite clairière non loin de la cabane de l'ermite. Il avait installé Ulrika le dos appuyé sur ses genoux, la tête contre son torse, pour lui permettre de contempler le ciel.

« J'aimais tant regarder les étoiles, dit-elle d'une voix faible. Quand nous sortions la nuit, avec mes sœurs, pour accomplir certains rituels, je passais toujours un peu de temps à les observer. Yseldys me rappelait à l'ordre, bien sûr, mais jamais méchamment : je crois même que, de nous trois, c'était elle qui s'abandonnait le plus longtemps à leur contemplation. Elles sont si belles, si lointaines... Si loin de nos malheurs terrestres. »

Une larme froide roula sur sa joue. Le capitaine ne dit rien, mais son cœur pleurait lui aussi. Il avait tant espéré !

« Moi qui vous croyais morte ! s'était-il écrié, bouleversé, en l'emportant loin de la ruine du *burg*. J'avais oublié que seules les balles en argent peuvent vous être fatales : vous allez vous remettre de ce coup de mousquet, n'est-ce pas, ma douce amie ? »

Mais la jeune femme n'avait pas répondu, se contentant de refermer les yeux sous l'effet de la souffrance. Une fois allongée dans la clairière, elle avait eu cette parole étrange :

« Jamais personne encore ne m'a donné de baiser. Un vrai baiser d'amour. »

Tout à sa joie, Lihort lui avait fait ce présent. Mais sous les siennes, enflammées de désir et de soulagement, les lèvres de sa belle étaient presque glacées.

« Vous allez guérir, n'est-ce pas, Ulrika ? Tout va rentrer dans l'ordre, pas vrai ? »

Elle ne répondit rien, une fois encore. Sa respiration devenait difficile.

« As-tu remarqué, mon ami, dit-elle avec un sourire malheureux, que je ne me suis pas changée en bête, cette nuit ? Ni quand nous sommes passés par des sentiments si intenses et des moments si périlleux, ni quand mes sœurs sont devenues garous – ou pire encore. De façon étonnante, je suis restée telle que je suis en ce moment, maintenant, avec toi.

– En effet, répondit le capitaine en se demandant où elle voulait en venir. Je n'y avais pas songé, avec tous ces événements. Mais alors... cela voudrait-il dire que... tu es guérie ?

– Libérée de la lycanthropie, c'est possible...

– Ah, ce serait miraculeux !

– Mais guérie... c'est une autre question. Ne comprends-tu pas ce que cela implique ? »

Lifhort ne sut que répondre :

« Eh bien... non. Quoi donc ?

– C'est ainsi que je ressens les choses en cet instant : je ne suis plus un loup-garou, mon corps ne s'est pas métamorphosé, en conséquence de quoi les armes ordinaires peuvent désormais me faire tout le mal pour lequel elles sont conçues. Et donc, cette balle de mousquet... Ah, j'ai si froid. La douleur commence à s'estomper mais je ne sens déjà plus mes jambes... »

Le capitaine comprit enfin. Il finit par s'abandonner totalement à son chagrin.

« Allons, sois en paix, lui murmura Ulrika. Cette délivrance est si belle ! Car je veux croire que c'est notre amour qui m'a sauvée : là où les formules magiques, la médecine et les prières seraient demeurées impuissantes, j'ai été libérée du mal parce que ma nature profonde a changé, parce que mon cœur ne m'appartenait plus. Parce que je te l'avais donné. Mon cœur a changé. Oh oui, c'est ce que je veux penser, à présent et pour toujours. »

Elle prit la main de Lifhort dans la sienne et ne la lâcha plus.

« Il faut croire que le sort nous aura été bien injuste, poursuivit la jeune femme après un long silence pendant lequel son compagnon l'avait presque crue partie. Imagines-tu ce que nous aurions pu vivre ensemble, si rien de cela n'était arrivé ? Si je n'avais pas souffert de ce mal, si ce médecin n'avait pas été si cruel, et si tous ces affreux soldats ne nous avaient pas assaillis ? »

Le capitaine lui caressait les cheveux en silence. Il comprenait aussi que, sans la guerre, il ne se serait sans doute jamais arrêté à Dälmö, et que sans la machination de Hundin il n'aurait peut-être jamais frappé à la porte du château d'Ödrek. De combien de malheurs leur fugitif bonheur serait-il né en fin de compte ?

« Mais n'y a-t-il vraiment rien que je puisse faire pour te soigner ? insista-t-il. N'y a-t-il pas une potion, un remède, un guérisseur ou un médecin honnête dans ce vallon, pour te sauver ?

– Garde ma main dans la tienne, mon bel ami, et tiens-moi encore compagnie. Je n'ai besoin de rien d'autre. Ma blessure est mortelle, mais cette nuit je me sais sauvée. »

Lifhort baissa la tête, mordillant amèrement sa moustache.

« Même si... reprit Ulrika en respirant avec peine. Je ne suis pas en paix pour autant. Et je m'en veux à un tel point...

– Que veux-tu dire, ma mie ?

– Faut-il vraiment que je t'avoue ce qui me fait tourment ?...

– Mais oui, fit le capitaine, soudainement inquiet. Qu'y a-t-il ?

– Eh bien... je te demande pardon. Pour le mal que je t'ai causé.

– Allons, tout va bien, tu ne m'as pas fait de mal. Jamais.

– Mais si – ou moi et mes sœurs, je n'en ai pas de souvenir. Mais je sais que nous t'avons blessé, une nuit.

– Ah, ces griffures ? sourit Lifhort. C'est du passé ! D'ailleurs, je n'ai plus mal du tout. Je me porte même comme un charme !

– Justement, soupira la jeune femme. N'es-tu pas étonné de la rapidité avec laquelle tes plaies se sont soignées ?

– Ma foi, ce pendard de Hundin m'a fait appliquer dessus un baume de sa pharmacopée, fort efficace, et... »

Un frisson le glaça. Et si le médecin en avait profité pour lui inoculer, à lui aussi, un mal horrible impossible à guérir ? Mais les mots d'Ulrika le confrontèrent à une évidence plus douloureuse encore :

« C'est ce que m'ont appris tous les grimoires hérités de ma mère, mon pauvre ami : la blessure d'un loup-garou répand le mal et fait du blessé un garou à son tour. Cela prendra un temps que je ne saurais mesurer, mais il sera impossible d'y échapper. La maladie court en toi, la guérison de tes plaies le prouve.

– Vertubleu, ce ne sont que des fables ! lança le capitaine, comme pour conjurer le sort.

– Hélas non, et cela me torture dans mes derniers moments : tôt ou tard, une vive émotion t'envahira et ton corps se transformera en... ah, tu sais bien, tu l'as vu d'assez près.

– Une vive émotion ? continua de fanfaronner Lifhort. J'en suis fort aise : après tout ce que nous avons vécu ces derniers jours, il faudra vraiment que ce soit une très vive émotion pour que je succombe au mal !

– Et pourtant, un jour ou l'autre, elle viendra. Puisses-tu me pardonner, mon ami !

– Il n'y a rien à pardonner, allons, chère Ulrika. Ne te soucie donc pas de moi. Et d'ailleurs, ne puis-je pas espérer être guéri, moi aussi, puisque mon cœur t'appartient ?

– Je le voudrais tant, sourit la jeune femme en versant de nouvelles larmes. Mais il n'a pas changé comme le mien : quand nous t'avons blessé, tu m'aimais déjà. Moi, je le sais. Mais tu ne voulais peut-être pas encore l'admettre... »

Le ciel pâlissait à l'est quand, enfin, Lifhort sentit la main de sa belle perdre sa dernière force et se dérober. Mais il laissa passer de longues heures encore avant de renoncer à caresser sa belle chevelure, à la bercer doucement, comme un enfant.

Le sang d'Ulrika maculait sa chemise et ses hauts-de-chausse ; il s'en moquait. De nouveau il la porta dans ses bras, cette fois jusqu'à la cabane de l'ermite, où il trouva une petite bêche avec laquelle il creusa le dernier lit de sa belle, à l'abri d'un acacia solitaire aperçu en chemin. Et pour que nul ne vînt déranger son sommeil, il ne plaça aucun nom à côté de la tombe : ce serait leur secret, à eux seuls. Le lien ultime par lequel ils seraient unis à tout jamais.

Alors, quand l'aube réchauffa les frondaisons de la vieille forêt, le capitaine Lifhort prit une dernière fois le chemin de Dälmö. Il était seul. Sa belle n'était plus, pas plus que le bon Smaud, son cher valet, et il était peu probable qu'il retrouvât jamais son fidèle Woldomir après l'incendie de l'auberge. Son esprit était vide et sa marche légère, il ne songeait plus à rien, hormis à une chose :

« Vengeance. »

Le premier à l'éprouver fut Anaon, le serviteur muet du médecin, que ses cheveux roux trahirent dans la verdure des bois :

« Approche ! héla Lifhort. Je t'ai vu, sale petit fouineur ! Ah, raconte-moi un peu : c'était bien toi, au cimetière, qui nous espionnais à l'abri d'une stèle, pas vrai ? Et maintenant, que cherches-tu à savoir ? Quelles fatales nouvelles as-tu à rapporter à ton sinistre maître ? »

Découvert, le petit homme tenta de s'esquiver mais cette fois il ne put distancer le capitaine, à qui la colère donnait des ailes. Acculé contre un arbre, le malheureux muet gesticula des choses que Lifhort ne chercha même pas à comprendre : il lui planta son épée dans le corps avec dégoût et l'abandonna aux corbeaux.

Quand, un peu plus tard, il parvint aux abords de la cité, ses yeux brillaient d'une rage profonde et puissante. Rien ni personne ne l'empêcheraient de forcer la porte de la demeure de Hundin pour lui faire payer ses crimes.

« À nous deux ! »

CHAPITRE LXIX

SOUS UNE MAUVAISE ÉTOILE

Dans la lumière du petit matin, les habitants de Dälmö étaient nombreux à interrompre leur marche pour lancer un regard indrédule vers la crête du vallon : le château qu'ils avaient toujours connu, qui avait terrifié autant des leurs pendant des années, avait disparu. Certains, prévenus par les hommes du guet, avaient pu voir les grandes flammes qui s'étaient échappées du *burg* durant la nuit. Au petit jour, sa silhouette pointue n'était plus qu'un souvenir, une illusion entretenue par les dernières fumées de l'incendie.

De tous ces gens qui levaient les yeux vers un horizon qu'ils ne reconnaissaient pas, aucun n'eut de regard pour le jeune homme qui venait de passer la Grande Porte, allant d'un pas décidé, tête nue et les vêtements maculés de sang. L'eussent-ils fait, ils auraient vite déguerpi devant l'expression de son visage, tant il exprimait en cet instant la noirceur de ses sentiments.

Arrivé devant la maison du médecin, le capitaine en poussa la porte sans ralentir son allure – elle n'était pas verrouillée, quelqu'un avait dû oublier de la fermer pour la nuit. De même, il ne prit pas le temps de remarquer que tous ses volets étaient restés fermés. Mais il se figea dans le vestibule : le corps de Hundin gisait dans l'entrebâillement de la porte du salon. Il semblait avoir vieilli de vingt ans et paraissait singulièrement amaigri, comme desséché. Dans le rai de lumière qui parvenait de l'extérieur, sa vilaine tête exprimait une peur sans nom, et ses yeux exorbités, bien qu'empesés par un voile terne, semblaient prêts à se tourner de tous côtés dans son affolement. Mais sa pâleur cadavérique ne laissait aucun doute sur son sort.

« Il est mort, lui aussi ! lâcha Lifhort en cédant d'un coup au plus complet abattement. On m'aura donc privé de mon seul véritable amour, de mes plus fidèles amis, et désormais de ma vengeance... À qui dois-je cette nouvelle déconvenue ? »

Une silhouette féminine se dessina doucement dans les ombres du salon :

« À moi, dit Lena. J'en suis terriblement confuse. Mais entrez, et veillez à bien refermer la grande porte derrière vous. La lumière du soleil m'incommode. »

Lifhort se laissa tomber dans le grand fauteuil du médecin, les bras ballants et la moustache défaite.

« Vous ne semblez pas surpris de me voir, glissa Lena.

– Après ce que je viens de vivre, plus grand-chose ne peut m'étonner, à vrai dire. Mais tu es malgré tout une surprise, je dois te l'avouer. Tu me parais même en meilleure santé qu'au jour où l'on t'a mise en bière... De plus, avec tous ces riches habits, ces voiles, ces dentelles, j'ai bien failli ne pas te reconnaître.

– On est loin de la misère des Rolnits, n'est-ce pas ? dit-elle sans s'offusquer de la familiarité avec laquelle il s'adressait à elle désormais. C'est le Maître. Il devait garder ces vieilleries dans une malle oubliée. Il a fait de moi sa petite princesse, en quelque sorte. Quant à mon teint frais... il ne durera pas, mais disons que je viens de faire un déjeuner copieux, ajouta-t-elle en tendant un doigt moqueur en direction du cadavre exsangue de Hundin.

– Alors tu l'as tué.

– Je me suis vengée. J'ai vengé les miens. Mes parents. Et même Mira.

– Pourquoi ce *même Mira* ?

– Parce que j'étais jalouse. Elle vous aimait, vous sembliez sensible à son charme... Or moi aussi je vous aimais. Mais j'aimais ma sœur plus encore que vous, en définitive.

– Alors achève ta vengeance, Lena : c'est à cause de moi que tu as perdu ta famille. Et en cette heure indécise je me sens plus que las de la vie.

– C'est lui, le coupable ! Ce charlatan, ce criminel – pas vous. »

Le capitaine hocha la tête, gardant le silence un moment.

« Mais qui me dit, reprit-il, que ce mauvais homme ne reviendra pas un jour de la mort, comme toi-même tu l'as fait ?

– Le Maître ne le permettrait pas, s'il le savait. Mais il ne saura rien. Quant à ce pourceau, il ira pourrir en enfer sans jamais en revenir, je m'en suis assurée. Je sais comment faire. Ma nouvelle vie est encore neuve, cependant j'ai appris bien des choses dans certains domaines étranges, depuis que j'ai rouvert les yeux. Je vois désormais le Signe au-dessus de votre tête.

– Ah, toi aussi ! fit Lifhort avec agacement. Mais qu'est-ce donc que ce signe, en vérité ? Même Smaud le voyait.

– C'est un sort funeste qui vous accompagne. Celui qui vous en a affligé devait être un sorcier puissant. Quelqu'un qui avait des raisons de vous en vouloir.

– Tant de gens ont eu de bonnes raisons de m'en vouloir...

– Votre valet devait être sensible à ce genre de chose. Vous, vous avez un esprit fort, vous devez vous moquer de tout cela.

– Je le faisais... autrefois. Mais à part ce rebouteux qui vivait aux abords de Dälmö, je n'ai jamais connu de sorcier.

– Tous ne sont pas comme lui. Ils peuvent masquer leur savoir sous des apparences inattendues. Mais à tout le moins, c'était visiblement un homme très versé dans les arts occultes.

– Un peu à la façon de ton... maître ? Dis-m'en davantage sur lui. Est-ce un nécromancien, comme dans les légendes de revenants ?

– Non, pas du tout. C'est autre chose. Et ce n'est pas une légende. Je ne puis vous donner son nom – mais vous le connaissez. Vous devinez certainement de qui il s'agit, bien sûr. Je sais qu'il vous apprécie, à sa manière. Suffisamment, en tout cas, pour avoir cherché à faire de vous ce que je suis, et ce qu'il est également. Mais hélas, cette nuit-là, quand il a forcé votre fenêtre à l'auberge, vous n'étiez pas dans votre chambre. Ni la nuit suivante. Alors il s'est rabattu sur moi, achevant ce qu'il avait commencé depuis peu. Je devais être à son goût. Il était sans doute écrit que je n'aurais pas de chance dans ma courte vie...

– Ah, ma pauvre, pauvre Lena ! Comme je m'en veux ! Mais vois : tu as une nouvelle raison de prendre ma vie ! Et je t'en prie, ne me fais pas plus revenir de la mort que cet ignoble personnage étalé derrière moi.

– Je n'en ai pas l'intention. Ce que je suis, ce que nous sommes le Maître et moi, est une monstruosité. Une injure à la face de Dieu. Je refuse de tuer des hommes pour vivre – pour survivre. Plus encore si ce sont des innocents.

– Mais ton maître le fait pourtant, n'est-ce pas ? Il doit compter bien d'autres... enfants comme toi.

– Détrompez-vous : je suis la seule à ce jour. Il doit être très difficile dans ses choix. Il *est* très difficile. Et excentrique. Sachez par exemple qu'il est tout fier d'avoir volé, une nuit, la hache du baron Ödrek, il y a longtemps, en rampant sur la muraille du château comme une araignée. Depuis, il se contente de lécher la lame sanglante pour subsister. Cela lui est bien commode, lorsqu'il part en voyage. C'est un homme original. »

Lena s'approcha sans bruit et lui prit la main. Sa peau blanche était presque froide. À ce contact étrange, Lifhort eut un léger mouvement de recul. Elle sourit tristement et le contempla de ses grands yeux brillants, entièrement noirs.

« Je vous rebute encore, comme lorsque j'étais vivante, constata-t-elle avec amertume.

– Non, je te demande pardon. Ta nature nouvelle m'a surpris, c'est tout. Mais s'il était encore là, mon brave Smaud te dirait combien j'étais attaché à toi.

– Vous êtes gentil. Vous dites cela pour me faire plaisir. J'ai pourtant compris que ma nouvelle vie serait aussi désespérée que la précédente. C'est écrit. Je finirai par me flétrir sans jamais mourir, comme le Maître. Je vivrai des siècles en me cachant en permanence de la lumière du jour. Je vivrai sans vivre. Sans amour. »

Elle lui baisa tendrement la main et la laissa retomber, avec douceur, le long du fauteuil.

« Sachez, Monseigneur Capitaine, que vous serez l'un de mes plus grands regrets. »

Et Lifhort, ému par la tristesse immense de son visage, trouva encore en son cœur une larme à verser pour elle : la dernière, après avoir pleuré toutes les autres sur la tombe d'Ulrika.

« Que comptes-tu faire, à présent que tout est consommé ? demanda-t-il enfin.

– Je l'ignore, fit-elle avec un léger haussement d'épaules. Ou plutôt... je dois me décider à faire le bon choix – ou le moins pire.

– Vas-tu retourner auprès de ton maître ?

– Il y compte bien ; moi pas. Je ne supporte pas ces fanfreluches défraîchies dont il me déguise à la façon d'une poupée. Je ne veux plus de lui. Il est foncièrement cruel et mauvais, malgré les apparences, et rancunier. D'ailleurs, sachez que si vous demeurez encore à Dälmö, il ne manquera pas de forcer à nouveau votre fenêtre. Vous feriez donc mieux de quitter cette ville maudite dès aujourd'hui. Ou bien restez, à votre guise, si vous ne me croyez pas. Moi, je m'en vais.

– Laisse-moi venir avec toi. Nous partagerons nos peines.

– Ne dites pas de bêtises ! Nous serions ridicules.

– Alors je te le demande pour la troisième et dernière fois, ma chère Lena : prends ma vie. Je te l'offre. Je n'y tiens plus.

– Vous ne m'avez pas compris. Je ne veux plus faire de mal à quiconque. Ah, finalement mon choix aura été rapidement fait. »

Elle prit la direction du vestibule, se retournant pour adresser au capitaine un dernier sourire :

« Nous devons être nés sous une mauvaise étoile, vous et moi. Adieu ! »

Puis elle tira la porte de la maison et s'avança dans la rue, au grand soleil. Immédiatement sa peau noircit et dégagea une fumée nauséabonde. Sa chair se changea en cendre et fut dispersée au gré du vent. En un instant, Lena se consuma dans une invisible flamme.

CHAPITRE LXX

BREITENFELD

Hier, mardi 6 novembre[12] de l'an de grâce 1632, le roi Gustave II Adolphe est mort au combat, sous les murs de la ville de Lützen. La dépouille du Lion du Nord vient d'être déposée dans la cité de Weissenfels, à ce que l'on m'a rapporté. On pourra s'étonner de cette victoire suédoise : certes, elle est incontestable puisqu'elle a vu la disparition du valeureux maréchal bavarois Pappenheim, tué par un boulet, et a contraint les troupes impériales de Wallenstein à se replier sur Leipzig, mais les armées protestantes n'y ont pris aucun avantage stratégique. Il y a même fort à parier

12. Selon le calendrier julien alors en usage, correspondant au 16 novembre du calendrier grégorien (NdT).

que, désormais privée des dons de stratège de son brillant commandant en chef, la coalition du Nord perde la main dans la guerre sur le continent.

Et pourquoi un tel gâchis ? Simplement parce que le roi suédois s'est laissé aller à une terrible erreur, en voulant emporter trop tôt la victoire. Ce n'est pas sa décision d'enfoncer personnellement le centre des lignes impériales au moyen d'une puissante charge de cavalerie qui est en cause – bien au contraire, c'est même cela qui a permis sa victoire –, mais plutôt son étonnant aveuglement dans la bataille. Son cheval est allé trop vite, à ce qu'il paraît, si bien que Gustave Adolphe s'est retrouvé isolé de ses cavaliers. J'ai entendu dire qu'il avait été atteint de plusieurs balles, dont une en pleine tête. À croire que les combats vous plongent dans des états de fureur incontrôlables.

Et justement, pour en revenir à ce pauvre capitaine Lifhort, c'est sans doute par un emportement de ce genre qu'il faut expliquer ce qui est arrivé... pour autant que la chose soit explicable, en vérité.

Quand je l'ai rencontré, en septembre de l'année dernière, nous étions à la veille de la bataille de Breitenfeld, pas loin de Leipzig, en Saxe. C'est là qu'il m'a raconté toute son histoire, sous la tente, à la manière de son ami Pelner. Nous avions de quoi boire ; la nuit a été longue.

« Demain la mort peut nous prendre tous, déclarait-il, alors plus je ferai savoir ce que j'ai vu et vécu, plus il y aura de chances que ce récit nous survive – car c'est un terrible avertissement pour nous tous ! »

Aujourd'hui encore, je me demande s'il croyait vraiment à ses histoires, surtout pour ce qui concernait les armées des Kobolds, l'invasion à venir, toutes ces légendes curieuses dont nous avons passé l'âge. Mais il a quand même tenu à sortir de sa poche le fameux médaillon prétendument volé à ce commandant suédois :

« Voici l'objet auquel j'ai dû la plus grande part de mon infortune, disait-il en tenant la chose à deux mains et en la faisant passer lentement sous nos yeux. Voici le Talisman capable de vous protéger des créatures venues du néant... et de faire de votre vie une succession de lamentables calamités ! Que ne l'ai-je rendu plus tôt à son propriétaire !

– Mais alors, ai-je demandé, est-il bénéfique, ce bijou, ou maudit ? »

Pour toute réponse, il a grimacé un sourire et m'a posé le talisman dans la main :

« Pour toi. Je te le donne. Puisse-t-il te protéger mieux que moi. En ce qui me concerne, je n'attends plus rien de ce monde – et si le Néant doit tout dévorer, pour moi le plus tôt sera le mieux. »

Alors ne me demandez pas si cet objet est bien magique ou possède des vertus particulières : je n'en sais rien. Il n'avait rien de vraiment particulier, à part ses motifs étranges et ce métal que je n'avais encore jamais vu. Je crois qu'un mécréant comme le capitaine était soulagé de s'en débarrasser, au fond ; il n'arrivait toujours pas à accepter certains faits, qu'il nous avait pourtant racontés en assurant qu'ils étaient véridiques puisqu'il les avait vécus.

En tout cas, ce talisman, je ne peux plus vous le montrer. Au lendemain de Breitenfeld, j'ai bu tout mon content pour oublier ce dont j'avais été témoin sur le champ de bataille, et je suis allé me payer une fille à Leipzig ; au matin, je lui ai offert le bijou. J'étais encore ivre. J'ignore ce qu'elle a bien pu en faire.

Ce Lifhort ne m'a pas dit grand-chose concernant ce qui s'était passé après son départ de Dälmö. Il a quitté la ville le jour même, en volant un cheval, et il a galopé loin vers le sud, pour quitter son petit pays d'Eklendys. Le gros de l'armée suédoise avait pourtant fait route vers les terres de l'Empire, comme elles s'y étaient engagées. Mais je pense qu'il voulait simplement fuir : fuir le souvenir de ce qui s'était passé dans ce château de malheur.

Ensuite, au matin de la bataille, il m'a aussi fait une confidence. Il s'est tourné vers son pays, au nord-est, et il a reniflé un grand coup, le visage plein d'amertume.

« Pour tous ceux qui me connaissaient, m'a-t-il dit à voix basse, je suis probablement mort sur la prairie de Kolmärn. Et c'est sans doute mieux ainsi. Mon vieux père doit en avoir éprouvé beaucoup de peine – mais mieux vaudra cela que la vérité. »

Il pensait avoir sali l'honneur de sa famille, si j'ai bien compris. Faites comme bon vous semble, mais moi, avant de le juger, j'attendrais de trouver un soldat qui n'aurait jamais connu l'envie irrépressible de fuir le combat. Pour ma part, j'y ai mouillé mes chausses plus d'une fois. Parole d'homme.

Je ne suis pas certain non plus de savoir pourquoi il a finalement choisi de reprendre les armes, après plus d'un an d'errance dans des endroits dont il n'a rien voulu me dire. Était-ce l'opportunité de prendre sa revanche sur des Suédois qui l'a motivé ? Je n'en suis pas sûr. Peut-être cherchait-il surtout un prétexte pour se battre, pour se libérer de toute la haine et de l'immense souffrance qu'il portait en lui depuis sa tragique histoire, dans la violence d'une bataille ?

Quoi qu'il en soit, il a finalement rejoint les armées catholiques de Tilly quand elles sont entrées en Saxe, à la fin du mois d'août. Mais il aurait pu tout aussi bien s'enrôler dans l'armée saxonne s'il l'avait croisée avant. Ce qui est sûr, en revanche, c'est qu'il n'aurait jamais combattu directement sous les ordres des Suédois.

Or donc, la bataille de Breitenfeld s'est engagée. J'ai bien compris que vous n'entendiez pas grand-chose à la guerre, alors je vais essayer de vous faire comprendre comment les événements se sont passés. Le hasard a fait que je combattais dans le même carré que Lifhort. Il se faisait surnommer *Capitaine*, mais il n'était pas plus gradé que nous autres fantassins du rang : il n'avait plus de cheval, et il tenait sa pique comme tout le monde.

Pour vous dire les choses simplement, les Saxons n'ont pas accepté l'entrée des troupes impériales de Tilly sur leur territoire, si bien qu'ils ont fait alliance avec les Suédois contre nous. Les combats ont commencé par des tirs de canon, et à ce jeu-là Gustave Adolphe était le plus fort : il pouvait s'appuyer sur Torstenson, qui est vraiment doué pour manœuvrer son artillerie. Nous, nous avons serré les dents et attendu. Pas loin de moi, Lifhort était quand même nerveux, son visage était blême.

Ensuite nos cavaliers se sont élancés sur chaque aile de l'ennemi. Sur notre flanc gauche, Pappenheim est revenu à la charge à maintes reprises contre la cavalerie de Banér, et à chaque fois il s'y est cassé les dents, si bien qu'il s'y est usé. Quand le Suédois a contre-attaqué, notre brave maréchal n'a pas tenu une heure. Mais sur notre aile droite, là, les gens de Fürstenberg ont bien bousculé les Saxons, qui ont tous détalé sans demander leur reste. Et de la sorte, les nôtres se sont retrouvés à travailler au corps les Suédois de Horn.

C'est là que Tilly a eu l'idée d'envoyer le gros de la troupe, c'est-à-dire nous, les piétons, pour envelopper l'armée suédoise par sa gauche. Et alors, nous avons senti que nous pouvions prendre le dessus. Il faut voir à quelle allure nous avancions ! Mais en face, Horn a tenu. Son roi lui avait donné de bons conseils, certainement.

La suite l'a démontré : cette fois déjà, Gustav Adolphe a pris en personne le commandement de la cavalerie de Banér, et il a lancé une grande charge tournante par-derrière nos lignes. Non seulement il nous a tous pris à revers, mais en plus, en chemin il s'est emparé de nos propres canons... avec lesquels les Suédois ont pu nous tirer dessus ! Vraiment, il n'y a pas à dire, c'était brillant. Je me demande encore comment j'ai fait pour en sortir vivant.

Et Lifhort, alors ? En fait, c'est à cause de lui que le souvenir de cette bataille me terrifie toujours. Pendant plusieurs mois je n'ai plus été capable de reprendre ma place dans le rang. C'est à peine si j'étais rétabli pour combattre sur la Lech, en avril. Aujourd'hui je vais mieux.

Or donc, vous pourrez penser tout ce que vous voudrez de cette histoire que je viens de vous raconter, en prenant mon temps, pour que vous compreniez bien : croyez-la ou non, c'est votre affaire. Mais pour que vous puissiez vous en faire une juste opinion, il faut que vous sachiez une chose. Une chose que j'ai vue de mes propres yeux, et qui me hantera toute ma vie.

Cet après-midi-là, à Breitenfeld, quand nos propres canons sont tombés aux mains des Suédois et se sont mis à faucher nos rangs, j'ai vu Lifhort se jeter au sol. Mais pas pour se cacher. Non : il tremblait de tous ses membres, en courbant le dos, à quatre pattes, et je ne l'ai plus jamais revu par la suite. Un boulet lui aura sans doute réglé son compte – et c'est tant mieux. Car juste avant que nous ne soyons séparés par les combats, lui et moi, je peux vous promettre que, de mes yeux, je l'ai vu se redresser en poussant un hurlement strident, avec du poil qui lui poussait partout sur les membres, des ongles plus grands que des griffes, et son visage qui s'allongeait de plus en plus, comme une gueule pleine de crocs, pour ressembler à une bête monstrueuse qui s'est jetée ivre de fureur dans la bataille, sans plus distinguer ses amis de ses ennemis.

Le Seigneur Dieu nous vienne en aide !

* * *

Table des matières

TROISIÈME PARTIE
DANSE MACABRE

Le cycle *Eklendys* a pour toile de fond un petit pays oublié sur la rive sud de la Baltique.
L'histoire mouvementée d'*Eklendys* au fil des siècles constitue l'arrière-plan de récits de formes très diverses : romans, nouvelles, théâtre, feuilleton, journal, saga, mémoires, etc.
Chaque volume du cycle est indépendant.
Cependant, les échos de l'un à l'autre permettent de reconstituer une vaste fresque, des origines à nos jours.

Voir les titres parus et à paraître sur : www.editions-astronome.com

Le Livre d'Amertume

En nous retrouvant au Cercle chaque vendredi soir, Viktor, Klara, Maria et moi pensions trouver un espace de sérénité, loin d'une terrible crise politique : cette année-là, Eklendys était en effet au bord du chaos. Mais un jour, le Loup est entré dans notre bergerie, faisant basculer le destin de tous... en même temps que celui du pays. Car le colonel Leidkross a toujours agi ainsi : froidement, sans remords ni états d'âme. De quoi exacerber les sentiments et les tensions au sein de notre petit groupe d'amis... et conduire dans la violence à cette catastrophe dont le Cercle ne se relèverait pas. Jusqu'au jour où, me rappelant ma promesse, j'eus la folie de vouloir prouver le contraire.

Saga de Relvinn

Les vikings n'ont pas tous fait voile vers l'ouest : certains ont emprunté les routes de l'Est, remontant les fleuves jusqu'à Kiev et Constantinople, et se trouvaient au service de l'empereur byzantin quand la première croisade s'est présentée à ses portes... Ce qui s'est passé alors, Relvinn le sait mieux que personne, lui qui, banni de son pays d'Eklendys, s'est vu contraint de suivre ces vikings dans leurs brutales expéditions. Mais la vie de Relvinn a connu bien d'autres péripéties : sorciers, revenants et guerriers fauves, querelles de familles rivales, procès retentissants, vengeances sanglantes et trésor fabuleux composent ce récit enlevé, dont le héros manie encore mieux la ruse que l'épée.

Une Vie d'Homme

Pourquoi Napoléon glissait-il la main sous son gilet ? Pourquoi Schubert n'a-t-il jamais terminé sa Symphonie inachevée ? Qu'a vraiment dit Cambronne à Waterloo ? Autant de questions, plus quelques autres, qui trouveront ici leurs réponses facétieuses. Au fil des mésaventures d'un poète candide, natif d'Eklendys, ce récit impertinent bouscule les figures tutélaires du romantisme, du grand Goethe un peu rassis à Lord Byron en séducteur impénitent, du peintre Friedrich à ce vantard de Chateaubriand, en passant par les élans fantasques de cette bonne Madame de Staël, la mauvaise humeur d'un Beethoven sourd comme un pot, le poète Heine dans les vapeurs d'opium et même les derniers Frères francs-maçons du divin Mozart...

Markas

De l'exil du roi Markas IV en mai 1935, les historiens officiels d'Eklendys nous ont tout dit - du moins le pensait-on. Or ce qui s'est vraiment passé en coulisse pendant cette poignée de jours, personne n'avait eu le courage d'en témoigner. Le présent récit jette donc une lumière inédite et sans concession sur les tractations ourdies dans le secret des ministères, des ambassades, des casernes, des bureaux des syndicats et des capitaines d'industrie. Tout est dévoilé : complots, stratagèmes, trahisons, massacre... Qu'ils aient voulu le conserver à tout prix, s'en emparer grâce à une conjuration tortueuse ou le gagner au détour d'une révolution, en vérité ces hommes-là n'avaient que lui en tête : le pouvoir.

Nouvelles Eklendaises

Treize nouvelles situées en différentes époques de l'histoire d'Eklendys, créant entre elles un jeu singulier de résonances, de la Grande Peste de 1351 aux conséquences désastreuses de l'élection présidentielle eklendaise de 2017, des aventuriers des Comptoirs d'Orient aux émigrés du Nouveau Monde, d'une machine digne de Jules Verne à la confession d'un ancien déporté, d'un conte de l'âge des Lumières aux ténèbres d'un journal écrit dans les tranchées. Tissant au fil de ces récits, en apparence étrangers, des liens inattendus et multiples, confrontant des Eklendais souvent méconnus à des figures historiques aussi célèbres que Bakounine ou Hitler, ce recueil fait s'entrecroiser bien des chemins qui ne demandent qu'à vous perdre...

Le Château d'Ödrek

1630 : l'invasion d'Eklendys par les armées suédoises en pleine Guerre de Trente Ans bouscule la vie dissolue du capitaine Lifhort. Se retrouvant alors avec son pittoresque valet dans un village perdu à l'ombre d'un château sinistre, il est confronté à d'étranges phénomènes, liés à trois sœurs que l'on dit frappées par une horrible malédiction. Mais ces apparences ne cachent-elles pas un secret bien plus sordide ? À lui de le découvrir... avant que ne le retrouve un redoutable maître de guerre, rendu fou par la perte d'un objet infiniment précieux à ses yeux, et dont le désir est mu par la motivation la plus absolue : la peur. Une peur que l'insouciant Lifhort ferait peut-être bien de partager.

La Symphonie Perdue de Sibelius

Et si cette partition retrouvée en 2003 était bien la dernière symphonie de Sibelius, composée lors de son séjour eklendais en 1931 et considérée depuis comme perdue ? Mais alors, pourquoi le compositeur s'est-il ensuite muré dans le silence jusqu'à sa mort ? Et comment comprendre les manœuvres des factions de l'ombre que cette découverte a tirées de leur long sommeil ? Si les réponses se trouvent en Eklendys, nous les découvrirons. Mais ce que nous n'avions pas imaginé, c'était que cette quête dérangerait autant. Ni qu'elle nous ferait courir de si graves dangers. Nous pensions que les Eklendais se passionneraient plutôt pour l'élection en cours ; pas tous, visiblement. Un peu d'aide nous serait précieuse.

Le Roman de Miskol

Équivalent pour les Eklendais de la *Chanson de Roland* pour les Français, de *Beowulf* pour les Anglais ou du *Nibelungenlied* pour les Allemands, le Roman de Miskol relate les aventures du mythique roi d'Eklendys et de ses trois fils confrontés aux invasions des Huns, mais aussi aux sinistres projets du Maître de la Horde et du Conseil des Loups. Cette chanson de geste a connu au XIIIe siècle une popularité immédiate car son auteur, l'énigmatique Véxö, l'a composée en s'inspirant de maints récits de la tradition eklendaise. Pourtant, malgré son contenu purement légendaire en apparence, cette épopée des origines a valu au poète un procès aux conclusions dramatiques, dont sont ici dévoilées les raisons véritables.

Mémoires du Comte V***

Les tractations pour le premier partage de la Pologne par les empires de Prusse, d'Autriche et de Russie, en 1772, devaient permettre au petit royaume d'Eklendys de s'inviter à la table des grands, et de s'imposer par la diplomatie en faisant oublier la faiblesse de ses armées – hélas, la mort brutale du roi en a décidé tout autrement. Or très vite, la rumeur s'est propagée : ce n'était pas un accident. C'est alors au comte V***, homme de cour intègre et respecté, qu'a été confiée la charge délicate de faire toute la lumière sur l'assassinat, et de nettoyer la pourriture cachée sous les dorures du palais. Une mission périlleuse entre raison d'État, luttes de sociétés secrètes, scandales de mœurs et cercles ésotériques...

ISBN 978-2-36686-162-4

Dépôt légal juin 2020

Achevé d'imprimer en juin 2020
par les Imprimeries Bussière
18203 St-Amand-Montrond (F)

N° d'impression : 2050511

pour le compte
des Éditions de l'Astronome
74200 Thonon-les-Bains (F)
www.editions-astronome.com